Jürgen Seibold
Endlich ist er tot

Jürgen Seibold

Endlich ist er tot

Ein Schwäbischer-Wald-Krimi

Silberburg-Verlag

Jürgen Seibold, 1960 geboren und mit Frau und Kindern im Rems-Murr-Kreis zu Hause, ist gelernter Journalist, arbeitet als Buchautor, Musik- und Filmkritiker und betreibt eine Firma für Internet-Dienstleistungen.

2. Auflage 2008

© 2007/2008 by Silberburg-Verlag GmbH,
Schönbuchstraße 48, D-72074 Tübingen.
Alle Rechte vorbehalten.
Lektorat: Michael Raffel, Tübingen.
Umschlaggestaltung: Wager ! Kommunikation, Altenriet.
Druck: CPI books, Leck.
Printed in Germany.

ISBN 978-3-87407-762-0

Besuchen Sie uns im Internet
und entdecken Sie die Vielfalt unseres Verlagsprogramms:
www.silberburg.de

Dienstag, 7.00 Uhr

Der zähe Oktobernebel war fast zum Greifen dicht. Er legte sich wie ein Leichentuch über die Hügel, die Wiesen, die Wälder und über die Wieslauf, die hier noch ein kleiner Bach war. Munter, vom diesigen Wetter völlig unbeeindruckt, plätscherte das kalte Wasser voran, sprang über Steine und rundgeschmirgelte Felsstufen, über umgestürzte Äste und unter einzelnen Grassoden hindurch, die, noch nicht ganz ausgewaschen, trotzig in das Bachbett ragten. Das Wasser gurgelte und gluckste der jeweils nächsten Biegung entgegen – immer wieder, bis es irgendwann aus dem Wieslauftal herausgefunden haben und in die träger fließende Rems münden würde.

Jetzt aber drängte das Wasser noch das Tal hinunter, schlängelte sich die Baumlinie entlang, an der man den kleinen Bachlauf auf den Luftbildern von Kallental so gut erkennen konnte. Gerade hatte es die Talstraße im Süden des kleinen Ortes unterquert und näherte sich nun allmählich wieder der Landesstraße, die das Dorf in zwei ungleiche Hälften zerschnitt.

Die Häuserreihe rechts des Baches, zum Straßenrand hinüber, endete hier, und gegenüber verdeckten ein renoviertes altes Bauernhaus und der benachbarte, leicht den Hang hinauf versetzte Greiningerhof halb den Blick hinauf zum Waldrand. Drei abgeerntete Felder lagen im Dunst, um sie breiteten sich Streuobstwiesen, teils mit altem Gras bedeckt, das sich verfilzt wie ein schmutzighellbrauner Teppich am Boden duckte. Die ausladenden Bäume, jahrelang nicht beschnitten und nun nicht mehr zu bändigen, streckten ihre knorrigen Äste von sich, einige von grau verwitterten Holzstangen notdürftig gestützt.

Der großzügig über ein sanft ansteigendes Grundstück ausgebreitete Hof des jungen Greiningers lag still, obwohl auf den anderen Gehöften im Ort schon die ersten Traktoren gestartet und Anhänger rangiert wurden. Der Greininger war schon seit dreißig Jahren nicht mehr jung und wurde nur noch von den ganz Alten so genannt, die seinen Vater als den eigentlichen Greininger gekannt hatten. Eine windschiefe Scheuer grenzte sein Anwesen gegen das der Zugereisten ab – mit der Familie aus der Stadt, die erst seit 16 Jahren hier wohnte, konnte der alleinstehende Bauer nichts anfangen.

Jetzt ohnehin nicht mehr. Hinter dem schlampig geflickten Eck der Scheuer lugten die beiden Stiefel des Bauern hervor, und drin steckte ihr Besitzer – im Gras, das vom Morgentau und vom Nebel tropfnass war, lag er, ein blutiges Holzscheit neben dem Kopf und den Blick starr zur Seite gerichtet.

Dienstag, 9.15 Uhr

Kriminalhauptkommissar Ernst hatte seinen Chef schon gehört, bevor dieser Kallental erreichte. Gesehen hätte er den Porsche vom Greiningerhof aus nur als kurzes grellfarbiges Aufflackern zwischen den dichten Ästen der Bäume unten am Bach. Selbst von den Häusern an der Landstraße war von hier aus nur ein einziges durch eine Lücke in den Zweigen zu sehen.

Das satt grollende Röhren des Sportmotors aber war in dem sonst eher stillen Tal nicht zu überhören. Ernst konnte sich Wagen und Fahrer gut dazudenken: Erster Kriminalhauptkommissar Schneider, launisch, eitel, reich verheiratet. Dieses nicht sehr vorteilhafte Bild war schon im Rems-Murr-Kreis angekommen, bevor der neue Vorgesetzte dort persönlich auftauchte.

Schneider hatte sich von Karlsruhe weg auf die Kripo-Außenstelle Schorndorf beworben – zwar nur ein Kleinstadt-Posten, aber hier konnte er endlich den schon lange ersehnten Aufstieg in eine leitende Position verwirklichen. Selten genug wurden solche Stellen durch die Pensionierung eines alten Chefs frei – und lange genug hatte Ernst selbst auf diese Chance gewartet. Warten lohnte sich jetzt nicht mehr. Dazu war der Neue aus dem Badischen zu jung.

Ernst schaute noch einmal zu den Kollegen von der Spurensicherung hinüber, die sich rund um den Fundort der Leiche über jeden Grashalm beugten und vorsichtig die nähere Umgebung untersuchten. Er nickte dem Kollegen vom Polizeiposten Rudersberg noch einmal zu, der sehr gut über Greiningers Lebensumstände informiert war und ihn umfassend in Kenntnis gesetzt hatte. Dann trat er seufzend auf die Talstraße hinaus und wappnete sich für das Zusammentreffen mit seinem neuen Vorgesetzten.

»Konnten Sie nicht auf mich warten?«, schnauzte Hauptkommissar Schneider seinen Untergebenen an, als er sich aus dem Ledersitz seines Sportwagens wuchtete.

»Das wäre nicht sehr sinnvoll gewesen, Herr Hauptkommissar«, versetzte Ernst mit leicht genervtem Unterton. »Ich war heute Nacht hier in der Nähe und hatte nur ein paar Minuten Fahrt.«

»Ach, stimmt ja«, grummelte Schneider, leidlich besänftigt. »Sie kommen ja aus dieser ... Ecke.« Sein abschätziger Unterton machte deutlich, dass für den ehrgeizigen Schneider Menschen wie Ernst die geborenen Verlierer waren: nie so richtig abgenabelt von ihren kleinen Dörfern in irgendwelchen engen Tälern mehr oder weniger weit ab vom Schuss.

»Außerdem stinkt es hier nach Kuh«, schob Schneider nach. Es stank nach Schwein, aber Ernst hatte keine Lust, ihn zu korrigieren. Er bedeutete Schneider, ihm zu folgen, und ging in einem mit rotweißem Absperrband markierten Zugangskorridor quer über die spärlich geschotterte Fahrspur bis zur Scheune und dann um die Ecke herum zur Leiche des Bauern.

Der Tote lag leicht seitlich, gewissermaßen auf dem Bauch und der rechten Schulter. Sein Körper war verdreht, sein Kopf zur Seite gewandt, die Augen waren geöffnet und es schien, als richte sich sein gebrochener Blick in Richtung

Bach. Zum Bach oder hinüber zu dem benachbarten Grundstück, auf dem ein beinahe putzig aussehendes, renoviertes altes Bauernhaus stand.

Wie ein Bauer aus dem Bilderbuch lag er vor ihnen auf dem Boden, in verdreckten Gummistiefeln, in einer groben Jeanshose, die an keiner Stelle so richtig passen wollte, mit einem karierten Hemd aus Baumwolle, darüber eine grobe Jacke, die am Ende der Ärmel schon an ein paar Stellen abgeschabt wirkte.

Die Haare auf seinem Hinterkopf waren verklebt, das Gras darunter war dunkel eingefärbt, und auch die Erde war an dieser Stelle von einer Flüssigkeit getränkt, die klebrig und bereits ein wenig eingetrocknet wirkte. Einen halben Meter von der Leiche entfernt lag ein Holzscheit: Rund zwanzig Zentimeter lang, hatte das Scheit oben und unten sowie an zwei ziemlich genau rechtwinklig aneinander stoßenden Seiten eine recht glatte Oberfläche – daran konnte Ernst erkennen, dass Greininger sein Holz nicht von Hand, sondern mit einem Spalter zerkleinert hatte. Gegenüber der beiden glatten Spaltflächen umschloss die dicke, in einer Mischung aus Grün, Grau und Braun gefärbte Rinde in einem Viertelkreis den Rest des Holzstücks – nur an den Rändern war etwas Rinde abgeplatzt. An einem dieser Ränder wies das Scheit einen dunklen Fleck auf: Blut.

Die Wunde am Hinterkopf und das große Holzscheit erklärten auch die Lage des Toten: Offenbar war er von hinten links getroffen worden, die Wucht des Schlags hatte ihn nach vorne fallen lassen, versehen mit dem nötigen Drall.

Nur rund zwei Meter entfernt befand sich der Eingang zur Scheune. Das mit Rollen auf einer Metallschiene aufgehängte Tor war vollständig geöffnet. An dem Balken, der den rechten Rand des Eingangs markierte, waren Spuren zu sehen, die zu einem kleinen Fleck aus ehemals flüssigen und festen Bestandteilen passten: Erbrochenes.

Zwei Männer mit Latexhandschuhen stachen rechteckige Proben aus der Wiese, nahmen Holzscheite vom Stapel nebenan und packten sie vorsichtig in Plastiktüten, die sie anschließend in einen Aluminiumkoffer legten. Dann schauten sie zu den beiden Kommissaren auf, und als Ernst wortlos nickte, nahmen sie auch das einzelne Holzscheit neben der Leiche und packten es in eine Tüte.

»Und?«, fragte Schneider knapp und sah Ernst herausfordernd an.

»Tot«, gab Ernst zurück. Das Grinsen erstarb ihm allerdings auf den Lippen, als er den Blick seines Vorgesetzten auffing. »Die Kollegen haben noch reichlich zu sichern, und dann muss ja auch noch die Gerichtsmedizin ran. Aber der Arzt, der gerade den Tod festgestellt hat, meinte, die Leiche sei nass und kalt genug, als dass der Tod schon gestern am späten Abend eingetreten sein könnte.«

»Erschlagen?«, fragte Schneider und nickte zu dem blutigen Holzscheit hinüber, das gerade eingetütet wurde.

»Eigentlich schon, aber dazu passt das Erbrochene irgendwie nicht, das dort am Scheunentor gefunden wurde. Das sieht eher nach einer Vergiftung aus – oder nach einem gewaltigen Rausch. Aber da müssen wir wirklich das Ergebnis der Autopsie abwarten.«

»Wie lange dauert das bei Ihnen auf dem Land in der Regel?«

Das »auf dem Land« sollte er sich den Laboranten und den Gerichtsmedizinern gegenüber lieber verkneifen, dachte Ernst. Wer in Stuttgart für das LKA im Labor arbeitete, galt nicht gerne als »vom Land«. Vor allem nicht diejenigen, die abends tatsächlich zurück ins Umland fuhren ... Und die Pathologie wurde inzwischen von Tübingen aus organisiert – in Stuttgart litten nicht wenige darunter, dass die Landeshauptstadt rechtsmedizinisch nur noch die zweite Geige spielte.

»Das dauert bei uns vermutlich auch nicht länger als in ...«

»Ja, schon gut«, knurrte Schneider und umrundete den Leichnam vorsichtig. »Wer hat ihn gefunden?«

»Fritz Müller, der Förster.«

»Und warum ist der nicht hier?«

»Er war auch vorhin nicht hier, hat nur per Handy auf der 110 angerufen und ist dann wohl nach Hause gefahren. Ich werde nachher bei ihm vorbeigehen. Er war auf dem Rückweg von der Jagd, und als er mit seinem Geländewagen den Weg da hinten aus dem Wald herunter kam, sah er Greiningers Stiefel – und da hielt er an, stieg aus und lief zur Scheuer herunter, wo er den Toten dann liegen sah.«

»Was denn nun: Ist Müller hier der Förster oder der Jäger?«

»Beides, und sein Vetter hat das Sägewerk am Ort – das passt also ganz gut zusammen.«

»Na, wunderbar«, seufzte Schneider. »Aber mit diesem Multitalent werde ich nachher lieber selbst reden. Die Adresse können Sie mir ja geben. Und jetzt erzählen Sie mir lieber, was Sie bisher über den Toten in Erfahrung bringen konnten.«

»Greininger heißt der Tote, Albert Greininger. 56 Jahre alt, ledig, keine Kinder, lebte allein hier. Ist seit zwanzig Jahren der Herr im Haus, davor hatte sein Vater den Hof. Die Mutter früh verstorben, der Vater ein ziemliches Raubein, dem schon mal die Hand ausrutschte. Der Sohn, also unsere Leiche hier, lebte richtig auf, als der Alte endlich unter der Erde war. Abgeworfen hat der Hof nicht sehr viel – musste er auch nicht: Die Greiningers hatten ein paar günstig gelegene Äcker, die Bauland wurden. Das hat dem Bauern wohl gereicht: Kühe hat er abgeschafft, ein paar Hühner hatte er noch, ein paar Felder, ein bisschen Forstwirtschaft. Vor einigen Jahren hat er drüben in Althütte drei Mehrfamilienhäuser hingestellt und die Wohnungen vermietet. Wie gesagt: Er konnte ein paar Grundstücke zu guten Preisen verkaufen.«

»Gute Preise? Hier?« Schneider schien der Gedanke, dass jemand in Kallental freiwillig ein Grundstück kaufen könnte, geradezu körperlich unangenehm.

»Na ja, wenn die Stückle groß genug sind. Und ein paar der Felder lagen am Ortsrand von Rudersberg, dem Hauptort weiter vorne im Tal. Da sind Sie vorhin durchgefahren.

Außerdem hatte Greiningers Mutter einige Flächen auf den Gemarkungen von Althütte und Welzheim mit in die Familie gebracht.«

»Meinetwegen. Und weiter?«

»Nach Verdächtigen werden wir vermutlich nicht lange suchen müssen: Greininger war nicht sehr beliebt hier, um es mal vorsichtig auszudrücken. Er war wohl ein richtiges Arschloch. Wusste alles besser, durfte alles, musste nichts – so einer halt. Aus dem Verein der Dorfgemeinschaft haben sie ihn vor ein paar Jahren rausgeschmissen, wahrscheinlich weil er bei Abstimmungen einfach nicht verlieren konnte und hintenrum immer versuchte, seine eigenen Ziele doch noch durchzusetzen.«

»Dorfgemeinschaft?«, wunderte sich Schneider. »Gibt es dafür hier extra einen Verein?«

Ernst seufzte. »Das ist in der Gegend gar nicht selten«, erklärte er. »Wenn ein Ort für die gängigen Sportvereine zu klein ist, gibt es keine Gruppe, die dort Feste organisiert oder auch mal eine Versammlung, wenn irgendein Thema den Bewohnern unter den Nägeln brennt. Dafür ist so ein Dorfgemeinschaftsverein genau das Richtige. Das ist dann so eine Art Bürgerinitiative – nur nicht *gegen* etwas, sondern *für* das Dorf und seinen Zusammenhalt.«

»Aha«, machte Schneider. »Und die mochten ihn nicht mehr.«

»Ja, das kann man wohl so sagen. Auch mit der Gemeinde ist er immer wieder zusammengerasselt.«

Ernst deutete nacheinander auf ein paar etwas neuer aussehende Gebäudeteile, Mauern und Dachflächen: »Das wenigste von den Anbauten und Umbauten hier wurde wirklich genehmigt – oder zumindest nicht so, wie es der Greininger dann gebaut hat: zu hoch, zu breit, das hat ihn wenig gekümmert. Und dann ist es eben so, dass hier auf dem Dorf kaum einer das Maul aufmacht, wenn was nicht ganz nach den Vorschriften läuft – man will sich's ja nicht mit den Nachbarn verderben.«

»Hm«, machte Schneider und zog ein Gesicht, als hätte sich für ihn ein lange gehegtes Klischee bestätigt.

»Gewehrt oder mit ihm angelegt«, fuhr Ernst fort, »hat sich im Grunde genommen nur einer: Heiner Follath, der mit seiner Familie da drüben in dem renovierten Bauernhaus lebt. Übrigens früher das Altenteil vom Greiningerhof. Der gehört aber nicht richtig zum Dorf, weil er erst seit 15, 16 Jahren hier wohnt. Ein Städter, der sich seither dörflicher aufführt als die Dorfbewohner selbst – wie es halt oft so ist.«

Schneider hob eine Augenbraue und versuchte nebenbei, sich im feuchten Gras einen übel riechenden Klumpen vom rechten Schuh zu streifen.

»Stimmt«, dachte Ernst, als er die Schuhe seines Chefs sah. Es hatte auch irgendwie nach Katze gerochen.

Dienstag, 9.30 Uhr

Vorsichtig schob Heiner Follath den Vorhang wieder in seine ursprüngliche Position. Nachdenklich setzte er sich an den grob gezimmerten Esstisch in der geräumigen Küche und nahm einen Schluck aus seiner großen Kaffeetasse. Er verzog das Gesicht, als er merkte, dass er noch keinen Zucker hineingetan hatte. Beim Umrühren wirkte er fahrig, ein paar Tropfen Kaffee schwappten auf die Tischplatte, und er legte den tropfnassen Löffel ganz in Gedanken auf die aufgeschlagene Tageszeitung vor sich.

Der Greininger war tot. Das war eine gute Nachricht, auf die er und seine Familie lange hatten warten müssen. Noch als es draußen dunkel war, hätte er seine Frau und die beiden Kinder, die noch im Haus wohnten, am liebsten geweckt, um ihnen die Neuigkeit zu überbringen. Die ganze Nacht hindurch war ihm das immer wieder in den Sinn gekommen, und immer wieder hatte er es sein lassen und sich stattdessen noch etwas nachgeschenkt.

Die paar Stunden Schlaf vor dem Morgengrauen, für die er auf die Couch im Wohnzimmer gekrochen war, um seine Frau im Ehebett nicht zu stören, hatten ihn kaum wieder klar werden lassen. Und so saß er am Küchentisch, mit angegrauten Bartstoppeln, ungekämmt und mit schwarzgrauen Rändern unter den Augen, blickte verschlafen und etwas verkatert drein und machte sich Gedanken. Trübe Gedanken.

Denn Heiner Follath wusste, dass der üble Kerl nicht einfach so gestorben war. Und dort, wo der Bauer lag, mussten sich auch Spuren von Follath finden. Ein Motiv hatte er allemal – »und wenn sie den Leichnam untersucht haben«, dachte er, »bin ich dran.« Seine Version des vergangenen Abends würde ihm sowieso niemand glauben.

Dienstag, 9.40 Uhr

»Der Greininger? Tot?«

Breitbeinig stand er auf seiner Wiese, die Gummistiefel zwischen halb verfaulten, vermackten, verwurmten und einigen intakten Äpfeln fest in den Boden gestemmt: Kurt Mader, für jeden zufälligen Beobachter von der abgegriffenen Schildkappe über die ausgebeulte Arbeitshose bis hinunter zu ebensolchen Stiefeln jeder Zoll ein Bauer – und im Herzen doch noch immer auch ein gutes Stück Ortsvorsteher. Seit drei Jahren hatte ihn zwar ein junger Nachbar in dem Amt abgelöst, aber das Dorf sah Mader noch immer als das seine an und die Bewohner als seine Schützlinge. Das war vor der Gemeindereform nicht anders gewesen, als er hier der Bauernschultes war – und so war es all die Jahre geblieben.

»Ja«, bestätigte die ältere Frau ihm gegenüber mit schnarrender Stimme. »Ermordet. Erschlaga. Dr Fritz hat'n gfunda.« Dass Ruth Wanner das mal wieder als eine der Ersten erfahren hatte, war ebenso wenig erstaunlich wie der Umstand, dass sie extra mit ihrem kleinen Schlepper heraus auf die Wiese getuckert war, um es ihm sofort zu erzählen. Aber etwas in ihrem Blick irritierte ihn.

»Ond? Woiß mr scho was Genauers?«, fragte Mader nach, als die Frau entgegen ihrer sonstigen Gewohnheit keine Anstalten machte, von sich aus fortzufahren.

»Noi, nix G'naus ...«

»... woiß mr net – scho recht, Ruth«, kürzte Mader das Procedere ab. »Isch was mit dir?«

»Wieso? Was soll sei?«, antwortete die Wanner und verlagerte ihr Gewicht auf den anderen Fuß.

»I woiß net ..., recht ruhig bisch halt«, bohrte Mader.

»Ha ...«

»Ja?«

»Ha ... so recht schad isch's um den Greininger ja net, oder?«

»Noi«, gab Mader zu. »Aber dät mr älle Bachel glei totschlaga, wär bald viel Platz uff dr Welt.«

»Hm ...«

»Jetzt komm, raus damit!«

»Kurt«, setzte die Frau an, als drüben im Dorf der Bus in Richtung Rudersberg anfuhr und das Geräusch seines alten Motors von der Landstraße herüber durch die Stille dröhnte. Die Pause verstrich, der Motor verhallte in einiger Entfernung, und Mader blickte die Wanner durchdringend an, bis sie endlich ansetzte: »Den hot doch em Dorf eigentlich koiner möga.«

»Schtemmt. Ond?«

»Ha, wenn ihn koiner möga hot, hätt ihn ja au jeder totschlaga könna.«

»Du au?«, fragte Mader nach und konnte sich ein leichtes Lächeln nicht verkneifen. Aber die Wanner bemerkte davon nichts: Nachdenklich hatte sie den Blick auf die Wiese gesenkt und fuhr zögernd fort.

»Fascht jeder hätt en Grund ghet, und jeder wird verdächtigt werra.«

»Erscht mol, ja. Aber dr jonge Ernst, der in der Schtadt als Polizischt schafft, der wird scho dr Richtige fenda. Der isch doch scho da, oder?«

»Des scho, des scho. Aber au dr Richtige isch am End der Falsche – wenn älles bloß lang gnuag dauert.«

»Wie moinsch jetzt au des?«

»Die suchat vielleicht recht lang, nemmat sich oin mit – ond mir könnat gucka, wie mir aus onserm kloina Kallatal wieder a friedlichs Dorf machat. So viel Polizei so lang em Ort – des isch net guat für ons. Des dauert net lang ond koiner traut meh irgendoim. Ond no, gut Nacht.«

»Hm.«

»Guck amol, Kurt: Jetzt, wo mir obedingt zammahalta solltet, om die Tourismusbahn au für ons nutza z'könna – do brauchad mir a schtarke Dorfgemeinschaft, ond koi Durchanandr mit dr Polizei ond koin Schtreit wega dera Leich.«

»Do hosch Recht«, sinnierte Mader, »aber was willsch macha?«

Die Wanner stand still und sah Mader fast flehend an.

»I ...?«, fragte Mader. »Soll i mi do eimischa? Selber nochforscha, selber romfroga, selber ...?«

Mit jeder Frage schien ihm der Gedanke besser zu gefallen. Interesse und auch eine Spur knitze Abenteuerlust waren in seinem zerfurchten und von vielen Jahren auf den Wiesen und im Wald wettergegerbten Gesicht zu erkennen. Schließlich ließ er die letzte Frage halb ausgesprochen und legte der Wanner eine Hand auf die Schulter.

»Ha, worom net? Aber bloß, wenn du mitmachsch. I frog zerscht em Dorf rom, du uff de Wiesa – machsch des, Ruth? Und morga z'Mittag essat mir zamma en dr ›Krone‹, gell?«

Die Wanner schaute ihn kurz nachdenklich an, zuckte dann leicht mit den Schultern, drehte sich um und schlurfte ohne ein weiteres Wort zurück zu ihrem Traktor. Damit waren sie sich also einig.

Dienstag, 9.45 Uhr

Fast im Schritttempo holperte der Sportwagen den Hohen Rain entlang, eine Ansammlung von Schotterflecken und ausgewaschenen Dreckdellen, die Schneiders Ansicht nach alles Mögliche verdient hatte, nur kein Schild mit einem Straßennamen drauf. »Hoher Rain 17« lautete Fritz Müllers Adresse, und da hatte wohl jemand die Nummern mit viel Zuversicht vergeben, denn alles in allem kam dieser Weg auf höchstens acht oder neun Gebäude: Fünf standen gleich vorne eng beisammen, wo der Hohe Rain von der Landstraße nach Althütte abzweigte – die Abzweigung bildete einen kleinen ungleichmäßigen Asphaltring zum Wenden, in dem sich ein Fleck Wiese gehalten hatte, den ein knorriger Kastanienbaum dominierte. Irgendein Witzbold hatte vor den Stamm des Baumes eine Holzbank gestellt, die einen Blick auf die nur gut einen Meter entfernte, schmale Landstraße, auf die dahinterliegende Eisenbahnstrecke Rudersberg–Welzheim und hinunter ins Wieslauftal bot.

Schon nach einem kurzen Stück des Hohen Rains endete der kleine Häuserhaufen bereits wieder, und nur noch alle hundert Meter führte ein Fußweg links von dem Sträßchen ab und den Berg hinauf zu einzeln stehenden Gebäuden. Rechts war von hier aus zwischen einigen Bäumen hindurch unten im Tal Kallentals Ortsende in Richtung Welzheim zu sehen.

An der Zufahrt unterhalb des letzten Hauses am Hohen Rain war ein verwittertes Holzschild aufgehängt, das die Nummer 17 trug. Dem kräftig geschotterten Privatweg entlang floss ein kleiner Bach, der neben dem Hohen Rain in einen kleinen Kanal mündete. Neben der Abzweigung standen einige Mülleimer wie zur Abholung bereit, daneben verriet ein Briefkasten mit Zeitungsröhre, dass sich der Briefträger die letzten steilen Meter zum Haus sparen durfte.

Schneider bog mit dem Wagen in den Schotterweg ein. Steine spritzten gegen den Radkasten, als er auf dem lose aufgeschütteten Untergrund eine Spur zu viel Gas gab, und so rumpelte er gemächlicher dem Haus des Försters entgegen.

Als er oben in die Lücke rollte, die ein verdreckter Geländewagen auf einer kleinen ebenen Fläche vor dem Haus frei gelassen hatte, öffnete sich die Haustür und ein Mann mittleren Alters trat heraus. Schneider horchte kurz dem letzten Knurren des Motors nach, dann ließ er die Fahrertür aufschwingen, kletterte aus dem Sitz und ging auf den Mann zu.

»Fritz Müller?«, fragte er, und sein Gegenüber nickte abwartend. Sein schütteres Haar sah verschwitzt aus und war oberhalb der Schläfe rundum eingedrückt, als hätte ein lange getragener Hut seine Spuren hinterlassen. Er hatte ein grobes Baumwollhemd an, darüber eine aufgeknöpfte ärmellose Wollweste, eine nicht mehr ganz taufrische Kniebundhose von undefinierbarer Farbe, dicke, grob gestrickte Wollstrümpfe, an denen sich Kletten und kleine Aststückchen verfangen hatten – und die Füße steckten in ausgelatschten Hausschuhen.

»Hauptkommissar Schneider, Kripo Schorndorf«, leierte Schneider herunter und reichte Müller die Hand. Müllers Hand fühlte sich rau an, sein Händedruck war kräftig, und Schneider meinte Schwielen und Schorf zu spüren. »Ich komme wegen des toten Greininger. Sie haben ihn gefunden?«

»Ja, habe ich. Kommen Sie doch rein.« Müller drehte sich um, und Schneider folgte ihm ins Haus. In der Diele standen zwei Paar Frauenschuhe, mit der Spitze zur Wand sauber nebeneinander ausgerichtet, sonst war der Flur übersät mit schmutzigen Männerschuhen und fleckigen Jacken, die achtlos auf den Boden geworfen worden waren. Eine offene Tür führte in ein Wohnzimmer, das in Schneiders Augen den Jäger in Fritz Müller verriet: eine Essecke mit einem Wandregal mit steinernen Bierkrügen und zwei reich verzierten Pfeifen, einigen geschnitzten Tierfiguren, mehreren Wimpeln und Urkunden. Schneider schaute sich um und erwartete ausgestopfte Tierschädel an einer der Wohnzimmerwände – doch es waren keine zu sehen.

Stattdessen stand gegenüber eine etwas mehr als mannshohe Vitrine mit einigen Romanen und medizinischen Fachbüchern, im Eck ein Fernsehgerät, über dem ein selten hässliches Mobile aus auf winzigen Besen reitenden Hexen langsam seine Runden drehte. Auf dem Couchtisch vor dem Fernsehgerät stand eine angebrochene Flasche Schnaps mit einem leeren Gläschen davor.

»Sie haben gar keine Tiertrophäen hier im Zimmer hängen«, bemerkte Schneider und ließ den Satz fast im Tonfall einer Frage enden.

»Ich kann diese Protzerei nicht leiden«, knurrte Müller dazu nur, schob Schneider einen Stuhl hin und setzte sich auf die Eckbank. »Außerdem sind mir Tiere lebendig lieber als tot.«

»Lebendig lieber?«, meinte Schneider. »Sind Sie nicht Jäger?«

»Und? Sie sind bei der Kripo – sehen Sie die Leute lieber tot?«

Schneider räusperte sich kurz. »Wann haben Sie den Greininger denn gefunden?«, fragte er, um in dem Gespräch die Initiative zu ergreifen.

»Ja, schreibt ihr euch das denn nicht auf?«, brauste Müller kurz auf. Dann flackerte sein Blick ein wenig, und er blickte zum Fenster hinaus. »Ich habe ihn gesehen, dann habe ich sofort die Notrufnummer angerufen – obwohl es der Greininger wahrscheinlich nicht mehr so wahnsinnig eilig gehabt hat. Und dann bin ich heimgefahren. Das müsste so um acht herum gewesen sein.«

»Jetzt ist es bald zehn Uhr. Was haben Sie denn seither gemacht?« Schneider riskierte einen Seitenblick zum Couchtisch hinüber.

»Es wird ja wohl nicht verboten sein, einen Schnaps zu trinken, wenn man eine Leiche findet, oder?« Müller war seinem Blick gefolgt und wirkte nach wie vor ziemlich gereizt.«Wenn ich sonst aus dem Wald zurückkomme, trinke ich meinen Kaffee, esse was und schau die Morgennachrichten an. Bis auf den Kaffee habe ich das heute genauso gemacht.«

»Warum haben Sie denn nicht beim Greininger auf die Polizei gewartet?«

»Das hätte mir gerade noch gefehlt. Ich war seit Jahren nicht mehr länger mit dem Greininger zusammen, als es unbedingt hat sein müssen – und meine Knochen sind nicht mehr danach, dass ich freiwillig eine Stunde lang im Nebel rumstehe. Sie haben mich ja auch so gefunden.«

»Sie wohnen recht ... idyllisch hier.«

»Das passt schon.«

»Na ja, mir wäre es zu umständlich, jeden Morgen so weit zu laufen, um mir die Zeitung zu holen.«

»Wenn ich aufstehe, ist noch keine Zeitung da. Und wenn ich wieder zurückkomme, nehme ich sie halt mit nach oben. Das ist kein Problem. Aber deshalb sind Sie wahrscheinlich nicht hier heraufgekommen, oder?«

»Nein. Ich wollte gerne von Ihnen wissen, ob Ihnen am Greininger etwas aufgefallen ist – außer dass er tot war, natürlich.«

»Nein, nichts. Was soll mir denn aufgefallen sein?«

»Vielleicht erzählen Sie mir einfach noch einmal, wie Sie ihn gefunden haben.«

Müller schaute auf seine Armbanduhr, schien dann kurz zu überlegen und blickte dann resignierend auf den Polizisten: »Sie geben vorher wahrscheinlich eh keine Ruhe, stimmt's?«

Schneider nickte, und Müller begann zu erzählen: »Ich kümmere mich um die ganzen Wälder hier um den Ort herum, und weiter weg schau ich auch nach ein paar. Deshalb wechselt das immer wieder mal, wo ich gerade zu tun habe. Heute bin ich so zwischen halb vier und vier losgefahren und habe mich im Gemeindewald umgesehen, der sich von der Landstraße Richtung Welzheim ungefähr im Halbkreis nach Osten und Süden erstreckt und bis an die Obstwiesen am Südwestrand vom Ort reicht. Das betrifft praktisch die ganze gegenüberliegende Seite des Tals.«

Müller schaute Schneider direkt an. Er wirkte ruhig, hatte seine anfängliche Aggressivität abgelegt und erzählte recht entspannt. »Ich habe mich nach Spuren von Wildverbiss umgesehen, bin auf ein paar Hochsitzen mit dem Fernglas angesessen und habe die Futterstellen abgeklappert – sah alles ganz normal aus. Schließlich war ich mit der Runde durch und bin dann mit dem Wagen aus dem Wald heraus zum Ort hinuntergefahren. Wenn ich da zu den ersten Häusern komme, schaue ich schon fast im Reflex zum Greininger hinüber – der Kerl macht mir das Leben schwer, seit ich denken kann.«

Müller stutzte kurz, seufzte dann. »Tja, das hat sich ja nun erledigt. Immer wieder hat er mir auf dem Weg aufgelauert und mit mir Streit angefangen, weil er meinte, dass mein Wagen auf diesem Weg nichts zu suchen habe. Das werden Ihnen sicher andere im Dorf gerne bestätigen, falls nötig. Wir waren nicht gerade Freunde. Wie auch immer: Als ich heute früh dort herunterkomme, schaue ich wieder hinüber zum Hof – und sehe dort die Stiefel im Gras. Also habe ich angehalten, bin hingelaufen und habe ihn liegen sehen.«

»Sie haben aus Ihrem Wagen heraus die Stiefel im Gras gesehen? Bei dem Nebel? Alle Achtung!«

»Was soll das heißen?« Müller richtete sich im Sitzen etwas auf. »Ich bin halt gewohnt, genau hinzusehen – sonst würde ich als Jäger nicht viel reißen, das können Sie mir glauben.«

»Schon gut. Und weiter?«

»Nichts weiter. Ich habe den Greininger gesehen, habe gesehen, dass er tot war, und habe mit dem Handy den Notruf gewählt. Das war's.«

»Wie sind Sie denn heute früh in den Wald gefahren? Auch beim Greininger vorbei?«

Müller fixierte Schneider mit zunehmendem Unwillen: »Was wollen Sie denn damit sagen?«, schnappte er.

»Mich würde einfach interessieren, ob Ihnen auf dem Hinweg auch schon etwas aufgefallen ist. Wir können jeden Hinweis gut brauchen.«

Müller ließ seinen Blick noch kurz auf Hauptkommissar Schneider ruhen, dann fuhr er fort: »Nein, ich bin ein Stück Richtung Welzheim gefahren und dort über einen Forstweg in den Wald hinein. Wie ich schon sagte: Der Wald beschreibt etwa einen Halbkreis ums Dorf.«

»Und wann sind Sie heute früh los? Um halb drei?«

»Nein, später, so etwa zwischen halb vier und vier. Aber hatte ich das nicht gerade ...?«

»Wie sieht denn eine Nacht bei Ihnen so aus? Ich meine: Wenn Sie so früh aufstehen müssen, schlafen Sie dann vor?«

»Ja. Meistens lege ich mich am späten Vormittag oder am frühen Nachmittag ein, zwei Stunden aufs Ohr.«

»Und wann gehen Sie abends ins Bett?«

»Gegen zehn, elf Uhr meistens.«

»Davor, nehme ich an, waren Sie hier im Haus?«

»Bin ich jetzt verdächtig oder was? Ja, ich war hier, und übrigens war auch meine ...« Er brach mitten im Satz ab und fuhr dann mit etwas leiserer Stimme fort: »Ja, ich war hier.«

»Sie wollten gerade etwas sagen?«

»Nein.«

»War Ihre Frau denn auch hier?«

»Sie ...« Müller stand auf, holte die Flasche und das Glas vom Couchtisch und schenkte sich einen Klaren ein. Er schaute Schneider kurz an, dann trank er das Glas aus. Schneider glaubte, in seinen Augen etwas Feuchtes blitzen zu sehen.

»Sie ist gestorben«, murmelte er dann. »Ist noch nicht lange her.«

»Sind das ihre Schuhe draußen im Flur?«

»Nein«, sagte Müller, ohne aufzusehen. »Ihre Schuhe sind alle weggeräumt. Die hat sie schon lange nicht mehr gebraucht.«

Dienstag, 9.50 Uhr

Hauptkommissar Ernst drehte sich um. Schon jetzt atmete er schwer, und dabei hatte er noch nicht einmal ganz den Weg zum Waldrand hinauf geschafft. Von hier oben konnte er Kallental ausgebreitet vor sich sehen. Die Wieslauf schlängelte sich zwischen einer dicht stehenden Baumlinie hindurch, die sich von Ost nach West durch Ernsts Blickfeld zog. Auf beiden Seiten der Bäume waren die Häuser des Ortes verteilt, ein wenig entlang der Landstraße, mit Ausbuchtungen für ein etwas neuer wirkendes Wohngebiet den Hang gegenüber hinauf und für die Häuser an der Talstraße zu ihm herüber.

Rechter Hand markierte das Sägewerk das eine Ende des Ortes, während nach links die Bebauung mit kleineren Wohnhäusern endete. Weiter oben auf dem Hang in Richtung Althütte, also etwa in nordöstlicher Richtung, standen einige Häuser beisammen, und eine kleine Straße führte zu drei, vier abseits stehenden Gebäuden. Das war der Kurzenhof, ein kleiner Ortsteil von Kallental, der einige teils versprengte Häuser am Hang oberhalb des Dorfes umfasste, und dort oben wohnte Fritz Müller, zu dem sich sein Chef gerade aufgemacht hatte.

Einige Geräusche drangen vom Dorf zu Ernst herauf. Traktoren mit klappernden Anhängern. Leute, die einander kurze Kommandos zuriefen. Ein Linienbus, der an der Haltestelle in der Dorfmitte anfuhr und allmählich beschleunigte. Eine Limousine, die recht schnell aus Richtung Rudersberg ins Dorf gefahren war und nun wegen des anfahrenden Busses bremsen musste. Eine dröhnende Motorsäge, mit der sich irgendjemand drunten in den Streuobstwiesen zu schaffen machte. Ein alter Schlepper, der langsam einen Wiesenweg zum Waldrand hinaufschnaufte, am Steuer eine alte Frau, die sich gegen die Schräglage ihres Gefährts lehnte. Und an den Schweinestall, der außerhalb des Ortes Richtung Oberndorf inmitten der Wiesen stand, fuhr ein geschlossener Transporter heran.

Ernst atmete noch einmal tief den unverwechselbaren Geruch eines Oktobertages ein, der schön zu werden versprach. Der Nebel hatte sich schon fast verzogen, und das Gras war noch nass vom frühen Morgen. Die Sonne ließ, wo ihre Strahlen durch den restlichen Dunst drangen, den Boden, die Wiesen, die Bäume dampfen – Ernst sog den Duft genüsslich ein und stapfte dann weiter hinauf zum Waldrand.

Der Weg wurde glitschig hier im Schatten der Bäume. Das Gras trug schwere Tropfen, und die Wiesen schienen einen nassen Untergrund zu haben – auch wenn das hier oben, wo alles sofort abfließen konnte, unsinnig schien. Ernst zog seinen rechten Schuh aus einer tiefen Pfütze: Nun wusste er es besser.

Am Waldrand änderte sich der Weg: Der Wiesengrund, der gerade noch morastig und tückisch gewirkt hatte, wurde von einem Schritt auf den anderen abgelöst durch festen, ziemlich trockenen und von braunen Blättern bedeckten Waldboden. In Ernsts Nase drängte nun ein noch intensiverer Geruch: durchgefaulte Erde, Pilze, Harz – in seiner Kindheit war eine ganz ähnliche Umgebung sein Revier gewesen. Stundenlang war er durch den Wald gestreift, hatte versucht, geräuschlos zwischen dem Unterholz hindurchzuschlüpfen, und war sich dabei vorgekommen wie ein Indianer.

Zum Indianer fehlte ihm heute mindestens die Kondition. Mit schweren Schritten drang er tiefer in das Halbdunkel ein, er zertrat lautstark trockene Äste, die auf dem Pfad lagen, und sah vor sich an einem Baum ein Zeichen auf die schorfige Rinde gemalt: ein blauer Kreis auf weißem Grund. Ein Wanderweg. Er hielt Ausschau nach dem nächsten Zeichen, und er fand es rund hundert Meter weiter im Wald, allerdings war der Weg dahin bestenfalls als Trampelpfad zu bezeichnen: Im Zickzack zwischen den Bäumen ging es auf zerdrückten Blättern ziemlich steil den Berg hinauf – das war wohl eher etwas für ganz hartgesottene Wanderfreunde.

Links vom Weg öffnete sich Ernst der Blick auf eine weniger idyllische Szenerie: Halb überwuchert von Büschen lagen einige zerbrochene Betonrohre auf dem Boden, alte Kanalisationsrohre, wie es schien, vielleicht etwas kleiner. Ernst kam in den Sinn, dass so etwas früher mal zur Erschließung größerer Privatgrundstücke benutzt worden sein könnte. Da hatte wohl jemand seinen Schutt abgeladen, und das wiederum hatten offenbar andere zum Anlass genommen, Ziegelstücke und schartige Betonbrocken direkt daneben zu entsorgen. Aus einigen größeren Stücken ragten verrostete Stahlstangen hervor. Ernst schaute den Weg hinunter, den er gegangen war: Diese Steigung war mit einem normalen Auto nicht zu schaffen. Mit einem Geländewagen vielleicht, mit einem Traktor sicher.

Dienstag, 10.00 Uhr

»Was war denn mit Ihrer Frau?«, fragte Schneider.
»Sie hatte Rheuma, ziemlich schlimm. Irgendwann konnte sie nicht mehr laufen, dann nicht mehr sitzen und schließlich brauchte sie auch zum Liegen Schmerzmittel.«
»Wer hat sie denn gepflegt?«
»Das habe ich gemacht. Waschen, umziehen, in letzter Zeit auch immer wieder umbetten – die Gemeindeschwester hat mir alles gezeigt, und sie hat auch ab und zu nach dem Rechten gesehen. Einmal am Tag kam auch Erna vorbei, eine Freundin meiner Frau, die vorne in einem der Häuser an der Landstraße wohnt. Sie hat für uns gekocht, ein bisschen geputzt und mit meiner Frau Dorftratsch ausgetauscht. Das hat beiden gutgetan, glaube ich – die Erna ist noch ganz gut zu Fuß, aber seit vor drei, vier Jahren ihr Mann gestorben ist, hockt sie doch viel allein daheim.«
Schneider sah Müller an und versuchte sich vorzustellen, wie dieser grob wirkende Mann seine Frau umhegte und ihr Salbe auf wundgelegene Stellen strich.

»Warum haben Sie sie nicht in ein Pflegeheim gebracht? Das wäre doch sicher leichter für sie beide gewesen.«
»Sie sind nicht verheiratet, oder?«
»Doch, warum?«
»Hoffentlich wird Ihre Frau nicht so bald krank. Ich finde, Mann und Frau müssen sich aufeinander verlassen können. Und meine Frau wollte hier leben – und sie hat sich darauf verlassen, dass ich das für sie möglich mache. So einfach ist das.«
»Hm«, machte Schneider und wirkte nachdenklich.
»Beruflich konnte ich es mir ja einrichten. Wer früh rausgeht, findet tagsüber immer wieder mal Zeit.«
»Wann ist Ihre Frau gestorben?«
»Vor drei Wochen, Ende September. Kurz nach ihrem Geburtstag. Alle aus dem Dorf kamen zur Beerdigung. War schwer, da am Grab zu stehen und allen die Hand zu geben – aber irgendwie hat es auch geholfen.«
»Ist der Greininger auch gekommen?«
»Nicht zu mir ans Grab. Das hätte ich ihm auch nicht geraten. Aber er stand ganz hinten auf dem Friedhof, an der Hecke Richtung Ausgang. Ich selbst habe ihn nicht gesehen, ich habe überhaupt kaum etwas gesehen an diesem Tag. Aber die Erna hat es mir erzählt, ein paar Tage später, als sie mich besuchte.«
»Was hatten *Sie* denn für Probleme mit dem Greininger?«
Müller rückte unbehaglich auf der Bank hin und her.
»Sie hatten gesagt, er habe Ihnen das Leben schwer gemacht. Wie denn?«
»Der Greininger war ein Arschloch, und ich glaube nicht, dass ihm hier im Dorf jemand eine Träne nachweinen wird. Nicht hier und auch nicht in Rudersberg.«
»Und warum?«
»Er war halt nicht sehr beliebt, und er hat viel dafür getan, dass das auch so blieb.«
»Jetzt werden Sie halt mal genauer: Was hatten Sie für Probleme mit dem Greininger?«

»Dem gehören einige Stückle im Dorf und drum herum. Zum Beispiel die meisten Wiesen zwischen unserem Bach und dem Waldrand. Dort, wo ich heute früh mit dem Wagen aus dem Wald kam. Die Wege gehören der Gemeinde, soweit sie befestigt sind. Die Wiesenwege gehören eigentlich zu den Wiesen, sind also Privatgrund – aber seit jeher gibt es da Überfahrtsrechte, die auch im Grundbuch stehen. So kommen die Leute mit ihren Traktoren zu ihren Obstwiesen oder rauf in den Wald, wo sie sich ihr Holz holen. Und so komme auch ich mit meinem Wagen in den Wald, um meine Hochstände und die Futterstellen zu überprüfen. Das hatte ich Ihnen ja vorhin schon erzählt. Na ja, und der Greininger hielt halt nicht viel davon, dass ich da mit dem Wagen unterwegs war. Und deshalb mochten wir uns nicht so besonders.«

»Und das war alles?«

»Ja, mehr oder weniger.«

»Was heißt das nun wieder?«

»Man rasselt in so einem Dorf schon auch mal wegen irgendwelcher Kleinigkeiten zusammen. Wenn einer sich in der Wirtschaft daneben benimmt, wenn einer in Versammlungen herumstänkert oder einfach an allem etwas auszusetzen hat. So was kommt immer wieder mal vor. Aber das betrifft nicht nur mich, sondern eigentlich so ziemlich jeden im Dorf.«

Dienstag, 10.00 Uhr

Ernst ging weiter, erinnerte sich daran, dass mit entsprechend kleinen Schritten auch die stärkste Steigung einigermaßen schonend zu schaffen war, und folgte dem markierten Weg hinauf. Nach einer Weile bog nach rechts ein zweiter Pfad ab, der ebenso steil wieder nach unten führte – Ernst folgte ihm und blickte sich dabei immer wieder aufmerksam um. Dabei fielen ihm weiter rechts die Überreste eines Jägerstands auf, der umgestürzt im Dickicht lag.

Allmählich näherte er sich wieder dem Waldrand. Die Luft wirkte nun wieder etwas frischer, der Waldgeruch wurde leicht zurückgedrängt, und der Wind, der draußen über die Wiesen blies, war nun lauter zu hören, wie er an den Blättern und Ästen der Büsche und Bäume rüttelte, die die Grenze zu den Wiesen hin markierten.

Der Pfad schien zu enden, aber nach ein paar Schritten um einige abgefallene Äste und etwas Dornendickicht herum sah Ernst ihn wieder vor sich. Nicht auffälliger als ein selten genutzter Wildwechsel zog er sich zwischen den hier etwas lichter stehenden Bäumen hindurch und wies nach wenigen Metern in eine natürlich wirkende Senke hinab, die auf seiner Seite steil und gegenüber etwas sanfter abfiel.

Ernst kletterte die gut zwei Meter Abhang hinunter, rutschte ab und konnte sich im letzten Moment an einem kleinen Baumstamm halten. Die Senke, auf deren weichem, etwas feuchtem Untergrund er nun stand, bildete eine Art Schlucht, die nach Nordosten hin von einem umgestürzten Baum und zum Teil auch von Gestrüpp blockiert war, sich dahinter aber zum Dorf hin öffnete und dort in einen Wiesenweg mit zwei geschotterten Fahrrinnen mündete. Der Weg führte links den Waldrand hinauf und schließlich weiter oben in den Wald hinein. Nach rechts ging es zum Dorf hinunter, wo links des Weges Greiningers Hof und rechts ein kleines Einfamilienhaus den Beginn des Ortes markierten. Er konnte den Hof und das gegenüber stehende Haus von hier aus teilweise sehen. Ein Mann im Anzug stieg gerade aus einer Limousine, die vor Greiningers Hof angehalten hatte.

Wenige Schritte den Weg hinunter zweigte ein kleiner Trampelpfad ab, der dicht am Waldrand recht steil eine drei, vier Meter hohe Böschung erklomm. Ernst suchte auf den ausgetretenen Erdstufen nach Halt und stützte sich vorsichtig mit den Händen an den Grasbüscheln links und rechts ab. Oben auf der Böschung sah er einen alten Bauwagen vor sich, der auf einer ungepflegten Wiese mit langem, braunem Gras stand und zum Wald hin mit einem provisorischen

Vordach aus gewellten Eternit- und Kunststoffplatten erweitert war.

An der Tür des Bauwagens hing ein sehr massiv wirkendes Vorhängeschloss, davor lagen zwei ähnliche Schlösser zerbrochen, verbogen und verrostet auf dem Boden. Unter dem Vordach wirkte das Gras wie ein alter, verfilzter Teppich – offenbar war es über lange Zeit hinweg immer wieder niedergetrampelt und nie gemäht worden. Glassplitter und der eine oder andere noch unversehrte Flaschenhals lugten aus dem Schatten unterm Wagen hervor. Weiter rechts lagen Kondome halb verborgen im Gras.

Grinsend wandte sich Ernst von dem Bauwagen ab, schlug sich durch die nasse Wiese wieder zum Waldrand durch und schlüpfte durch eine Lücke im Gestrüpp in den Wald zurück.

»Verdammt!«, entfuhr es ihm. Über seinen Handrücken zogen sich zwei lange Risse, deren Hautränder zunächst etwas blasser wirkten, sich dann ein wenig aufwölbten und sich mit Blut füllten. Ernst schaute zu dem Gestrüpp zurück – zwischen verfilztem Gras, Brennnesseln und wild gewachsenen Apfelbaumtrieben ragte ein einzelner Ast hervor, der ungefähr wie der Stiel einer Rose aussah, allerdings länger, krummer und biegsamer war. An einigen Stellen zweigte ein kleiner Stängel ab, der ein paar spitz zulaufende und am Rand gezackte Blätter trug. Vom Ast selbst spreizten sich nach allen Seiten hin kleine, spitze Dornen ab. Ernst seufzte. Das hatte er seinem Bürojob zu verdanken – an diesen Dornen hätte er sich früher sicher nicht die Hand aufgerissen.

Er machte sich wieder auf den Weg, rieb über die juckenden Striemen und verschmierte dabei etwas Blut. Ein paar Schritte weiter öffnete sich rechter Hand eine kleine Anhöhe, die fast wie eine winzige Lichtung wirkte. Als Ernst oben stand, konnte er weite Strecken seiner bisherigen Wanderung überblicken: Nur an manchen Stellen verdeckt von Büschen und einzelnen Ästen sah er unter sich die schluchtartige Senke, durch die er vorhin aus dem Wald gekommen war. Der Wanderweg den Berg hinauf lag vor ihm. Und wenn er sich umdrehte, sah er zwischen den letzten Blättern am Waldrand hindurch das Wieslauftal vor sich liegen. Auch der Bauwagen, sein Vordach und der Platz darunter waren von hier aus gut zu sehen, während er selbst mehr als hüfthoch von dicht belaubten Büschen verdeckt war. Weiter links, hinter dem Bauwagen, sah er den Greiningerhof liegen. Er sah das Haupthaus, die Scheuer – und den Holzstoß an der Scheunenmauer, vor dem der tote Greininger im Gras gelegen hatte. Das alles konnte er mit bloßem Auge einigermaßen erkennen. Wie genau würde er die Details wohl mit einem Fernglas sehen?

Der Boden unter ihm war fest und trocken. Rund um ihn herum endeten kleinere Büsche in ein, zwei Metern Abstand. Zweige, die in seine Richtung wuchsen, endeten abgeknickt, und nicht weit davon entfernt lagen eingetrocknete Ästchen mit verwelkten Blättern. Seine Schuhe hinterließen auf dem wie gestampft wirkenden Untergrund keine Spuren, aber einige Zigarettenkippen fielen ihm auf. Er nahm eine der kleinen Plastiktüten, die er meistens bei sich trug, aus der Jackentasche, stülpte die Tüte mit geübtem Griff über einige der Kippen und sammelte sie ein, ohne sie mit der bloßen Hand zu berühren.

Auf zwei der Kippen war noch ein verwaschenes »RB« knapp oberhalb des Filters zu erkennen, zwei Buchstaben, die ursprünglich in durchscheinendem Grau fast wie ein Relief auf dem weißen Zigarettenpapier wirkten: »Redfern's Blend«. Ernst kannte die Marke aus seiner Zeit in Freiburg, dort hatte er eine Weiterbildung gemacht. Tagsüber hatte er für die Polizeiarbeit gepaukt, und abends hatte er in den Freiburger Studentenkneipen lieber kein großes Aufhebens von der Art seines Berufs gemacht.

Dort hatten viele den lose verpackten »Redfern's«-Tabak gekauft und ihn in diese »RB«-Hüllen gestopft, weil das billiger war und irgendwie auch angesagt. Ernst selbst hatte damit nie viel anfangen können, und seit Jahren waren ihm keine solchen Kippen mehr aufgefallen. Sicher auch, weil Ernst Nichtraucher war – aber trotzdem schienen ihm »Redfern's« irgendwie nicht zu diesem Dorf zu passen.

Dienstag, 10.15 Uhr

»Wem gehören denn nun die Frauenschuhe draußen auf dem Flur?«, hakte Schneider noch einmal nach.
»Die Schuhe?« Müller sah ihn irritiert an, dann schien ihm der Sinn der Frage langsam klar zu werden. »Meiner Tochter.«
»Wohnt die denn hier bei Ihnen?«
»Nein, leider nicht«, antwortete Müller. »Sie kommt ab und zu her, aber sie will nicht mehr hier wohnen. Nicht einmal über Nacht bleibt sie noch. Ich habe sie schon ein paar Mal drum gebeten, wieder hier einzuziehen, weil sie ja mit ihrer Ausbildung fertig ist. Sie hat sich selbstständig gemacht und könnte ihre Arbeit auch gut von hier aus erledigen. Und mir hätte sie dabei helfen können, meine Frau zu pflegen. Sie hat ihre Mutter wirklich geliebt, die beiden konnten stundenlang die Köpfe zusammenstecken. Aber sie will einfach nicht mehr in Kallental leben.«
»Kann ich verstehen«, meinte Schneider. »Raus aus der Enge, hinaus in die Welt, weg vom Elternhaus – sind so nicht alle jungen Leute?«
Müller sah ihn nachdenklich an, zögerte kurz und sagte dann: »Da haben Sie wohl recht. So wird es sein.«
Er stand auf und trug die Schnapsflasche und das leere Glas in die Küche hinüber. »Wollen Sie sonst noch etwas wissen?«, fragte er, als er wieder im Wohnzimmer stand. »Ich müsste nämlich langsam los. In Rudersberg habe ich ein paar Dinge auf dem Rathaus zu erledigen.«
»Nein, das wäre für den Moment alles. Falls mir noch etwas einfällt, weiß ich ja, wo ich Sie finde.«

Schneider nickte knapp, und Müller begleitete ihn zur Tür. Rechts vor der Haustür stand ein Aschenbecher auf dem Dielenboden. Schneider sah ihn und grinste.

»Dürfen Sie im Haus auch nicht rauchen? Das kenne ich ...«

»Jetzt darf ich ja«, antwortete Müller mit versteinerter Miene.

Schneider schluckte, spürte Hitze in seinem Gesicht aufsteigen, verabschiedete sich schnell und machte, dass er in sein Auto kam.

Dienstag, 10.20 Uhr

»Brettacher«, sagte die alte Frau und wies auf den Korb vor ihr, der mit unterschiedlich großen Äpfeln zur Hälfte gefüllt war. »Au Gwürzluika, ond do henda« – sie stützte sich an der langen Holzstange auf, die sie mit gichtigen Fingern umklammert hielt, deutete auf ein paar Bäume und versuchte, den über die Jahre krumm gewordenen Rücken ein wenig durchzudrücken – »do henda hemmr a paar Baim mit Franzosaäpfel.«

»Franzosenäpfel?«, fragte Schneider etwas ratlos, und er war schon froh, dass er den Rest des Satzes vage hatte erraten können.

»Ha, Franzosaäpfel halt«, wiederholte die alte Frau und sah Schneider tadelnd an. Dann erklärte sie gnädig: »Mei Vattr hot se älls au Bäuerla ghoißa.« Sie lächelte versonnen vor sich hin.

»Aha«, machte Schneider und versuchte das Gespräch auf den toten Greininger zu lenken. Sein Wagen stand neben der Holzbank, an der der Hohe Rain in die Landstraße hinauf nach Althütte mündete. Als er vor Müllers Haus gewendet hatte, hatte er vom Heck seines Wagens her ein Geräusch gehört, als sei er irgendwo dagegengestoßen – doch vor Müller wollte er sich nicht die Blöße geben und noch einmal aussteigen. Erst vorne an der Landstraße hielt er an und sah nach. Und tatsächlich: Die hintere Stoßstange wies ein paar Flecken von Gras und Erde auf, vermutlich von dem Wiesenabsatz, der sich direkt hinter Müllers Stellplatzfläche erhob. Von den Flecken abgesehen schien die Stoßstange nicht weiter beschädigt zu sein.

Schneider wischte die Stellen vorsichtig ab, und dann sah er die Frau, die sich auf der Wiese gegenüber nach Äpfeln im feuchten Gras bückte. Er hatte es für eine gute Idee gehalten, sie einfach mal in ein Gespräch zu verwickeln – vielleicht konnte er etwas Nützliches erfahren.

»Haben Sie den Greininger gekannt?«

Die alte Frau wiegte ihren Kopf hin und her. Schneider hatte ihr vom Tod des Bauern erzählt und davon, dass er wohl erschlagen worden sei.

»I woiß net ...«

»Sie haben ihn nicht gekannt?«

»Hier kennat sich älle. Aber wenn oiner scho tot isch, sott mr halt nix Schlechts über ihn saga.«

»Und etwas Gutes fällt Ihnen zu Herrn Greininger nicht ein?«

»Noi, net grad ... Wisset Se: Des war koi Guater. Koi Netter. Und koi Freindlicher sowieso scho net.«

»Dann tut's Ihnen nicht besonders leid, dass er tot ist?«

»Noi, des net. Aber ...«

»Aber?«

»Aber 's isch halt von der Zeit her net so gschickt. Mr sott jetzt schnell die Äpfel reibrenga. Ond wenn überall d'Polizei isch, kriegt mr vor lauter Frogerei koi Obscht vom Baum, ond scho gar kois zor Moschterei.«

Schneider seufzte und drehte sich frustriert um. »Volkes Stimme« war hier wohl nicht besonders hilfreich. Drunten im Tal liegt eine Leiche, aber die Frau hat nichts als ihre Äpfel im Sinn. Kopfschüttelnd stieg er in sein Auto, bog vorsichtig in die Straße ein und fuhr langsam wieder ins Dorf hinunter. Das untertourige Knurren des Motors war auf der

Wiese am Hang noch zu hören, als der Kommissar schon die zwei, drei Kurven und die weit ausholende Kehre ins Tal hinunter hinter sich hatte und wieder auf die Kallentaler Hauptstraße einbog.

Die alte Frau auf der Wiese stocherte mit ihrer Stange in einem Baum herum, schüttelte ein paar Äpfel von den Ästen und murmelte unwirsch vor sich hin. »Jetzt müssetse scho Badische zur Polizei hola. Ond no aber nobel em Porsche romflitza. Do könntsch doch uff der Sau naus ...«

Dienstag, 10.20 Uhr

Was Hauptkommissar Ernst im Hausflur sehen würde, ließ ihn der Klang der Türklingel schon ahnen. Sie surrte seltsam altmodisch und zugleich drängend – irgendwie alt und gleichzeitig so gar nicht dörflich. Ein geradezu toter Ton, der eher in ein Hochhaus passte als hier in dieses kleine Einfamilienhaus am Ortsrand.

Als er wartete, fuhr hinter ihm noch ein Wagen vor den Greiningerhof, ein blauer Van. Für die schmale Straße war der Fahrer ziemlich flott unterwegs. Ein Mann mittleren Alters, eher sportlich gekleidet, sprang heraus und eilte auf die Polizeiabsperrung zu. Was er in der rechten Hand hielt, ähnelte einem Arztkoffer.

Dann hörte Ernst Schritte, und er wandte sich wieder dem Haus zu. Die Haustür schwang auf und gab den Blick frei auf eine junge, irgendwie attraktive, aber schon etwas verbraucht aussehende Frau. Ein Schwall muffiger Luft schwappte aus dem düsteren Flur nach draußen und hüllte Ernst für kurze Zeit völlig ein. Der Geruch weckte widersprüchliche Erinnerungen in ihm: die Geborgenheit bei der »Nachbarstante«, zerbeulte Fahrräder neben der Kellertür, Kohlrouladen, Linoleumboden, Kaminholz neben der Küchenbank. Das hatte bei ihm im Dorf damals diese Mischung erzeugt. Und hier?

»Ja, bitte?«
Er zeigte der Frau seinen Ausweis, erklärte ihr den Grund seines Besuchs und wurde daraufhin die Treppe hinauf in den ersten Stock und dort in die Wohnküche geführt. Frau Rappert hatte schon von Greiningers Tod erfahren, und – »Nein, tut mir leid« – sie hatte nichts gesehen oder gehört.

Ernst nahm auf der Eckbank Platz und konnte vom Fenster aus den Greiningerhof recht gut überblicken. Nur die Stelle neben der Scheune, wo der Tote gefunden worden war, lag verdeckt von der Scheune selbst außerhalb seines Blickfelds.

– ... *trippelte und tippelte durchs Fensterlein herein* ... –

»Einen Kaffee?«

»Ja, gern«, antwortete Ernst, denn zu einem Frühstück hatte es bisher noch nicht gereicht – da war eine Tasse Kaffee allemal besser als noch einmal Hauptkommissar Schneider auf nüchternen Magen.

Frau Rappert werkelte noch kurz mit dem Rücken zu ihrem Gast an der Küchenzeile herum, stellte ihm einen gut gefüllten Porzellanpott mit Comicmuster hin und nahm ihre Tasse von der Küchenzeile herüber. Sie setzte sich ihm gegenüber und blickte ihn unverwandt an.

»Sie haben also nichts gesehen und nichts gehört?«, fragte Ernst noch einmal.

»Nein«, sagte sie, schüttelte dazu den Kopf und nahm einen Schluck aus ihrer Tasse.

Dass sie nichts gehört hatte, glaubte er ihr unbesehen: Ihr Gespräch wurde dadurch erschwert, dass in einer Ecke der Küche ein tragbarer Kassettenrekorder irgendwelche Kinderlieder plärrte. Das Kind dazu hockte neben dem knallbunten Plastikgerät und schob eine kleine hölzerne Lokomotive über den Boden.

– ... *und halt den Stern in deinen Händen* ... –

»Aber Sie gehören halt zu den nächsten Nachbarn vom Greininger.«

»Das hätten wir auch gerne anders gehabt, das können Sie mir glauben.«

Aufmerksam betrachtete Ernst die Frau. Sie wirkte übernächtigt und genervt, schaute immer wieder für einen kurzen Moment zu dem kleinen Kind hinüber und strich sich eine Strähne aus dem Gesicht.

»Sie mochten Greininger nicht?«

»Da wären wir hier im Dorf wohl auch so ziemlich die einzigen gewesen.«

»Und warum?«

»Na ja, er hat es sich eben mit allen verscherzt.«

– *... da sti- da stu- da staunt der Pizzabäcker ...* –

»Und wie?«

»Ach, da war Greininger nie um einen Grund verlegen. Dem alten Bürgermeister zum Beispiel hat er das Leben schwer gemacht, weil er sich an keine Vorschriften gehalten hat.«

»Alter Bürgermeister? Ihr habt doch einen ziemlich jungen drüben in Rudersberg.«

»Nein, ich meine den Kurt Mader – der war damals, als Kallental noch eigenständig war, der Bürgermeister. Und danach jahrelang der Ortsvorsteher – also eigentlich auch wieder der Bürgermeister für die meisten hier.«

Ernst erinnerte sich vage an einen ruhigen Mann, der auch aus der Sicht der Nachbargemeinden hier im Ort alles im Griff zu haben schien. Einer, der nach einem Diebstahl nur ein, zwei Gespräche führte – und schon war das Gestohlene zurück an seinem Platz und irgendein Dorfbewohner mühte sich auffällig fleißig damit ab, einen Spielplatz oder eine Bushaltestelle wieder herzurichten. Nur der Name Kurt Maders war ihm über die Jahre entfallen.

»Die Wirtin von der ›Krone‹ hat er gereizt«, fuhr Frau Rappert währenddessen fort, »weil er immer Stunk gemacht hat wegen der Gäste, die gegenüber geparkt haben – dort hat ihm ein Stück verlotterter Wiese am Straßenrand gehört.«

– *... und werf dich lachend in die Luft ...* –

»Klingt ja nicht sehr sympathisch.«

»Dann passt es ja. Der Horscht Müller vom Sägewerk hatte Probleme mit dem Greininger, weil dem nicht passte, dass die Langholz-Wagen über einen geschotterten Platz am Rand von einer seiner Wiesen gefahren sind, wenn sie umgedreht haben. Und der Förster musste sich immer wieder runterputzen lassen, wenn er mit seinem Jeep den kleinen Weg aus dem Wald herunterkam. Hier, dem Hof vom Greininger gegenüber.«

»Was hat ihn denn daran gestört? Ein Förster ist ja wohl der erste, der auf solchen Wegen fahren darf.«

»Ach, den Greininger hat alles gestört. Aber er selbst hat droben im Wald seinen Krempel abgeladen. Da müssen Sie mal rauf: alte Betonrohre, kaputte Dachziegel – und als sich der Förster beschwert hat über die kleine Müllhalde in seinem Revier, hat ihm der Greininger einfach den Jägerstand abgesägt. Der liegt heute noch da, wie er hingefallen ist. Na ja ... beweisen kann's ja immer keiner. Aber wer sollte es sonst gewesen sein? Den Streit zwischen Fritz, also dem Förster, und dem Greininger hat man noch im Biergarten an der ›Krone‹ gehört.«

– *... genau mitten auf die Na-ha-se ...* –

»Sie wissen schon, dass Sie mir damit ein Motiv geliefert haben?«

»Für Fritz Müller? Blödsinn. Wenn Fritz ein Motiv hatte, dann hatten wir alle eins. Mindestens.«

»Sie auch?«

»Klar. Wenn ich mal den Jens« – sie deutete mit dem Kinn zu dem kleinen Kind auf dem Küchenboden hinüber – »in den Kinderwagen packe und mit ihm den Fußweg Richtung Oberndorf entlangspaziere, kommt garantiert kurz danach dieser kranke Greininger und drängt uns mit seinem Schlepper von der Fahrbahn. Und wenn mein Großer, der Sven, mit seinem Fahrrad kurz mal auf einer Obstwiese Halt macht und sich einen Apfel pflückt, dann kann ich den Greininger schon mit der Mistgabel rennen sehen. Aber damit hat's ja nun ein Ende.«

»Dann war das Wohnen hier nicht sehr idyllisch?«

»Ach, doch, schon. Der Greininger war halt ein alter Spinner. Im Dorf völlig isoliert. Und wenn man mit so einem Streit hat, haben ja alle um einen herum dafür Verständnis. Das geht dann schon. Schlimmer hat es die Follaths getroffen, die Nachbarn auf der anderen Seite vom Greiningerhof.«

»Warum das denn?«

»Die waren halt selbst isoliert, gehörten nicht zum Dorf. Da stehst du einen Streit mit so einem Sturkopf nicht ganz so leicht durch.«

»Und warum hatten die Streit mit dem Greininger?«

– ... *schnibbel-di-bibbel-di-huh-ba-ba-du* ... –

»Dass es dazu nicht viel brauchte, habe ich Ihnen ja schon gesagt. Und dann hatten die auch noch ein spezielles Problem mit ihm.«

»Ein spezielles Problem?«

»Das sollen Ihnen die Follaths lieber selbst erzählen. Mir reichte schon mein Ärger mit dem Kerl.«

»Na ja, so wahnsinnig dramatisch klang das bisher ja eher nicht.«

»Das war ja auch noch nicht alles.«

»Was war denn noch?«

»Nehmen Sie noch einen Kaffee?«

»Lenken Sie jetzt bitte nicht ab.«

»Ich lenke nicht ab. Aber die Geschichte braucht etwas Zeit – das reicht Ihnen locker für einen Kaffee.«

Dienstag, 10.25 Uhr

Die Gartentür, die das Grundstück zur Hauptstraße hin abgrenzte, war nur angelehnt, und Schneider drückte sie vorsichtig auf. Ein paar kleine Stücke des teilweise von der Metalltür abgeblätterten Lacks blieb ihm an den Fingern kleben, und als er langsam auf die seitwärts am Gebäude eingebaute Haustür zuging, hörte er Musik. Eigentlich war es eher eine einzelne E-Gitarre, die kurze Fetzen eines Solos spielte – und diese dann immer und immer wieder mit leichten Variationen wiederholte.

Er ging die Stufen hinauf, die zur Tür führten, und suchte vergeblich nach einem Klingelknopf. Neben der Tür war ein ziemlich großer Briefkasten mit Zeitungsröhre aufgehängt, im Namensfenster steckte ein Papierstreifen mit der Aufschrift »Riedl«.

Von dem steinernen Podest aus, auf dem Schneider nun stand, sah er linker Hand den etwas verwilderten Garten des Hauses unter sich liegen, dahinter die Bäume am Ufer des Baches – und durch eine Lücke zwischen diesen Bäumen hindurch war ein Teil des Greiningerhofs auf der anderen Seite der Wieslauf zu sehen. Er konnte von hier aus zwar nur das Wohngebäude, einen Teil des Innenhofs und das Dach der Scheune erspähen, aber im ersten Stock musste die Aussicht auf die Stelle, an der Greininger gefunden wurde, recht gut sein. Zumindest hatte Schneider von dort drüben einen recht guten Blick auf dieses Haus gehabt.

Schließlich griff er nach dem Eisenring, der in der Mitte der Tür hing, und klopfte zweimal vorsichtig an. Die Gitarre spielte weiter, sonst war nichts zu hören.

Aus den Augenwinkeln sah Schneider eine ältere Frau, die sich im Nebenhaus ein Kissen auf eine Fensterbank im ersten Stock gelegt hatte und ihn interessiert beobachtete.

»Der hört eh nix. Gangat Se ruhig nei«, meinte die Frau und nickte lässig zur Haustür ihres Nachbarn hinüber. »Isch offa.«

Er drückte die abgewetzte und etwas lose sitzende Klinke nach unten, ließ die Tür aufschwingen und stand, als er sie sorgfältig wieder hinter sich geschlossen hatte, in einem überraschend modern möblierten Hausflur. Etwas niedrig, aber durch eine halb verglaste Tür, die wohl in den Garten führte, gut ausgeleuchtet – und mit kleinen Schränkchen und Accessoires aus Stahl, Glas und grobem Holz pfiffig ausstaffiert.

»Hallo?«, rief Schneider, aber es war keine Antwort zu hören. Also stieg er die ausgetretenen Holzstufen hinauf zum ersten Stock, wo alles noch heller wirkte und mit noch freundlicher wirkenden Möbeln ausgestattet war.

Das Gitarrensolo war verstummt, eine Tür knarrte, und vor Schneider stand ein etwa dreißig Jahre alter, sehr schlanker Mann mit schulterlanger blonder Mähne, der über seiner ausgebeulten Jeans ein weites Sweatshirt trug, und darunter ziemlich zerschundene Clogs.

»Wer sind Sie denn?«, blaffte der Mann etwas ungehalten und musterte Schneider von oben bis unten.

»Unten war offen.«

»Ja, und – heißt das jetzt, dass jeder Vertreter hier reinschlurfen darf, wie er sich das vorstellt? Sie sind nicht von hier, stimmt's?« Jedes Mal war Schneider wieder überrascht, wie sehr ihn in dieser Gegend schon wenige Worte brandmarkten. »Ich kaufe auf jeden Fall nichts. Kein Geld, kein Interesse.«

»Kriminalpolizei«, schnappte Schneider. Jetzt reichte es ihm allmählich mit diesen pampigen Dorfbewohnern. »Sind Sie Herr Riedl?«

»Haben Sie einen Ausweis dabei?« Der Mann hatte nur kurz gestutzt, hatte dann seine breitbeinige Haltung etwas aufgeweicht und sich etwas weniger ablehnend hingestellt.

»Bitte, hier«, machte Schneider, präsentierte den Ausweis seinem Gegenüber mit geübter Geste und ließ ihn sofort wieder in der Jackentasche verschwinden. Der schien zufrieden, obwohl er gar nicht genau hingesehen hatte.

»Sind Sie sicher«, fragte Schneider nach und lächelte ein wenig dabei, »dass das kein Ausweis vom Wasserwerk war?«

Zum ersten Mal sah ihn Riedl mit wirklichem Interesse an. Er sah Schneiders Lächeln und musste nun selbst grinsen.

»Kommen Sie«, murmelte er, drehte sich um und ging Schneider durch den Flur voran. »Ich schau mir halt gern Krimis an«, meinte er dabei, »und als Musiker hat man eigentlich nicht viele gute Gefühle, wenn die Polizei plötzlich im Haus steht.«

Die beiden Männer gingen durch die nicht gerade teuer, aber doch geschmackvoll und in keiner Weise ungewöhnlich eingerichtete Wohnung und landeten schließlich in einer gemütlichen Wohnküche. Der Mann zog einen Stuhl unter dem Tisch hervor und wies mit der Hand darauf.

»Setzen Sie sich doch, bitte. Ich mach uns noch schnell einen Espresso.«

Schneider nickte, setzte sich und legte sich eine grobe Strategie für das folgende Gespräch fest.

»Zucker?« fragte Riedl von der Küchenzeile herüber.

»Ja, zwei.«

Riedl ließ zwei Zuckerwürfel in eine kleine Tasse fallen, drei in die andere, legte einen Löffel auf jeden Unterteller und kam mit den beiden Espressi zum Tisch. Dann zog er einen Lappen aus einer Schublade, träufelte etwas darauf und reichte es Schneider.

»Wischen Sie damit Ihren rechten Schuh ab, dann riecht es hier auch nicht mehr so streng nach Katze.«

Schneider war sprachlos, aber er wischte folgsam seinen Schuh ab, und tatsächlich war der Lappen danach braun und roch ziemlich streng. Der Schuh, nein, die ganze Küche schien aufzuatmen.

»Ja, ich bin Charlie Riedl«, meinte Riedl und verpackte den schmutzigen Lappen penibel in einer Plastiktüte, drehte das offene Ende ein paar Mal, machte einen Knoten und warf dann das ganze Gebilde in den Mülleimer. »Karlheinz sagt schon lange keiner mehr zu mir, und das ist mir ganz recht. Und dann: nein, ja, nein.«

Schneiders Strategie für diese Befragung lag in Trümmern und der Kommissar sah seinen Gesprächspartner verdutzt an.

»Na ja«, fuhr der ungerührt fort und rührte in seinem Espresso. »Nein – es tut mir nicht leid, dass der Greininger tot ist. Ja – ich habe ein Motiv, das mich vielleicht sogar hinreichend verdächtig machen würde. Und: Nein – ich habe ihn nicht erschlagen. Und dass Sie wegen des Mordes kommen, nehme ich doch mal an – schließlich rückt die Kripo nicht wegen jeder Kleinigkeit hier an, gell?«

»Woher wissen Sie, wie Greininger umkam?«

»Hören Sie mal: Wir sind hier nicht in Stuttgart oder Berlin. Meine Nachbarin haben Sie vermutlich am Fenster gesehen, als Sie hier hereinkamen – der entgeht so schnell nichts. Das mit Greininger hat sie, glaube ich, heute früh beim Bäcker aufgeschnappt. Das geht fix hier. Und dann braucht sie jemanden, dem sie es brühwarm erzählen kann. Na, und das bin ich.«

»Aha«, machte Schneider und nahm einen Schluck von dem höllisch heißen und erfreulich starken Kaffee. »Haben Sie den toten Greininger denn nicht gesehen?«

»Gesehen?«, staunte Riedl. »Wieso denn das?«

»Na, Ihr Haus ist von der Stelle, wo Greininger lag, sehr gut zu sehen. Das dürfte also auch umgekehrt der Fall sein. Können wir mal in die Zimmer rüber, die nach Norden zum Bach hin gehen?«

»Klar«, sagte Riedl nur und stand auf. »Es ist aber nur ein einziges Zimmer – schauen Sie es sich einfach an.«

Schneider stand in der Tür zu einem großen Raum, der zwei Fenster zum Greiningerhof hinüber hatte und von zwei Neonröhren in der Mitte des Zimmers erhellt wurde. Links stand in einer kleinen Nische ein Bett, nicht weit daneben standen drei Schreibtische wie ein U beisammen, das sich nach rechts öffnete, darauf drängten sich zwei Bildschirme, Tastaturen, Lautsprecher, ein kleines Mischpult und allerlei Gerätschaften, deren Sinn sich Schneider nicht erschloss. Auf dem kreuz und quer mit Teppichen bedeckten Boden lagen Kabel, auf metallischen Ständern waren zwei Gitarren und ein Bass deponiert, daneben stand ein

Keyboard auf einem kleinen Holztisch und in einem Regal an der rechten Zimmerwand waren CDs und Software-Handbücher gestapelt.

»Ich habe ein paar Wände rausgerissen und mir das Ganze als Mix aus Wohnzimmer, Schlafzimmer und Studio eingerichtet«, erklärte Riedl.

Schneider nickte und schaute zur Decke hinauf: Absätze unter der Decke markierten die Stelle, an der vermutlich Stahlträger die Last aufnahmen, die früher einmal die Wände getragen hatten. Zu den Fenstern allerdings musste Schneider nicht hinübergehen: Beide waren mit passend geschreinerten Gestellen verdeckt.

»Können Sie das mal rausnehmen?« fragte Schneider und deutete auf die Blenden.

»Ja, kein Problem«, meinte Riedl und zog nacheinander die beiden Gestelle ab. Sie hatten vorne zwei Griffe, um die herum graue, pyramidenförmige Zapfen nach vorne ragten, und waren an ihren dünnsten Stellen etwa zehn, 15 Zentimeter dick. »Das ist Dämmmaterial, damit nicht zu viel Musik durch die dünnen Fensterscheiben nach draußen dringt.«

Dann blickte Riedl durch das Fenster hinaus und verstummte.

»Ist er da drin?«, fragte Riedl und nickte zu dem Leichenwagen hinüber, der hinter dem Greiningerhof am Straßenrand vor einem weißen Transporter geparkt war.

»Nein«, sagte Schneider, der neben Riedl getreten war. »Er liegt noch im Gras«, und er deutete mit der Hand weiter links auf eine Stelle nicht weit vom Eingang zur Scheuer. Dort erhob sich gerade ein Mann, blickte noch einmal auf den im Gras liegenden Körper hinunter und nickte dann knapp. Daraufhin trugen zwei andere Männer in dunklen Anzügen eine Trage heran, auf der ein blauer Kunststoffbeutel in der Größe eines Erwachsenen lag. Sie zogen einen Reißverschluss auf, der sie den Beutel der Länge nach aufklappen ließ. Dann legten sie den Toten auf die Liege, zogen den Reißverschluss wieder zu und gingen mit der Trage wieder zurück zu ihrem Wagen.

Schneider wartete noch kurz, dann fragte er: »Wann haben Sie die Fenster denn verrammelt?«

»Gestern Abend. Ich bin gegen sieben heimgekommen und habe mich dann gleich hier an die Arbeit gemacht. Schlafen kann ich ohnehin besser im dunklen Zimmer und heute früh habe ich mich gleich wieder ans Mischpult gesetzt – also waren die Fenster seit gestern Abend etwa sieben Uhr geschlossen. Beim Dichtmachen gestern ist mir nichts aufgefallen – wann wurde er denn erschlagen?«

»Später als sieben Uhr auf jeden Fall.«

»Tja, tut mir leid, dann kann ich Ihnen nicht groß helfen.«

»Ich würde Ihnen trotzdem gerne noch ein paar Fragen stellen.«

»Okay. Kommen Sie mit.« Die beiden gingen in die Küche zurück. »Was wollen Sie denn wissen?«

»Zunächst einmal würde mich interessieren, ob Sie nicht doch vorhin mal die Fenster geöffnet haben, als Ihre Nachbarin Ihnen vom Tod Greiningers erzählte.«

»Nein, habe ich nicht. Wozu auch? Ich wusste doch noch nicht, dass ich hier so einen Logenplatz hatte – irgendwie stellte ich mir vor, dass der Typ im Haus liegen würde. So konkret ist Frau Schmierer nicht geworden, und sie selbst hat wegen der Bäume am Bach auch keine freie Sicht auf den Hof vom Greininger.«

»Mag sein, aber wäre es nicht normal, dass man da zumindest mal einen Blick riskiert?«

»Normal vielleicht, aber was muss mich das interessieren? Ich bin nicht so der Spanner-Typ, und außerdem habe ich derzeit ziemlich viel Stress mit meinen Aufträgen. Zum Glück eigentlich – eilige Jobs sind besser bezahlt, und Geld kann ich immer vertragen.«

»Wie standen Sie denn zu Greininger? Gab es Probleme?«

»Natürlich gab es die. Aber der Reihe nach«, holte Riedl aus und setzte sich gemütlicher hin. »Ich bin hier der Exot im Dorf. Musiker, lange Haare, spät ins Bett – das passt natürlich nicht ins gewohnte Raster. Aber ich mache nicht mehr Krach als irgendein Traktor, inzwischen läuft ja alles über Computer und Kopfhörer. Ich kaufe beim Bäcker vorne an der Kreuzung ein, gehe ab und zu in der ›Krone‹ einen trinken und lasse die Mädchen hier in Ruhe. Also hat sich das Dorf mit mir arrangiert. Und, ganz ehrlich: Bei mir ist nicht viel mit Rock 'n' Roll und all den Klischees, die Sie vielleicht von Berufsmusikern kennen. Sonst hätten Sie mich ja auch kaum um diese Uhrzeit wach angetroffen, oder? Ich muss morgen und nächsten Freitag und dann wieder am Donnerstag drauf liefern. Songs, die zu einem Film passen oder zu einer Castingshow oder ins Radio. Zwei Minuten dreißig, Intro, Aufbau, Bridge, Killerhook, Fadeout, fertig.«

Riedl sah Schneider an, dass er kein Wort verstanden hatte. Er zuckte die Schultern und trank seine Tasse leer. »Wie auch immer: Ich mache keinen Ärger, ich will keinen Ärger. Mehr ist da nicht.«

»Sie hatten vorhin erwähnt, dass Sie auch ein Motiv hätten, den Greininger umzubringen. Was wäre das denn?«

»Da muss ich kurz überlegen.«

»Dann kann es ja nicht so wahnsinnig schlimm sein, oder?«, lächelte Schneider verbindlich und begann sich etwas zu entspannen.

»Sie haben mich falsch verstanden«, antwortete Riedl und lächelte etwas gequält: »Ich muss mir über die Reihenfolge der denkbaren Motive klar werden.«

Dienstag, 10.35 Uhr

Frau Rappert hatte Ernst und sich nachgeschenkt. Dann stellte sie die Kanne weg und beugte sich zu dem kleinen Kind hinunter.

»Komm, Jens, du gehst jetzt in dein Zimmer. Da kannst du in Ruhe weiterhören.«

Der Kleine wollte schon protestieren, da fing er den entschiedenen Blick seiner Mutter auf, sah wohl ein, dass da jetzt nichts zu holen war und ergab sich in sein Schicksal. Zwei Minuten später war durch die geschlossene Tür des Kinderzimmers nur noch kurz das leicht protestierende Gebrabbel des Kindes zu hören, und natürlich das unvermeidliche Scheppern des ungebrochen fröhlichen Singens von der Kassette.

Frau Rappert kam in die Küche zurück, und obwohl sie weiterhin müde wirkte, war für Ernst alles Verbrauchte an ihr verschwunden. Es war ersetzt durch den Respekt, den sie sich in seinen Augen gerade verdient hatte.

Sie stellte eine kleine Cremedose vor ihm auf den Tisch.

»Streichen Sie sich das auf Ihren Handrücken, und hören Sie endlich auf, daran herumzureiben – irgendwann müssen die Kratzer ja mal zur Ruhe kommen.«

Ernst blickte erstaunt auf, und wie ertappt öffnete er die Dose und tupfte sich ein wenig Creme mit den Fingerspitzen auf den angeritzten Handrücken.

»Und was hatten Sie nun für Probleme mit dem Greininger?«

Frau Rappert setzte sich an den Tisch, gab ein Stück Zucker in ihren Kaffee, rührte um und sah kurz dem kleinen Schaumfleck zu, der sich in der Tasse drehte. Dann nahm sie einen kleinen Schluck, stellte die Tasse ab, atmete tief durch und begann zu erzählen.

»Mein Mann ist den ganzen Tag über weg. Er arbeitet in Backnang. Das ist nicht allzu weit weg, aber in der Mittagspause lohnt es sich auf jeden Fall nicht, zum Essen heimzukommen. Also sehe ich ihn manchmal morgens noch und manchmal auch nicht, wenn Jens eine unruhige Nacht hatte und die Kinder und ich noch ein wenig nachschlafen. Abends kommt er so gegen sechs, halb sieben wieder heim – da ist der Tag im Dorf im Großen und Ganzen gelaufen. Er bekommt also nicht viel mit von dem, was hier so unter der Woche läuft. Ich bin allein mit unseren Kindern, und die meiste Zeit auch allein hier im Haus und ums Haus herum. Die Nachbarn auf unserer Straßenseite zum Dorf hin sind nette Leute, aber sie sind schon etwas älter und leben sehr zurückgezogen. Das heißt: Viel Kontakt habe ich mit diesen Nachbarn nicht. Man grüßt sich freundlich, wenn man sich sieht, und wechselt ab und zu ein paar belanglose Worte. Aber man sieht sich eben nicht so oft.«

Ernst blickte sie aufmerksam an und blieb still.

»Wenn Sie so wollen, lebe ich hier also unter der Woche allein mit meinen Kindern – und mit dem Greininger. Der werkelt eigentlich immer irgendwie und irgendwo auf seinem Hof oder an der Straße oder an den Wiesen hier herum, und den sehe ich täglich mehrmals.«

Sie nahm einen Schluck Kaffee.

»Gut, das ist nun vorbei – aber für mich ist das immer noch nicht abgeschlossen. Ich werde mich dran gewöhnen, dass er tot ist. Und ich werde mich gerne dran gewöhnen, keine Frage.«

Seltsam, dachte sich Ernst. Warum finde ich diese Worte nur deshalb nicht zynisch oder verdächtig, weil diese Frau sie sagt?

»Wir hatten vier Jahre lang ja nur ein Kind, den Sven. Er ist gerade das erste Jahr in der Schule, da haben es Jens und ich den Vormittag über inzwischen ein bisschen ruhiger. Aber damals, als nur der Sven hier war, hatte sich das nach ein, zwei Jahren ganz gut eingespielt. Die Tage liefen immer geregelter, und ich hatte das Gefühl: Jetzt hast du das Haus und den Garten wieder im Griff. Dann kam Jens, und plötzlich stand alles wieder kopf. Wissen Sie: Mein Mann und ich dachten, dass ein zweites Kind keine so große Umstellung mehr wäre – schließlich hat man ja alles mit dem ersten schon erlebt. Na ja, da hatten wir uns gründlich getäuscht: Der Sprung von einem auf zwei Kinder veränderte unser Leben mehr als das erste Kind. Ich kann Ihnen nicht einmal so richtig begründen, woran das lag – auf jeden Fall brach hier das Chaos aus, und das haben wir bis heute nicht so ganz eindämmen können. Plötzlich reichte es nicht mehr, ein- oder zweimal die Woche einkaufen zu gehen; fast jeden Tag fiel mir etwas ein, was ich vergessen hatte zu besorgen. Und manchmal sogar mehrmals am Tag. Tja, und hier im Dorf gibt es nicht viel zu kaufen. Ein Bäcker hat hier seinen Laden, da kaufen wir natürlich Brot, Brötchen und Brezeln, klar. Aber schon für Butter oder Sahne muss ich das Auto nehmen – das hat der Bäcker zwar in einer kleinen Kühltheke, aber das ist halt um einiges teurer als im Supermarkt in Rudersberg oder Welzheim. Und Windeln, Feuchttücher und den ganzen Kram gibt es in Kallental sowieso nicht zu kaufen. Damals war Sven zwar vormittags immer im Kindergarten, aber umständlich blieb das Ganze trotzdem.«

Allmählich fragte sich Ernst, wohin die Geschichte führen würde – aber er versuchte, sich seine wachsende Ungeduld nicht anmerken zu lassen.

»Und so ging es immer hin und her: Tasche umhängen, Jens auf den Arm nehmen, Garagentor öffnen, rein in die Garage, die Autotür einen Spalt weit öffnen, so weit es halt die enge Garage zulässt, dann Jens in den Kindersitz zwängen und anschnallen, Tasche verstauen, selbst in den Wagen klettern, aus der Garage auf die Straße rangieren und los. Und nach dem Einkaufen dasselbe wieder in umgekehrter Reihenfolge. Sie können sich vielleicht vorstellen, dass einem das nicht lange Spaß macht.«

Ernst nickte, obwohl er keine Kinder hatte, und Frau Rappert fuhr fort:

»Also habe ich irgendwann halt den Wagen draußen am Straßenrand stehen lassen. Warum auch nicht? Die Straße ist hier zwar nicht so wahnsinnig breit, aber es muss ja auch kaum einer mehr hier vorbei mit dem Auto. Der Förster kam manchmal hier durch, das habe ich ja vorhin erzählt, aber den hat das nicht gestört.«

»Aber dem Greininger war's nicht recht, nehme ich an«, schob Ernst dazwischen.

»Genau«, stimmte sie ihm zu. »Dem passte das nicht. Warum, habe ich zwar nie so ganz verstanden – aber er machte immer wieder mal einen Riesenterz deswegen.«

»Und deshalb hatten Sie dann Streit mit ihm?«

»Ach, das war ich schon gewöhnt, dass ihm irgendetwas nicht passte. Also habe ich mir mein Teil gedacht und mich nicht weiter drum gekümmert. Aber dann, eines Tages, ging er wirklich zu weit. Ich hatte den Wagen wieder draußen stehen lassen und wollte noch schnell ein paar Windeln kaufen. Jens hatte Durchfall und da haben wir die einfach schneller verbraucht und ...«

»Ja?«, fragte Ernst dazwischen, um die Schilderung der Details abzukürzen.

»Stimmt, das wollen Sie wahrscheinlich nicht so genau wissen. Wie auch immer: Ich musste einkaufen. Und wie ich draußen war, ging ich zuerst zur rechten hinteren Tür des Wagens – ich habe den Jens immer rechts hinten sitzen, dann sehe ich ihn vom Fahrersitz links vorne besser – und wollte den Kleinen in seinen Kindersitz setzen. Da sah ich die Bescherung.«

»War der Reifen platt?« Ernst traute dem toten Greininger zu Lebzeiten nun schon bald jede Schandtat zu.

»Das hätte ich an Ihrer Stelle jetzt auch vermutet. Aber so einfach wollte es der Greininger sich und mir wohl nicht machen: Das rechte Hinterrad war abmontiert und lag neben dem Auto auf dem Boden. Der Wagen war rechts hinten mit ein paar Holzblöcken aufgebockt. Und hätte ich nicht den Jens in den Wagen setzen müssen, wäre ich wohl einfach losgefahren und die Vorderräder hätten den Rest des Wagens von den Holzblöcken herunter gezogen – da wäre sicherlich einiges kaputtgegangen, das wäre sicher teuer geworden.«

»Haben Sie ihn angezeigt?«, fragte Ernst wie aus einem Reflex heraus.

»Nein. Was hätte das bringen sollen? Natürlich wäre es der Greininger nicht gewesen. Und außerdem ist ja letztendlich kein Schaden entstanden. Selbst wenn jemand den Greininger hätte überführen können, hätte der immer noch behaupten können, dass er sehr wohl wusste, dass ich den Jens erst noch ins Auto setzen musste – dass ich also ganz sicher das abmontierte Rad bemerken würde. Mit einem guten Anwalt hätte er sich da ohne Probleme rauswinden können. Wozu da überhaupt zur Polizei gehen? Außer Ärger und viel Papierkrieg hätte das also nichts gebracht.«

Ernst hätte ihr gerne widersprochen, aber er wusste es besser. Das Problem, nun passende Worte zu finden, wurde ihm abgenommen: Sein Handy klingelte. »Entschuldigen Sie bitte«, murmelte er und nahm das Gespräch an. Es war Schneider. Ernst hörte ein wenig zu, sagte dann knapp »Bis gleich«, und steckte das Handy wieder weg.

»Mein Chef«, erklärte er Frau Rappert. »Wir müssen zur Besprechung nach Waiblingen. Sind Sie in den nächsten Tagen hier erreichbar, falls ich noch Fragen habe?«

»Klar, wo soll ich schon hin mit den beiden Kleinen?«

»Na ja, einkaufen?«, grinste Ernst und machte sich auf den Weg die Treppe hinunter vor die Haustür, wo Schneider gerade umständlich seinen Wagen wendete.

Dienstag, 10.45 Uhr

»War ja offenbar nicht sehr beliebt, unser neuer Kunde«, meinte Ernst, als der Sportwagen am Ortsausgang einen kleinen Satz nach vorn machte, weil Schneider das Gaspedal durchdrückte. Am Straßenrand trat ein Mann in ausgebeulten Arbeitshosen und Gummistiefeln, auf dem Kopf eine abgegriffene Schildmütze, erschrocken einen Schritt zurück.

»Na ja, ›Kunde‹ ... Ich finde, etwas weniger zynisch dürfen Sie schon sein, Kollege«, gab Schneider zurück. »Aber Sie haben wohl Recht: Den konnte hier im Ort keiner leiden – zumindest nicht die Leute, mit denen ich bisher gesprochen habe. Wie war's bei der Nachbarin?«

»Die hatte mit Greininger auch so ihre Probleme. Ein paar Kleinigkeiten, über die man sich aufregen kann oder nicht – aber einmal soll er ihr heimlich ein Rad abmontiert haben. Das passt irgendwie: Dieser Greininger hatte wohl auch ein Rad ab ...«

Schneider seufzte.

»Familie Follath, die direkt neben Greininger wohnt, konnte ich noch nicht fragen – da wollte ich jetzt gerade hin.«

»Das muss noch warten«, versetzte Schneider. »Wir müssen jetzt erst mal mit dem Chef reden. Binnig will wissen, ob wir eine SoKo brauchen.«

Rolf Binnig, Leitender Kriminaldirektor in Waiblingen, war Schneiders und Ernsts Vorgesetzter – und er fackelte nicht gerne lange, wenn es um Kapitalverbrechen ging.

»Schlecht wär's nicht – wenn ich mir überlege, dass allein Kallental schon mal gut 300 Einwohner hat. Falls das mit unseren Ermittlungen so weitergeht wie bisher, wären das mehr als 300 Verdächtige«, meinte Ernst. »Und dann müssten wir sicherheitshalber noch ein paar andere Punkte abklopfen. Vielleicht hat sich unser Toter ja zu Lebzeiten noch außerhalb des Dorfes einige Feinde gemacht. Das Talent dazu hatte er ja ganz offensichtlich. Mich würde interessieren, wo er noch überall Grundstücke besitzt – im Wieslauftal ist seit Jahren einiges im Fluss: Umgehungsstraßen, die Bahnlinie, da gab und gibt es sicher einige Möglichkeiten, ehrgeizigen Plänen im Weg zu sein.«

»Da gebe ich Ihnen Recht, Kollege: Unterstützung könnten wir gut gebrauchen. Und wir beide haben schon gut zu tun, uns weiter hier im Ort umzuhören. Mir kam der Förster nicht so ganz koscher vor, und in dem Haus mit Blick auf die Stelle, wo der Greininger lag, wohnt ein Musiker, der ebenfalls nicht gut auf den Toten zu sprechen war.«

»Ja? Kann ich mir gut vorstellen ... Musiker ist sicher nicht das, was sich unser lieber Greininger als Wunschberuf für einen jungen Menschen vorstellt.«

»Kann man so sagen. Zuerst muss Greininger seinem musizierenden Nachbarn ein paar Mal die Kollegen vom Streifendienst auf den Hals gehetzt haben. Als der Musiker geschäftlichen Besuch hatte – da kam wohl irgendein Produzent vorbei –, schrammte Greininger mit dem Traktor und einem Anhänger an dessen Wagen entlang. Riedl, das ist der Musiker, hielt das selbstverständlich für Absicht – und ich würde auch nicht viel dagegen wetten.«

»Da kommt ja was zusammen«, brummte Ernst, als der Sportwagen in der Rudersberger Ortsmitte nach links in die Hauptstraße einbog. »Typisch Schneider«, dachte sich Ernst. »Der fährt jetzt zuerst nach Schorndorf und von dort nach Waiblingen, weil er diese beiden Strecken kennt.« Dabei wäre der Weg über den Waldrücken hinüber und über Winnenden der schnellere Weg gewesen, seit die Verlängerung der B14 eröffnet worden war. Ernst genoss still den Umweg und grinste hämisch in sich hinein.

»Das Beste kommt noch. Riedl hat sich Einsätze für die Fenster gebaut, die sein Studio nach außen abdämmen sollen. Eines Nachts hat er wohl mal vergessen, diese Dämmelemente ins Fenster zu packen – da knallte es und sein Fenster war zerschossen. Ein Luftgewehr vielleicht, jedenfalls hatte Riedl natürlich sofort den Greininger im Verdacht.«

»Und?«

»Nichts ›und‹ – Riedl dämmt seither jeden Abend seine Fenster sehr gewissenhaft ab, hält Greininger nach wie vor für den nächtlichen Schützen und hat die Geschichte ansonsten auf sich beruhen lassen.«

Dienstag, 10.50 Uhr

Kurt Mader hatte dem Sportwagen nachgesehen, der am Ortsausgang an ihm vorübergeflitzt war. Zur Sicherheit hatte er einen Schritt zurück gemacht, um etwas Abstand zur Straße und dem plötzlich wie wild gewordenen, aufröhrenden Auto zu gewinnen – auf dem Beifahrersitz hatte er Rainer Ernst gesehen, den jungen Kripomann aus dem Nachbardorf. Falls der Mann am Steuer sein Chef gewesen war, der neue Leiter der Kripoaußenstelle in Schorndorf, mussten die Polizisten heute besser bezahlt werden als damals, als er noch Einblick in solche Dinge gehabt hatte.

Sei's drum, zuckte Mader mit den Schultern, er hatte zu tun. Ruth Wanner war nach dem Gespräch auf der Wiese wieder auf ihren alten Traktor geklettert und war losgetuckert, um auf den Obstwiesen die Kallentaler zu befragen, die sie dort antraf – und Mader wollte sich in der »Krone« mit Hanna Ebel, der Wirtin, zusammensetzen, bevor er im Sägewerk vorbeisehen würde.

Dienstag, 10.50 Uhr

»Heiner, was ist denn?«

Follath zuckte zusammen und trat schnell einen Schritt vom Fenster zurück, als hätte ihn seine Frau bei etwas Unerlaubtem ertappt.

»Wie?«

Er drehte sich um und sah, wie sich seine Frau mühsam auf die Eckbank schob und behutsam auf die Sitzfläche rutschte. Ein leises Klopfen verriet, dass sie sich wohl mit einem Knie am Tischbein gestoßen hatte. Heiner Follath hielt erschrocken den Atem an, und tatsächlich wurde der Gesichtsausdruck seiner Frau plötzlich starr, und sie presste ihren Mund zu einem dünnen Strich zusammen.

»Ist es wieder so schlimm heute?«, fragte er besorgt und kam zum Tisch. Sie nickte nur, atmete tief durch und wischte sich fahrig ein paar Schweißtropfen von der Stirn. Follath ging in die Hocke und massierte vorsichtig ihre Beine; am rechten Knie zeigte eine Rötung an, dass sich dort bald ein blauer Fleck bilden würde – auch das Schienbein darunter sah nicht gut aus: Hier hatte die Haut bereits eine grünliche

Färbung angenommen, und zwei Kratzer knapp oberhalb des Knöchels waren mit angetrocknetem Blut verklebt.

»Hast du dir gestern Abend schon an diesem Bein wehgetan?«, fragte Follath und sah zu ihr auf, doch sie winkte nur ab und meinte: »Was hast du denn am Fenster gesehen?«

Follath wandte den Blick ab und stand auf, um seiner Frau ein Glas Wasser von der Küchenzeile zu holen. Er füllte auch eine neue Tasse mit Kaffee, schenkte viel Milch dazu und ging mit beidem zum Esstisch hinüber.

»Und?«, hakte seine Frau nach, als er sich umständlich auf einen Stuhl ihr gegenübersetzte und ihr das Glas hinschob.

»Der Greininger ist tot«, sagte er schließlich mit tonloser Stimme.

»Ich weiß«, antwortete Frau Follath und trank einen Schluck Wasser. »Wurde auch Zeit.«

Follath starrte sie entgeistert an: »Woher weißt du das denn?«

»Na, hör mal«, lachte sie leise auf, die schwache Stimme klang heiser. »Da draußen ist ja ziemlich viel los – ich glaube nicht, dass die ganzen Polizisten und Sanitäter und Bestatter dem Greininger beim Mähen helfen wollen.«

Follath blickte zerstreut hinaus auf die Wiese, die er vom Küchenfenster aus leidlich überblicken konnte. Seit etwa halb neun tummelten sich dort draußen alle möglichen Gestalten, zogen Absperrbänder um die Scheune und untersuchten die nähere Umgebung.

»Stimmt ja, entschuldige ... Das ist wirklich nicht zu übersehen«, gab Follath lahm zurück. »Ich bin heute etwas durcheinander.«

»Macht doch nichts, Heiner. Außerdem weiß ich nicht erst seit gerade eben von Greiningers Tod. Heute Nacht habe ich nicht gut geschlafen, die verdammten Schmerzen. Da habe ich gemerkt, dass du nicht neben mir im Bett lagst. Ich habe die Gartentür gehört und dich danach am Tisch hier sitzen sehen, im Dunkeln. Na ja, du hast vom Flur aus nicht ausgesehen, als würdest du besonderen Wert auf Gesellschaft legen. Also habe ich dich halt in Ruhe gelassen. Und als es draußen heller wurde, habe ich zum Greininger hinübergeschaut – und den Kerl vor seiner Scheune im Gras liegen sehen. Kurz danach kam der Förster vorbei. Er hat angehalten und ist zum Greininger hinübergegangen, dann hat er gleich recht aufgeregt mit seinem Handy hantiert, bevor er weggefahren ist.«

Follath musterte sie mit offenem Mund.

»Eigentlich«, fuhr seine Frau ungerührt fort und nahm noch einen tiefen Schluck Wasser, »eigentlich müsste es mir ja heute schon viel besser gehen. Jetzt, wo dieser Kerl da drüben endlich tot ist.«

Follath rührte nachdenklich in seinem Kaffee. Hatte sie ihn nachts gesehen, als er an Greiningers Scheune war? Und noch etwas hatte ihn aufhorchen lassen: Er konnte sich nicht vorstellen, dass der tote Greininger von einem Fenster ihres Hauses einwandfrei zu erkennen war. Er selbst hatte von hier aus nur die Hacken der Stiefel gesehen – und die waren praktisch nur zu entdecken, wenn man wusste, wonach man suchen sollte. Und im ersten Stock versperrten einige Obstbäume den vollständigen Blick auf den Eingang der Scheune.

Dienstag, 10.55 Uhr

Mader zog die Tür auf und trat in den Gastraum. Schon jetzt am Vormittag wirkte die Luft in der »Krone« muffig, im schwebenden Rauch brach sich das Sonnenlicht wie dünner Nebel. Die Stube war aufgeräumt, die großen Tische waren mit kleinen Untersetzern dekoriert, auf denen Blumenstöckchen platziert waren. Sauber ausgewischte Aschenbecher und Bierdeckel-Aufsteller aus weißem Plastik rundeten das Bild ab. Der Boden wirkte frisch gewischt, und auf einem Tisch mit besonders großem Aschenbecher standen eine Kanne Kaffee und zwei gefüllte Tassen.

»Ah«, machte Mader von der Tür her. »Klaus, du bisch au scho da?«

Polizeioberkommissar Klaus Schif, Leiter des Polizeipostens in Rudersberg, schaute auf und nickte Mader freundlich zu. Ihm gegenüber saß Hanna Ebel und nickte ebenfalls zu Mader hinüber, der in aller Ruhe seine Kappe an die Garderobe hängte. Dann stand sie auf, wies Mader einen freien Stuhl zu und holte noch eine Tasse und einen Kaffeelöffel aus dem Sideboard hinter der Theke.

»Da, Kurt. Nemm dir oin.«

»Danke, Hanna«, gab Mader zurück und schaute Schif an.

»Also gut, Kurt«, meinte Schif schließlich, nachdem er kurz gezögert hatte. »Bleib glei dabei. Du wirsch d'Hanna ja sowieso zu onserm Mord hier aushorcha wella – dann kannsch glei jetzt mithöra, und mir erschparat dr Hanna oi Ronde Froga.«

Mader grinste, gab ein Stück Zucker in seine Tasse und rührte langsam um.

»Was hot dir die Hanna denn bisher vrzählt?«

»Also ...«, seufzte Schif und begann: »Die Hanna – i derf des doch mol kurz für dr Kurt z'sammafassa, Hanna? – isch über dr Tod vom Greininger net bsondersch traurig. Sowieso wird den Greininger koiner gar zu arg vermissa, wie's bisher aussieht. Die Hanna hot zwar – wie älle andere au – Schtreit mit ihm ghet, aber en dr vergangena Nacht war en Vertreter als Übernachtungsgascht da, der gern schpäter no oin trenkt. Sie war also bis kurz nach elfe am Tresa, ond om sechse hot der Vertreter scho wieder frühschtücka wella. So gsäh, isch se also aus'm Schneider.«

»Gut«, antwortete Mader. »Und worom hosch du dein Block net scho wegpackt und bisch zrück noch Rudersberg gfahra?«

»Ha, weil ... die Hanna hot mir was Intressants vrzählt. Der Vertreter hot sein Waga geschtern Obend z'erscht gegaüber am Wiesarand parkt ghet, ond a paar Minuta schpäter isch dr Greininger mit'm Schlepper durchs Dorf, hot glei aghalta, isch über d'Schtroß en d' ›Krone‹ grennt und hot der Hanna deswega a Riesaszene gmacht. Also isch der Vertreter naus ond hot sei Auto omparkt. Dr Horst Müller vom Sägwerk isch dazu komma, ond wie der den Greininger gsäh hot, wie er des Omparka ganz genau beobachtet, isch er fascht ausgraschtet. Der Horst hot ihn älles ghoißa, ond wahrscheinlich hätt er den Greininger au glei am Kraga uff d'Schtroß naus zerrt, wenn dr Greininger net oms Nomgucka 's Weite gsucht hätt.«

»Und jetzt soll der Horscht der Mörder sei? Also bitte ...!«

»Noi«, gab Schif zurück. »Wenn mr genau naguckt, hot der Horscht net meh Grond den Greininger omzombrenga als jeder andere em Dorf. Aber notiera muss i's trotzdem – es passt oifach zu gut ens Bild.«

»A schös Bild: En Schtinkschtiefel isch tot, und plötzlich schtandat fascht älle onter Mordverdacht, die au vorher scho onter ihm g'litta hen. Des macht mi rasend!«

»Für mi isch des älles au net so toll, woisch? I kenn älle, die i ausfrog – ond älle, die theoretisch dr Mörder sei könntat, sowieso. Da macht des Nachforscha doch scho mol gar koin Spaß meh.«

»Ond i hab des Problem, dass mir eigentlich grad jetzt en guta Z'sammahalt em Dorf brauchat. Die Tourismusbahn wird langsam a richtig guts Thema durch des ganze Dromrom, des sich vielleicht no für die Dörfer entlang der Schtrecke eifädla lasst – des könntat mir gut braucha hier em Flecka. Wenn i mir aber überleg, was weiter vorne em Tal wega dene Omgehungsschtroßa los war, müssat mir obedengt an oim Schtrang zieha – sonscht wird des nix, ond mir könnat lang warta, bis mir von Tagesgäscht aus der Stadt oder womöglich sogar von a paar Bauernhof-Urlauber profitierat.«

»Stemmt scho, Kurt«, meinte Schif. »Aber mir könnat ja schlecht en Mord liega lassa, bloß damit koiner die alt' Dampflok schtört.«

»Noi, net grad«, versetzte Mader. »Em Gegatoil: Je schneller ihr den Mörder kriegat, om so besser. Dann hen mir schnell klare Verhältnis', ond's kommt erscht gar net zu onötige Verdächtigonga, die bloß die Leut em Dorf rappelig machat.«

»Dann nemmat doch glei den Follath mit«, sagte Hanna trocken und setzte sich wieder an den Tisch. Seelenruhig schenkte sie sich Kaffee ein, während die beiden Männer sie verblüfft anstarrten, und nahm dann einen tiefen Schluck.

»Ha«, fuhr sie fort. »Der könnt's doch wirklich gwäsa sei, oder? Schtändig Schtreit mit dem Greininger – die wellat doch sogar krank davo gworda sei, dass der Greininger sei Scheuer mit alter Farbe gschtricha hot. Ond mit dem ganza Müsli-Zeug warat die ja eh scho zemlich hysterisch. Tät mi wondra, wenn die Follaths nix mit dem Tod vom Greininger zom do hättat.«

»Ganz ehrlich«, sinniert Mader, »der Follath wär mir als Mörder uff jeden Fall der Liebschte. I han nix gega die Leut, aber no tät der Mörder praktisch net so richtig aus'm Dorf komma – ond a Ruh wär.«

»Ihr seid mir so Schpezialischta«, schüttelte Schif den Kopf. »Backat ihr euch dr passende Täter hier glei selber? Da tät mir mei Kripo schö was huschta! Noi, noi: Des muss scho sauber ermittelt und nochgwiesa sei.«

»Scho klar, Klaus«, wiegelte Mader ab. »I moin ja bloß. I persönlich glaub, dass ons dr Follath den Gfalla wohl net do wird, schuldig zom sei. I kann mir net vorschtella, dass er den Greininger jahrelang meh schlecht als recht aushaltet, ond am End' brengt er en dann doch om. Des passt irgendwie net. Oder«, und er drehte sich etwas zu Hanna hinüber, »oder war in de vergangene Tag irgendwas Bsonders mit dene Follaths?«

Hanna dachte nach. »Hmm«, machte sie. »Von dene hot mr ja net viel mitkriegt. Aber i glaub, dass die Frau Follath am Donnerschtag, noi: eher erscht am Freitag en Stuttgart em Krankahaus war, zom sich ontersucha lassa. Er hat sie wohl neigfahra, hot no aber glei weiter müssa – no isch sie halt mit Bus ond Eisabah hoimkomma. Bloich hot se ausgsäh, wie se aus'm Bus gschtiega isch. Irgendwie fertig – i kann des von hier aus ganz gut säh.«

Sie deutete zu einem der Fenster hinaus: Ein breiter Spalt zwischen den Vorhängen gab den Blick auf die Haltestelle aus Richtung Rudersberg und Schorndorf frei.

»Bloß mol agnomma, die Ontersuchung wär net gut verlaufa für Frau Follath«, dachte Mader laut. »No hätt dr Herr Follath natürlich scho en Grond, dem Greininger die Pescht an die Hals zom wünscha. Er hätt dann zwar 's ganze Wochaend lang gwartet – oder sich halt allmählich in sei Wut neigschteigert, wer woiß des scho ...?« Er sah Schif an: »Gibt's denn Schpura, die auf Follath deutat?«

Schif wand sich. »Du woisch ja«, begann er lahm, »i derf ja ...« Mader schnitt ihm mit einer ungeduldigen Handbewegung das Wort ab, und Schif stierte vor sich auf die Tischplatte.

»Also ... Kurt, du könntsch des au selber gsäh han – ond des wär mir natürlich s'Liebschte, wenn du verstohsch ...«

Mader verstand, nickte beruhigend und blickte Schif weiterhin unverwandt in die Augen.

»Gut, Kurt«, seufzte Schif und sammelte sich. »Die Techniker sen ja no am Tatort, aber glei morgens, als i no alloi beim Greininger gschtanda ben, isch mir a Fußschpur em Gras uffgfalla – ond die hot, soweit i des von dr Schtroß aus han erkenna könna, zemlich deutlich zum Garten von de Follaths nübergführt.«

»Also doch«, sagte Hanna und stellte ihre Tasse ruppig auf dem Tisch ab.

»Langsam, Hanna«, murmelte Mader. »Des muss no gar nix hoißa.«

»Kann aber«, antwortete Hanna. »Z'mindescht oiner von de Follaths derft an dem Abend beim Greininger gwäsa sei, als der ombracht worra isch. Da bleibt ja eigentlich nemme viel Schpielraum, oder?«

Schif war ganz still geworden und nahm einen tiefen Schluck aus seiner Tasse.

Dienstag, 11.15 Uhr

Elegant und langsam glitt der Sportwagen mit sprungbereit knurrendem Motor durch den Innenhof, der sich hinter dem Zufahrtstor der Polizeigarage öffnete. Links und rechts der Hoffläche waren überdachte Stellplätze eingerichtet. Schneider lenkte seinen Wagen geradeaus in die Tiefgarage hinein, die von dieser Seite aus ebenerdig lag, und kurvte durch den Betonbau, bis er den Bereich für Besucher erreicht hatte.

Auf dem Weg ins eigentliche Direktionsgebäude in Waiblingen kam ihnen bereits Berner entgegen. Er gehörte zur Pressestelle und wollte sich noch auf dem gemeinsamen Weg hinauf ins Büro des Chefs einen ersten Eindruck schildern lassen – die ersten Anfragen von Journalisten kamen sicher schon in den nächsten Minuten rein, sobald die Morgenkonferenzen vorüber waren.

Ernst musste insgeheim grinsen: Berner war eine recht sportliche Erscheinung, und unwillkürlich hatte Schneider nach dem Zusammentreffen auf dem Hausflur die Schultern zurückgenommen und den Rücken gereckt.

»Keine Chance«, dachte Ernst und war für ein paar Momente ganz zufrieden mit sich und der Welt.

»... gefunden wurde?«

Ernst horchte erst auf, kurz bevor Berner mit seiner Frage fertig war.

»Hmmm?«, machte er, und Berner wiederholte geduldig seine Frage nach den Umständen, unter denen der Tote in Kallental entdeckt worden war.

Ernst fasste für ihn zusammen, was bisher sicher und was ziemlich wahrscheinlich schien. Berner hörte aufmerksam zu, nickte hin und wieder, und Ernst hatte das Gefühl, dass er in Gedanken schon die ersten Sätze seiner Pressemitteilung formulierte.

Mittlerweile waren sie im zweiten Stock angelangt und standen vor der Tür zum Vorzimmer des Polizeidirektors.

Die Sekretärin sah sie kurz streng an, schickte sie dann aber entgegen aller Gewohnheit mit einer Kopfbewegung durch die halb offene Verbindungstür, die den Blick auf den Schreibtisch des Chefs frei gab.

Ernst, Schneider und Berner traten durch die Tür in das weitläufige Büro, und fast sofort stand ihr Chef, der Leitende Kriminaldirektor Rolf Binnig, auf und bat seine Besucher zu einer Besprechungsecke, die von seinem Schreibtisch aus ins Zimmer ragte.

»Keine schlechte Aussicht«, dachte sich Schneider, der davon schon während seines Antrittsbesuchs hier oben beeindruckt gewesen war. Waiblingen lag einem zu Füßen, und einige markante Gebäude waren zu sehen, die sich ihm aus Touristeninfos eingeprägt hatten: die 1902 erbaute Karolingerschule, die Michaelskirche aus dem 15. Jahrhundert und das Jugendzentrum in seiner altehrwürdigen Villa. Dazu die neuen Bauten auf dem Alten Postplatz, das Biotop im Innenhof der Direktion und das Parkdeck vor dem Haupteingang, das zwei Stockwerke über den Gehwegen zum Landratsamt hin lag.

»Und, was muss ich wissen?«

Direktor Binnig hatte nicht viel übrig für Zeitverschwendung. Er würde den heutigen Vormittag damit verbringen, den Landrat, die mehr oder weniger betroffenen Bürgermeister und auch den einen oder anderen Kreisrat, der sich für wichtig genug hielt, über den Mord im Wieslauftal auf dem Laufenden zu halten. Da sollte er schon recht schnell wissen, was Sache war – und ein bisschen auch von Berner und dessen Kollegen, was vorläufig Sache sein durfte.

Schneider und Ernst berichteten abwechselnd und fassten ihre bisherigen Gespräche kurz zusammen. Binnig dachte kurz nach und blickte dabei zu einem seiner Fenster hinaus.

»Den Mörder haben wir also noch nicht?«

Der Direktor hatte nicht wirklich eine Frage gestellt, und auch Schneider wusste schon von dieser Marotte des Chefs und schwieg.

»Der Mann wurde also erschlagen, aber leider stand niemand mit der Mordwaffe neben der Leiche.«

Schneider und Ernst grinsten ein wenig, Berner beobachtete den Direktor aufmerksam.

»Und nun?«

Binnig blickte auffordernd in die kleine Runde.

»Na ja«, machte Schneider. »Der übliche Ablauf. Wir bilden eine SoKo und finden den Täter in den nächsten Tagen.«

Binnig seufzte ein wenig und blickte Schneider nachdenklich an.

»Gut, Sie wollen den Mörder also innerhalb weniger Tage gefasst haben. Schön, freut mich.« Er wandte sich zu Berner. »Bringen Sie doch bitte in einer der nächsten Pressemitteilungen unter, dass wir künftig häufiger neue Kollegen aus anderen Direktionsbereichen anwerben werden, um unsere Aufklärungszeiten zu verkürzen.«

Schneider blickte etwas ratlos drein, was ihm dadurch nicht erleichtert wurde, dass Berner und Ernst verstohlen feixten. Die Tür ging auf, und Berners Vorgesetzter kam herein: Frank Herrmann, der Leiter der Pressestelle. Binnig sah ihn kurz fragend an, Herrmann nickte und setzte sich zu ihnen. »Ist so weit alles in ruhigen Bahnen bisher. Mit den wichtigsten Journalisten habe ich gerade gesprochen, natürlich ohne Details, so weit es ging. Ich kenne ja selbst auch nur die paar Eckdaten, die mir der Staatsanwalt vorhin am Telefon nannte. Wir hatten Glück: Die meisten hatten bisher allenfalls ansatzweise von ihrer neuen Story gehört, hielten den Toten wohl eher für ein Unfallopfer oder so – es hätte aber sicher nur noch ein paar Minuten gedauert, bis sie das Thema gewittert hätten. Egal: Nun sind wir ein bisschen im Vorteil, eine Pressekonferenz habe ich gleich für 12 Uhr oder 12.30 Uhr in Aussicht gestellt. Das klingt jetzt vielleicht ein wenig kurzfristig, aber damit sollten wir weiterhin am Drücker sein.« Herrmann sah Schneider und Ernst an: »Ist euch der Termin recht? 12 Uhr wäre mir irgendwie lieber – je früher desto besser. Wir müssen ja noch nicht so wahnsinnig viel für die Presse haben, aber sehr viel mehr Zeit bleibt uns vermutlich nicht.«

Ernst und Schneider nickten, und Berner machte sich ein paar Notizen.

»Mit der SoKo geht natürlich alles klar – Ablauf wie üblich«, fuhr Binnig fort und rief mit dem Druck auf eine Taste an seiner Telefonanlage seine Sekretärin ins Büro. Er wartete kurz, bis sie sich mit Block und Stift auf den letzten freien Stuhl gesetzt hatte, und fuhr dann fort: »Zwanzig Leute, würde ich sagen. Gerichtsmedizin und Spurensicherung inklusive.«

Er drehte sich zu Schneider um und fragte: »Wo richten Sie den SoKo-Raum ein?«

Schneider dachte fieberhaft nach. Eine Spur zu lange vielleicht, denn Ernst antwortete schließlich an seiner Stelle: »Rudersberg wäre gut, aber es ist vermutlich zu viel Aufwand, unsere Internet-Verbindungen dort sicher genug zu machen. Gute Technik hätten wir im großen Schulungsraum in Schorndorf – und das ist meiner Meinung nach auch noch nahe genug am Tatort.«

»Gut«, versetzte Binnig und sah Berner an: »Die SoKo wird also in Schorndorf untergebracht. Wie wird sie denn heißen? Wo lag der Tote denn genau, sah er irgendwie speziell aus oder hat er einen Spitznamen im Ort?«

»Er lag vor seiner Scheuer«, dachte Ernst laut. »Und erschlagen wurde er wohl mit dem Holzscheit, den wir blutig neben ihm im Gras gefunden haben.«

»Also: dann haben wir eine SoKo Scheuermord.«

Ernst blickte etwas gequält drein, Berner verdrehte die Augen.

»Ach, Mensch«, polterte Binnig genervt zu Berner hinüber. »Dann machen Sie halt Ihren Job und denken sich einen griffigen Namen aus. Sie wissen schon: SoKo Parkbank, SoKo Parkplatz – das Übliche eben.«

»Scheuer ist schon prima«, sinnierte Berner unbeeindruckt. »Aber Scheuermord klingt für mich irgendwie nach schlecht geputzt. Ich würde vorschlagen: SoKo Scheuer, SoKo Holzscheit ... Oder wie wäre es mit SoKo Wieslauf? Der Tote lag ja in Sichtweite des Bachs. Und auf dem Kontrast zwischen romantischem Bachtal und brutalem Mord werden die Herrschaften von der Presse ja ohnehin nach Kräften herumreiten.«

»Wieso brutal?«, fragte Binnig, hob aber gleich beschwichtigend die Hände: »Sicher, der Mann ist tot – aber er wurde doch nicht besonders schlimm zugerichtet, oder? Zumindest haben die Kollegen davon bisher nichts gesagt.«

»Nein, wurde er nicht. Aber ich schätze mal, für solche Feinheiten werden nicht alle Blätter Platz haben.«

»Ja, da haben Sie wahrscheinlich recht, leider. Gut: SoKo Wieslauf nehmen wir. Die Leitung übernimmt ... Herr Schneider?«

Schneider nickte.

»Nehmen Sie Ernst mit dazu, wir schicken Ihnen noch zwei, drei Leute von hier rüber. Wen noch?«

»Schif vom Posten Rudersberg war als Erster am Tatort«, zählte Schneider auf. »Der sollte mit dazu, und er und sein Kollege kennen die Leute dort draußen auch am besten. Dann unser Internet-Spezialist in Schorndorf und ...«

»Gut«, unterbrach ihn Binnig. »Das passt dann, ich sehe schon. Mehr muss ich jetzt, glaube ich, erst mal nicht wissen.« Binnig rückte seinen Stuhl zurück, die Sekretärin stand auf. »Erstes Briefing heute Nachmittag in Schorndorf?« Schneider und Ernst nickten Binnig zu, während sich die Runde auflöste.

Dienstag, 11.20 Uhr

Das Kreischen der Säge war schon von der »Krone« aus zu hören, aber je näher Kurt Mader über den weichen Boden aus Sägemehl, Kies und Gras auf die offene Halle zustapfte, desto unangenehmer bohrte sich der Ton in die Ohren. Auf dem weitläufigen Gelände waren Baumstämme zu mehreren Stapeln aufgeschichtet, und einige Metallteile, die vermutlich zu den Aufbauten von Holztransportern gehörten, waren neben der Halle gelagert.

Das Gelände des Sägewerks markierte den Ortsrand von Kallental und erstreckte sich gut 150 Meter entlang der Landstraße, die hier ein wenig nach Südosten abknickte und das Wieslauftal hinauf und dann durch den Wald die Richtung nach Welzheim einschlug. Hinter dem Sägewerk stiegen Wiesen zunehmend steil zu einer ersten Baumreihe und dann weiter zum Waldrand hinauf an. Ein provisorischer Weg ging vom Werksgelände ab und mündete weiter hinten in eine zweite planierte und mit Kies bestreute Fläche, auf der noch mehr Holzstämme und eine lang gezogene Halle – eher eine viel zu groß geratene Hütte – zu sehen waren. Nach Osten und Süden hatte das Sägewerk keine Nachbarn. An der südwestlichen Ecke grenzte das Gelände zwar an zwei ältere Gebäude – das eine sah aber aus wie eine Scheune, das andere wie ein seit Jahren unbewohntes Bauernhaus, und beide wandten dem Sägewerk die Rückseite zu.

Jenseits der Landstraße ging ein kleiner Stichweg ab, der sich kurz darauf in drei Hofeinfahrten teilte, für jedes dort stehende Gebäude eine. Ortseinwärts grenzte das Sägewerk an eine Kreuzung: Hier stand die »Krone«, und nach Norden den Berg hinauf zweigte die Althütter Straße ab. Gegenüber begann Richtung Süden die Talstraße, an deren Ende Greiningers Hof lag, und schlängelte sich auf ihren ersten Metern als steiles und recht enges Gässchen einen kleinen Abhang hinunter zwischen Mauern und Scheuern hindurch.

Mader hatte inzwischen das vordere Ende der Sägehalle erreicht. Zwei Männer machten sich an dem Ende eines dicken Baumstamms zu schaffen, den ein dritter mit einem Kran in Richtung Sägeblatt zog. Horst Müller, der Eigentümer, war nicht unter ihnen. Mader wandte sich nach rechts zu einer steilen Stahltreppe, die in den ersten Stock und zu

Müllers Büro führte. Er kletterte die steilen Gitterstufen hinauf, klopfte oben kurz an die Scheibe in der Eingangstür und trat dann hinein.

Müller sah auf, als der Lärm durch die sich öffnende Tür plötzlich lauter hereindrang, und nickte Mader abwartend zu. Der schloss die Tür hinter sich, zog sich einen Stuhl heran und setzte sich vor Müllers Schreibtisch.

»Mmh«, machte Müller und blätterte weiter in den Unterlagen, die er vor sich liegen hatte. Mader wartete. Schließlich klappte Müller den Ordner zu, rückte ihn zur Seite und lehnte sich in seinem Sessel zurück.

»Was willsch?«

Müller klang barsch, aber das war bei ihm meistens nicht so gemeint. Die laute, volltönende Stimme war wohl eine Art Berufskrankheit bei ihm, und weil er meistens mit derb auftretenden Holzhändlern und seinen ebenfalls nicht sehr zart besaiteten Arbeitern zu tun hatte, war er klare Ansagen eher gewohnt als umständliche Freundlichkeiten.

»Dr Greininger ...«

»... isch tot, i woiß. Gut so.«

Irgendwie war Mader froh, dass gerade keiner von der Polizei in der Runde saß. Mit seiner ruppigen und unverstellten Art hätte Müller sonst kaum Mühe gehabt, sich um Kopf und Kragen zu poltern.

»Von wem hosch's ghört?«

»Brauchsch die genaue Reihafolge? Des goht jetzt scho zom dritta oder vierta Mol sei Ronde durchs Dorf.«

»Also, dann: Von wem hosch's z'erscht ghört?«

»Mei Vetter hot mr damit glei der erschte Kaffee versüßt. Muss kurz vor achte gwesa sei. Er hot den Kerle wohl gfonda, dronta vor seiner Scheuer.«

»Ond worom ›versüßt‹?«

»Ha, jetzt aber!«, brauste Müller auf und sah Mader tadelnd an. »Tusch grad so, als hättsch den Greininger möga!«

»Net grad«, erwiderte Mader. »Du klingsch aber, als hättsch en am liebschta selber erschlaga.«

»Ach«, fragte Müller lahm und fixierte die Tischplatte. »Erschlaga?«

»Des woisch no net? Des isch doch sicher au mit der Dorfposcht durchdronga, oder?«

»Scho, aber gschwätzt wird viel, wenn dr Tag lang isch.«

Mader betrachtete Müller nachdenklich. Das feiste Gesicht des Sägewerksbesitzers hatte eine ungesunde rötliche Färbung, das mochte von einem oder zwei Viertele zu viel am Vorabend herrühren. Die Haut auf seinem Nasenrücken und an den rundlichen Wangen war recht großporig, und aus den Nasenlöchern ragten einige Haare weit genug heraus, um den oberen Rand seiner Hasenscharte zu verdecken. Er war schlampig rasiert und sah übermüdet aus.

Einen Geruch von Alkohol oder Schweiß konnte Mader nicht feststellen, aber das musste hier nichts bedeuten: Müller hatte seinen kleinen Heizstrahler eingeschaltet, und der Geruch der Staubschicht, die auf den glühenden Heizstäben verkohlte, beherrschte das kleine Büro.

Auch so wirkte Müller nicht besonders fit. Unter buschigen Augenbrauen schimmerten seine Augen leicht glasig, und sie waren mit roten Linien durchzogen. Die Ringe unter den Augen waren tief, ihre dunkle Färbung hatte einen leicht grauen Ton angenommen. Irgendetwas hatte Müller vergangene Nacht schlecht schlafen lassen.

»Ond? Was gucksch mi so genau a?« Müller hatte wieder aufgeschaut und dabei bemerkt, wie ihn Mader musterte. Der sah ihm weiterhin ungerührt in die Augen, bis Müller mit flackerndem Blick auswich.

»Willsch mir was erzähla, Horscht?«

»Wisst net, was«, kam es grob zurück.

»Au recht«, meinte Mader knapp und erhob sich. »Nochher wird die Polizei ihr Runde macha. Mit dene sottsch net so wurschtig schwätza wie mit mir, sonscht kommat die no uff die falsche Gedanka.«

Er drehte sich zur Tür und spürte förmlich Müllers irritierten Blick im Rücken.

»Was juckt di des eigentlich?«, fragte Müller, als Mader die Türklinke schon in der Hand hatte.

Mader wandte sich noch einmal halb zu ihm um: »Polizei kann viel arichta em a kleina Dorf wie onserm. Do kann's net schada, wenn sich a paar Leut vorher scho privat umhörat. Moinsch net au?«

»Mmh«, brummte Müller, während sich Mader schon wieder wegdrehte.

»Ond wenn du so weit bisch«, sagte Mader im Hinausgehen, »mir von geschtern Nacht zu erzähla, no sottsch des macha. Du wirsch mi dann scho fenda.« Müller stierte wieder auf seine Tischplatte, als Mader die Metallstiege hinunterkletterte. Dann stand er auf und trat ans Fenster. Grübelnd blickte er Mader durch die verschmierten Scheiben nach, wie er von ihm weg zur Kreuzung hin stapfte und in die Talstraße einbog.

Dienstag, 11.40 Uhr

Ernst nahm den Aufzug in die Tiefgarage und ließ Berner und Schneider im Flur zurück. Er würde nun mit einem der Waiblinger Kripo-Dienstwagen nach Kallental fahren, um noch vor dem ersten Briefing mit der Spurensicherung und möglichst auch mit Greiningers Nachbarn Follath reden.

Berner ging mit Schneider die Treppen hinunter ins Erdgeschoss, bog dort in einen kurzen, düsteren Gang ein. Irgendjemand hatte vergessen, für dieses Flurstück eine Deckenbeleuchtung einzuplanen, und so bot der Zugang einen ziemlich tristen Kontrast zum helleren Raum der Kantine, die dahinter lag.

Berner brachte für sich und Schneider Kaffee an einen der Tische. »Schade, dass der Mord nicht erst morgen passiert ist«, meinte Berner aufgeräumt und ließ ein wenig Milch in seinen Kaffee tropfen. »Heute gibt es Linsen und Spätzle, aber wir können ja nicht – die Pressekonferenz ...«

Schneider musste grinsen. Mit Linsen und Spätzle konnte er zwar nicht viel anfangen, aber Berners trockener Humor gefiel ihm.

»Das sollten Sie so die Herrschaften von der Presse aber nicht hören lassen.«

»Natürlich nicht«, antwortete Berner. Er schaute kurz zu Schneider und erkannte an dessen Miene, dass der Neue aus dem Badischen ihn nicht hatte tadeln wollen. »Eigentlich ist mir auch nicht so wahnsinnig spaßig zumute. So ein Mord geht mir auch nach all den Jahren noch immer an die Nieren.«

»Geht mir ähnlich. Und wenn Sie das zu nah an sich ranlassen, tun Sie auch keinem einen Gefallen – und Ihre Arbeit leidet darunter.«

»War das in Karlsruhe nicht anders? Ich könnte mir vorstellen, dass Sie da schon eher etwas abgebrüht sind als wir hier. Für uns sind Verbrechen dieses Kalibers schon noch eine Art Ausnahme. Zum Glück haben wir es meistens etwas langweiliger hier.«

»Na ja, auch in meiner alten Direktion lagen nicht jeden Morgen zwei Leichen vor der Tür. Und selbst, wenn es so gewesen wäre: Ich glaube, daran kann sich keiner so richtig gewöhnen. Die Leichen selbst, das geht ja noch. Aber dann müssen Angehörige verständigt werden – und nicht selten überführen wir dann jemanden, der selbst mehr Opfer als Täter war. Oder der schneller wieder aus der Zelle kommt, als es der Gesellschaft guttut.«

»Zumindest die unangenehme Aufgabe mit den Angehörigen scheint uns diesmal erspart zu bleiben, oder?«

»Scheint so«, meinte Schneider und nahm einen tiefen Schluck. »Die Kollegen in Schorndorf recherchieren noch, aber das dürfte mehr auf eher entfernte Verwandtschaft hinauslaufen.« Er sah auf die Armbanduhr. »Müssen wir noch etwas für die Pressekonferenz besprechen?«

»Meinetwegen nicht«, antwortete Berner. »Sie halten sich einfach sehr vage, wir reden ein wenig von Ermittlungen mit

Hochdruck und so weiter – das Übliche, würde ich sagen. Den Holzscheit erwähnen wir, aber ins Detail gehen wir nicht. Herrmann und ich werden das schon deichseln, und Sie können ruhig eher einsilbig bleiben.«

»Ist mir auch recht.«

»Gut. Dann wollen wir mal«, meinte Berner und stand auf.

Dienstag, 11.40 Uhr

Follath räusperte sich und spürte ein leichtes Kratzen im Hals. Seine Frau hatte sich wieder hingelegt, und er zog sich die Schuhe an, um noch schnell beim Bäcker einzukaufen. Im düsteren Flur streifte er sich die Jacke über, schaute noch einmal in die Wohnung zurück und trat dann hinaus auf den kleinen Vorplatz seines Häuschens.

Idyllisch sah es hier aus. Allerdings hatte die Idylle all die Jahre einen Haken gehabt: Ausgerechnet der Greiningerhof lag direkt vor Follaths Nase, und ausgerechnet dessen Altenteil hatte er damals als neue Heimat für seine Familie ausgesucht.

Behutsam schloss er die Vordertür und stapfte den Fußweg zur Talstraße hinauf. Tag für Tag hatte er an diesem unsympathischen Menschen vorbeigehen müssen, Nacht für Nacht hatte er dessen unablässiges Poltern und Herumfuhrwerken in den Gebäuden des alten Bauernhofs ausblenden müssen, um überhaupt einschlafen zu können. Follath schaute finster zu Greiningers Wohnhaus hinüber, dessen Eingang wie sein eigenes Haus auf den gemeinsamen Hofplatz zeigte. Die Scheune lag rechts davon und war nun hinter hohen Holunderbüschen, die gerade die ersten Blätter abwarfen, fast verborgen. Das Scheunentor, vor dem Greininger gefunden worden war, befand sich von hier aus gesehen auf der Rückseite des schon recht baufälligen Gebäudes. Vom steinernen Sockel und den Mauerflecken abgesehen, die bis zum Dachaufbau hinauf die Lücken des Fachwerks ausfüllten, bestand die Scheune nur aus Holz. Aus altem, verwittertem Holz, das Greininger alle zwei bis drei Jahre mit einer beißend stinkenden Schutzlasur tränkte. »Verdammtes Holzschutzmittel«, dachte Follath grimmig. »Damit hat das ganze Elend angefangen.«

Er grub beide Hände tief in die Jacke und wandte sich, als er die Talstraße erreicht hatte, mit großen Schritten dorfeinwärts. Den Blick starr auf den Boden gerichtet, sah er den Mann, der ihm auf der Straße entgegenkam, erst im letzten Moment.

»Grüß Gott, Herr Follath.«

Follath blickte auf und blieb verdutzt stehen. Er schien kurz nachzudenken, dann hellte sich seine Miene ein wenig auf.

»Ach, Herr Mader. Grüße Sie.«

»Grad wollt ich zu Ihnen.«

»Zu mir?«, fragte Follath und nahm sofort eine lauernde, ziemlich unsicher wirkende Haltung an. »So? Warum denn?«

»Keine Sorge«, sagte Mader ruhig und hob beschwichtigend die Hände. Er bemühte sich, mit dem Mann hochdeutsch zu reden: »Ich will Sie nicht lange aufhalten: Sie wissen das vom Greininger sicher schon, oder?«

»Dass er tot ist? Ja, natürlich. Wir haben ja gewissermaßen einen Logenplatz ...«

»Das kann man so sagen, stimmt. Würden Sie mir erzählen, was Sie davon mitbekommen haben?«

»Mitbekommen? Nichts eigentlich, und ...«

»... und das haben Sie der Polizei auch alles schon erzählt. Schon klar, entschuldigen Sie bitte.«

»Der Polizei? Nein, von denen war noch niemand bei mir. Ich habe mich schon gewundert. Schließlich wohnen wir ja direkt am Tatort, und befreundet waren wir mit dem Greininger auch nicht gerade.«

»Halten Sie sich denn für einen der Verdächtigen?«

Follath schluckte und musterte seine Schuhspitzen. Dann räusperte er sich und sah Mader direkt in die Augen: »Wäre Ihnen das nicht am liebsten? Ihnen und den anderen im Dorf, für die wir doch sowieso nur Außenseiter sind? Wir als Rein... – wie sagen Sie?«

»Reigschmeckte«, antwortete Mader trocken.

»Genau. Rei... na, egal. Und als ich vor zwei Jahren dann auch noch ausgerechnet zu Ihnen kam und Sie um Hilfe bat gegen den Greininger – da habe ich Ihnen ja genügend Argumente dafür geliefert, dass ich ihn jetzt ...«

»Sie als Täter wären sicherlich für viele im Ort eine elegante Auflösung, das muss ich zugeben. Wer will schon mit dem Gefühl leben, mit jemandem aufgewachsen und zur Singstunde gegangen zu sein, der sich später als Mörder entpuppt. Das wäre mit Ihnen als Täter tatsächlich viel unkomplizierter.«

Follath blinzelte. Ab und zu überraschte ihn die direkte Art Maders noch immer, obwohl er ihn schon so lange kannte. Vor allem fand er den Umstand ungewöhnlich, dass Mader solche Wahrheiten deutlich aussprechen konnte – ohne dabei wirklich Position gegen jemanden zu beziehen.

Zum ersten Mal hatte er Mader getroffen, noch bevor sie hergezogen waren. Von München wollten er und seine Familie damals aufs Land ziehen, ins Schwäbische, weil seine Frau Verwandtschaft in Stuttgart hatte und von der Umgebung der Stadt schon seit Jahren ganz begeistert war. Auf der Landkarte hatten sie sich die Gegenden markiert, in denen sie zuerst nach einem geeigneten Häuschen suchen wollten. Das Wieslauftal war der zweite Punkt auf der Liste, und hier stießen sie recht schnell auf das Ausgedinghaus des Greiningerhofs und auf eine alte Mühle im Wald weiter oben an der Wieslauf. Schließlich machte das Ausgedinghaus das Rennen – weil die Mühle dann doch ein wenig zu weit von jeder Verkehrsverbindung entfernt lag.

Um ein Gefühl für das Dorf zu bekommen, quartierte sich Follath damals für zwei Nächte in der »Krone« ein, und abends in der Gaststube traf er einige Einheimische, darunter Mader, der als ehemaliger Dorfschultes und Ortsvorsteher offensichtlich der Wortführer in Kallental war.

Er und die anderen warnten Follath zwar vor Greininger, der doch ein recht schwieriger Zeitgenosse sei und hier im Dorf auch praktisch keine Freunde habe. Doch Follath winkte nur ab: Damit würden er und seine Familie schon fertig werden. Und sie hätten sich wohl auch tatsächlich nicht weiter daran gestört, wenn nicht eines Tages seine Frau krank geworden wäre.

Mader riss Follath aus seinen Gedanken: »Wann haben Sie denn zum ersten Mal gesehen, dass Greininger tot an seiner Scheune lag?«

»Gesehen ...«, brummte Follath. »Gesehen könnte ich gar nicht sagen. Von unserem Küchenfenster aus ist gar nicht einwandfrei zu erkennen, wer da im Gras lag.«

»Aber dass da jemand lag, haben Sie gesehen?«

»Ich? Nun ...« Follath überlegte fieberhaft. »Nein, eigentlich nicht.« Er schaute zu Boden. »Ich ... äh ... Mir fiel auf, dass sich heute früh plötzlich Leute auf der Wiese zu schaffen machten – das ist ja ziemlich genau vor unserem Küchenfenster. Ich habe dann immer wieder mal rausgeschaut und mir dabei zusammengereimt, dass der Tote der Greininger sein muss.« Follath wurde es heiß, und er hoffte, dass Mader den Schweiß nicht bemerken würde, der ihm auf der Stirn und in den Händen aus den Poren trat.

»Hat Sie das nicht näher interessiert?«, überspielte Mader die Widersprüche in Follaths Antwort. »Immerhin hat er Ihnen das Leben ja recht schwer gemacht.«

»Ach, das Gaffen liegt mir nicht so.«

»Haben Sie denn mitbekommen, wer den toten Greininger zuerst entdeckt hat?«

»Nein«, antwortete Follath und Mader musterte ihn. Mit flackernden Augen wich Follath Maders Blick aus, räusperte sich und wischte sich fahrig über die feuchte Stirn.

»Nein?«

»Nein. Wieso fragen Sie so hartnäckig?«

»Oh, das tut mir leid – ich wollte Sie nicht bedrängen. Sie sehen nur so aus, als hätten Sie heute Nacht nicht besonders gut geschlafen. Da bekommt man so etwas ja vielleicht schon mal mit.«

»Wieso sollte ich schlecht geschlafen haben?«

»Das weiß ich natürlich nicht«, meinte Mader leichthin. »Aber wenn ich ausgeschlafen habe, habe ich nicht so tiefe Augenringe, und ich schwitze auch etwas weniger.«

»Das geht mir jetzt zu weit, Herr Mader«, protestierte Follath und wandte sich zum Gehen. »Ich muss noch zum Bäcker, und auch Sie sollten nicht den Tag damit vergeuden, im Dorf herumzufragen – dafür ist die Polizei da, finde ich.«

»Die kommt auch noch zu Ihnen«, murmelte Mader, aber das hörte Follath schon nicht mehr. Er war eilig, beinahe überstürzt losgelaufen und verschwand schon kurz danach hinter einem Traktor drei Häuser weiter aus Maders Blickfeld.

Nach gut hundert Metern musste Follath die letzte Steigung hinauf, mit der die Talstraße in die Hauptstraße einbog. Das erste Haus gleich links war die Bäckerei – doch gerade als er noch wenige Meter vom Eingang entfernt war, schloss die Bäckersfrau die Tür und ging für die Mittagspause in die hinteren Räume ihres Ladens.

»Hallo!«, rief Follath, doch sie hörte ihn nicht und war schon nach hinten verschwunden. Und obwohl er wusste, dass er diesmal einfach nur Pech gehabt hatte, spürte er einen leichten Stich in der Magengegend: So würde es sich also anfühlen, wenn man in einem kleinen Dorf wie Kallental gemieden würde – zum Beispiel, weil man als Mörder verdächtig war.

Dienstag, 12.00 Uhr

Ernst hatte Glück mit dem Verkehr und war auf den freien Straßen über Winnenden über die frühere »Rettichkreuzung«, die längst auch ein Kreisel geworden war, und durch Rudersberg schneller nach Kallental gelangt, als er das gewohnt war. Er bog mit dem Dienstwagen langsam in die Talstraße ein, kurvte auf der abschüssigen Fahrbahn zwischen zwei Bauernhäusern hindurch. An der engsten Stelle hinter der Kurve musste er trotz seiner geringen Geschwindigkeit kurz scharf bremsen, um einem Mann auszuweichen, der ihm zu Fuß am Straßenrand entgegen kam.

Als er vor Greiningers Scheuer aus dem Wagen stieg, sah er ein paar Meter dorfeinwärts einen anderen Mann, der ein wenig unschlüssig an der Einmündung stand, die hier den Greiningerhof und den Zugang zum Haus der Familie Follath mit der Talstraße verband. Nachdem ihm das Gespräch mit Frau Rappert den Namen Kurt Maders wieder ins Gedächtnis gerufen hatte, sah er nun das Gesicht dazu vor sich. Mader schaute zu ihm herüber, winkte dann etwas unbeholfen, nickte ihm zu und ging dann in Richtung Dorfmitte, um dann in einen Fußweg abzubiegen, der zum Waldrand hinaufführte.

Ernst hätte wetten können, dass Mader ursprünglich in die andere Richtung hatte gehen wollen. Aber egal, für ein Schwätzchen mit dem Altbürgermeister hatte er gerade ohnehin keine Zeit. Er stapfte zum Chef der Spurensicherung, Frieder Rau, hinüber, der gerade mit einigen durchsichtigen Tütchen aus der Scheune trat und ins Sonnenlicht blinzelte.

»Hallo, Frieder.«

»Ah, Rainer. Gut, dass du da bist, ich wollte schon mal die ersten Infos an euch loswerden. Ihr wart ja so schnell weg. Habt ihr schon mit einigen Leuten gesprochen?« Er hielt Ernst den Ellbogen hin, den dieser grinsend schüttelte, als ihm die Einweghandschuhe an Raus Händen auffielen.

»Ja, aber mit den Follaths müsste ich jetzt gleich noch reden, bevor nachher das erste Briefing stattfindet. Kannst du mich dafür kurz aufs Laufende bringen?«

»Gut, dann kriegst du fürs Erste einen Überblick. Ich komme ja um 14 Uhr auch nach Schorndorf, euer Innendienst hat mich vorher wegen des Briefings angerufen. Dort haben wir dann etwas mehr Zeit für Details. Also«, und damit ging er Ernst voraus in Richtung der Stelle, an der der tote Greininger gelegen hatte. »Hier wurde er gefunden, und etwa hierhin« – er deutete ungefähr zum Haus der Follaths hinüber – »war sein Blick gerichtet. Im Gras haben wir eine Spur gefunden, die ziemlich schnurstracks zu den Follaths rüberführt. Für Schuhabdrücke hat es nicht gereicht, aber die Halme, die nicht ganz abgeknickt waren, hatten sich trotz des Taus noch nicht ganz wieder aufgerichtet – die Spur dürfte demnach durchaus gestern am späten Abend entstanden sein.«

»... und führt zum Haus der Follaths«, sinnierte Ernst.

»Ja, genau. Dort endet sie zwar direkt vor dem Rand zum Garten, aber im Garten sind einzelne Waschbetonplatten etwa im Schrittabstand von Erwachsenen verlegt. Im Schmutz, der sich dort seit dem letzten Regen abgelagert hat, konnten wir von der Wiese aus ein paar Flecken sehen – die könnten von Schuhen stammen, die zuvor durchs feuchte Gras gegangen sind. Wir haben das aber eher beiläufig angesehen und fotografiert – ich wusste nicht, wie viel Druck wir vor eurem Gespräch auf die Follaths ausüben sollen. Die beobachten uns ja sicher recht genau. Ab und zu sieht man jedenfalls eine Gardine wackeln.«

»Na ja, aber ob die Spur nun belegbar ist oder nicht: Wohin sollte derjenige sonst auch gegangen sein?«

»Eben«, gab ihm Rau Recht und wandte sich wieder dem Fundort des Toten zu. »Der Schlag mit dem Holzscheit sieht für mich recht kräftig aus, aber da bringt euch die Obduktion Genaueres. Was mich stutzig macht, ist das Erbrochene drüben am Scheunentor ... Sagt mir bitte, sobald die Pathologen etwas rausgefunden haben. Es würde mich schon interessieren, was da noch im Spiel war.«

Er blickte Ernst an, bis der nickte, dann stand Rau auf und winkte Ernst hinter sich her. »Einen Vorschlag hätte ich dazu auch schon«, sagte Rau dann. Er trat durch das Scheunentor ins Halbdunkel des Inneren. Staub flirrte in der Luft und war im Gegenlicht des zweiten Scheunentors überdeutlich zu sehen. Die beiden Tore boten einem Traktor eine bequeme Möglichkeit, etwa vom östlich gelegenen Innenhof zur westlich vor der Scheune liegenden Wiese durchzufahren oder umgekehrt. Entsprechend war der gestampfte Boden zwischen den beiden Toren frei bis auf einen einzelnen Anhänger, auf dem noch ein paar erdverkrustete Gerätschaften lagen.

Rechts von Ernst war eine grob gezimmerte, ziemlich ausladende Werkbank aufgestellt. Ein recht alt aussehender Schraubstock war an einer Seite befestigt, überzogen mit Staub und Schmutzflecken und rotbraun angerosteten Stellen. Die vermackte Tischplatte war von einem wilden Durcheinander aus den verschiedensten Werkzeugen in Beschlag genommen, auf einem freigeräumten Platz etwa in der Mitte der Platte lagen ein Hammer, einige verbogene und ein paar leidlich gerade Nägel. Neben der Werkbank reihten sich bis zur gegenüberliegenden Wand Heugabeln, Sensen, Holzrechen und einige Bündel verschnürter Pflanzstecken aneinander.

Links von der Scheunendurchfahrt erstreckte sich der Hauptteil des Holzbaus. Dort lagen Strohballen, ein Pflug, stapelweise Jutesäcke und anderer Krimskrams in einer Art Ordnung zusammen, die wahrscheinlich nur Greininger selbst durchschaut hatte. Wenn überhaupt. Dorthin winkte ihn Rau nun. Ernst wich der fettverschmierten Deichsel des Anhängers aus und ging zu einem raumhohen Regal hinüber, das aus groben Balken und Brettern halbwegs standfest zusammengenagelt war. Rau hatte eine Blechdose in der linken Hand und wies mit der rechten auf ein Brett des Regals, das voll mit solchen Dosen war.

»Linofidol« stand in fetten Lettern auf der Dose, und sie sah nicht besonders neu aus. »Ideal für Haus und Hof«, lautete die nächste, kleiner gedruckte Zeile. Und seitlich darunter waren kleine Schwarzweißfotos kombiniert, die Holzgiebel, Gartenhäuschen und einen Bauernhof zeigten. Auf der Rückseite zeigte eine Zeichnung einen Pinsel, mit dem etwas auf einen Holzbalken gestrichen wurde.

»Ein Holzschutzmittel?«, fragte Ernst.

»Würde ich sagen«, antwortete Rau. »Ich kenne diese spezielle Marke nicht, aber seit den 90ern wurden eine ganze Reihe von Holzschutzmitteln aus dem Verkehr gezogen, weil sie giftige Substanzen enthielten. So wie diese Dose aussieht, könnte sie noch aus der Zeit davor stammen – und heute vielleicht verboten sein.«

Er stellte die Dose zurück und griff nach einem Glas, das auf einem kleinen Tisch neben dem Regal stand. Der Tisch wirkte seltsam fehl am Platz in der Scheune: Er sah aus wie ein alter, billiger Schreibtisch, nur kleiner. Das Holzfurnier wölbte sich an den Ecken etwas ab und ein gelblicher Schimmer nahm der Kunststoffoberfläche vollends die »Holzoptik«, die früher wohl einmal Kiefer oder Buche hatte imitieren wollen.

Das Glas stand neben einem blaugrauen bauchigen Krug. Es war leicht gewölbt und hatte einen dicken Boden – vermutlich hatte es seinen Weg zu Greininger gefüllt mit Senf gefunden. Es hinterließ einen feuchten Abdruck auf dem Tisch, als Rau es Ernst unter die Nase hielt. Ein scharfes Aroma stieg aus dem knapp zu einem Drittel gefüllten Glas auf – Ernst mochte Most zwar nicht, aber so ätzend hatte er den Geruch des »Bauernweins« nun auch nicht in Erinnerung.

»Most mit Beigabe«, sagte Rau. »Für mich riecht das wie Farbe, Teer – etwas in der Richtung. Tippen würde ich auf dieses Holzschutzmittel, aber das kann das Labor ja herausfinden. Und wenn ich mir das so zusammenreime: Most mit Holzschutzmittel drin ... Da kann einer schon mal kotzen müssen, finde ich.«

»Hat ihm das einer in den Most gemischt?«, fragte Ernst, Rau zuckte mit den Schultern.

»Allzu geheim ist er dabei aber wohl nicht zu Werke gegangen. Hier – «, Rau deutete auf einen kreisrunden Abdruck in dem Staub, der sich am Rand der Tischplatte abgesetzt hatte. »Hier stand eine angebrochene Dose Linofidol. Die haben wir schon verpackt. Sieht so aus, als wäre das Mittel aus dieser Dose ins Glas geschüttet worden, jedenfalls konnten wir am Rand der Dose Spuren davon erkennen, dass sie dort gestern Abend oder gestern Nacht noch feucht gewesen war.«

Dienstag, 12.05 Uhr

Berner hielt Schneider die Tür auf, dann gingen die beiden zielstrebig an den langen Tisch, der entlang einer Wand des Schulungsraums aufgestellt war. In der Mitte rückte sich gerade Kriminaldirektor Binnig den Stuhl zurecht, neben ihm saß Pressechef Herrmann mit dem Handy am Ohr. Auf dem letzten Stuhl zur Fensterfront hin war Binnigs Sekretärin platziert. Berner deutete auf den freien Stuhl zwischen ihr und Binnig und setzte sich neben Herrmann.

»Meine Herren«, begann Binnig und nickte in die Runde, nachdem er sich vergewissert hatte, dass nur männliche Journalisten vor ihm saßen. Die Lokalzeitung war mit Lokalchef Manfred Beuron vertreten, von der Lokalredaktion der großen Regionalzeitung waren zwei Redakteure da, dazu natürlich der unvermeidliche Reporter des Boulevardblatts, ein gewisser Ferry Hasselmann. Drei Fotografen saßen in der ersten Reihe und knipsten bereits Porträts der anwesenden Polizisten, auf Stühlen am Rand hockten zwei Radioreporter, die während Binnigs ersten Worten zu den Pegelanzeigen ihrer Aufnahmegeräte hinüberschauten. »Allzu sehr«, schoss es Schneider durch den Kopf, »scheint ein toter Bauer hier ja niemanden aufzuregen.« Berner hatte ihm auf dem Weg von der Kantine hierher von dem Auflauf berichtet, der vor einiger Zeit geherrscht hatte, als durch eine spektakuläre Schießerei an der B29 ein junger Fußballer ums Leben gekommen war. Dagegen war die heutige Konferenz eine sehr überschaubare Runde.

»Meine Herren, wir würden Sie jetzt gerne über den Todesfall in Rudersberg-Kallental informieren, zu dem Sie Herr Herrmann« – er wies kurz mit der Hand auf seinen Nebensitzer – »heute früh angerufen hat. Viel wissen wir noch nicht, aber das Wenige wollen wir Ihnen schon mal mit auf den Weg geben.« Er drehte sich zu Schneider um, der sich inzwischen gesetzt hatte, und nickte ihm kurz zu: »Kriminalhauptkommissar Klaus Schneider«, fuhr Binnig fort, »wird die ›Sonderkommission Wieslauf‹ leiten, die wir für die Aufklärung des Verbrechens eingerichtet haben. Er ist der Leiter unserer Kripo-Außenstelle in Schorndorf und war heute Vormittag bereits vor Ort. Herr Schneider, könnten Sie die Herrschaften kurz auf den aktuellen Stand bringen?«

»Gerne. Der Tote ist der Landwirt Albert Greininger, ledig, 56 Jahre alt und wohnhaft auf seinem Bauernhof in Rudersberg-Kallental. Dort wurde er heute Morgen ...«

Die Fotografen knipsten einige Bilder von Schneider, packten dann bereits ihre Taschen und huschten wieder aus dem Besprechungsraum. Die Journalisten machten sich Notizen. »Bauer, 56, ledig«, notierte Manfred Beuron. »Badener – wo war der zuvor Ermittler?«, kritzelte Hasselmann. Einer der Radioreporter sprang auf, lief gebückt zu seinem Aufnahmegerät und machte sich hektisch daran zu schaffen. Schneider überging das kleine Durcheinander direkt vor seiner Nase souverän und fuhr in seiner Beschreibung fort, ohne zu stocken. Aus dem Augenwinkel fing er nebenbei den anerkennenden Blick Binnigs auf.

»... natürlich nicht vorgreifen – aber es sieht so aus, als sei er mit einem Holzscheit erschlagen worden, das neben ihm auf dem Boden gefunden wurde. Viel mehr wissen wir noch nicht, aber die Ermittlungen laufen auf Hochtouren.«

»Danke, Herr Schneider«, setzte Binnig den Schlusspunkt. »Das wäre nun fürs Erste alles – haben Sie noch Fragen, meine Herren?«

»Ja«, meldete sich Beuron mit sonorer Stimme. »Wer hat ihn denn gefunden?«

»Der Jagdpächter, als er heute früh von seiner Tour durch den Wald zurückkehrte«, antwortete Berner und zog die Blicke der Journalisten auf sich. »Er informierte gleich die Kollegen, das war heute am frühen Morgen.«

»Ist er verdächtig?«, fragte Hasselmann schneidend und blickte Berner herausfordernd an.

»Verdächtig sind zunächst einmal alle«, versetzte Berner und schluckte den Ärger hinunter, den dieser Journalist jedes Mal wieder in ihm auslöste: Ferry Hasselmann war stets zur Stelle, immer in Eile – und offenbar fand er auch hinterher in der Redaktion nicht die Zeit, seine Infos halbwegs ausgewogen in einem vernünftigen Artikel zu verarbeiten. Berner hielt ihn für einen Aasgeier, aber auch er musste solide und fair informiert werden. Dennoch hatte Berner gleich gespürt, wie sich durch die bissige Frage Spannung im Raum aufgebaut hatte – Hasselmann war wohl auch unter den Kollegen nicht übertrieben beliebt.

»Aber keine Bange«, grinste Berner scheinbar locker in die Runde, »ich werde Sie nicht fragen, wo Sie gestern Abend oder gestern Nacht gewesen sind.«

Die halblauten Lacher lösten die Spannung im Raum auf, und Berner fuhr fort, während ihn Hasselmann gewohnt missmutig fixierte.

»Wir gehen derzeit davon aus, dass der Mann gestern Abend oder in der Nacht auf heute zu Tode kam. Aber auch da wissen wir Genaueres erst nach der Obduktion.«

Die Journalisten hatten nicht mehr viele Fragen, und die wenigen konnte Berner zur Zufriedenheit seiner Kollegen beantworten, ohne sich für die Details allzu sehr festzulegen.

»Eins noch«, schaltete sich Pressechef Herrmann noch ein, als die Journalisten schon ihre Blöcke zuklappten und die Radioreporter ihre Geräte abbauten. »Der Mord hat sich in einem sehr kleinen Dorf ereignet, da wird viel geredet und für die Leute dort ist es eine ungewohnte Situation. Ich möchte Sie herzlich bitten, dass Sie darauf Rücksicht nehmen.« Er fixierte Hasselmann. »Ich werde es Ihnen allen wahrscheinlich nicht ausreden können, mit den Leuten vor Ort zu sprechen – aber mir liegt es schon am Herzen, dass Sie eines nicht vergessen: Die Leute in diesem Dorf sind zunächst einmal gewissermaßen ebenfalls Betroffene. Es wäre schön, wenn Sie daran denken würden.«

»Aber selbstverständlich«, antwortete Hasselmann in gönnerhaftem Ton. »Aber wir haben nun mal eine Pflicht unseren Lesern gegenüber. Sie werden verstehen ...«

Beuron schaute zu Berner hinüber und verdrehte die Augen. Berner konnte sich kaum ein Grinsen verkneifen. Er erhob sich, und während sich Beuron und die übrigen Journalisten noch kurz zu ihm gesellten, hastete Hasselmann bereits aus dem Raum.

»Das wird was werden«, dachte Berner seufzend und wandte sich dann den anderen Presse- und den Radioleuten zu, um zu besprechen, wie und wann sie mit weiteren Informationen rechnen konnten.

Dienstag, 12.05 Uhr

Ein, zwei Minuten war Follath vor der verschlossenen Tür der Bäckerei stehen geblieben, ganz in Gedanken versunken. Dann drehte er sich um und ging über die Talstraße hinweg einen kleinen Fußweg entlang, der zwischen dem Sägewerk und einem alten Bauernhof hindurch verlief und dort im Schatten einiger großer Bäume die Wieslauf hinaufführte. Follath wollte allein sein, um endlich ein paar klare Gedanken fassen zu können.

Schritt für Schritt arbeitete er sich den Weg hinauf, und beinahe war er schon aus dem Schatten der Bäume auf das freie Gelände getreten, da sah er gerade noch Kurt Mader, der auf dem nächsten Fußweg ebenfalls zum Wald hinaufging. Follath trat einige Schritte zurück und stellte sich hinter einen dichten, fast mannshohen Busch. Mader wollte er nicht schon wieder begegnen.

Er wartete, bis der alte Schultes oben zwischen den Bäumen verschwunden war, stand dann noch ein paar Minuten und setzte schließlich seinen Weg fort. Die Aussicht von hier war eine der schönsten rund um Kallental. Das Dorf lag klein und überschaubar in seinem engen Tal, die Wieslauf schlängelte sich samt ihrem üppig wuchernden Saum aus Laubbäumen voran und verschwand schließlich mit einer weiteren Biegung hinter einem der Hügelausläufer, die hier überall ins Tal ragten. Rudersberg und der nächstgelegene Teilort Oberndorf waren von hier aus nicht zu sehen: Baumkronen verdeckten die Sicht, und darüber war schon der Wald in Richtung Seelach zu sehen, die Berglen weiter links und rechts die Hügellinie, die das Wieslauftal vom Weissacher Tal trennte.

Er trat aus dem Wald heraus und ging ein Stück die Wiese hinunter. Friedlich sah das alles aus, irgendwie intakt und der Natur verbunden. Auch sein Haus und den Greiningerhof konnte Follath von hier aus sehen. Vor der Scheune, wo Greininger heute tot gelegen hatte, standen zwei Männer, einer von ihnen in einem weißen Overall. Sie schienen sich zu unterhalten. Einer der beiden deutete zu Follaths Haus hinüber. Follath erstarrte.

Nach einer Weile gingen die beiden Männer in die Scheune hinein, und Follath setzte sich ins Gras. Er sah verzweifelt aus. Er musste nachdenken.

Dienstag, 12.15 Uhr

Der abgestellte Motor des alten Traktors knackte in seiner grün lackierten Haube ab und zu, das Metall begann allmählich kühler zu werden. Immer wieder strich ein leichter, frischer Wind durch die Lüftungsschlitze der Motorhaube. Ruth Wanner hatte die Frontscheibe ihres Traktors nach oben geklappt und spürte nun denselben Wind auf ihrem vom Wetter gegerbten Gesicht. Sie war sauer, nicht nur enttäuscht.

Sie hatte zwar einige Kallentaler und auch Leute aus den Nachbardörfern auf den Feldern, den Wegen und im Wald angetroffen, aber keiner hatte etwas sagen können, was irgendwie auf einen möglichen Täter hingewiesen hätte. Davon war sie enttäuscht. Was sie aber sauer machte, war das Gefühl, dass keiner richtig offen mit ihr sprach. Es schien überall Misstrauen in der Luft zu liegen. Die Leute gaben acht auf das, was sie sagten – und redeten deshalb im Zweifel sehr wenig oder fast gar nichts.

Keiner hatte den Greininger gemocht, und das schien nun den meisten ein schlechtes Gewissen zu machen. Gerade so, als wären sie allein dadurch des Mordes verdächtig, dass sie mit dem Toten nicht gerade befreundet gewesen waren. Es war genau diese Stimmung, die Ruth Wanner und schließlich auch Kurt Mader befürchtet hatten, als sie sich heute früh über den Mord unterhielten und darüber, wie sie die Dorfgemeinschaft halbwegs unbeschadet durch diese schwierige Situation bringen könnten.

Den Verein der Dorfgemeinschaft konnte sie nun unmöglich für eine Versammlung einberufen: Die Leute im Ort waren durch den Mord aufgewühlt und verunsichert, das konnte leicht zu einer gefährlichen Stimmung führen, wenn alle Hitzköpfe auf einem Fleck beisammen waren. Und das ideale Ziel für eine solche Stimmung hatten sie auch im Dorf: Heiner Follath, nach allem, was man so hörte, zutiefst zerstritten mit seinem Nachbarn Greininger, ein Eigenbrötler und Umweltfreak, und, vor allem, auch nach mehr als 15 Jahren in Kallental noch immer ein Fremder, ein Reigschmeckter aus München.

Ob Follath nun der Mörder war oder nicht: Er wäre allen, die sie heute Vormittag getroffen hatte, der liebste Kandidat – schon, weil das Dorf dann irgendwie doch nichts mit der ganzen Geschichte zu tun hätte. Und Follath schien auch

amit beschäftigt zu sein, sich so verdächtig wie
zu machen. Zuletzt war er einen der Feldwege in
tung heraufgelaufen, hatte sich dann plötzlich –
vegen Kurt Mader, der ebenfalls gerade zum Wald
hinaufging – zwischen Büschen verborgen, war nach einer
Weile weitergegangen und hatte sich schließlich am Hang
oberhalb des Greiningerhofs und damit auch oberhalb seines eigenen Hauses ins Gras gesetzt. Wahrscheinlich beobachtete er das Treiben der Polizei unten bei der Scheune.

Ruth Wanner stand nun schon eine gute Viertelstunde hier oben am Waldrand. Die Gespräche unterwegs hatten sie müde gemacht und hungrig, und hier oben war schon immer ihr Lieblingsplatz: Die Obstwiesen zogen sich vom Dorf herauf und ragten weiter oben wie eine Geheimratsecke in den dichten Schopf des Waldes hinein. Sie stand mit dem Traktor leicht im Waldrand verborgen und hatte einen wunderbaren Blick auf den friedlich in seinem Tal liegenden Ort. Gegenüber, wo der Wald die Wiesenbucht nach Süden hin umfasste, sah sie einen Habicht in einem der äußeren Bäume sitzen. Dort lag der Waldrand tiefer im Schatten als hier bei ihr, aber ihre Augen waren scharf genug, um den Vogel zu entdecken. Der Habicht saß still, nur ab und zu ruckte sein Kopf kurz zur einen oder anderen Seite. Er lauerte auf ein Opfer.

Ruth Wanner löste die schwarzen Gummispanner, mit denen sie ihre Stofftasche auf dem rechten Beifahrersitz befestigt hatte. Sie stellte die Tasche in ihren Schoß und deckte sich den Mittagstisch auf dem linken Radkasten. Auf weichem grauem Bäckerpapier lagen dort nun einige grob geschnittene Scheiben Brot, daneben auf einem karierten Geschirrtuch ein halber Ring Schwarzwurst und eine schon ziemlich zerdrückte Tube extrascharfer Senf.

Durch die drei Speichen des großen Lenkrads hindurch richtete sie eine Thermoskanne mit Kaffee und ein kleines Fläschchen mit Bügelverschluss, aber ohne Etikett und randvoll mit einer klaren Flüssigkeit. Daneben stellte sie zwei kleine Gläser, wie man sie auf Weinfesten zum Probieren bekommt, und zwei Plastiktassen – denn natürlich wusste sie, warum sich Kurt Mader die Mühe des Aufstiegs zum Wald herauf machte. Nun sah sie ihn auch schon links von ihr einen Wildwechsel herunterkommen, der gut verborgen immer leicht innerhalb des Waldrands verlief. Der Habicht fixierte ihn kurz und flog dann genervt weg.

»Na, Ruth«, schnaufte Mader, als er ohne weitere Vorrede hinter ihr auf den Traktor kletterte und sich geschickt auf den rechten Sitz schob.

»Da, Kurt«, sagte sie statt einer Antwort und hielt ihm die Schwarzwurst und eine Scheibe Brot hin.

Mader zog sein Taschenmesser aus der Hose, säbelte ein kräftiges Stück von der Wurst und wischte die Klinge an seiner Hose ab. Auch Ruth Wanner hantierte mit ihrem Taschenmesser.

»Also, viel han i net rauskriegt«, begann sie schließlich, und Mader hörte kauend zu. »Koiner woiß was oder will was wissa, ond überhaupt will eigentlich am liebschta koiner 's Maul uffmacha. Do könntsch grad ...« Sie machte eine wegwerfende Handbewegung und sah dann auf Maders Hose, wo sich ihr Gast einige zerrupfte Brotstücke und den Rest der Wurst hingelegt hatte.

»Moschtrich?«, fragte sie.

»Bloß net«, lachte Mader auf. »Dein Teufelssenf haltet mei Maga scho lang nemme aus.«

Ungerührt spritzte Ruth Wanner aus der Tube einen Klacks Senf auf ein dickes Rädle Schwarzwurst und danach auf ein Stück Brot. »Ond du? Hosch du was erfahra?«

»Für den Follath sieht's net gut aus, glaub i. Aber i werd net schlau draus, was es mit dem Mord am Greininger wirklich uff sich hot. Des passt älles net so zsamma – oder 's passt viel z'gut.« Er sah hinunter zu der Stelle, wo Follath gesessen hatte. Der Mann war nun aufgestanden und ging die Wiese hinunter, dabei schlug er einen großen Bogen, um dem Hof und wohl auch den dort arbeitenden Polizisten auszuweichen.

Mader deutete mit seinem Taschenmesser, auf dessen Spitze gerade ein Stück Schwarzwurst steckte, zu Follath hinüber und schüttelte den Kopf. »Der hockt do scho a Weile, du hosch en sicher au scho gsäh ghet. Ond i könnt fascht wetta, dass der mir vorher, wo i d'Wies nuff ben, ausgwicha isch.«

»Schtemmt«, bestätigte Ruth Wanner mit vollem Mund. »Der hot sich richtig vor dir versteckt.«

»Armer Kerle, irgendwie«, sinnierte Mader. »Schtell dir vor, der war's – no kommt er ens Loch, weil er sich am End net andersch gega dr Greininger z'helfa gwisst hot. Und wenn er's net war, no soicht en bei ons em Dorf trotzdem koi Hond meh a, weil älle glaubat, dass er's doch war.«

»Genau: Weil's die Leut glaubat oder glauba wellat. S isch a Elend, Kurt.« Damit schenkte sie in jedes Probierglas zwei Finger hoch von der klaren Flüssigkeit ein, nahm sich eines und reichte Mader das andere.

Beide stürzten das Getränk in einem Zug hinunter. Mader schüttelte sich, aber fast sofort fühlte sich sein Magen angenehm warm an. Er schaute zu Ruth Wanner hinüber, die scheinbar ruhig ins Tal blickte. Ihre Augen allerdings flackerten verdächtig, und auch Mader musste an die Zeit denken, als er diesen Schnaps noch mit Ruths Mann getrunken hatte. Oft genug hier an dieser Stelle, frühmorgens, bevor das Dorf richtig erwachte und nachdem Mader und Wanner stundenlang durch den Wald gepirscht waren.

Nun war Ruths Mann seit gut zehn Jahren tot, und noch immer zehrte sie von seinem Vorrat an Selbstgebranntem, der in der kühlen, in den Hang hineingebauten Scheune hinter dem Haus einige große Glasballons füllte. Der Schnaps wurde mit jedem Jahr besser, aber mit jedem leeren Ballon verschwand wieder ein Stück von Wanners Hinterlassenschaft. Der Gedanke, dass auch von ihm – wie von Ruth Wanner und ihrem Mann – ohne Kinder letztlich nicht viel mehr bleiben würde als ein paar alte Gerätschaften und vielleicht ein Fässle Most, machte ihn traurig.

Dienstag, 12.30 Uhr

Die Tür war blau getüncht, aber das ursprüngliche Braun des Holzes schimmerte an einigen Stellen durch. Etwa in Augenhöhe war FOLLATH zu lesen, in einer leichten Rundung waren die Buchstaben des Familiennamens auf die Tür geklebt, bunt bemalt und wahrscheinlich aus Salzteig oder etwas Ähnlichem geformt. Vor Hauptkommissar Ernst hing ein altmodischer Klopfring aus dunklem, abgegriffenem Metall. Er griff nach dem Ring und klopfte, zunächst zaghaft, dann zweimal etwas lauter. Während er darauf wartete, dass sich im Haus etwas regte – ziemlich lange, wie er fand –, roch er kurz an den Fingern seiner rechten Hand: Tatsächlich, sie rochen streng nach altem Eisen, nach Rost und vermutlich auch nach Resten von fremdem Schweiß.

»Ja?« Die Tür hatte sich endlich geöffnet, und eine Frau stand vor Ernst und sah ihn fragend an.

»Hauptkommissar Rainer Ernst, Kripo Schorndorf«, stellte er sich vor. »Sind Sie Frau Follath?« Sie nickte lahm, ohne den Ausweis zu beachten, den ihr Ernst hinstreckte, und er fuhr fort: »Ich wollte mich kurz mit Ihnen unterhalten – wegen Ihres Nachbarn. Ich nehme an, Sie wissen ...?«

»Kommen Sie doch rein«, sagte Carina Follath, trat einen Schritt zur Seite und wies Ernst den Weg in den Flur. In einer matt glänzenden, großen metallischen Milchkanne stand etwas windschief ein übergroßer Trockenblumenstrauß. Auf dem Boden aus groben Holzdielen lag ein dünner Läufer, der sich vor lauter bunten Wollfäden kaum zu einer gemeinsamen Farbe entscheiden konnte – auch wenn er auf Ernst etwas abgestoßen und verstaubt wirkte. Links und rechts hingen kleine Bilder, Erinnerungsfotos und alte Plakate aus längst vergangenen politisch engagierten Zeiten.

»Hier, bitte rechts rein«, sagte Frau Follath und bugsierte Ernst ins Wohnzimmer. Der kleine Raum war gemütlich eingerichtet. Ein grün getünchter Schrank mit Glasscheiben im Oberteil stand an einer Wand als größtes Möbelstück, links und rechts waren rötlich gepolsterte Sessel mit hölzernen Leisten auf den Lehnen in die Ecken gerückt. Ein großer grüner Glasballon, wie ihn Ernst noch von seinen Großeltern als Vorratsbehälter für den selbst gebrannten Obstler kannte, stand in einer weiteren Ecke: Der Boden war mit hellem Sand gefüllt, und aus dem Flaschenhals ragten einige getrocknete Schilfwedel. Die vierte Ecke beherrschte ein schwarzer Kaminofen, aus dem ein ebenfalls schwarzes Rohr in das Kaminloch an der Wand führte.

Frau Follath ging zu dem bräunlichroten Sofa, das neben dem Bollerofen unter einem großen Fenster platziert war, und deutete auf einen Sessel. Ernst setzte sich und bemerkte, dass an einer Seite des Sofas einige Fäden aus dem Stoff hingen.

Zwischen Frau Follath und ihm stand ein niedriger Holztisch von sehr einfachem, dabei aber durchaus elegant wirkendem Schnitt – auch hier hatten Katzen ihre Spuren hinterlassen: Zwei der Tischbeine wiesen tiefe Kratzer auf, offenbar waren die schlimmsten Stellen danach mit Schleifpapier halbwegs geglättet worden. Nun standen jedenfalls keine Spreißel mehr ab, wie er es von Stuhl- und Tischbeinen kannte, an der sich eine Katze kurz zuvor die Krallen geschärft hatte.

Auf dem Tisch stand eine Porzellanschale mit Obst und Nüssen und eine kleine Vase mit einem getrockneten Blumenstrauß. Zwischen beidem lagen drei kleine Schachteln mit Tabletten. Frau Follath war Ernsts Blick gefolgt, nestelte eine der Schachteln zu und packte alle drei auf einen kleinen Beistelltisch neben dem Sofa.

»Wie kann ich Ihnen helfen?«, fragte sie.

»Haben Sie Schmerzen?« Ernst nickte zu einer der Schachteln hinüber, auf der er den Namensteil »dolo« gesehen hatte.

»Es geht schon wieder, danke«, gab Frau Follath leicht gereizt zurück und musterte ihn aufmerksam. »Wie kann ich Ihnen helfen?«

Sie sah müde aus, wie Ernst auffiel. Die Haare waren an einer Stelle etwas angedrückt, die Augen noch etwas unstet – so, als habe sie gerade versucht, ein wenig zu schlafen.

»Wir reden derzeit mit allen Nachbarn, um zu erfahren, was sie vom Tod Greiningers mitbekommen haben. Da muss ich natürlich auch zu Ihnen kommen – als gewissermaßen nächste Nachbarn.«

»Viel werde ich Ihnen nicht erzählen können«, begann Frau Follath und nahm eine Walnuss aus der Schale. »Mein Mann und ich gehen gewöhnlich recht früh schlafen. Hier in Kallental ist es ja im Allgemeinen recht ruhig. Und weil die Bauern im Dorf ziemlich früh mit der Arbeit beginnen und weil sie dabei einen ordentlichen Krach machen, kommt Ausschlafen unter der Woche fast nie in Frage. Da schleift sich das mit den Jahren ein, dass man sich drauf einstellt – und irgendwann hat man sich angewöhnt, so gegen zehn am Abend ins Bett zu gehen.«

Frau Follath drehte die Nuss in den Fingern und sah dabei nachdenklich zum Fenster hinüber. In ihren Augenwinkeln schimmert es ein wenig. Ernst beobachtete sie aufmerksam und übersah dadurch den Schatten, der ganz kurz am unteren Rand des Wohnzimmerfensters vorbeihuschte.

»So war es auch gestern Abend. Gegen neun, halb zehn bin ich ins Bett gegangen. Mein Mann hat noch ein wenig gelesen, ich bin schnell eingeschlafen – das war's.«

»Sie haben nichts gehört?«, fasste Ernst nach.

»Nein, nichts. Und Greininger ist ja wohl nach zehn Uhr erschlagen worden, nehme ich an?«

»Erschlagen?«

»Ja, er wurde doch erschlagen, oder?«

»Schon, aber ...«

»Hatten Sie das nicht vorhin erwähnt?«

»Nein«, meinte Ernst und schaute Frau Follath noch eine Spur aufmerksamer an.

»Ach«, fuhr sie zerstreut fort, »dann hat mir das wohl mein Mann ...« Sie legte die Nuss zurück in die Schale. Dabei verrutschte ihr Ärmel ein Stück nach oben und gab den Blick auf einen geröteten Unterarm frei.

Ernst deutete darauf: »Eine Entzündung?«

»Wie?«, schreckte Frau Follath hoch. Sie folgte Ernsts Geste mit den Augen und zog dann schnell den Ärmel wieder nach vorn. »Ich habe mich da nur ein wenig gekratzt. Blöde Angewohnheit.«

Der kurze Blick hatte Ernst genügt: Der linke Unterarm von Frau Follath war wundgescheuert, einige Kratzer trugen Schorf, an anderen war der Schorf wieder abgekratzt und die offenen Stellen sahen ungesund gerötet aus. Auch an ihren Händen und am Hals schien sie Probleme mit ihrer Haut zu haben: Die Haut wirkte schuppig und wies an einigen Stellen rote Flecken auf.

»Ist Ihr Mann denn auch da?«

»Nein, tut mir leid.«

»Verstehe. Wahrscheinlich kann ich ihn heute Abend sprechen, wenn er von der Arbeit zurück ist?«

»Er arbeitet zu Hause. Mein Mann ist Spieleautor, und er hat sich im Haus zwei Räume eingerichtet: ein Arbeitszimmer unter dem Dach und eine Werkstatt im Keller.«

»Das klingt interessant. Könnte ich das mal sehen?«

»Natürlich, gerne – aber das müsste er Ihnen selbst zeigen. Er ist da etwas eigen.«

»Wann kommt er denn wieder?«

»Ich weiß nicht. Er ist vorhin raus, als ich mich kurz hingelegt habe. Vielleicht ist er einkaufen gegangen – aber Sie merken schon: Ich weiß nicht, wann genau er wieder da sein wird.«

»Schade«, meinte Ernst und erhob sich. »Dann schau ich einfach demnächst noch einmal vorbei. Wir sind ja wahrscheinlich noch eine Zeitlang immer wieder hier im Ort.«

»Tun Sie das«, sagte Frau Follath knapp und ging ihm durch den Flur zum Ausgang voraus. Sie hielt ihm die Haustür auf und Ernst schlüpfte hinaus – einerseits erleichtert, dieses Gespräch hinter sich zu haben. Andererseits wusste er nicht recht, wie er die Follaths in diesem Mordfall einordnen sollte. Er wollte Frau Follath noch die Hand reichen zum Abschied, doch sie war schon mit einem knappen Kopfnicken zurück ins Haus getreten und hatte die Tür geschlossen.

Es schien ihr nicht gut zu gehen, und Ernst hätte wetten können, dass sie trotz der Tabletten noch starke Schmerzen hatte. Während er den Weg vom Haus zur Talstraße hinauf ging, dachte er darüber nach, wie er Näheres zu Frau Follaths Krankheit erfahren könnte. Beiläufig sah er zu Greiningers Wohnhaus hinüber. Zwei Fenster wiesen zu ihm herüber, in einem spiegelte sich der Mann, dem Ernst zuvor auf der Talstraße hatte ausweichen müssen: Er kam vorsichtig hinter dem Haus der Follaths hervor, ging schnell zur Haustür, zog sie auf und verschwand im Inneren.

»So sieht also Herr Follath aus«, dachte Ernst und ging weiter.

Dienstag, 13.15 Uhr

Ferry Hasselmann hatte keine Zeit für die allgemein üblichen Plaudereien nach dem Ende einer Pressekonferenz. Diese Weicheier von der Lokalpresse dachten wahrscheinlich, dass sie schneller an Infos kamen, wenn sie dem Pressesprecher um den Bart gingen. »Bullshit«, sagte sich Hasselmann. Infos gab es, wenn man sie sich holte – dazu brauchte es keine Pressesprecher.

Er stürmte im Erdgeschoss der Polizeidirektion aus dem Aufzug, hetzte durch den Eingang nach draußen und stieg in seinen knallroten Alfa Spider. Er ließ den Sportwagen mit leisem Knurren die Kurven in den Bauch des öffentlichen Parkhauses rollen, steckte seine Parkkarte in den Automaten, fuhr unter der sich hebenden Schranke hindurch die Rampe hinauf, bog oben in die Hauptstraße ein und zog schließlich an der nächsten Kreuzung nach links auf die alte B14. Von der Brücke über die Rems, die er nun passierte, ging sein Blick hinüber zur Waiblinger Talaue – hier hatte sich die Geschichte mit dem erfrorenen Penner abgespielt, der zwischen den Klettergeräten des großen Spielplatzes gefunden worden war. Am Ostermontag – rechtzeitig zum Redaktionsschluss, was für ein Fest ... Leider war er nicht wieder auferstanden ... Hasselmann lachte.

Rechts blickte er auf ein weiteres Thema, das ihm ein gutes Honorar eingebracht hatte: das alte Waiblinger Hallenbad. Ursprünglich hatte er wegen des Verdachts auf Pfusch am Bau recherchiert, dabei war jedoch nicht viel herausgekommen. Bis auf das verwackelte Foto eines leitenden Stadtdieners, der ihm in der Umkleide mit einer auffallend jungen Badenixe vor die Kameralinse lief. Na ja, besonders »leitend« war der Beamte nun auch nicht gewesen, aber da musste Hasselmann halt ein wenig offen formulieren, und schon fügte sich das Ganze zu einer schönen Geschichte.

Als sich später herausstellte, dass die Badenixe nicht die heimliche Lolita-Freundin des Beamten war, sondern seine neunjährige Nichte, um die er sich in Abwesenheit seiner Schwester rührend und keineswegs anrüchig kümmerte, brachte das dem Beamten eine Gegendarstellung in Hasselmanns Hausblatt – auf Seite drei und gerade so groß, dass der Anwalt des Beamten keinen Ansatzpunkt mehr fand, erneut zu klagen.

Hasselmann grinste. »Wo gehobelt wird, fallen eben Späne«, dachte er. Und Hasselmann hobelte viel.

Nun sollte in Kallental gehobelt werden, in einem, wie Hasselmann fand, elenden Kaff irgendwo ganz weit hinten im Wieslauftal. Das Wieslauftal war bisher noch nicht gespickt mit Trophäen, wie Hasselmann die Themen und Zielpersonen seiner Storys nannte. Schließlich war er ein Jäger.

Ein paar Mal war er nahe dran gewesen – und dann doch jedes Mal leer ausgegangen. Als sich zum Beispiel die Stadt Rudersberg und ein Spediteur nicht einigen konnten, weil die Verlängerung des »Wiesels«, der Nahverkehrsbahn durch das Wieslauftal, dem Spediteur teure Umbauten einzubrocken drohte ...: Plötzlich war der Petitionsausschuss in Rudersberg aufgekreuzt und hatte vor Ort einen gangbaren Kompromiss vorgeschlagen. Daraus konnte nicht einmal ein abgebrühter Profi wie Hasselmann eine spannende Story schnitzen.

Als später die eigentlich seit Jahrzehnten gewünschte Ortsumfahrung von Rudersberg und einigen Teilorten für Aufregung innerhalb der Bevölkerung sorgte, hatte Hasselmann keine Bürgerversammlung verpasst und stets gute Gründe gefunden, auf deftigen Streit zwischen den verschiedenen Bürgerinitiativen und damit auf eine einträgliche Story zu hoffen. Doch dann setzten sich die diversen Initiativen auf Anregung eines früheren Dorfbürgermeisters zusammen und fanden wider Erwarten eine Lösung, die zumindest für alle Seiten das kleinste Übel darstellte – und zugleich den meisten einen Großteil der ersehnten Verkehrserleichterung brachte.

Seither war der Rummel um die Tourismusbahn das beherrschende Thema im oberen Wieslauftal gewesen – bis nun dieser Mord für mehr Aufsehen sorgte als alle Berechnungen, Prognosen und Geschäftspläne rund um die Frage, wo überall und an welchen Tagen Dampfloks zwischen Schorndorf, Rudersberg und Welzheim halten sollten. Entlang der Strecke hatte ein gefährdeter privater Brunnen mal für ein Foto und einen kleinen Text gereicht, aber das Thema war schon recht zäh geworden. Keine Frage: Hasselmann kam der tote Bauer in Kallental gerade recht.

In Rudersberg angelangt, kurvte er zielstrebig durch den Ort. So kurz nach der Mittagszeit wusste er genau, wo er seinen Informanten antreffen würde. Vielleicht waren dort schon brauchbare Informationen zu bekommen – auf jeden Fall konnte ihm sein Informant ein paar Bekannte in Kallental nennen, die sich ein paar Euro dazuverdienen oder die sich für die Zeitung interessant machen wollten.

Dienstag, 13.25 Uhr

»Hat der Follath eigentlich ein schlechtes Gewissen?«, fragte Rau nach ein paar Minuten. Ernst steuerte den Dienstwagen gerade unter der Bahnbrücke in Oberndorf durch.

»Wie kommst du darauf?«

»Als du im Haus der Follaths mit der Frau gesprochen hast, kam er vom Hang herunter und ging über die Wiese da hinten zu seinem Haus hinunter. Dann ging er aber nicht zur Tür, sondern links um das Haus herum. Danach habe ich ihn erst wieder gesehen, als du rausgegangen warst und schon fast das westliche Scheunentor erreicht hattest.«

»Da habe ich ihn auch gesehen: Das Bild von ihm vor der eigenen Haustür spiegelte sich in einem der Fenster von Greiningers Wohnhaus.«

»Tja, das ist Pech«, grinste Rau säuerlich. »Da macht ihm Greininger das Leben noch schwer, auch nachdem er schon tot ist.«

»Weißt du da mehr als ich?«

»Wieso?«

»Na ja, du klingst so, als wüsstest du etwas über den Streit zwischen Greininger und Follath. Und das würde mich schon interessieren.«

»Nicht so ganz genau, aber ein paar Fingerzeige könnten für dich schon drin sein«, begann Rau, während Ernst in der Rudersberger Ortsmitte in die Hauptstraße nach Schorndorf einbog. »Es müsste jetzt so ungefähr drei Jahre her sein, vielleicht auch etwas länger. Damals war meine Schwester im Schorndorfer Krankenhaus, und in derselben Etage lag auch Frau Follath. Meine Schwester wohnt in Welzheim und arbeitet in Rudersberg – die beiden kennen sich, ich weiß gar nicht mehr, woher.«

»Und, weiter?«, drängelte Ernst. Er schaute zu Rau hinüber.

»Die Follath war damals ziemlich übel dran. Meine Schwester erzählte mir, dass die Ärzte gar nicht so richtig wussten, was ihr denn nun wirklich fehlte. Aber sie hatte allerhand: Probleme mit dem Magen und dem Darm, Blutungen, wenn ich mich recht erinnere. Und die verschiedensten Allergien. Außerdem hatte sie sich die Beine und die Arme ganz wund gekratzt – scheinbar juckten die wahnsinnig stark, das mit der Kratzerei kann man dann ja gut verstehen. Wenn ich mir nur vorstelle, wie es mir geht, wenn ich nur mal an eine Brennnessel komme ...«

»Schon gut, Frieder«, unterbrach Ernst den Kollegen. »Und, was war nun mit Frau Follath?«

»Das blieb damals ziemlich nebulös«, fuhr Rau fort. »Meiner Schwester erzählte Frau Follath etwas von einer noch recht unbekannten Krankheit, die bisher vor allem in den USA dokumentiert worden sei. Ein Kürzel gab's dafür, aber das habe ich mir nicht gemerkt. Im Kern ging es wohl darum, dass dein Körper sich für Allergien immer schneller auf neue Stoffe einstellt.«

»Das ist doch gut, oder?«, fragte Ernst. »Dann kommt dein Körper danach besser mit diesen Stoffen zurecht.«

»Eben nicht: Dein Körper stellt sich so auf diese Stoffe ein, dass er danach allergisch auf sie reagiert.«

»Klingt aber nicht so, dass ich das nun unbedingt glauben muss, oder?«

Rau zuckte mit den Schultern. »So muss es damals auch einigen Ärzten in Schorndorf gegangen sein. Die meisten konnten darin keine spezifische Erkrankung erkennen, hat mir meine Schwester später erzählt. Aber Frau Follath wollte nicht nachlassen – was die Ärzte dann natürlich auch nicht besonders angenehm fanden.«

»Kann ich mir vorstellen. Nur: Was hat das alles mit dem Greininger zu tun?«

»Der soll schuld daran sein, dass sich Frau Follath diese mysteriöse Krankheit überhaupt eingefangen hat.«

»Wie das denn?«

»Das hat Frau Follath meiner Schwester damals nicht erzählt. Und meine Schwester kann einem wirklich Löcher in den Bauch fragen, das sage ich dir!« Rau rollte die Augen und sah dann seufzend zum Seitenfenster hinaus. Ein Stück weiter vorne traten die bewaldeten Hügel, die das Wieslauftal begrenzten, allmählich zurück und öffneten sich zum Remstal hin. »Frau Follath meinte wohl nur: ›Uns hilft eh keiner gegen diesen Kerl, und der macht immer weiter.‹ So in etwa. Was immer das bedeuten sollte.«

Nachdenklich versank Ernst in Schweigen und steuerte den Wagen aus dem Wieslauftal heraus, durch zwei Kreisverkehre und dazwischen unter der wuchtigen Brückenanlage der B29 hindurch auf den Schorndorfer Stadtrand zu. Auch Rau war still geworden. Erst als der Wagen ein paar Minuten später holpernd über eine abgesenkte Bordsteinkante in den Hof hinter dem Schorndorfer Polizeirevier rumpelte und dicht neben Schneiders gelbem Porsche vor einer der für die Kripo reservierten Fertiggaragen zum Stehen kam, fragte Rau: »Meinst du, du kannst mit den Infos etwas anfangen?«

»Wahrscheinlich schon.«

Die beiden stiegen aus, Rau öffnete die rechte Hintertür und nahm seine Notizen vom Rücksitz, die er sich für das erste SoKo-Briefing gemacht hatte.

»Scheiße ...« Er hatte beim Schließen der Tür einen Schritt nach hinten gemacht und war dabei an die hintere Stoßstange des Sportwagens gekommen. »Heiß und fettig ...«, brummte er und besah sich das Malheur: An seiner hellen Hose war ein kleiner Erdfleck zurückgeblieben und die Wade brannte etwas. »Da habe ich meinen weißen Strampelanzug wohl zu früh ausgezogen ...«

»Die Sonne hat noch ganz schön Kraft im Oktober, was?«, meinte Ernst und deutete auf die grell beschienene Stoßstange.

»Tja«, machte Rau und zog sich das Hosenbein wieder gerade.

»Zumindest haben wir jetzt einen Anhaltspunkt mehr«, fuhr Ernst fort. »Vielleicht hilft uns die Geschichte mit Frau

Follaths Krankheit, vielleicht macht sie uns aber auch nur unnütze Arbeit. Wer weiß das schon vorher? Aber das muss ich ja gerade dir nicht erzählen ...«

»Da hast du Recht«, lachte Rau freudlos auf. Vor seinem geistigen Auge drängelten sich die unterschiedlichsten Fitzel vom Fundort der Leiche in Behältern und Regalen. Und er und seine Kollegen waren noch längst nicht fertig mit ihrer Arbeit in Kallental.

Dienstag, 13.30 Uhr

Draußen in der Halle in Kallental fuhr die Säge wieder an, und die Tonlage des durchdringenden Kreischens stieg mit der Drehzahl des Sägemotors bis auf die gewohnte Höhe. Horst Müller wurde von dem Geräusch aus seinen Gedanken aufgeschreckt und sah auf die Uhr: Fast zwanzig Minuten lang hatte er nun schon am Fenster gestanden, und noch immer drehten sich seine Gedanken im Kreis.

Der tote Greininger, der eigentlich für keinen im Dorf ein wirklicher Verlust war. Der hartnäckige Mader, der selbst Nachforschungen anstellte, um die Ermittlungen der Polizei möglichst kurz und den Schaden für die Atmosphäre im Dorf möglichst klein zu halten. Erst vor zwei Wochen, als sich der Verein der Dorfgemeinschaft wieder mal in der »Krone« getroffen hatte, war es dem Mader vor allem darum gegangen, alle Kallentaler auf ein gemeinsames Ziel einzuschwören.

»Gemeinsam schaffat mir älles!«, hatte Mader fast schon wie ein Politiker auf Wahlkampftour getönt. Damals hatte er zwar die Tourismusbahn nach Welzheim hinauf gemeint, aber Müller war sich sicher: Das galt auch sonst als Maders Motto.

Dass nun ausgerechnet sein Vetter Fritz die Leiche hatte finden müssen, brachte auch nicht gerade Ruhe in seinen Tag. »Den hätt er ruhig liega lassa könna«, murmelte Müller und ging zu seinem Schreibtisch hinüber.

Sein linkes Bein schmerzte wieder. Seit es ihm vor Jahren unter einen Baumstamm geraten war, hatte er gelernt, es als Glück im Unglück zu schätzen, dass es zwar weitgehend unbrauchbar geworden war, aber eben nicht amputiert werden musste.

Die Schmerzen allerdings konnte er lange keinem bestimmten Auslöser zuordnen. Wetter, Vollmond, Überanstrengung: Nichts passte richtig zu den Tagen, an denen er Beschwerden hatte. Der Arzt hatte einmal eher hilflos vermutet, dass es vielleicht psychische Ursachen habe – und inzwischen glaubte Horst Müller fast schon selbst, dass es an seinen Nerven lag. Denn heute stand es mit seinen Nerven nun wirklich nicht zum Besten.

Dienstag, 13.45 Uhr

Schneider schob den Ärmel seiner Anzugjacke wieder über die Armbanduhr. Noch 15 Minuten bis zum ersten Briefing der SoKo. Er hatte sich einige Notizen gemacht, wie er die Kollegen auf den Fall einschwören wollte. Und auch wenn er nicht so ganz zufrieden war mit seinen Ideen: Die SoKo würde er schon ausreichend motivieren können.

Mit einem leichten Lächeln blickte er zum Fenster seines Büros hinaus. Unter ihm lagen die Dächer der Schorndorfer Vorstadt, weiter links konnte er Gleise sehen, den Bahnhof selbst konnte er nur erahnen, und auch der Blick auf die historische Altstadt von Schorndorf war ihm verwehrt. Egal, mit seinem Büro war er leidlich zufrieden, auch sonst fand er die Kripo-Außenstelle recht angenehm. Er hatte sich zwar daran gewöhnen müssen, dass sich die Polizei hier ein altes Firmenareal mit einer Tanzschule und anderen Unternehmen teilen musste. Aber die Kripo konnte sich nicht beklagen: Die Etage für die Kriminalpolizei war vor wenigen Jahren auf das ursprüngliche Gebäude draufgesattelt worden – das brachte verhältnismäßig moderne Räume mit sich, zu denen er und die Kollegen allerdings jeden Tag zu Fuß hinaufmussten.

Einen Aufzug gab es zwar. Als Schneider aber während seines Einzugs gehört hatte, was der in der Kripo-Etage untergebrachte Aufzugsmotor für einen Krach machte, wusste er, warum der Aufzug auf Kripo-Wunsch tagsüber nicht benutzt werden durfte und die Kollegen lieber die Treppe nahmen.

Sein Büro war recht geräumig. Ein Schreibtisch dominierte die größere Hälfte des Raumes, ihm gegenüber waren zwei Stühle platziert, zwei weitere standen hinten in der Ecke des Zimmers bereit – Schneider legte dort gewöhnlich seine Tasche ab und hängte die Jacke über die Lehne. Den kleineren Teil des Zimmers, hinter der Eingangstür gelegen, hatte er sich mit ein paar privaten Details hergerichtet. Dort stand eine Glasvitrine mit Automodellen in allen Farben und Ausführungen. Nur eines hatten die Modelle gemeinsam: Sie alle stellten einen Sportwagen jener Marke dar, die Schneider auch privat benutzte.

Er überflog noch einmal kurz seine Notizen, bevor er sie in die oberste Schublade legte und die Schublade zuschob. Dann atmete er tief durch und öffnete die Tür. Aus dem gegenüberliegenden Zimmer hörte er Ernst – der wohl ebenfalls im Begriff war, sich auf den Weg zum Briefing zu machen – im Gespräch mit einem Kollegen, den er von hinten nicht erkannte. Der Mann hatte einen Fuß auf den Rand eines großen tönernen Pflanzkübels gestellt und rieb an einem Fleck auf dem Hosenbein herum. Schneider durchquerte den langen Flur der Büroflucht, öffnete die Tür zum Treppenhaus und ging hinunter.

Mit jeder Stufe wurde die Atmosphäre armseliger und drückender. Als er im Hochparterre angekommen und an der Front des Polizeireviers – eine Scheibe aus Sicherheitsglas, dahinter mehrere blass wirkende, vom Schichtdienst gezeichnete Polizisten – vorübergegangen war, tippte er an der Türsicherung seinen Code ein. Beiläufig fragte er sich, woher eigentlich in allen deutschen Polizeirevieren so reichlich muffige, zu oft geatmete und von alten Möbeln durchdrungene Luft kam, die den typischen Geruch ausmachte.

Hinter der Barriere war es besser. Alte Möbel und abgestandene Luft gab es auch hier – aber die Diensträume rochen nun aus unerfindlichen Gründen nicht mehr so penetrant, obwohl sich auch hier die Kollegen rund um die Uhr abwechselten.

Den Gang entlang, kurz links, dann rechts zum großen Schulungsraum des Polizeireviers: Noch vor ein paar Wochen war den Beamten hier das neue Computersystem erklärt worden.

Nun aber standen hier die Tische in einem U angeordnet, das sich zu einer Wand mit einer Leinwand, einer weißen Magnettafel, an der Fotos und Lagepläne hingen, und einem großen Flipchart hin öffnete. Vor dieser Wand waren zwei Tische quer zur Blickrichtung aufgestellt, und inmitten des U stand ein auf die Leinwand gerichteter Beamer auf einem weiteren Tisch.

Polizeioberkommissar Klaus Schif und Polizeihauptmeister Heinz Römer vom Polizeiposten Rudersberg waren schon da und unterhielten sich. Sie hatten sich an einen der Tische gelehnt und kamen auf ihn zu, als er den Raum betrat.

»Na?«, begrüßte er die beiden launig. »Haben Sie uns den Mörder nicht gleich mitgebracht?«

Die Kollegen aus Rudersberg blickten etwas gequält drein, ganz offensichtlich konnten sie mit seinem im Moment etwas überdrehten Humor nicht viel anfangen. Schneider lächelte die Kollegen freundlich an: Er würde sich etwas entspannen müssen, wenn er hier nicht zur Witzfigur werden wollte.

Dienstag, 13.55 Uhr

Sein Rudersberger Informant hatte Recht gehabt, und das kleine Honorar für ihn hatte sich schon ausgezahlt: Bauer

Mayer, der ihm in seiner rustikalen Wohnstube gegenübersaß, plauderte mit wachsender Begeisterung aus dem Nähkästchen. Mayer hatte einen Schweinemastbetrieb mit zwei Ställen auf Oberndorfer und einem auf Kallentaler Gemarkung. Die Ställe waren außerhalb der jeweiligen Ortschaften auf freies Gelände gebaut, aber der häufige Wind aus Westen sorgte dafür, dass die Ställe, wenn schon teilweise nicht in Sicht-, dann doch wenigstens in Riechweite zu den Dörfern lagen.

Mayers Elternhaus lag unbewohnt mitten in Kallental an der Talstraße und grenzte an das dortige Sägewerk. Er selbst, seine Frau und die drei Söhne wohnten in einem großen Wohnhaus in der etwas neueren Siedlung, die sich seit den frühen 80ern am Nordhang oberhalb des Ortes erhob. Mayer hatte einen guten Blick auf die Rückseite der »Krone«, auf sein Elternhaus und das Sägewerk, fast auf die ganze Talstraße, auf den Greiningerhof und die Felder, Wiesen und den Wald dahinter. Und auch seinen Kallentaler Stall konnte er von hier aus sehen, am Hang rechts oberhalb der Straße nach Oberndorf.

Zur Eröffnung des Gesprächs hatte Hasselmann Interesse für seine Terrasse und den Mastbetrieb geheuchelt, also war Mayer mit dem Reporter hinaus in den Garten gegangen, hatte ihm mit der Lage einiger Kallentaler Häuser, dem Greiningerhof und natürlich seinem eigenen nächstgelegenen Schweinestall einen schnellen Überblick über die Bühne gegeben, auf der Hasselmanns nächstes Stück spielen würde.

Hasselmann kritzelte Notizen in seinen kleinen Block, die aber in Wirklichkeit nur Mayers Zweifel an seiner Seriosität beseitigen sollten. Dazwischen hielt er sich immer wieder die rechte Hand mit dem Stift an die Nase. Das sah ungefähr so aus, wie man sich einen nachdenklichen Reporter vorstellte – und doch sollte es nur Hasselmanns Nase schützen vor Mayers heftigem Zwiebelatem und den Schwaden, die der Wind immer wieder vom ungefähr einen Kilometer entfernten Schweinestall herüberwehte.

Nun aber saßen sie im Wohnzimmer, das Fenster und die Terrassentür waren verschlossen, und der aus rund zwei Metern Entfernung eher erträgliche Atem Mayers mischte sich hier nur mit dem Geruch von mehreren Paaren viel benutzter Herrenschuhe im angrenzenden Flur.

»Do könnt i Ihne en ganza Haufa vrzähla!«, schwärmte Mayer.

Hasselmann sah ihn ratlos an und meinte: »Wie bitte?«

»Ach so, sie schwätzat jo koi … Also: I könnt Ihnen da viel verzählen. Zum Beischpiel vom Kurt Mader: Unser friherer Bürgermeischter ischt heut nicht amol mehr als Ortsvorschteher im Amt, aber er zieht halt emmer noch gern die Fäden im Dorf.«

Hasselmann zuckte kurz zusammen, als er den Namen hörte: Mader war es gewesen, der ihm die Geschichte über den Streit um die Ortsumfahrungen vermasselt hatte.

»Aber, leider«, fuhr Mayer fort, »als Mörder kommt der nicht in Frage. Dann hemmer den Förschter Fritz Müller und sein Vetter Horscht: Beide hen ziemlich oft Schtreit gehabt mit dem Greininger, der wo jetzt ja au tot ischt. Aber bitte«, er hob beschwichtigend die Hände, »i will ja nix gesagt han.«

Hasselmann winkte großzügig ab und gab Mayer mit einer kleinen Geste zu verstehen, dass er natürlich alles für sich behalten würde, was hier zwischen diesen beiden Ehrenmännern zur Sprache kam.

»Und dann natürlich die Follaths«, setzte Mayer seine boshafte Generalabrechnung mit dem Dorf fort, in dem sie ihn wegen seiner stinkenden Ställe immer irgendwie scheel angeschaut und nie so richtig akzeptiert hatten. »Die send irgendwie krank geworda ond haben das dem Greininger angelaschtet. Was ich ghört hab, soll es um eine giftige Farbe geganga sein. Die Frau Follath isch bös dringlegen, immer wieder. Ha, da tät ich au ausflippa als ihr Mann, des sag ich Ihne!«

»Follath also«, murmelte Hasselmann und schien Witterung aufzunehmen. Der Rest des Gesprächs – Mayer wusste unter anderem noch von Grundstücken Greiningers zu berichten, die einer der Varianten für die Ortsumfahrung Oberndorf im Weg gewesen waren – ging wie Hintergrundrauschen an Hasselmann vorüber. Immer wieder gab er ein »Aha« oder »Mmh« von sich, um sein Gegenüber routinemäßig am Reden zu halten. Als Mayer von Greiningers Rauswurf aus dem hiesigen Verein der Dorfgemeinschaft erzählte, horchte er wieder auf und machte sich eilig Notizen. Doch als der Bauer bald darauf in seinen Erzählungen stockte, nutzte Hasselmann die Pause, um sich zu verabschieden.

Dienstag, 14.00 Uhr

Nun war der Besprechungsraum gut gefüllt. Kriminalhauptkommissar Ernst hatte neben Schneider auf einem der vor der Leinwand stehenden Tische Platz genommen. Vor ihnen saß fast die komplette Sonderkommission versammelt: Klaus Schif und Heinz Römer, die beiden Polizisten vom Rudersberger Revier; Markus Berner von der Pressestelle der Polizeidirektion; Frieder Rau, der Chef der Kriminaltechnik; Claus Nerdhaas, der Internet-Spezialist der Kripo Schorndorf; die Kripo-Beamten Hans-Dieter Kortz aus Waiblingen und Manfred Dettwar aus Schorndorf, die sich den Innendienst teilen sollten; Henning Brams, Jutta Kerzlinger, Folker Hallmy und Stefan Roeder von der Schorndorfer Kripo, die vor allem Ermittlungen vor Ort übernehmen würden; Wilfried Rosen und Heydrun Miller von der Waiblinger Kripo, die den Innendienst für die Abstimmung mit Staatsanwaltschaft und Polizeidirektion sowie für die undankbare Aktenarbeit unterstützen sollten; dazu die Schreibkräfte Sabine Mayer von der Schorndorfer und Hella Wiermann von der Waiblinger Kripo.

Neben Schneider war noch ein Platz für den zuständigen Staatsanwalt frei, und an der linken vorderen Ecke des U stand ein Stuhl für den Gerichtsmediziner bereit. Schneider wartete kurz und wollte gerade beginnen, als sich die Tür öffnete.

Vorneweg betrat ein etwa 1,80 Meter großer Mann von Anfang 50 den Raum, mit schütterem dunkelblondem Haar und einer sehr selbstbewusst wirkenden Körperhaltung. Er trug einen wahrscheinlich maßgeschneiderten dunklen Anzug, soweit Ernst, der Staatsanwalt Kurt Feulner von einem früheren Fall her kannte, das beurteilen konnte. Doch auch das feine Tuch konnte das kleine Bäuchlein nicht verbergen, das der sonst eher schlanken Gestalt des Mannes ein wenig die Idealform nahm.

Ihm folgte ein durchtrainiert wirkender Mittvierziger, der seinen dichten Haarschopf leidlich zu einem Seitenscheitel gebändigt hatte. Mit Jeans, weichen Schuhen und einem kräftig blauen, weit fallenden Pullover sah er so aus, wie sich Ernst den Staatsanwalt in seiner Freizeit vorstellen konnte.

Feulner steuerte ohne zu zögern auf den freien Platz neben Schneider zu und setzte sich. »Das ist Dr. Ludwig Thomann, der uns als Pathologe in diesem Fall unterstützen wird«, ergriff Feulner sofort das Wort und deutete auf den Mann, mit dem zusammen er in den Raum gekommen war. Thomann nahm auf dem letzten freien Stuhl Platz. »Und ich leite die Ermittlungen: Staatsanwalt Kurt Feulner, einige von Ihnen kennen mich ja schon.« Er nickte Ernst und Rau kurz zu und wandte sich dann an Schneider: »Herr Hauptkommissar, können wir?«

»Der legt ja ein gewaltiges Tempo vor«, dachte Schneider. »Ja, natürlich, Herr Staatsanwalt«, sagte er, stand auf und ging zur Magnetwand hinüber. Schnell und präzise fasste er nun zusammen, was vorerst gesichert war: Name und Alter des Toten, seinen Fundort und dessen Lage zu den benachbarten Gebäuden und zur Wieslauf hin. Er erklärte die aufgehängten Fotos und Pläne und meinte dann mit einem Blick auf den Staatsanwalt: »Das wäre es erstmal, als erste grob umrissene Skizze gewissermaßen. Ich würde vorschlagen, Herr Feulner, dass wir ...?«

Feulner winkte ab. »Ganz so formell müssen wir das, glaube ich, nicht handhaben, Herr Schneider. Sie machen das schon richtig, und wenn mir was nicht gefällt, melde ich mich, okay?«

Schneider fuhr fort: »Als erster von uns war POK Schif am Fundort der Leiche. Er und sein Kollege Römer« – Schneider sah zu den beiden Polizisten hinüber – »sind vom Polizeiposten Rudersberg, also in diesem Fall unsere Leute mit der größten Ortskenntnis. Herr Schif, könnten Sie uns kurz schildern, wie Sie den Toten vorgefunden haben?«

Schneider setzte sich, und Schif kam nach vorne an die Magnettafel. Er erzählte, wie er benachrichtigt worden war, beschrieb die Lage des Toten und erklärte den Anwesenden, von wo aus man ihn hätte im Gras liegen sehen können: von der Talstraße, vom Waldrand, von Riedls Haus und vielleicht auch vom Haus der Familie Follath – falls das Gras den Leichnam für einen Blick aus diesem flachen Winkel nicht verdeckt hatte.

Schif benannte ein paar Häuser rund um den Fundort – darunter den Greiningerhof, das Haus der Follaths und jenseits der Wieslauf das Wohnhaus von Riedl. Und schließlich beschrieb er den Toten und die Tatsache, dass er aus den verschiedensten Gründen praktisch keine Freunde im Dorf hatte.

»Kollege Ernst und ich haben heute früh schon mit einigen Leuten in Kallental gesprochen«, fuhr Schneider danach fort und deutete nacheinander auf einige Stellen eines großen Schwarzweiß-Luftbilds von Kallental und der näheren Umgebung, um passend dazu jeweils zusammenzufassen, was die beiden Kommissare durch ihre Gespräche mit der Nachbarin Rappert, dem Musiker Riedl und dem Förster Fritz Müller erfahren hatten.

»Haben wir Zweifel an einer der Aussagen?«, meldete sich Roeder zu Wort.

»Nein, bisher nicht«, antwortete Schneider. »Aber Sie werden ja in Ihren Gesprächen vor Ort ohnehin immer wieder mal nebenbei einzelne Details aus diesen Aussagen abklopfen – das müsste zunächst mal reichen. Die bisherigen Aussagen, soweit wir sie skizziert haben, werden gerade getippt, das müsste kurz nach unserem Briefing erledigt sein. Kollege Ernst hat inzwischen auch versucht, Familie Follath zu befragen. Bitte, Herr Ernst.«

»Herr Follath war nicht zu Hause, aber mit seiner Frau konnte ich reden. Die Familie hatte Streit mit Greininger – wie übrigens offenbar fast jeder im Dorf, Herr Schif hat das vorhin auch kurz erwähnt. Nur scheint diese Sache etwas ernster gewesen zu sein: Irgendeine Krankheit der Frau spielt da eine Rolle, da muss ich noch etwas nachfassen. Das macht Familie Follath im Moment ziemlich verdächtig, zumal mir die Aussage von Frau Follath nicht so ganz stimmig vorkam. Sie wusste zum Beispiel schon, dass Greininger erschlagen worden war, obwohl ich das nicht erwähnt hatte. Das kann natürlich auch schon durch den Dorftratsch verbreitet worden sein – aber ich habe nicht den Eindruck, dass die Follaths zu den anderen Einwohnern einen besonders guten Draht hätten. Ich vermute mal, der Ortsfunk sendet an denen eher vorbei. Da sollten wir vielleicht erst einmal das Gespräch mit Herrn Follath abwarten, bevor wir weitere Schlüsse ziehen. Wir haben sie aber auf jeden Fall auf der Liste.«

»Gut, danke«, meinte Schneider und wandte sich dem Pathologen zu. »Herr Dr. Thomann, können Sie uns denn schon etwas sagen?«

»Aber sicher doch. Der Tote lag mit einer tiefen Kopfwunde am Fundort, das fast direkt daneben gefundene blutige Holzscheit passt dazu auf den ersten Blick sehr gut: erschlagen also. Grob geschätzt dürfte das gestern am späten Abend oder in der Nacht geschehen sein – da hat der Notarzt, der den Tod feststellte, schon entsprechende Vermutungen notiert. Und ich glaube, der Kollege liegt da ziemlich richtig. Ihm ist auch schon das Erbrochene aufgefallen, das zu einem Erschlagenen nicht so gut passt – auch für mich sieht dieses Detail eher nach einer Vergiftung aus. Ein Kollege von Ihnen hatte noch für möglich gehalten, der Tote habe erbrechen müssen, weil er sturzbetrunken war. Meine Einschätzung ist, nachdem ich mir seine Haut etwas näher angesehen habe: Der Mann vertrug vermutlich so viel Alkohol, dass er wohl eher tot umgefallen wäre, bevor er sich hätte übergeben müssen.«

Feulner blickte ihn tadelnd an, aber Thomann fuhr fort: »Ich glaube, der Mörder hätte sich den Schlag sparen und auf Greiningers vermutlich völlig marode Leber warten können.«

Ernst musste grinsen.

»Aber zurück zum Erbrochenen«, sagte Thomann leichthin. »Ich tippe mal auf Gift, die Leute von der Kriminaltechnik haben mir dazu auch schon einen guten Hinweis gegeben – aber das wird Ihnen Herr Rau am besten gleich selbst erzählen. Für mich gab es sonst zunächst mal nichts weiter. Ach ja: Ein paar Stellen an den Händen könnten auf eine Rangelei oder einen Kampf hindeuten. Aber dazu werde ich mir den Toten ja noch genauer ansehen, die Obduktion findet heute Nachmittag statt. Wir beginnen um 16 Uhr im Bosch«, damit sah er zu Schneider hinüber, »da werden Sie dabei sein wollen, nehme ich an?«

»Ich kenne ja den Weg, wir werden rechtzeitig da sein«, warf Ernst ein, der wusste, dass kaum ein Arzt sich die Mühe machte, das Robert-Bosch-Krankenhaus in Stuttgart bei seinem vollen Namen zu nennen.

»Gerne«, machte Schneider und fragte: »Herr Rau, was haben Sie für uns?«

»Eine ganze Menge eigentlich«, begann Rau und ging zur Magnettafel nach vorn. »Wir haben den ganzen Bereich dieser Wiese und der Scheune, vor der die Leiche lag, abgesperrt.« Er hatte plötzlich einen metallenen Zeigestock, der wie eine ausziehbare Autoantenne aussah, in der Hand und beschrieb damit einen Kreis um den Fundort. »Hier verläuft der Korridor zum Fundort selbst, hier die Straße, das Haus der Follaths und das Wohngebäude des Bauernhofs – das hatten wir ja alles schon. So, nun haben wir morgens eine Spur im Gras gefunden, die könnte durchaus gestern am späten Abend, also etwa zum vermuteten Todeszeitpunkt Greiningers, entstanden sein. Sie führt hinüber zum Garten der Follaths und verliert sich dort. Da aber nirgendwo anders von dieser Stelle aus eine weitere Spur zu finden war, müssen wir jetzt zunächst mal davon ausgehen, dass jemand von der Leiche zum Garten der Follaths gegangen ist. Das könnte natürlich der Täter gewesen sein, aber vielleicht fällt jemandem von Ihnen noch eine andere Möglichkeit ein. Auf dem Grundstück der Follaths haben wir bisher noch keine Spuren gesichert. Das können wir gerne nachholen, wenn es für nötig gehalten wird – aber zuvor sollte unbedingt jemand mit der Familie reden, nicht, dass wir die Leute ohne Not unter Druck setzen.«

»Prima, wir geben Ihnen dann Bescheid«, warf Schneider ein.

»Der Tote lag fast auf dem Bauch, leicht seitlich verdreht, und der Kopf so, dass sein Blick in die Richtung dieser Spur im Gras gerichtet war. Nur ungefähr natürlich, aber immerhin. Das sah natürlich, sagen wir mal: dramatisch aus, dürfte aber eher Zufall sein. Wenn einer erschlagen wird, hat er nicht noch Zeit, sich selbst als direkten Hinweis auf den Mörder hinzulegen.«

»Er wird ja wohl so fallen, wie ihn der Schlag niederstreckt«, sagte Schneider und blickte zum Pathologen hinüber. »Dann wäre Greininger also von hinten erschlagen worden? Und er und auch der Täter müssten zur Tatzeit ungefähr zu Follaths hinübergesehen haben, wo ja auch die Spur hinführt?«

Dr. Thomann nickte, und Rau fuhr fort.

»Um die Leiche selbst herum konnten wir nicht so wahnsinnig viel finden. Das Gras war niedergetrampelt, klar, aber für Schuhabdrücke fanden wir nicht genug. Das ist da eine für uns etwas unglückliche Mischung aus Gras, festgestampftem Boden und Kieselsteinen oder Schotter. Alles war noch vom Tau recht feucht, aber darunter eher trocken, weil es ja zuletzt länger nicht geregnet hat. Im Labor lassen wir Steinchen und Bodenproben untersuchen, vielleicht findet sich brauchbarer Abrieb oder so etwas – das müssen wir abwarten. Auch die Tatwaffe – wir gehen derzeit davon aus, dass Greininger mit diesem blutigen Holzscheit erschlagen wurde – macht uns etwas Mühe: Fingerabdrücke natürlich Fehlanzeige. Dafür wird das Labor mit Sicherheit DNA vom Täter an dem Holz finden – das dauert aber zwei, drei Tage. Bis dahin ist uns das Scheit keine große Hilfe.«

»Was ist denn mit der Vergiftung, auf die Dr. Thomann anspielte?«

»Das ist ganz besonders seltsam. In der Scheune haben wir einen recht großen Vorrat eines Holzschutzmittels gefunden. Das ist in Dosen abgefüllt, und diese fast ausnahmslos noch original verschlossenen Dosen sind in einem Holzregal gestapelt. Das Mittel heißt Linofidol, und ich würde es für mindestens 15, 20 Jahre alt halten – wir haben eine Dose, die angebrochen, sogar fast leer war und aus der offenbar innerhalb der letzten ein, zwei Tage vor dem Mord etwas ausgeschüttet wurde, ins Labor geschickt. Die kennen das Mittel sicherlich, vielleicht erfahren wir sogar noch Genaueres zum Zeitpunkt, an dem das Mittel aus der Dose gegossen wurde: Wir haben Restspuren von Feuchtigkeit am Dosenrand gefunden.«

»Und was ist daran nun so seltsam?«, fragte Staatsanwalt Feulner dazwischen.

»Auf einem kleinen Tischchen in der Scheune stand ein Mostkrug, in dem noch Most war. Daneben ein Glas mit einem Rest Flüssigkeit. Für mich roch das – außer nach dem, zugegeben, richtig sauren Most aus dem Krug – nach einem ordentlichen Spritzer von dem Holzschutzmittel.«

»Wollte ihn also jemand vergiften, indem er ihm dieses Zeug ins Glas schummelte?«, meinte Feulner.

»Könnte sein«, sinnierte Rau. »Nur stinkt dieses Linofidol so penetrant nach Lösungsmittel, dass das dem Greninger hätte auffallen müssen. Selbst wenn er nicht mehr nüchtern gewesen war: Den stechenden Geruch des Holzschutzmittels hätte er bemerken müssen, finde ich. Das Labor muss nun auch herausfinden, ob aus dem Glas getrunken wurde, nachdem das Mittel hineinfabriziert worden ist – dann finden wir entsprechende Spuren am Glasrand. Und, klar: natürlich in Greininger selbst. Nicht wahr, Herr Dr. Thomann?«

Der Pathologe nickte. »Ich muss mir mehr Infos zu dem Mittel besorgen. Ich erinnere mich nur noch vage an den Namen, aber Sie sollten sich auf diese Vergiftung nicht so versteifen. Da wissen wir nach der Obduktion schon etwas mehr, und wenn ich morgen noch einmal zu Ihrer Runde stoße, müsste ich die nötigen Details beisammen haben.«

Rau setzte sich wieder, und Schneider rief Manfred Dettwar auf, der die bisherigen Recherchen zu den Besitz- und Familienverhältnissen Greiningers zusammenfasste.

»Familie hat er so gut wie keine. Der Vater hatte ihm damals den Hof vererbt, unser Toter war der einzige Sohn, die Mutter ist schon Jahre vorher gestorben. Der Familienstammbaum endete mit unserem Mordopfer, nur drüben im Heilbronner Unterland gibt es noch eine Cousine zweiten Grades, die aber mit unserem Greininger offenbar keinen Kontakt hat – sie war am Telefon jedenfalls ziemlich kurz angebunden. Die Familie von Greiningers Mutter hieß Reber und lebte ursprünglich in Rotenmad, das ist ein kleiner Flecken ungefähr zwischen Welzheim und Murrhardt. Gehört heute zur Gemeinde Kaisersbach und war früher ein Ortsteil von Ebni. Hauptkommissar Ernst, der in Ebni wohnt, kannte die Familie, glaube ich.« Ernst nickte kurz. »Wie auch immer: Die Rebers gibt es nicht mehr in Rotenmad: Die beiden jüngeren Schwestern von Frau Greininger starben vor vier Jahren recht kurz hintereinander, die beiden lebten gemeinsam im elterlichen Bauernhaus. Die übrigen Rebers – Cousins, Nichten und so – hatte es schon lange davor Richtung Stuttgart und Göppingen verschlagen, irgendwann in den 70ern muss das gewesen sein. Ich könnte im

Moment also gar nicht sagen, wer das Vermögen des toten Greininger erben wird. Da fassen wir noch nach.«

Dettwar schloss die Mappe, in die er gerade immer wieder ein Blick geworfen hatte, und schlug eine zweite auf.

»Dieses Erbe ist übrigens nicht ohne«, fuhr er fort und überflog noch einmal die Listen, die er und Kortz angefertigt hatten. »Neben den üblichen Wiesen, Obststückle, Feldern und Waldparzellen, die ja nie viel Geld bringen, stehen hier«, er tippte auf die Mappe vor ihm, »durchaus auch Sachen, die richtig gut was einbringen können. Drei Mietshäuser in Althütte gehören dazu, mit insgesamt fast zwanzig vermieteten Wohnungen. In Rudersberg und Alfdorf gehören ihm zwei Kneipen, die hat er recht lukrativ verpachtet. Dann noch drei Eigentumswohnungen in Rudersberg und je eine in Oberndorf und in Miedelsbach.«

Er schaute Staatsanwalt Feulner an: »Das eine ist ein Rudersberger Teilort in Richtung Kallental, das andere Dorf gehört zu Schorndorf und liegt ein Stück weiter vorne im Wieslauftal.« Danach vertiefte er sich wieder in seine Mappe und blätterte ein wenig hin und her.

»Dann gibt es noch einige Wiesen und Felder wild verteilt auf die Gemarkungen Welzheim, Kaisersbach, Althütte und Rudersberg. Die sind zunächst mal nicht viel wert, aber einige liegen teilweise Projekten rund um die Tourismusbahn im Weg oder sind nicht weit von den jeweiligen Ortsrändern entfernt – die könnten also in nächster Zeit durchaus noch kräftig im Preis anziehen.«

»Danke, Herr Dettwar«, meinte Schneider.

»Das war's noch nicht ganz«, fuhr Dettwar fort. »Eins habe ich noch, und das verstehe ich am wenigsten: Er hat noch ein Häuschen in Schlichten, das ist ein kleines Dorf oben auf dem Schurwald, das noch zu Schorndorf gehört, an einer der Straßen rüber nach Plochingen.«

Schneider sah Dettwar überrascht an, und auch Ernst wusste offensichtlich noch nicht so recht, wie er diese Information einordnen sollte.

»In Schlichten?«, staunte Schneider schließlich, und auf Ernst wirkte die Frage diesmal nicht mehr so von oben herab wie noch heute früh am Tatort draußen in Kallental: Sein neuer Chef aus Karlsruhe schien ziemlich schnell zu lernen.

»Genau, in Schlichten«, meinte Dettwar. »Da konnten sich mein Kollege und ich auch keinen Reim drauf machen. Nichts gegen Schlichten, es ist schön da, aber für einen Urlaub dann doch nicht weit genug weg von Kallental, würde ich sagen.«

»Außerdem ist das Drumherum nicht ganz klar«, schaltete sich Kortz ein, der die Unterlagen mit Dettwar zusammengestellt hatte. »Es handelt sich um ein recht kleines Bauernhaus etwas außerhalb des Dorfes, nach Norden hin – also Richtung Schorndorf – am Waldrand und dort direkt an der Hauptverbindungsstraße Schorndorf–Schlichten–Plochingen. Mit den Wiesen davor und daneben und einem Stück Wald dahinter wäre das insgesamt ein schönes Fleckchen, wenn die Straße nicht wäre.«

Ernst kam eine Idee: »Der Ausbau dieser Straße war doch auch schon mal ein heißes Thema, oder?«

»Ja«, antwortete Dettwar, »und eine der Trassen betraf zum Teil das Grundstück, das zu Greiningers Häusle gehört. Aber dass er so ausgekocht sein könnte, außerhalb des Wieslauftals mit einer solchen Immobilie auf eine geplante Straße zu spekulieren – das scheint mir sehr weit hergeholt.«

Ernst musste ihm Recht geben, auch wenn Greininger vermutlich auf genau diese Tour immer wieder eigene Interessen durchgeboxt hatte: Ich gebe der Gemeinde eine Wiese, die sie für irgendein Projekt nötig braucht – und darf dafür an anderer Stelle etwas mehr als andere.

»Noch etwas passt nicht zu dieser Theorie«, fügte Kortz hinzu. »Das Häusle bei Schlichten war wohl in keinem besonders guten Zustand, als es verkauft wurde, und Greininger soll ordentlich Geld in die Hand genommen haben, um es herzurichten. Ein Kollege, der dort oben wohnt, sagte mir vorhin, dass Greiningers ›Datscha‹ heute ein richtiges Schmuckstückle ist. Von innen gesehen hat er es zwar noch nicht, wie eigentlich fast keiner aus dem Dorf – aber er kennt wohl ein, zwei Handwerker, die an der Renovierung beteiligt waren.«

»Sie sagten ›Datscha‹ – machte er denn dort vielleicht doch Ferien?« fragte Schneider nach.

»Na ja, so wörtlich habe ich das eigentlich nicht gemeint – ich habe den Kollegen auch danach gefragt, er konnte mir das allerdings nicht beantworten. Das Haus liegt etwas außerhalb, wie erwähnt. Für die Hinfahrt von Schorndorf herauf muss man vom Wald aus nicht durchs Dorf, und sein Auto hätte der Greininger allemal in einer Scheune oder in der Garage hinter dem Haus abstellen können. Fest vermietet scheint es aber nicht zu sein: Meistens wirkte es leer, wenn mein Kollege auf dem Weg zum Dienst oder wieder zurück daran vorbeifuhr.«

»Das sollten wir uns ansehen«, sagte Schneider zu Ernst.

Staatsanwalt Feulner zog eine Augenbraue hoch. »Ich dachte, Sie *leiten* die SoKo, Herr Schneider?«

»Ja, das ist richtig.«

»Mir scheint es nicht allzu üblich, dass sich der SoKo-Leiter selbst in die Ermittlungen vor Ort einschaltet. Sie haben doch genug mit der Organisation und der Koordination zu tun, will ich meinen.«

»Das geht schon. Ich habe gute Leute hier«, fügte er hinzu und lächelte in die Runde, die vor ihm saß.

»Nun gut, letztlich müssen Sie das selbst wissen.«

Feulner klang etwas verstimmt, doch während Ernst der etwas angespanntere Tonfall in der Stimme des Staatsanwalts aufgefallen war, schloss Schneider davon unbeeindruckt mit ein paar Anweisungen und Bemerkungen das erste Briefing ab und verabredete sich mit den Kollegen für den nächsten Vormittag um zehn zum zweiten.

Zehn Minuten später waren nur noch Ernst und Schneider im Raum.

»Das hat Feulner nicht so gut gefallen, glaube ich«, meinte Ernst schließlich.

»Was denn?«

»Dass Sie selbst draußen mitermitteln.«

»Ach, der soll sich nicht so haben. Ermitteln ist nun mal das Wichtigste. Außerdem werde ich verrückt, wenn ich den ganzen Tag im Büro auf die Ergebnisse der anderen warten muss. Nein, danke, das ist nichts für mich.«

Das sollte er Direktor Binnig mit diesen Worten lieber nicht sagen: Genau diese Leitung, Organisation und das Arbeiten hinter den Kulissen war es, was einen wichtigen Teil der Stellenbeschreibung für den Chefposten in Schorndorf ausmachte. Und obwohl Ernst seinen Chef gut verstehen konnte: Binnig würde sicherlich früher oder später auf eine Einhaltung der gewohnten Hierarchie pochen.

Dienstag, 14.30 Uhr

In Kallental steuerte Hasselmann seinen Wagen auf den Parkplatz der »Krone«. Der Gastraum war leer bis auf zwei Rentner, die weiter hinten an einem Tisch saßen, jeder ein Viertele Roten vor sich. Zwei am Rand des Aschenbechers abgelegte Zigarren glommen zwischen ihnen, und keiner der beiden sprach ein Wort.

Hasselmann ging zu einem Tisch am Fenster. Kaum saß er, kam Hanna Ebel aus der Küche und nahm seine Bestellung auf. Als sie ihm ein großes Glas Apfelschorle hingestellt hatte, verschwand sie wieder in der Küche, um das Essen zuzubereiten.

Der Rostbraten mit Bratkartoffeln schmeckte ausgezeichnet, und als er seinen üblichen Nachtisch – einen Espresso – vor sich auf dem Tisch stehen hatte, winkte er Hanna herbei und bat sie, sich doch kurz zu ihm zu setzen. Hanna wischte ihre Hände an ihrer Schürze ab und nahm Platz.

»Mein Name ist Hasselmann«, begann er, »und ich bin Reporter.« Hanna wollte schon wieder aufstehen, mit sanftem Druck hielt er sie am Unterarm fest und sie setzte sich wieder. »Sie müssen keine Angst haben: Ich reite niemanden rein. Und wenn Sie mir etwas anvertrauen, kann ich Ihren Namen ohne Probleme aus der ganzen Sache raushalten.«

Hanna Ebel rutschte unruhig auf ihrem Stuhl hin und her und sah Hasselmann dabei zweifelnd an.

»Wissen Sie«, fuhr er fort, »meine Zeitung ist die schnellste und wichtigste in ganz Deutschland. Da lässt sich etwas bewegen. Und wenn ich die richtigen Infos habe, kann eine solche Geschichte vielen Leuten etwas Gutes bringen. Letztlich sind wir gewissermaßen der Anwalt der kleinen Leute, wenn Sie verstehen, was ich meine.«

Hanna schien noch immer mit sich zu ringen.

»Ich könnte mir vorstellen«, lockte Hasselmann in seinem freundlichsten Ton, »dass eine Bluttat wie der Mord an diesem Bauer Greininger hier für viel Aufsehen sorgt. Aufsehen, das eigentlich keiner brauchen kann – und je schneller hier wieder Ruhe einkehrt, desto besser für alle, nicht wahr?«

Hanna nickte.

»Wissen Sie«, schmeichelte Hasselmann weiter, »ich habe schon oft dabei geholfen, üblen Typen das Handwerk zu legen. Ich habe schon einige Skandale aufgedeckt und mit meinen Berichten dafür gesorgt, dass Bewegung in Angelegenheiten kam, die völlig verfahren schienen. Und als ich heute Mittag die Polizei während der Pressekonferenz gehört habe, hat sich mir nicht gerade der Eindruck aufgedrängt, die Herrschaften würden allzu schnell mit ihrer Arbeit vorankommen. Da sind Sie mit Ihrer tollen Gastwirtschaft als Dreh- und Angelpunkt des Dorflebens doch viel näher dran, oder?«

Hanna lächelte, teils verlegen, teils erfreut. Es tat gut, dass sie endlich mal jemand wichtig nahm – und nicht nur in barschem Tonfall nach dem nächsten Bier verlangte.

»Na ja«, begann sie, »man bekommt schon das eine oder andere mit, das stimmt.«

»Sehen Sie, Frau ...?«

»Ebel. Mein Name ist Hanna Ebel – aber das sollten Sie sich am besten erst gar nicht aufschreiben, ja?«

»Natürlich«, blinzelte Hasselmann ihr verschwörerisch zu und nahm einen Schluck aus der Espressotasse. Dabei wurde ihm klar: Wie ergiebig diese Frau Ebel auch immer als Infoquelle sein würde – einen »Espresso« würde er in dieser Kneipe ganz sicher nie wieder bestellen.

»Was hätten Sie denn Interessantes für mich?«, fragte er weiter.

»Na ja, der Greininger war nicht sehr beliebt ...«, begann sie schließlich widerstrebend zu erzählen. Doch nach und nach kam sie in Fahrt, und Hasselmann ermunterte sie immer wieder. Bald hatte Hasselmann Stoff genug, und einiges mehr an Munition für seine bereits ausgewählte erste Trophäe in dieser Geschichte.

»Und wo wohnt dieser Follath?«, fragte er nach einer Weile.

»Einfach die Talstraße hier gegenüber runter«, beschrieb Hanna Ebel arglos, »und dann immer weiter die Straße lang und die letzte Hofeinfahrt rechts rein. Gleich oben an der Einfahrt ist der Hof vom Greininger, und in dem kleinen Häuschen am Ende des Weges wohnen die Follaths.«

»Ah, gut. Das werde ich finden.« Hasselmann zückte sein Handy und drückte die Kurzwahlnummer seines Fotografen, um ihn schon einmal nach Kallental zu bestellen. Es würde Arbeit geben.

»Herr Follath kommt übrigens gerade da drüben die Talstraße hoch«, meinte Hanna dann plötzlich und deutete auf den Mann, der auf die Bäckerei zusteuerte.

Hasselmann bestellte sich noch eine Apfelschorle und beobachtete Follath durch das Fenster.

Dienstag, 15.00 Uhr

Schließlich hielt er es nicht mehr aus.

Seit knapp zwei Stunden saß Follath nun schon an seinem Küchentisch und stierte zu Greiningers Scheune hinüber. Davor und darin arbeiteten noch immer zwei Männer in weißen Overalls, ein dritter war vorhin mit dem Kriminalbeamten weggefahren, der seine Frau befragt hatte. Sie hatte sich wieder hingelegt und schien nun ein wenig zu schlafen.

Die Zeiger der Küchenuhr standen auf drei Uhr. Jetzt machte die Bäckerei wieder auf. Follath brauchte noch immer Brot, und dabei könnte er auch gleich die Bäckersfrau ein wenig aushorchen, was zum Mord an Greininger so geredet wurde – sie war gewöhnlich ziemlich gut informiert über alles, was im Dorf so vor sich ging.

Während er zur Talstraße hinaufging, zog er den Reißverschluss seiner Jacke wieder auf: Die Sonne war wärmer, als es der Kalender vermuten ließ.

Auf der Talstraße musste Follath kurz auf den Randstreifen zurücktreten, weil ein Traktor mit irgendeiner Gerätschaft auf ihn zuratterte. Follath grüßte zu dem Fahrer hinauf, den er vom Sehen kannte, doch der starrte nur stur geradeaus, als habe er ihn nicht gesehen. Follath zwang sich, daraus keine voreiligen Schlüsse zu ziehen. Seit dem Mord an Greininger waren wahrscheinlich alle im Dorf ein wenig neben der Spur, das musste nicht unbedingt etwas mit ihm zu tun haben.

Als er die Glastür zur Bäckerei Schwaderer unter dem blechernen Gebimmel der Ladenglocke aufdrückte, standen vor ihm schon zwei Leute im Verkaufsraum.

»So, Frau Schmierer«, sagte die Bäckersfrau zu der Kundin vor ihr. »Derf's denn sonscht no was sei?«

»Noi, net direkt«, meinte die füllige ältere Frau in der geblümten Kittelschürze und stopfte umständlich ihre Tüten in eine offensichtlich gebügelte Stofftasche. »Aber dr tote Greininger lasst mir halt koi Ruh. Schlemme Sach, gell?«

»Freilich«, nickte Frau Schwaderer hinter ihrem gläsernen und mit den verschiedensten Backwaren voll gestopften Tresen hervor. Sie hatte aber natürlich gesehen, wie Follath durch die Tür gekommen war, und nun war sie etwas weniger gesprächig als noch vor ein paar Minuten. »Aber so arg sott mr halt doch net schwätza.«

Frau Schmierer stutzte und sah die Bäckersfrau wegen der ungewohnten Töne etwas irritiert an.

»D'Polizei wird des scho recht macha, gell, Herr Follath?«, grüßte sie zu ihrem neuen Kunden hinüber.

Damit fiel nun auch bei Frau Schmierer der Groschen, sie drehte sich um wie ertappt, grüßte unsicher lächelnd ebenfalls zu Follath hinüber, packte ihre Tasche und sah zu, dass sie hinaus auf den Gehweg kam.

»Wieder a Roggabrot, Herr Follath?«, versuchte Frau Schwaderer die Szene zu überspielen.

»Bin ich denn schon dran?«, fragte er und blickte hinüber zu dem anderen Kunden, der noch vor dem Tresen wartete.

»Klar, machen Sie nur«, winkte Charlie Riedl lässig ab und grinste. »Ich bin noch nicht so schnell heute. Bis ich fertig überlegt habe, sind Sie schon wieder halb daheim, glauben Sie mir.«

»Ja, für onsern Musiker isch's no a bissle früh am Tag«, lachte Frau Schwaderer. Follath schaute zu Riedl hinüber, aber der empfand die Bemerkung der Bäckersfrau offensichtlich nicht als Spitze ihm gegenüber, sondern lachte unbeschwert mit und besah sich währenddessen weiter die ausgelegten Backwaren.

Follath ließ sich das übliche Roggenbrot einpacken, dazu ein paar Vollkornstückle, die bei Schwaderers erst seit ein, zwei Jahren im Sortiment waren.

»Warum hatte es Frau Schmierer denn plötzlich so eilig?«, fragte Follath, während sie seine Bestellung in dünnes, weiches, graues Papier einschlug.

»Oifach so, se war ja scho a paar Minuta hier gwäsa.«

»... und hat wohl schon alles erfahren, was es zu erfahren gab«, setzte Riedl dazu.

»Was gibt es denn zu erfahren? Ich nehme an, es geht um den Mord an unserem Nachbarn Greininger?«

»Klar, das ist heute natürlich das wichtigste Thema. Und dass der Tote Ihnen und mir praktisch auf dem Silbertablett serviert wurde, macht die Sache für uns ja noch spektakulärer, oder?«

»Ja, leider«, gab Follath mit säuerlicher Miene zurück.

»Die Polizei war sicher auch schon bei Ihnen«, fuhr Riedl fort. »Ich musste für einen der Kripo-Leute sogar meine Fensterdämmung abbauen, um mit ihm zusammen zu Greiningers Scheune rüberzuschauen. Na ja, so nah hatte ich mir den Tatort, ehrlich gesagt, nicht vorgestellt. Das fühlt sich schon etwas komisch an.«

Frau Schwaderer beobachtete während des Gesprächs vor allem Follath sehr aufmerksam.

»Was hot d'Polizei denn von Ihne wissa wella, Herr Follath?«

»Von mir noch gar nichts. Als die Kripo vorhin bei uns war, haben sie nur meine Frau angetroffen, ich war gerade unterwegs. Aber sie haben das Übliche gefragt: Was wir mitbekommen haben und so weiter.«

»Ond, was hen Sie mitkriegt? I schtell mir des – so grausig so en Mord isch – scho au irgendwie schpannend vor.«

»Das täuscht«, antwortete Follath vorsichtig. »Wir haben praktisch nichts mitbekommen, natürlich abgesehen von dem Rummel seit heute früh. Und Sie, Herr Riedl?«

»Noch weniger als nichts, würde ich sagen: Gestern Abend habe ich meine Fenster verrammelt, um den Greininger bloß nicht mit meiner Musik zu stören. Dass ihn das seit heute Nacht nicht mehr stören kann, habe ich erst durch Frau Schmierer erfahren – sie war ja heute früh schon einmal hier in der Bäckerei.«

»Ach, hat sie heute so viel Appetit auf Brot und Brötchen?«, feixte Follath.

»Ha, noi ... se hot wohl was vergessa.«
»Was wissen Sie denn vom Mord am Greininger?«
»Ha, gschwätzt wird viel, wisset Se ...«
»Zum Beispiel?«, fasste Follath nach.
»Dr Greininger war ja koi Netter ond net arg beliebt em Ort. Deshalb hen viele mit ihm Streit ghet – Sie ja au, Herr Follath.«
»Stimmt, und wer noch?«
»Worom wellat Se des denn wissa?«
»Na ja, Frau Schwaderer: Jeder im Dorf weiß, wie der Greininger und wir zueinander standen. Ich nehme mal an, dass es nicht lange dauern wird, bis wir von der Polizei verdächtigt werden, den Greininger womöglich selbst ... umgebracht zu haben.«
»Ond, hen Se?« Die kurze Frage war Frau Schwaderer entgegen all ihrer Routine als freundliche Geschäftsfrau herausgerutscht. Sie sah aus, als würde sie den Satz am liebsten wieder einfangen und fest hinunterschlucken. Follath schaute sie nachdenklich an.
»Wer hatte denn noch Ärger mit dem Greininger?«
Die Bäckersfrau blickte etwas betreten drein.
»So richtig, meine ich.«
»Do gibt's scho a paar. Zom Beispiel die Hanna von der ›Krone‹: Wann emmer en Gascht auf dem Wiesafleck vom Greininger gegaüber von der Wirtschaft parkt hot, no hot der a Riesafass uffg'macht – do hot die Hanna scho äls amol schwer schlucka müssa.«
»Wer noch?«
»Der Förster halt no, der Fritz Müller, der ihn gfonda hot. Immer wieder isch der mit dem Greininger zsammagrasselt, wenn er vom Wald den kloina Feldweg rontergfahra isch. Des derf en Förschter und Jäger natürlich ällemol – aber dem Greininger war's halt nie recht. Ach, ond jetzt, wo e's vrzähl, fallt mir no oiner ei: Dem Fritz sei Vetter, der Horscht Müller vom Sägwerk. Der hot mit dem Greininger ab ond zu Schtreit agfanga – i woiß aber oms Verrecka net worom.«

»Er hat mit dem Greininger Streit angefangen?«, fragte Follath überrascht nach. »Nicht anders herum? Der Müller scheint mir doch eher einer zu sein, der seine Ruhe will.«
»Ruhe?«, lachte Riedl auf. »Der hat doch das Sägewerk!«
»Ich meine das ja auch eher im übertragenen Sinn. Warum sollte der Müller mit dem Greininger einen Streit anfangen?«
»Koi Ahnung«, gab Frau Schwaderer zu. »Vielleicht hot des no mit dem Theater zom do, wega dem der Greininger domols aus der Dorfgemeinschaft gfloga isch. Dort isch der Horscht ja ziemlich engagiert.«
»Könnte sein«, gab Follath zu. »Vielleicht frage ich ihn einfach mal selbst ...« Damit nahm er seine beiden Bäckertüten vom Tresen, verabschiedete sich und ging hinaus in den sonnigen Oktobernachmittag.

Frau Schwaderer schaute ihm nachdenklich hinterher. »Worom frogt der denn so hartnäckig?«

»Na ja«, meinte Riedl, der sich längst wieder auf die Auslage konzentriert hatte. »Er ist halt verdächtig, sehr verdächtig sogar. Vielleicht will er selbst ein bisschen rumhören, ob nicht noch ein anderer ebenso verdächtig sein könnte. Reiner Selbstschutz, schätze ich mal.«

»Kann sei, kann net sei«, wiegte Frau Schwaderer den Kopf hin und her. »Ond wenn er's am End doch selber war?«

Riedl zuckte mit den Schultern und deutete auf ein Blech in der Auslage, auf dem sich einige Flammende Herzen stapelten.

Dienstag, 15.10 Uhr

»Warum haben Sie sich eigentlich keinen neuen Wagen gekauft, sondern einen gebrauchten?«, fragte Ernst, als er mit Schneider die Außentreppe des Schorndorfer Polizeigebäudes hinunter ging und auf den Weg in Richtung der Kripo-Stellpätze einschwenkte.

Brams und Schif fuhren gerade vom Hof, um in Kallental ein paar Fragen an Heiner Follath zu stellen. Rau und Römer wollten Berner den Tatort zeigen, damit er für seine Presseinfos mehr »Futter« hatte, wie es Berner nannte. Kerzlinger, Hallmy und Roeder schwärmten aus, um das Rudersberger Rathaus, Mitglieder des Vereins Kallentaler Dorfgemeinschaft und einige andere über Greininger zu befragen. Feulner war ins Büro des Schorndorfer Revierleiters gegangen, den er von früher kannte, und wollte danach zur Obduktion stoßen.

»Sie sind kein Autofan, oder?« Schneider hatte das nicht als Frage gemeint, aber in der Feststellung schwang weniger Spott mit als die angenehme Überraschung, dass sich Ernst überhaupt für das Thema zu interessieren schien.

»Das da«, dozierte Schneider und deutete auf den Sportwagen, dem sie sich näherten, »ist ein Porsche 911er der Baureihe 964, Baujahr 1989, also einer der ersten, die das Werk verließen. Hier«, er tätschelte eine Stelle der Heckklappe, »ist der hintere Spoiler eingelassen. Wenn Sie 80 Stundenkilometer erreichen, wird der automatisch hochgefahren – dann liegt der Wagen wie ein Brett auf der Straße, das sage ich Ihnen.«

Ernst hörte ruhig zu, aber sein Blick hatte etwas Gelangweiltes. Das war Schneider aufgefallen und er startete, schon etwas resigniert, einen letzten Versuch: »Der Wagen war ursprünglich in einem dunklen Metallic-Ton lackiert – mir gefällt diese Farbe viel besser.« Er schaute Ernst an, der neben dem Wagen stehen geblieben war: »Und, raten Sie mal, wie dieser Farbton heißt?«

»Hm ... gelb halt, oder?« Ernst zuckte mit den Schultern. Für solche Details fehlte ihm die Ader. Er fuhr privat einen dunklen Kombi, der eine Klimaanlage für warme Tage, eine umklappbare Rückbank für große Ladungen und ausreichend PS für stärkere Steigungen hatte – mehr brauchte ein Wagen für ihn nicht.

»Der Farbton heißt ›Speed-Gelb‹ – passt das nicht prima?« Schneider strahlte seinen Kollegen erwartungsvoll an.

»Schön«, machte Ernst und lächelte höflich.

»Na, dann wollen wir mal los«, wechselte der nun wirklich enttäuschte Schneider schnell das Thema. »Sie können einsteigen, der Wagen ist offen.«

»Schließen Sie nicht ab?«

»Im Hof der Polizei ...?« Schneider grinste und drehte den Zündschlüssel, voller Vorfreude auf das röhrende Aufbrausen des kräftigen Motors. Doch das Geräusch, das er stattdessen hörte, war ein leises metallisches Klacken. Dann war es still.

Dienstag, 15.20 Uhr

Heiner Follath überquerte die Talstraße und ging über den weichen Boden des Vorplatzes auf das Sägewerk zu. Wie meistens, wenn er in der Dorfmitte unterwegs war, fand Follath die kreischenden Sägeblätter und die sonstigen Geräusche dieser Holzfabrik zwar unglaublich laut, aber nicht wirklich störend. Ohne sich lange mit dem restlichen Gelände aufzuhalten, kletterte er die steile Metalltreppe zu Müllers Büro im ersten Stock hinauf. Müller war nicht in seinem kleinen Kabuff, und Follath musste unverrichteter Dinge wieder hinuntersteigen. Als er das untere Ende der Treppe wieder erreicht hatte, kam der Sägewerkbesitzer um eine Ecke seines Anwesens und prallte dabei fast mit Follath zusammen.

Müller war für sein lahmes linkes Bein überraschend flott zu Fuß, und auch an der steilen Treppe zum Büro hinauf wollte er nach seinem Unfall vor einigen Jahren nichts ändern. Geradezu halsstarrig ließ Müller alles beim Alten, als habe er sich das Bein nie zerschmettert.

»Ond, was gibt's?«, polterte Müller los, der sofort registrierte, dass sein Besucher mit dem Rücken zur Treppe stand – also wahrscheinlich gerade von oben kam. »Wellat Sie zu mir?«

»Herr Müller, ich wollte ... ich will ...«, begann Follath etwas umständlich, was ihm sofort einen ungeduldigen Blick von Müller einbrachte.

»Herr Müller«, setzte Follath erneut an, »wir haben ja gestern Nacht einen gemeinsamen ... na ja, nicht gerade Freund verloren. Da wollte ich Sie mal fragen, was Sie denn bisher von dem Mord an Greininger gehört haben.«

»Aha, ond was tät grad Sie des anganga?«

»Sie müssen gar nicht so grob tun: Wahrscheinlich sind Sie genauso froh über Greiningers Tod wie wir, nur ...«

»Ond wenn? Isch des net mei Sach?«

»Sagen wir es mal so: Sie und ich gehören sicher nicht zu den Letzten, die für die Polizei verdächtig wirken.«

»I? Worom i?«

»Sie hatten mit Greininger ja nicht gerade selten Streit. Um den Flecken Wiese da vorne an der Straße kann es ja allein kaum gegangen sein, so heftig wie es zwischen Ihnen beiden zuging.«

»Ha, do hört sich doch älles uff! Sie rennat jetzt wohl em Dorf rom und suchat Leut, dene Sie den Mord ahänga könnat? Ond was, wenn Sie des selber waret? Des isch mir glei heut Morga en Sinn komma – und will mir seither nemme naus.«

Follath wollte gerade zu einer Erwiderung ausholen, da drängte Müller an ihm vorbei die Treppe hinauf und rief ihm von oben nur noch kurz zu: »Packet Se sich von meim Grond ond Boda, aber zackig!«

Dienstag, 15.20 Uhr

»Können Sie da selbst was machen?«, fragte Ernst, als Schneider ziemlich wütend ans Heck des Wagens stapfte und die Motorhaube aufriss.

»Nein«, sagte er, »eher nicht. Ich schaue wahrscheinlich bloß aus Gewohnheit rein.« Er sah betreten drein, und Ernst hatte das Gefühl, dass ihm die Panne wirklich naheging.

»Vielleicht habe ich ja erwartet, dass es raucht und zischt, was weiß ich«, fuhr Schneider fort. »Na ja ...« Schneider ließ die Haube wieder zufallen und klappte sein Handy auf. Er wählte eine Nummer aus dem Telefonbuchspeicher und wartete, dass sich jemand meldete.

»Eigentlich kurios: Erst vor zwei Tagen habe ich mir die Werkstatt angesehen. Man will ja schließlich wissen, wem man seinen Wagen anvertraut. Sah ganz gut aus, die sind auf diese Marke spezialisiert. Die Nummer habe ich mir gleich abgespeichert, man weiß ja ... – Hallo?«

Schneider beschrieb kurz, was ihm an Details der Panne aufgefallen war und verabredete mit der Werkstatt, dass der Sportwagen zur Reparatur abgeschleppt werden sollte.

Schneider klappte sein Handy zu. »Können wir Ihren Dienstwagen nehmen?« Und als Ernst nickte, fuhr er fort: »Ich bringe nur noch kurz den Schlüssel zu den Kollegen im Revier rein, die können mir sicher auch gleich einen Abschleppwagen bestellen – und wir fahren schon mal los.«

Damit hastete er auch schon über den Hof zum Polizeigebäude zurück. Als er gerade die Treppe zum Eingang hinaufeilte, kam ihm Dr. Thomann entgegen.

»Na, Herr Schneider, noch was vergessen?«

»Ach, mein Wagen muss in die Werkstatt. Ich lass' nur kurz die Schlüssel hier, wir sollten ja nun langsam mal los.«

»Ihr Wagen? Ist das nicht dieser schicke Porsche?«

Als Schneider das genüssliche Grinsen des Pathologen sah, hätte er sich am liebsten die Zunge dafür abgebissen, dass er ausgerechnet Thomann von seiner Autopanne erzählt hatte. Als er wieder aus dem Gebäude herauslief, sah er den Gerichtsmediziner mit einem metallicblauen Van wegfahren, auf dessen Heckscheibe zwei Aufkleber – »Dustin an Bord«, »Melina an Bord« – prangten. »Schau an, vermutlich ein Familienvater, der sich seinen Traumwagen verkneifen muss ...«

Als Schneider zu Ernst hinüberging, der neben einer unauffälligen Limousine auf ihn wartete, musste er feststellen, dass der gedankliche Seitenhieb auf den Pathologen heute nicht so viel Trost bot wie manches Mal zuvor.

Dienstag, 15.35 Uhr

In Gedanken versunken ging Follath nach Hause, schaute im leeren Briefkasten nach neuer Post und ging dann zur Haustür hinein. Die beiden Männer, die mit ihrem weißen Kombi langsam die Talstraße entlangrollten und ihn dabei nicht aus den Augen ließen, bemerkte er nicht.

Gerade hatte sich Follath am Küchentisch ein Glas Milch eingeschenkt, da klopfte es an der Haustür. Er nahm noch einen Schluck und wischte sich im Hinausgehen den weißen Milchbart von der Oberlippe. Als er die Tür öffnete, brach ein wahres Blitzlichtgewitter los: Der Fotograf, der ihm gegenüberstand, schien seine ganze Fotobatterie in einer einzigen Salve verbrauchen zu wollen.

Follath verzog das Gesicht und deckte die geblendeten Augen ab. Den zweiten Mann konnte er für einen Moment besser hören als sehen: »Sind Sie Herr Heiner Follath?«

Follath nickte verdutzt und schaute den Mann genauer an: Zwischen den nun wieder nachlassenden dunklen Flecken in seinem Gesichtsfeld stand ein mittelgroßer Mann in den Vierzigern mit drahtiger Figur. Die vermutlich dunkelblonden oder braunen Haare hatte er sich bis auf eine Art Drei-Tage-Bart auf dem ganzen Schädel abrasiert, vermutlich um die ausgeprägten Geheimratsecken zu überspielen, die sich neben den rasierten Stellen rosig glänzend abzeichneten.

»Ferry Hasselmann ist mein Name, und ich bin für meine Zeitung als Reporter hier.« Er schob eine offene Seite seiner hellbraunen Lederjacke etwas zur Seite und lupfte routiniert eine Visitenkarte halb aus der Brusttasche des Poloshirts, das er darunter trug – der kurze Moment hatte genügt, um den in Blockbuchstaben gedruckten Namen seines Blattes zu erkennen. Die Zeitung war nicht gerade Follaths Stammlektüre.

»Was können Sie mir zum Mord an Ihrem Nachbarn Greininger sagen?«, polterte Hasselmann los und zückte seinen Notizblock.

»Wie? Ich wüsste nicht, was ich Ihnen ...«

»War die Polizei schon hier? Stehen Sie unter Verdacht?«

Hasselmann feuerte seine kurzen Fragen hart und schnell ab und drängte Follath so im Handumdrehen in die Defensive.

»Ich will dazu eigentlich nichts ...«

»Gut, Herr Follath«, meinte Hasselmann daraufhin knapp. »Dann schreibe ich in etwa ›Verdächtiger Nachbar verweigerte jeden Kommentar auf unsere Nachfragen.‹ Ist das so richtig, Herr Follath?«

Follaths Blick flackerte, er fühlte Schweiß durch seine Poren dringen – und all das schienen Hasselmanns kalte Augen wie eine Filmkamera aufzuzeichnen.

»Hören Sie, lassen Sie mich in Ruhe!«

»Sie wissen schon, dass Sie im Dorf alle für den Mörder des Bauern halten, oder?«

»Ich ... jetzt, bitte ...«, stammelte Follath. Hasselmann bekam immer mehr Oberwasser und grinste sein Opfer geradezu in Grund und Boden.

»Sie sind Spieleautor, ja? Das wird eine schöne Schlagzeile geben: Der Autor von Familienspielen wie ›Hasenhatz‹ und ›Moppel und Marina‹ erschlägt hinterrücks seinen wehrlosen Nachbarn ...«

»Wehrlos?«, lachte Follath bitter auf. »Da muss ich ja ...«

»Gar nix müssat Sie, Herr Follath«, fuhr da eine feste Stimme dazwischen. Kurt Mader hatte sich hinter Hasselmann und seinem Fotografen aufgebaut – Follath hatte ihn in seiner Not gar nicht kommen sehen.

Hasselmann drehte sich zu Mader um, der breitbeinig mit seinen Stiefeln im Kies der Einfahrt stand. Konnte schon sein, dass Mader nur ganz zufällig gerade eine Mistgabel in der Hand hielt – aber darauf wollte sich Hasselmann lieber nicht verlassen. Er nickte seinem Fotografen zu, der ebenfalls erstarrt war, und die beiden trollten sich den Weg hinauf zur Talstraße.

»Geht es wieder, Herr Follath?«, fragte Mader besorgt, als die beiden Zeitungsleute in ihrem Kombi gewendet hatten und auf der Talstraße zurück in die Dorfmitte fuhren.

Follath nickte blass. Neben der Haustür stand eine schmale Holzbank, die er wie die Tür selbst blau getüncht hatte. Auf sie ließ er sich langsam sinken.

Dienstag, 15.40 Uhr

Schneider wunderte sich längst nicht mehr. Er hatte sich als Vorbereitung auf seinen Dienst in Schorndorf am Computer durch Satellitenbilder geklickt, um sich einen groben ersten Eindruck von der Gegend zu verschaffen, die künftig sein Revier sein würde. Und er hatte sich Fahrtrouten mit Startpunkt Schorndorf ausgedruckt und angesehen, die ihm für seinen neuen Posten wichtig erschienen, darunter der Weg zur Staatsanwaltschaft in Stuttgart und die Anfahrt zum Robert-Bosch-Krankenhaus – dass dort und in Tübingen die Obduktionen für Mordfälle aus dem Rems-Murr-Kreis durchgeführt wurden, hatte ihm ein Kollege eines Mittags im kleinen Aufenthaltsraum in der Kripo-Etage erzählt.

Die Fahrtroute zum »Bosch«, wie Dr. Thomann die alte, aber in den vergangenen Jahren gründlich umgebaute Klinik kurz genannt hatte, war allerdings den Hauptstraßen durch Stuttgart gefolgt, bevor es auf einer weit gespannten Brücke hinüber zu dem Hügel ging, auf dem das Krankenhaus thronte. Ernst dagegen hatte die letzte Hauptstraße schon vor einiger Zeit drunten im Talkessel verlassen, danach hatten sie den Neckar überquert, waren stetig bergan gefahren, immer auf Nebenstraßen, die sich Schneider nie im Leben würde merken können.

Als ihre Straße oberhalb des Stuttgarter Kessels eben weiterführte, sah Schneider links von ihnen zwischen Bäumen und Büschen immer wieder einmal ein Stück Stuttgart liegen, und fast hatte er den Verdacht, Ernst habe nur einen Umweg gewählt, um ihn mit dieser Aussicht auf die Stadt zu beeindrucken. Doch da sah er ein Stück weiter vorn schon eine Ansammlung von Gebäuden, die durchaus wie eine große Klinik wirkte. Er sah auf seine Uhr und wusste: Ernst konnte keinen Umweg gefahren sein.

»Schauen Sie, das ist Stuttgart mit Licht und Schatten«, sagte Ernst, als er von einem breiten Kreisverkehr nach rechts in Richtung auf die Gebäude hin ausscherte, und deutete kurz nach links. Schneider sah die Stadt in der Oktobersonne liegen, wie sie sich unten im Tal drängte und dann nach oben die mit Wald und Weinbergen überzogenen Hügel hinauffranste. Zwischen zwei frisch gepflanzten Bäumchen am Straßenrand, die noch von einem Holzgestell gestützt werden mussten, sah er weiter hinten im Tal einen hohen, weißen Kamin aufragen. »Schöne Lage, grüne Hänge – und der schöne Kamin unseres Müllkraftwerks«, grinste Ernst, der genau wusste, worauf die Augen im ersten Eindruck haften blieben.

Er bremste ab, um ein entgegenkommendes Taxi passieren zu lassen, dann überquerte er die Gegenfahrbahn und fuhr langsam auf eine Art Tunnel zu, der in ein ziemlich abweisend wirkendes Gebäude führte, dessen Außenmauer mit grau gemusterten Platten aus Beton oder Granit verkleidet war. Rechts von ihnen standen zwei Autos auf Stellplätzen, zwei weitere Plätze waren mit Metallständern abgesperrt. Über dem Einfahrtstunnel verlief ein Metallsteg um das Gebäude herum, und am vorderen der Betonpfeiler, die einen kleinen Fußweg von der Fahrbahn abtrennten, war ein Schild montiert, das die Durchfahrt für alle außer Lieferverkehr verbot, und eines, das auf die niedrige Durchfahrtshöhe hinwies.

Zügig fuhr Ernst durch den Tunnel, über einen gepflasterten Innenhof und nach wenigen Metern schon wieder unter das nächste Betondach. Sie parkten direkt hinter Thomanns blauem Van, der entlang einer schrägen Rampe am linken Rand des kleinen Innenhofs stand. Eine Frau mit großer Umhängetasche kam gerade die Rampe herunter, und gegenüber rollte ein Mann in einer blauen Latzhose eine große Kabeltrommel auf eine kleine Hebebühne.

Auf einer Art Balkon, der an der hinteren Mauer des Betriebshofs etwa in Hüfthöhe quer zur Einfahrt verlief, stand ein groß gewachsener Mann und rauchte. Ernst und Schneider kamen die Fußgängerrampe herauf, und Ernst ging auf den Mann zu.

»Na, Herr Krüger«, sprach er ihn fröhlich an, »Tod und Leben sauber sortiert?«

Krüger nahm einen tiefen Zug von seiner Zigarette und grinste Ernst unter seinem imposanten Schnauzbart hervor an. »Euer Mann liegt schon bereit«, sagte er dann und wies mit dem Kopf auf eine Metalltür rechts hinter sich.

»Sind schon alle da?«

»Nein, aber die Werkstatt ist fertig vorbereitet. Gerade eben, als ich raus bin, fehlten nur noch der Staatsanwalt und euer Spurensicherer.« Er drückte den Rest seiner Kippe an der Mauer aus und warf sie in einen kleinen Schutteimer, der neben ihm stand. »Und natürlich die hohen Herren von der Kripo.« Krüger zwinkerte Ernst zu und lachte heiser auf.

»Sie kennen ja den Weg, Herr Ernst«, meinte Krüger dann, und ein letztes Rauchwölkchen entwich seinem Mund, »aber ich muss eh noch einmal rein, sehen, ob ich noch gebraucht werde. Kommen Sie.«

Schneider, den Krüger nur kurz gemustert, sonst aber nicht weiter beachtet hatte, folgte den beiden Männern ins Innere des Gebäudes.

Dienstag, 15.45 Uhr

Als Henning Brams und Klaus Schif mit ihrem Dienstwagen bis wenige Meter vor das kleine Häuschen hinter Greiningers Bauernhof fuhren, saß Follath noch immer unverändert da und blickte vor sich auf den Boden, als würde er die Kieselsteine zählen, die dort lagen.

Frau Follath stand inzwischen in der offenen Haustür und unterhielt sich mit Kurt Mader, der ebenfalls noch geblieben war.

Die beiden Polizisten stiegen aus und wollten gerade auf Heiner Follath zugehen, als Mader ihnen mit einer knappen Geste zu verstehen gab, dass sie noch kurz warten sollten. Sie traten zu Mader und Frau Follath und sahen Mader fragend an.

»Wir hatten gerade Besuch«, begann Mader. »Dieser Boulevardreporter war hier.«

Brams zog fragend eine Augenbraue hoch.

»Falls Sie den noch nicht kennen, sollten Sie darauf heute Abend anstoßen – ein ziemlicher Widerling.«

»Er scheint ja einigen Eindruck hinterlassen zu haben«, meinte Brams trocken.

»Der legte hier einen fernsehreifen Auftritt hin, das kann ich Ihnen sagen!« Mader war hörbar noch immer ganz außer sich. Um wieviel mehr musste das dann eher für Follath gelten? »Ich bin mal gespannt, was daraus morgen in der Zeitung wird ...«

Follath sah auf, sichtlich erschrocken – als wäre ihm erst jetzt, durch Maders Bemerkung, klar geworden, zu welchem Zweck dieser Reporter eigentlich hier gewesen war.

Brams sah Mader schnell tadelnd an. »Herr Follath, wenn Sie kurz Zeit hätten ...?«, meinte er dann zu dem völlig geschafft wirkenden Mann auf der Holzbank.

Doch Follath stand auf wie in Trance und wandte sich von den beiden Ermittlern ab.

»Herr Follath ...!«, fasste Brams nach. »Hören Sie: Wir sollten dringend mit Ihnen reden!«

Follath reagierte gar nicht, sondern ging mit hängenden Schultern in sein Haus, drängte seine Frau in den Flur und schob die Tür im Vorübergehen mit einer einzigen, fließenden Bewegung zu.

»Hallo, Herr Follath«, rief Brams gegen die geschlossene Tür.

Mader legte ihm eine Hand auf den rechten Unterarm: »Wartet lieber noch etwas«, meinte er. »Der ist jetzt völlig fertig – ich glaube nicht, dass ihr jetzt irgendetwas Brauchbares aus ihm herausbekommt.«

»Herr Mader hat wahrscheinlich Recht«, sagte Schif zu seinem Kollegen. »Kommen Sie, wir gehen rüber zu Raus Leuten. Vielleicht haben die noch etwas Neues für uns. Zu Follath kommen wir gleich morgen früh noch einmal – das müsste auch noch reichen. Dann haben wahrscheinlich auch Ernst und Schneider wieder Zeit. Ich hatte eh den Eindruck, die würden am liebsten selbst mit Follath reden.«

Widerwillig löste Brams seinen Blick von der blauen Haustür mit den aufgeklebten Buchstaben. Warum war Follath durch die Attacke dieses offenbar ebenso unsympathischen wie aufdringlichen Reporters denn nur so sehr von der Rolle? Was machte ihm an diesem Mord so sehr zu schaffen? Brams ging zum Wagen und fragte sich insgeheim, ob dieser Fall tatsächlich so einfach liegen sollte.

Dienstag, 15.55 Uhr

Der Sektionssaal war hell und nicht allzu groß. Boden und Wände waren weiß gekachelt, und vorne war auf dem Boden ein kleiner Ablaufschacht zu sehen. Eine Wand war beherrscht von großen milchig-weißen Fensterflächen, die Licht durchließen, aber von außen nicht den Blick auf das Innere des Raumes freigaben.

Gegenüber war ein großes metallenes Waschbecken aufgehängt, so breit und tief wie eine kleine Badewanne. Die Türen und Schränke waren in poliertem Metall gehalten, und das alles unterstrich noch den Eindruck einer frisch geputzten Schlachterei, der den Raum prägte. In der Luft hing noch der Geruch von Reinigungsmittel, aber je mehr der Boden abtrocknete, desto mehr verflüchtigte sich das – und ein anderes, unbestimmtes Aroma machte sich breit.

Es roch nicht wirklich nach etwas Unangenehmem. Die Luft war eher durch die Abwesenheit all der Gerüche dominiert, die sonst einen bewohnten Raum oder ein Büro ausmachen. Und weil das so war, malte sich die Phantasie diesen »Nicht-Geruch«, der allmählich wieder die Oberhand gewann, mit all den aufdringlichen Duftnoten aus, die das Klischee mit Leichen und Körperteilen in Verbindung brachte. Das Auge, heißt es, isst mit – hier roch das Auge mit.

Und die Augen bekamen hier reichlich Entsprechendes geboten. Auf einem etwa hüfthohen – und natürlich ebenfalls metallisch glänzenden – Wandregal standen Gläser mit Schraubverschluss, in denen formalingetränkte Organteile schwammen. Plastikbehälter waren gefüllt mit Dosen und Gläsern aller Formen und Größen, die für Proben gedacht waren. In einem weißen Plastikeimer, der ein wenig aussah wie ein unetikettierter Joghurteimer, lag ein Gehirn, das vor kurzem einem Toten entnommen worden war. Der Eimer war zwar mit einem Deckel dicht verschlossen, doch Ernst hatte einmal einen Blick in einen anderen dieser so unspektakulär wirkenden Behälter werfen dürfen: Die von klarer Flüssigkeit bedeckte, verschlungene Hirnmasse, gebrochen weiß und an engen Stellen etwas dunkler eingefärbt, war kein Anblick, den man schnell wieder vergaß.

Zwei Metalltische waren in dem Sektionssaal aufgebaut. Auf einem lagen säuberlich aufgefächert die Kleider von Albert Greininger, auf dem anderen der Tote selbst.

Die Tische wirkten erstaunlich kurz, doch der mit 1,75 Meter eher durchschnittlich groß gewachsene Greininger passte dennoch gut auf die Fläche. Die Oberfläche jedes dieser Tische war in der Mitte in einem Streifen glatt poliert wie die Türen, drum herum war diese Metallfläche allerdings gleichmäßig mit kleinen Löchern durchbrochen. Als Ernst wieder einfiel, dass diese Löcher für den Abfluss störender Substanzen gedacht waren, kam Übelkeit in ihm auf. Ernst hatte eigentlich einen starken Magen, aber er musste sich sehr konzentriert das Abtropfblech seiner Espressomaschine vorstellen, bis sich der Brechreiz wieder legte.

Die Füße Greiningers lagen auf einer kleinen Glasscheibe, deren Funktion Ernst bisher noch nicht klar geworden war. Daran schloss sich ein kleines Becken an, darüber war eine Ablage montiert, auf der allerlei Werkzeug sauber aufgereiht war.

Greininger war noch zu frisch, um mehr Leichengeruch zu verströmen, als die leistungsstarke Entlüftung oberhalb des Seziertisches aufnehmen konnte. Aber auch der lebende Greininger hatte nach einem langen Arbeitstag und einem vermutlich herzhaft erst im Haus und dann in der Scheune durchzechten Abend nicht nach Rosen gerochen. Unter seinen Fußnägeln hatte sich dunkel gefärbter Talg gesammelt, dessen Geruch gemeinsam mit seinem Echo aus den Stiefeln auf dem zweiten Tisch die Szenerie gewissermaßen einrahmte. Darunter mischte sich eine kräftige Note Altmännerschweiß, auf den auch schon die teils verklebten Haare zwischen den Beinen und unter den Achseln hindeuteten.

Dr. Thomann sprach unablässig in ein Diktiergerät und füllte den Aufnahmespeicher mit einem Stakkato aus medizinischen Fachbegriffen, während zwei Kollegen Greiningers Körper von außen inspizieren halfen und ihn immer wieder an bestimmten Stellen anhoben. Auf ein kurzes Zeichen Thomanns hin näherte sich Frieder Rau der Leiche und sammelte ein, was er unter den Fingernägeln finden konnte. Danach machte er sich an Greiningers Kleidern zu schaffen und füllte Tütchen um Tütchen mit möglichen Hinweisen auf den Tathergang.

Thomann und einer seiner Kollegen trugen grüne OP-Kleidung, der dritte Mediziner – Ernst wusste von Krüger, dass das der Präparator war, der sich später um die Proben und Organe kümmern würde – hatte sich einen weißen Kittel über seine Straßenkleidung gezogen.

Die drei Pathologen und alle anderen Anwesenden trugen »Schuhschoner«: blaue Plastiküberzieher mit einem Gummizug am oberen Ende, die aber nicht die Schuhe der Anwesenden schützen sollten – im Gegenteil sollte vermieden werden, dass der vom Putzen noch feuchte Fliesenboden gleich wieder mit Staub und Abrieb von den Schuhsohlen verklebte.

In anderer Umgebung hätte die Reihe der Männer mit ernsten Mienen und blauen Tüten an den Füßen lächerlich gewirkt, zumal das dünne Plastik einen ziemlich albernen Kontrast vor allem zum edlen Zwirn von Staatsanwalt Feulner bot. Hier aber war alle Aufmerksamkeit – vom emsig Spuren sammelnden Rau einmal abgesehen – auf den Toten gerichtet.

»Dann will ich das mal so erklären, dass es jeder verstehen kann«, wandte sich Dr. Thomann nun an die Umstehenden. »Die Sektionsgehilfen, also Herr Krüger, der vorhin da war, und sein Kollege, haben unseren Herrn hier gewogen, haben ihn mit Kleidern zum CT gebracht – aber die Tomographie hat keine Befunde gebracht, die mit unserem Fall in Verbindung stehen könnten. Dann haben sie ihn ausgezogen und haben ihn unter diese Streifenlichtmaschine gelegt.« Er deutete auf ein Gestänge über dem Sektionstisch, an dem unter anderem zwei Projektoren und zwei Spiegel angebracht waren. »Das ergibt sozusagen einen dreidimensionalen Scan des Körpers – dafür legen ihn die Gehilfen erst auf den Rücken, dann auf den Bauch, und damit sich an der Leiche möglichst wenig verändert oder durch das Liegen plattgedrückt wird, nehmen sie je eine Vakuummatratze für die Vorder- und die Rückseite.«

»Geht das Gerät wieder?«, schaltete sich Feulner ein.

»Zum Glück, ja. Jetzt können die anderen Pathologen wieder neidisch auf uns sein.«

»Warum das denn?«, fragte Schneider.

»Na ja, sehen Sie«, Thomann ging zu einem kleinen Monitor hinüber und rief eine dreidimensionale Vorderansicht des nackten Greininger auf. »Der Scan von vorn und der Scan von hinten werden in Tübingen von unserem Spezialisten zu einem kompletten 3D-Modell verbunden. Und sollten wir uns noch einmal ein Detail näher ansehen wollen, nachdem die Leiche zur Bestattung freigegeben wurde, können wir auf diese Datei zurückgreifen.«

»Aber ist das nicht etwas umständlich: eine Seite scannen, dann für die zweite Seite umdrehen?«

»Sie dürfen uns gerne eine bessere Maschine bauen. Aber dann nehmen Sie sich danach am besten auch gleich den Computertomographen vor.« Thomann genoss den fragenden Blick Schneiders und fuhr dann fort: »Da passt auch nicht der ganze Greininger am Stück hinein. Also wird er einmal von unten bis etwa zur Körpermitte abgetastet, und danach schieben wir ihn mit dem Kopf voraus noch einmal in die Röhre.«

»Das reicht dann doch fürs Erste als Grundlagenkurs, oder?«, meinte Feulner etwas säuerlich. »Wenn wir uns nun vielleicht wieder um unseren Toten kümmern könnten?«

»Gerne«, grinste Thomann. »Sie sehen hier, hier, hier und hier« – er deutete auf einige blaue Flecken an den Armen und am Oberkörper – »Spuren, die von einem Kampf oder einer Rangelei herrühren könnten. An den Händen, das hatte ich ja heute Nachmittag schon im Briefing erwähnt, gibt es auch ein paar Abschürfungen und Ähnliches – ich würde sagen, Greininger hatte kurz vor seinem Tod noch eine handfeste Auseinandersetzung.«

»Also wehrte er sich gegen seinen Mörder?«, fragte Feulner. »Dann kommen wir mit den DNA-Spuren, die Herr Rau gerade unter den Fingernägeln gesichert hat, ja schon recht weit.«

»Na ja, vielleicht. Es muss nicht unbedingt der Täter gewesen sein, mit dem er gestritten hat«, gab Thomann zu bedenken.

»Klar«, gab Feulner etwas arrogant zurück. »In diesem Kallental wird es abends um – wann ist er gestorben, sagen Sie?«

»Ich grenze das auf 22.30 bis 23.30 Uhr gestern Abend ein.«

»In Kallental wimmelt es also um elf Uhr abends an Greiningers Scheune geradezu vor Leuten, die mit ihm streiten wollen. Stimmt, das klingt plausibel ...«

»Wir haben sonst an der Vorderseite der Leiche nichts Auffälliges«, fuhr Thomann fort, ohne auf Feulners spöttische Bemerkung zu reagieren – allerdings war er in diesem Moment sehr froh darüber, dass er sich von Berufs wegen ein Pokerface antrainiert hatte. »Diese Stellen hier« – er deutete auf ein paar schwach verfärbte Flecken an den Knien, an der rechten Hüfte und rechts oben am Schädel, nicht weit von der Schläfe entfernt – »entstanden durch den Sturz, nachdem er den Schlag auf den Kopf bekommen hatte. Der Boden war an der Fundstelle recht weich, aber aus voller Körperhöhe und bei dem Gewicht kommt da schon eine Wucht zusammen.«

Thomann nickte seinen beiden Kollegen zu, dann wuchteten sie den toten Greininger mit geschickten Schwung so herum, dass er mit dem Gesicht nach unten liegen blieb.

»Seitlich sehen Sie hier nahe der Schläfe also noch den Punkt, mit dem sein Kopf auf dem Boden aufschlug – genau auf der Hutkrempenlinie, auf der alle Schädel nach einem normalen Sturz auf dem Boden aufschlagen. Wenn wir nun dieser Linie nach hinten folgen, sehen wir dort eine stärkere Verletzung – und sie kommt nicht vom Sturz, trotz ihrer Position. Hier hat der Mörder zugeschlagen.«

Thomann ging vom Sektionstisch zu einem langen metallenen Wandtisch unter der Fensterfront und holte das blutigen Holzscheit herüber, das in seiner Plastiktüte darauf wartete, ins Labor geschickt zu werden. Er nahm das Stück Holz in beide Hände und hielt es vorsichtig etwas über die Wunde am Hinterkopf.

»Wenn wir uns die blutige Stelle am Holzscheit jetzt direkt an der Wunde vorstellen, sieht man schon: Das passt ganz gut. Das Holz wurde beidhändig geführt – außer, wir hätten es mit jemand außergewöhnlich Kräftigem zu tun. Das wäre aber dann schon in der Kategorie Kampfsportler oder Gewichtheber.«

Er legte das verpackte Holz auf den zweiten Tisch neben die Kleider. »Herr Rau, das wäre dann Ihres.« Rau nickte und werkelte weiter am groben Hemd Greiningers, das er gerade untersuchte.

Währenddessen hatte Thomanns Kollege damit begonnen, Greiningers Schädel zu rasieren, und obwohl der tote Bauer auch vorher schon eine sehr hohe Stirn hatte, veränderte ihn diese Prozedur noch einmal drastisch. Nun waren Wülste auf der Kopfhaut zu sehen, die vorher vom Haar verdeckt gewesen waren, und zwei ausgeprägte Muskelstränge zwischen Hals und Hinterkopf deuteten darauf hin, dass Greininger trotz seines insgesamt eher dicklichen Körpers nicht gerade ein Schwächling war.

Als der Kopf und dabei vor allem die Umgebung der hinteren Kopfwunde kahl geschoren war, besah sich Thomann den Schaden näher. »Mittelschwerer Schlag, würde ich sagen, eher von leicht oben geführt – da kommen also leider fast alle Körpergrößen in Frage. Wir streichen: Basketballprofis und Zehnjährige.« Thomann grinste, er war mit seinem Scherz sichtlich zufrieden. »Die Schlagrichtung passt zu der Lage, in der der Tote gefunden wurde. Für mich sieht das so aus, als sei das Holz von links nach rechts geschwungen worden – ein paar Zentimeter mehr Abstand, und das Holz hätte ihn nur schmerzhaft gestreift. Der Volltreffer hat ihn dann in einer Drehbewegung nach vorne stürzen lassen.«

»Deutet das auf einen Linkshänder als Täter hin?«, fragte Feulner.

»Nein. Sehen Sie« – er hob beide Hände nach links in die Höhe und tat so, als halte er den Holzscheit, dann zog er die

Hände in Zeitlupe nach rechts und leicht nach unten durch – »ich kann als Rechtshänder das Holz genauso führen. Das hing am Tatort sicher eher damit zusammen, dass rechts vom Täter die Scheunenwand war. Da weicht man mit so einer Ausholbewegung ganz unbewusst auf die freie Seite aus.«

»Und falls Greininger doch mit einer Hand erschlagen worden wäre?«, fasste Ernst nach.

Thomann dachte kurz nach, hielt erst die linke, dann die rechte Hand hoch. »Ja, stimmt, dann hätte es ein Linkshänder sein können.« Er stutzte kurz, lachte dann kurz und sah Ernst fast entschuldigend an: »Dafür hätte ich jetzt eigentlich nicht über die Schlagrichtung nachdenken müssen. Wenn Sie das Holzstück in eine Hand nehmen, ist es ziemlich schwer und Sie nehmen es automatisch in ihre ›richtige‹ Hand.«

Thomann schüttelte noch kurz sein Handgelenk aus, dann nahm er ein Skalpell zur Hand und setzte die Klinge an, wobei er darauf achtete, mit seinem Schnitt die Wunde zu umgehen.

»Wir öffnen nun die Leiche, und wir fangen wegen dieser Verletzung mal hinten an.« Schnell war ein langer Schnitt durch die Kopfhaut gezogen; Thomann klappte ein Stück um, darunter war der Schädelknochen zu sehen. »Jetzt sehen wir die Schädelschwarte an der Wunde von innen – und darunter ist auch die Schädelkalotte beschädigt, ganz wie erwartet.«

Schneider und Ernst schluckten ein wenig. Aus den Augenwinkeln schien Thomann zu sehen, wie sich ihre Gesichtszüge etwas versteiften.

»Keine Bange, meine Herren, das müssen Sie sich nicht unbedingt genau ansehen«, lächelte er ihnen zu. »Die Sache ist im Grunde recht banal: Das Holz passt auf die Wunde. Die Wunde ist heftig genug, um eine Blutung im Hirn auszulösen. Das erhöhte den Druck in Greiningers Schädel, und während er nach dem Schlag ohnmächtig auf dem Boden lag, dämmerte er vollends hinüber. Exitus. Ich würde mich sehr wundern, wenn das Blut auf dem Holzscheit nicht zu Greininger gehören würde. Astreine Angelegenheit, sozusagen«, grinste Thomann, und seine beiden Kollegen rollten Greininger wieder auf den Rücken.

»Wir würden nun hier noch wenig weitermachen. Sie können gerne bleiben, aber das scheint mir nicht zwingend: Da werden wir mit ziemlicher Sicherheit nichts mehr auf den ersten Blick sehen, was uns weiterbringt. Wir nehmen noch ein paar Proben – Urin, Blut, Mageninhalt, dazu etwas von jedem Organ, natürlich wollen wir auch Leber und Magenwand nach diesem Holzschutzmittel abchecken. Vor allem in den Flüssigkeiten werden wir wohl Spuren von diesem ... wie heißt es? Linofidol? Ach du meine Güte, man sollte keine Lateinstümper an solche Namen lassen ... Aber egal: Das hier wird für Laien nun vielleicht ein bisschen weniger appetitlich. Riechen werden Sie nicht viel, nicht einmal für ein ›G'schmäckle‹ im Bauchraum lag der gute Mann bisher lange genug still. Aber das Ausräumen sieht halt nicht so hübsch aus, wenn man es nicht gewohnt ist.«

Feulner, Ernst und Schneider nahmen die Gelegenheit wahr und verabschiedeten sich. Auch Rau, der kurz zuvor fertig geworden war und zum Schluss die einzelnen Kleidungsstücke noch für das Labor verpackt hatte, ging mit ihnen nach draußen.

Dienstag, 17.00 Uhr

Die Haustür fiel laut ins Schloss, schnelle Schritte die Treppe hinauf deuteten darauf hin, dass Cherry Follath, mit 15 die jüngste Tochter und als einziges Kind der Familie in Kallental geboren, und ihr zwei Jahre älterer Bruder Chris vom Nachmittagsunterricht in Schorndorf zurück waren, wo sie beide aufs Gymnasium gingen. Zwei selbstbewusste Teenager: Da waren im Haus nicht mehr viele »Hallo, Papa!« und »Grüß dich, Mama!« angesagt. Aber ihre älteste Tochter

Chiara, inzwischen 21 und Studentin in Freiburg, hatte ihnen schon gezeigt: Diese auch für Eltern etwas schwierige Zeit ging vorüber.

Also warteten Heiner Follath und seine Frau einfach, bis ihre Kinder wieder mehr Lust auf Familie hatten. Immerhin: Auf dem Laufenden waren sie durchaus, denn fast jeden Tag reichte es trotz allem zu einem gemeinsamen Abendessen. Und gut war auch, dass sich Cherry und ihr Bruder Chris prima verstanden: Die beiden, den Eindruck hatten ihre Eltern, vertrauten sich gegenseitig ihre Probleme an.

Auf ein Abendessen hatte Heiner Follath allerdings noch keinen Appetit. Er saß am Küchentisch, wie insgesamt schon so viele Stunden seit Greiningers Tod, und grübelte. Er sah durchs Fenster hinüber zur Scheune, wo die Männer in den weißen Overalls allmählich begannen, ihre Sachen zu packen. Aus einem Streifenwagen war gerade noch ein Uniformierter gestiegen, den er ab und zu schon in Rudersberg gesehen hatte. Der Mann sah kurz zu ihrem Haus herüber, redete dann aber weiter mit den Männern in Weiß. Nach einer Weile stieg er wieder ein und fuhr langsam auf dem Feldweg Richtung Oberndorf davon.

Follath wurde die Bilder nicht los. Nicht die Bilder, und auch nicht diese Stimme. Er sah noch immer Greininger vor sich, wie er sich den Bauch hielt. Wie er seinen Namen rief, nicht laut, aber durchdringend. Dann war er still gewesen. Endlich still.

Dienstag, 17.15 Uhr

Feulner war mit dem Aufzug ins Erdgeschoss gefahren – dass er nicht einmal die eine Etage zu Fuß ging, erklärte wohl ein wenig die kleine Wölbung unter seinem Jackett. Rau hatte wie Ernst im Betriebshof des Krankenhauses geparkt: Die Limousine, die er sich für die Fahrt hierher aus dem Fuhrpark genommen hatte, stand direkt hinter Ernsts Wagen.

»Sagen Sie mal, Herr Rau«, fragte Schneider, als sie gerade die schräge Rampe zu den Fahrzeugen hinuntergingen, »dieses Holzscheit ist ja nun weder allzu groß noch allzu klein – wie muss denn ungefähr der Täter ausgesehen haben, der Greininger damit erschlagen haben kann?«

Rau dachte kurz nach. »Tja, wenn man's genau nimmt, ist die Größe des Holzscheits nicht so wahnsinnig entscheidend – etwas Kraft braucht man ohnehin. Ist das Holz schwer, brauchen Sie mehr Kraft, um es heben und gegen einen anderen als Waffe einsetzen zu können. Und ist das Holz nicht so schwer, dann brauchen Sie wiederum mehr Kraft, um den Schlag tödlich werden zu lassen.«

»Kann das auch eine Frau?«

»Ja, wenn sie genug Muskeln hat. Warum fragen Sie? Haben Sie da jemand Besonderen im Blick?«

»Nein, leider noch gar nicht. Ich will nur abschätzen können, ob Verdächtige, die wir ermitteln, auch wirklich als Täter in Frage kommen.«

»Tja, tut mir leid: Da kann ich außer ein paar ganz altersschwachen, ganz kleinen und ganz kraftlosen Kandidaten eigentlich niemanden ausschließen.«

Schneider zuckte mit den Schultern, und die Männer stiegen in ihre Fahrzeuge. Als sie aus der düsteren Ausfahrt auf die Zufahrtsstraße zurollten, die nach links zum Parkhaus und zum Eingang der Klinik führte und nach rechts zu dem großen Kreisverkehr außerhalb des Klinikgeländes, mussten sie Feulner in seiner schweren Limousine vorbeilassen, der oben direkt vor dem Eingang geparkt hatte und nun starr geradeaus blickte und wenig später auf der Straße Richtung Pragsattel verschwunden war.

Rau und hinter ihm Ernst scherten aber bereits vorher aus dem Kreisverkehr auf die Straße aus, die sie für den Hinweg genommen hatten. Nach ein paar Kurven war Raus Wagen schon außer Sicht. Der Chef der Kriminaltechnik drückte ordentlich aufs Gaspedal, und obwohl auch Ernst nicht unbedingt langsam fuhr, konnte er damit nicht Schritt halten.

Schneider war das im Moment ganz recht. Der Termin mit den Pathologen hatte seinem Magen nicht besonders gut getan, da wäre jede allzu schnell durchfahrene Kurve ein Risiko.

Wieder ging es durch das Gewirr der Hangstraßen hinab zum Neckar, diesmal allerdings fuhr Ernst nicht am Daimler-Stadion vorbei, sondern er folgte einer vierspurigen Straße, die in der Mitte durch Stadtbahnschienen geteilt war, durch Cannstatt und Fellbach. Der Verkehr war dicht, aber trotz der Rush-Hour kamen sie relativ flott voran.

Vom Handy aus fragte Schneider in Schorndorf an, ob es etwas Neues gebe; das war nicht der Fall. Dann schlug er seinem Kollegen vor: »Hätten Sie etwas dagegen, mit mir jetzt gleich direkt nach Kallental rauszufahren? Wenn ich Ihr Ebni halbwegs richtig einsortiere, dann passt das doch ganz gut zu Ihrem Heimweg. Und meinen Wagen bekomme ich nicht vor morgen zurück. Ich habe mir gedacht: In der ›Krone‹ in Kallental gibt es sicherlich noch ein freies Fremdenzimmer, und dort quartiere ich mich für ein paar Nächte ein. Das spart mir die Anfahrt, Sie könnten mich morgens mit nach Schorndorf nehmen – und vielleicht erfahre ich abends bei einem Glas Bier auch noch etwas Brauchbares.«

»Klar«, sagte Ernst, als sie hinter Fellbach aus einem Tunnel auftauchten, der im Rückspiegel mit seinem seltsam auffälligen Abluftturm ein wenig aussah wie die sinkende »Titanic«. Er reihte sich in den dichter werdenden Verkehr ein. »Aber was sagt denn Ihre Frau dazu?«

»Meine Frau? Wieso?«

»Na, Sie haben doch in – wo war das? Urbach?« Schneider nickte. »Stimmt, Urbach, war das nicht in dieser Komponistensiedlung, wo die Straßen nach Brahms, Wagner und den ganzen Klassikstars benannt sind?«

»Tja, einen Bon-Jovi-Weg gab's dort leider nicht«, grinste Schneider und steckte Ernst mit seiner aufgeräumten Laune an.

»Wie auch immer: Dort haben Sie doch ein schönes Haus gefunden – Ihre Frau wird sicherlich nicht sehr begeistert davon sein, dass Sie vorübergehend nach Kallental ziehen.«

»Meine Frau«, seufzte Schneider und schaute zum Seitenfenster hinaus, »meine Frau ist mit einer Freundin auf großer Reise: Südafrika, große Tiere, große Hotels, große Weine – das volle Programm eben. Die machen das alle zwei, drei Jahre und kommen dabei ganz schön rum. Mir reicht dafür der Jahresurlaub nicht, weil wir ja auch noch im Sommer wegfliegen und im Winter in die Berge fahren. Und, wenn Sie es nicht weitersagen: Ich bin ganz froh darüber. Diese Freundin ist nicht ganz mein Geschmack, und wenn die beiden Frauen miteinander rumglucken, ist man als Mann ganz schnell überflüssig.«

Dienstag, 18.00 Uhr

»Vater?«

Die junge Frau drückte die Haustür leise hinter sich zu und horchte. Es war niemand zu hören, keine Schritte, keine Geräusche aus der Küche und auch der Fernseher lief nicht. Langsam ging sie in die Wohnung hinein, betrat das Wohnzimmer und blieb starr vor Schreck stehen.

Ihr Vater lag auf der Couch, hingestreckt wie ...

»Vater!«, rief die junge Frau und wollte gerade zur Couch stürzen, da bemerkte sie, wie sich der massige Körper leicht hob und senkte.

»Gott sei Dank ...«, dachte Sandra Müller und setze sich ihrem Vater gegenüber auf einen der Sessel. Sie hockte auf dem vorderen Sesselrand und wirkte angespannt, als wolle sie gleich wieder aufspringen. Nur ihr Gesicht sah ein wenig friedlicher aus als noch vor einer Minute.

Ruhig betrachtete sie Fritz Müller, wie er schlief und dalag, als sei er mitten in sehr trüben, sehr traurigen Gedanken aus dem Tag geglitten. Sie liebte diesen Mann so sehr, dass jeder Abschied von ihm und diesem Haus in Kallental fast körperlich schmerzte. Sie liebte ihren Vater dafür, dass dieser so grob wirkende Baum von einem Mann seine Frau liebevoll bis zum Letzten gepflegt hatte. Und auch dafür, dass er sie, seine Tochter, zwar immer wieder fragte: »Kannst du nicht bleiben?« Dass er aber jedes »Nein« von ihr geduldig einsteckte, ohne ihr auch nur ein einziges Mal mehr zu zeigen als eine tiefe Traurigkeit. Kein Vorwurf in all diesen Jahren – Sandra Müller wusste das heute mehr zu schätzen als früher.

Und nun war Greininger tot, und ausgerechnet ihr Vater hatte ihn gefunden. »Nur gefunden?«, war die Frage, die sie seit heute Mittag umtrieb. Gegen neun Uhr heute früh hatte Fritz Müller ihr auf den Anrufbeantworter gesprochen. »Greininger ist tot«, hatte er gesagt, mehr nicht. Gehört hatte sie die Nachricht, als sie mittags kurz nach Hause kam, um sich zwischen zwei Terminen zu duschen. Den ganzen Nachmittag hatte sie mit sich gerungen, ob sie jetzt nach Kallental fahren müsse oder ob ein Anruf besser wäre. Und schließlich – sie wusste kaum mehr, wie sie ihre Nachmittagstermine hinter sich gebracht hatte – packte sie das Nötigste ein und fuhr los. Nun war sie hier.

Sie erhob sich und schaute zum Fenster hinaus. Vor ihr fiel die Wiese ab, bis sie hinter einer Reihe Bäume nicht mehr zu sehen war. Dahinter leuchteten rötlich gedeckte Dächer im letzten Sonnenlicht. In wenigen Minuten würde die Sonne untergehen, und das Wieslauftal, das weiter unten schon im Schatten lag, würde im Zwielicht und dann in der Dunkelheit versinken.

»Greininger ist tot.« Das fühlte sich seltsam an. Nicht schlecht, nicht wirklich gut – seltsam eben.

Hinter ihr raschelte Stoff: Fritz Müller bewegte sich, seine Lider zitterten. Die Sonne, von irgendeinem Detail am Fenster reflektiert, tauchte das Gesicht ihres Vaters in ein stumpfes Orangerot. Das Mobile über den Fernseher wurde von dem Lufthauch, den ihr Gang zum Fenster aufgewirbelt hatte, ganz leicht bewegt, die kleinen Hexen warfen durchscheinende Reflexionen auf Fritz Müllers Haut.

Sie kniete sich vor ihm auf den Boden. »Schlaf weiter, Papa«, sagte sie leise und strich über seine Hand. »Ich bin da, schlaf weiter.«

Ein leichtes Lächeln huschte über das Gesicht des Mannes, dann entspannten sich seine Züge wieder.

Sandra Müller stand auf und holte ihre Tasche. Leise brachte sie ihre Sachen nach oben in ihr altes Zimmer.

Dienstag, 18.20 Uhr

Hanna Ebel beeilte sich, den beiden Kommissaren je ein Bier und einen kleinen gemischten Salat zu bringen. Der Salat war im Preis für den Rostbraten inbegriffen, und aus einem schicken Restaurant in Baiersbronn, in das sie ein Freund vor Jahren mal im Urlaub ausgeführt hatte, wusste sie: Salat wird vorab serviert.

Schneider und Ernst hatten dafür im Moment keinen Blick. Sie prosteten sich zu, dann steckten sie wieder die Köpfe zusammen und unterhielten sich in leicht gedämpftem Ton über den Mord und was sie seither darüber erfahren hatten.

Das hätte Hanna Ebel auch interessiert, aber sie musste ständig zwischen ihrer Theke und den verschiedenen Tischen pendeln: Das schöne Wetter hatte mehr Kallentaler als sonst rausgelockt, und wo sie schon mal die Schuhe anhatten, konnten sie ebenso gut noch auf ein, zwei Bier in der »Krone« vorbeischauen.

Sie rief die Küchenhelferin nach vorn, damit sie die nächste Runde Getränke übernehmen konnte. Der Koch kam auch mal ein paar Minuten allein zurecht, und sie selbst musste noch kurz nach dem Zimmer für den Kommissar sehen. Geputzt und gerichtet war zwar alles, aber das Haus war alt genug für einen muffigen Grundgeruch – also wollte sie noch kurz lüften, bevor ihr Gast sein Zimmer bezog.

Dienstag, 18.30 Uhr

Der alte Traktor wackelte über den grasbewachsenen Hang herunter auf die planierte Fläche, die zwischen dem Sägewerk und den Wiesen Platz für einen zweiten Holzlagerplatz bot. Gemächlich tuckerte er an der Halle und den aufgeschichteten Baumstämmen vorbei, den schlampig angelegten Kiesweg nach vorne zum Hauptgelände und hin zu einer Zapfsäule außen neben der Haupthalle des Sägewerks.

Etwa einen Meter neben der altertümlich aussehenden Zapfsäule hielt Ruth Wanner ihren alten Schlepper an und ließ den gleichmütig blubbernden Motor ersterben. Mühsam erhob sie sich aus der außen grün und innen schwarz lackierten Metallschale des Fahrersitzes, schob das bewegliche Gestell mit der Plastikfrontscheibe nach oben weg und hangelte sich Tritt für Tritt auf den Boden hinunter.

Etwas steif ging sie zur Zapfsäule, zog den Schlauch zum Traktor hinüber, schraubte den Tankstutzen auf und ließ vorsichtig einige Liter Diesel in den Tank laufen.

»Ach, Tante Ruth, du bisch's«, sagte Horst Müller, der plötzlich hinter ihr stand. Sie war nicht wirklich Müllers Tante, aber den kleinen Horst hatten die unablässig schuftenden Eltern so oft für ein paar Stunden zu der freundlichen und unfreiwillig kinderlosen Nachbarsfrau gebracht, dass sie sich den Verwandtschaftsgrad gewissermaßen ehrenhalber verdient hatte.

»N'Obend, Horscht«, sagte sie, ohne aufzusehen. »Ond?«

»Ha, muss halt«, gab er zurück und schaute ihr weiter zu.

»Scho fertig für heit?«

»Meine Schaffer hen scho a Weile Feierobend, ond i wuhl halt no a weng oms Haus rom. Woisch jo, wie's isch.«

»I woiß.«

Der Diesel floss weiter in den Tank hinein, und Horst Müller sah weiter dabei zu. Auf der Landstraße fuhr ein Auto von Rudersberg her durchs Dorf, bremste vor der

»Krone« etwas ab und beschleunigte am Ortsausgang, bis er viel zu hochtourig zwischen den Bäumen weiter oben im Tal verschwand, wo sich das Dröhnen des gequälten Motors zwischen den Waldausläufern verlor.

»Ond? Was sagsch zom Greininger seim Abgang?«

»Fangsch du jetzt au no a ...?«, maulte Müller und sah mürrisch drein.

»Wieso, war dr Kurt scho do?«

»Der Mader au, ond dr Follath. Uff d'Polizei wart i scho, vielleicht kommt au no en Pfarrer ond der Bürgermoischter vorbei ...« Er lachte rau auf. Es klang nicht sehr fröhlich. »I werd no richtig berühmt.«

»Do drmit lieber net, oder?« Ruth Wanner hatte den Tankschlauch wieder zurückgehängt und sah Horst Müller prüfend an.

»Mechtsch mr was vrzähla?«, fragte sie ihn. Horst Müller trat von einem Fuß auf den anderen, und Ruth Wanner musste schmunzeln: Wie wenig sich manche Männer doch in ihren Angewohnheiten seit ihrer Kindheit veränderten.

Nach kurzem Zögern gab sich Müller einen Ruck und ging ihr voran in die Sägehalle. Er schaltete ein trübes Licht in einer Ecke ein, holte für Ruth Wanner eine bunte Sitzauflage aus einem Wandregal und legte das flache Kissen auf eine der beiden Bänke einer Biergarnitur, die hier so etwas wie den Aufenthaltsraum darstellte.

Aus einem kleinen Nebenraum holte er eine selbst abgefüllte Flasche Most und zwei Gläser, schenkte Ruth Wanner und sich ein, setzte sich, seufzte, schaute hinaus in das fahl werdende Abendlicht. Und dann begann er zu erzählen.

Der zweite Tag

Mittwoch, 8.00 Uhr

Die aktuelle Ausgabe des Boulevardblatts lag zwischen ihnen auf dem Tisch in der »Krone« in Kallental. Mader hatte sie mit spitzen Fingern aufgeblättert, als müsse er sich sonst die Hände waschen. Und Ernst lugte bisher nur skeptisch hinüber zu der reißerischen Schlagzeile. Auch ein Bild von Follath vor seinem Haus war zu sehen.

»So a Arschloch«, brummte Mader.

»Tja«, meinte Ernst, »so ähnlich hat sich mein Kollege Berner heute früh auch ausgedrückt. Der hat mich deswegen kurz nach sieben daheim angerufen. Da war er übrigens schon in Waiblingen im Büro. Er meinte, etwas in der Art habe er kommen sehen, weil er diesen Reporter, diesen ...« – Ernst schaute kurz auf die Autorenzeile: »Von unserem Reporter Ferry ...« – »diesen Hasselmann wohl schon länger kennt. Zum Glück passiert in unserem Einzugsbereich nicht so wahnsinnig viel Spektakuläres. Als diese Schießerei auf dem Parkplatz an der B29 für Aufregung sorgte, war ich gerade im Flugzeug unterwegs in den Urlaub. Und außerdem muss er hier auch wegen der Umgehungsstraßen versucht haben, einen Coup zu landen, aber das war ja nichts für die Polizei, zum Glück.«

»Der hot sich aber schnell uff oin eigschossa ...«

»Stimmt. Aber wenn wir schon dabei sind: Was hat es eigentlich mit dem Hass der Follaths auf den Greininger auf sich?«, fragte Ernst. »Das scheint ja ziemlich weit über die Abneigung gegen einen unbequemen Nachbarn hinauszugehen.«

Mader stierte in seinen Kaffee und dachte nach. Als Ernst schon nachfassen wollte, fingerte er zwei Zuckerwürfel aus der kleinen Schale neben der Kaffeekanne und ließ sie in seine Tasse gleiten. Vorsichtig rührte er mit dem Löffel um, damit das dunkle, starke Gebräu nicht über den Rand schwappte.

»Schwierig«, murmelte Mader und fixierte weiterhin den Inhalt seiner Tasse, auf dem sich einige Luftblasen schnell im Uhrzeigersinn drehten.

»Schwierig?«, versetzte Ernst und trank einen Schluck. »Was ist denn daran so schwierig? Sie müssten das doch genau wissen, Herr Mader. Ihnen erzählen die Leute doch alles.«

»Eben. Mir erzählet sie älles – weil sie glaubat, dass des älles onter ons bleibt.«

»Na ja, das macht Sie ja noch nicht zum Pfarrer. Ein Beichtgeheimnis für Altbürgermeister wird es ja kaum geben, oder?«

Mader musste grinsen. »Noi, des net. Ond wenn: Für en Mord könnt i au do drüber amol wegganga.«

»Na also.«

»Es fallt mir halt trotzdem net leicht. Mir kommt's fascht vor, als tät i dem Follath in dr Rücka falla. Scho, weil er dabei eigentlich net gut wegkommt.«

»Das müssen wir wohl riskieren«, meinte Ernst. »Außerdem ... wäre es nicht vielen im Dorf am liebsten, der Follath wär's gewesen?«

»Natürlich. Mir vielleicht au. Aber des macht oin net schuldiger. Genauso wenig wird aus dem Mord am Greininger a Gfälligkeit, bloß weil ihn koiner hot leida könna.«

Ernst nahm sich nachdenklich ein Brötchen aus dem Korb in der Tischmitte und säbelte es umständlich mit dem Messer in zwei Teile. Mit dem Handrücken schob er die zahlreichen Brösel, zu der die Kruste des Brötchens dabei zerfiel, an den Tellerrand.

»Aber es hilft ja nix«, seufzte Mader und begann. »Es müsst so zwoi, vielleicht drei Johr her sei. Damals isch der Follath zu mir komma und hot mi om Hilfe gfrogt. A bissle was han i scho vorher mitkriegt: Dr Greininger hot seine reigschmeckte Nochbr des Läba ganz schee schwer gmacht.

Mir hen die Leut vor dem Greininger gwarnt ghet, bevor se des Haus kauft hen – mir hen dr Greininger ja kennt, lang gnuag. Ha was, viel z'lang. Der isch uns älle em Dorf granatamäßig uff d'Nerva ganga. Aber sowas hosch halt fascht em a jeda Dorf.«

Ernst nickte fast unmerklich. Auch in seinem Heimatort gab es den einen oder anderen Stinkstiefel, den nach seinem Tod wohl keiner ernsthaft vermisst hätte.

»Doch die Follaths hen andere Probleme mit dem Greininger ghet, als mir älle hättet vorhersaga könna. Die hen sei poltrige Art sogar erschtaunlich gut weggschteckt, do hot so mancher von ons insgeheim dr Hut zoga. Aber dann isch die Frau Follath krank worda.«

»Krank? Was hat das denn jetzt mit dem Greininger zom do?«

Mader registrierte leise lächelnd, dass Hauptkommissar Ernst unter vier Augen in den Tonfall des Buben aus dem Nachbardorf verfiel.

»Abwarta!«, sagte er aber, ohne weiter darauf einzugehen. »Die Follaths send also zom Arzt, ond der hot irgendwas verschrieba. S'isch aber net besser gworda, ond se send wieder zom Arzt, dann zom nächschda ond so weiter. Die Frau Follath isch no irgendwann entlassa worda – sie hot en Rudersberg em Büro gschafft ghet, bloß a paar Schtond en dr Woch. Offiziell war halt koi Gschäft meh do, aber wahrscheinlich hot dr Chef glaubt, se tät markiera, damit se nemme schaffa muss.«

»Ond, hot se? Was glaubat Sie?«

»Noi, eher net. Die Frau isch gern schaffa ganga. Des war a bissle Abwechslung von de Kender ond vom Haushalt ond so. Nach dr Kündigung isch se mir au zemlich fertig vorkomma. Also i glaub, die hot net markiert und hätt gern weitergschafft.«

»Was isch no rauskomma mit ihrer Krankheit?«

»Nix, wenn mr's genau nemmt. Irgendwann hen die Follaths en Mediziner gfonda, der ihne a Diagnose gschtellt hot.

Irgend a Abkürzung – i kann mir sowas net so bsondersch gut merka. Aber egal: Jetzt hen se endlich was ghet, ond des hot laut dem Arzt druff hindeutet, dass sich die Frau Follath ihr seltsame Kranket vom a Holzschutzmittel gholt hot, des der Greininger uff seiner Scheuer verpinselt hot. Emmer wieder, Johr für Johr.«

»Gut, aber mit dera Diagnose hen se des dem Greininger ja verbieta könna, oder?«

»Au net«, seufzte Mader und nahm einen Schluck Kaffee.

Hanne Ebel hörte das Geräusch der auf der Untertasse aufsetzenden Tasse und lugte hinter dem Tresen hervor: »Hen'r no Kaffee gnug?« Mader winkte ab und nickte.

»Die sen mit ihrem Arztwisch von Pontius zu Pilatus, ond überall sen se abbügelt worda. Im Krankahaus hen se den Arzt von de Follaths en Quacksalber ghoißa – also sei au sei Diagnose nix wert. Em Rathaus hen se koin Schtreit mit dem Querkopf Greininger wella – also hen se koin Z'sammahang zwischa Holzschutzmittel ond Krankheit erkenna wella. Uff em Landratsamt hen se auf die Gewerbeaufsicht verwiesa, dort hot koiner Zeit gfunda, ond bei der Zeitung hot oiner erscht schreiba wella und isch no vom Chefredakteur zrückpfiffa worda – ob der jetzt oin kennt hot oder ob er oifach sich die Fenger net hot verbrenna wella, woiß i net. Ond dann sen die Follaths zu mir komma.«

»Ond, hen Sie was erreicha könna?«

Inzwischen war Schneider von seinem Zimmer herunter gekommen. Er legte seinen Schlüssel vor Hanna Ebel auf den Tresen und setzte sich zu Ernst und Mader an den Tisch. Er nickte den beiden kurz zu und zog sich ein freies Gedeck heran.

»Leider net. Mir isch die Gschichte selber net so plausibel vorkomma. Der Arzt hot so ogfähr behauptet, dass durch Gifte en dem Holzschutzmittel der Körper von dr Frau Follath glernt hätt, ganz schnell uff älles Megliche allergisch zu reagiera. Des hab i net verschtanda.«

Schneider sägte sich ein Brötchen entzwei und bestrich eine Hälfte mit Butter und Marmelade. »Verschtanda« war so ziemlich das einzige Wort, das er von Maders Monolog verstanden hatte.

»I hab trotzdem mit a paar Leut gschwätzt, aber dr Follath hot durch sei direkte Art scho überall rompoltert ghet – no hot do koinr meh so recht des Thema apacka wella.«

Schneider sah Mader mit dem faszinierten Interesse eines Völkerkundlers an, der die Knacklaute eines Polynesiers als sinnvollen Satz zu entschlüsseln versucht.

»Herr Mader hat mir gerade erzählt ...«, begann Ernst, der die Miene seines Chefs völlig richtig deutete, zu erklären.

»Schon gut, schon gut«, wehrte Schneider ab und biss in sein Brötchen. »Das übersetzen Sie mir bei Gelegenheit. Fürs Erste reicht es ja, wenn Sie das alles verstanden haben.«

»Soll ich Ihnen noch ein Brötchen aufbacken?«, fragte Hanna Ebel, die lautlos neben Schneider aufgetaucht war.

»Nein, danke«, krümelte Schneider zwischen zwei Bissen hervor und wischte sich die Brösel von der Anzughose.

»Und, Herr Mader«, fasste Ernst nach, »wie ging das dann aus?« Mader blinzelte kurz wegen Ernsts Talent, übergangslos wieder ins Hochdeutsche fallen zu können.

»Ha, gar net. I hab dene Follaths erklärt, dass i nix hab erreicha könna – und dass mir des leid tut. Des hen se, scheint's, akzeptiert. Was hättat se au macha solla?«

»Tja, was hätten sie machen sollen«, murmelte Ernst vor sich hin. »Vielleicht genau das, was gestern Nacht passiert ist?«

»Mir kommt des net richtig vor«, meinte Mader. »Irgendwie passt des net zum Follath: en Holzscheit, ond zack!«

»Zu wem passt es schon, jemanden zu erschlagen?«, schaltete sich Schneider ein, der froh war, einen Satz aus Maders Mund leidlich verstanden zu haben. »Sie würden sich wundern ...«

Mader stierte vor sich hin.

»Dieser Follath würde Ihnen doch aber als Mörder wahrscheinlich am allerbesten in den Kram passen«, meinte Schneider dann noch. »Ihnen und vermutlich dem ganzen Dorf hier.«

Mader stand auf und schaute missmutig zu Ernst hinunter. »Woisch, Rainer: Alloi damit i des nemme so oft höra muss, wünsch i euch an möglichscht schnelle Erfolg en dera Sach.«

Mittwoch, 8.45 Uhr

»Also, Herr Ernst«, sagte Schneider ruhig, während sie auf die Haustür der Follaths zugingen, »keinen Ton von diesem Zeitungsgeschmiere, ja? Das bringt uns jetzt nicht weiter. Falls er den Artikel gelesen hat, wird er schon selbst darauf zu sprechen kommen, und wenn nicht ... auch recht.«

Die Tür ging auf, noch bevor sie nach dem Klopfring greifen konnten. Insgeheim war Ernst froh darüber: Der unangenehm metallische Geruch war gestern erst nach dem dritten Händewaschen wirklich weg gewesen.

»Ja?« Heiner Follath sah die beiden Männer interessiert an. Den einen kannte er gar nicht, den anderen hatte er gestern nur einmal aus der Ferne und dann bei einem Blick durchs Wohnzimmerfenster gesehen. Das mussten die beiden Kommissare von der Kripo sein.

Nun war es also so weit. Follath wappnete sich.

»Mein Name ist Schneider, das hier ist meine Kollege Ernst – wir sind von der Kripo Schorndorf und ermitteln im Mordfall Ihres Nachbarn Greininger. Wir würden gerne mit Ihnen reden – können wir reinkommen?«

Follath nickte, murmelte ein lahmes »Ja, bitte« und gab den Weg in den Hausflur frei. »Waren Sie nicht gestern schon mal da?«, fragte er die beiden.

»Nur ich«, meinte Ernst und sah Follath forschend an. Der Mann wirkte nervös und übernächtigt. »Das muss für sich allein noch nichts heißen!«, ermahnte sich Ernst in Gedanken. »Wenn der Nachbar erschlagen wird, kann einen das schon mal den Schlaf kosten.«

Sie setzten sich um den Couchtisch, den Ernst schon von gestern kannte, und Schneider begann: »Uns interessiert zunächst einmal, was Sie vorgestern Abend oder in der Nacht auf gestern mitbekommen haben.«

»Da wurde Greininger ermordet, ja?«

»Na, das ist ja wohl nun im ganzen Dorf bekannt.«

»Ist ja gut, ich wollte ja nur sicher gehen.«

»Und? Was haben Sie mitbekommen?«

»Nichts.«

»Das ist eigenartig«, meinte Schneider. »Ihre Frau hat nichts mitbekommen. Sie haben auch nichts mitbekommen. Überhaupt hat niemand etwas mitbekommen. So viel Remmidemmi ist ja wohl nachts nicht in Kallental, dass man da einfach mal einen Mann erschlagen kann, ohne dass irgendjemand etwas davon merkt.«

Follaths Blick wirkte etwas unsicher, aber sonst blieb er ruhig und zuckte einfach nur mit den Schultern.

»Herr Follath ...!«

»Ja, meine Güte! Was wollen Sie denn von mir? Ich kann doch auch nichts dafür, dass wir früh schlafen gehen und dann einen ruhigen, tiefen Schlaf haben. Ist das denn neuerdings verboten?«

»Wann sind Sie denn am Montag Abend ins Bett gegangen?«

»Gegen zehn«, sagte Follath eine Spur zu schnell.

»Das fiel Ihnen aber spontan ein«, merkte Ernst an.

»Sie glauben ja wohl nicht, dass Ihr Besuch so wahnsinnig überraschend kommt. Wir waren Nachbarn von Greininger, wir waren nicht unbedingt Freunde – da finde ich es durchaus angemessen, wenn man sich schon vor Ihren Fragen zu erinnern versucht.«

»Haben Sie sich mit Ihrer Frau abgesprochen?«

»Abge... also das geht dann doch etwas weit, oder?«, brauste Follath auf. »Der Mann wurde gestern früh gefunden – und heute scheint für Sie ja schon klar zu sein, wer der Hauptverdächtige ist!«

»Da sind wir nicht die Einzigen«, legte Ernst noch einmal nach.

»Warum?«, schnappte Follath. Schneider blickte Ernst tadelnd an, doch der hatte nicht auf den Zeitungsartikel angespielt.

»Na, im Dorf scheinen einige Sie für den Mörder zu halten.«

»Klar ...« Follath lachte bitter auf. »Das passt eben auch zu gut: Ein Fremder, der den Toten nicht mochte – und schon ist das ganze schöne Dorf fein raus.«

Schneider und Ernst sahen ihn an. Er sprach die Gedanken aus, die sie auch umtrieben. Trotzdem: die Spur.

»Unser Kollege von der Kriminaltechnik lässt fragen, ob seine Leute in Ihrem Garten nach Spuren suchen dürfen. Ginge das?«

»Wieso denn in unserem Garten?« Follaths Blick flackerte.

»Na ja«, fuhr Schneider fort und beobachtete Follath dabei sehr genau, »vom Fundort der Leiche führte eine Spur durchs Gras bis zu Ihrem Garten.«

Follath sah ihn entgeistert an. »Eine Spur ... zu uns ...« Er war ganz bleich geworden. »Das ...« Dann schien er sich zusammenzureißen: »Okay«, sagte er und stand auf. »Dann nehmen Sie mich jetzt gleich mit? Der Fall scheint für Sie ja gelöst.«

»Hören Sie auf mit dem Quatsch«, knurrte Schneider. »Für uns ist im Moment fast jeder verdächtig – und deshalb eben auch Sie.«

Follath blieb stehen und sah auf die beide Kommissare hinunter.

»Und«, fasste Schneider nach, »dürfen die Kollegen? Wenn Sie es uns gestatten, dann müssen wir uns keinen Bescheid vom Amtsrichter beschaffen – das würde etwas Zeit sparen.«

Follath nickte langsam.

»Wann sind Sie denn gestern früh aufgestanden?«, fragte Schneider dann noch und stand, wie Ernst, nun ebenfalls auf.

»Weiß ich nicht mehr so genau«, wich Follath aus. »Vielleicht so um sieben oder kurz vor sieben.«

»Ist Ihnen nach dem Aufstehen etwas aufgefallen?«

»Nein«, meinte Follath und machte Anstalten, die beiden Kommissare zur Tür zu bringen. Als die drei Männer gerade den Flur erreicht hatten, blieb Follath kurz stehen: »Ach, doch«, sagte er, »irgendwann kurz vor oder kurz nach acht – ich habe nicht auf die Uhr gesehen – hat ein Geländewagen draußen auf der Straße angehalten. Ein Mann ist ausgestiegen – ich glaube, das war Müller, der Förster und Jagdpächter hier. Es war aber noch ziemlich neblig, also sicher bin ich mir nicht. Der ist dann rüber zum Eingang der Scheune, hat sich gebückt und hat dann mit seinem Handy jemand angerufen.«

Ernst und Schneider sahen ihn forschend an. Follath erwiderte ihren Blick mit Mühe.

»Müller hat ihn gefunden, nicht wahr?«

»Sie müssen nicht so tun, als sei Ihnen das gerade erst eingefallen«, meinte Schneider und ging zur Haustür hinaus. »Dass Müller den toten Greininger gefunden hat, weiß jeder in Kallental. Ich glaube, Sie spielen uns Theater vor, Herr Follath.«

»Warum sollte ich?«, empörte er sich halbherzig.

»Tja«, machte Ernst und sah ihn an. »Warum sollten Sie, stimmt. Warum zum Beispiel sollten Sie sich vor mir hinter dem Haus verstecken, wenn ich Ihre Frau befrage, und schnell heimlich ins Haus schlüpfen, wenn ich wieder zum Auto gehe?«

Follath schluckte, die beiden ließen ihn stehen.

Ernst chauffierte sie zügig aus Kallental heraus, und Schneider freute sich schon auf fünf ungestörte Minuten in seinem Büro, um Socken und Unterwäsche zu wechseln. Das und sein Waschzeug musste er heute unbedingt noch in die »Krone« mitnehmen.

Mittwoch, 10.00 Uhr

Staatsanwalt Feulner war zum zweiten Treffen der SoKo Wieslauf nicht gekommen, er hatte inzwischen wohl andere Prioritäten. Nötig war seine Anwesenheit ohnehin nicht: Der SoKo-Innendienst hielt Feulner mindestens nach jeder Besprechung und meistens auch mal zwischendurch auf dem Laufenden.

Auch Berner war in Waiblingen geblieben – fürs Erste wusste er genug für seine Pressearbeit, und wenn ihm ein Detail fehlte, war natürlich auch für ihn der Innendienst jederzeit zu erreichen.

Ansonsten saßen alle in der Runde, auch Dr. Thomann war noch einmal gekommen. Ernst und Schneider hatten ihre Tische zum U hin verschoben, damit nun alle an dem so entstandenen Rechteck aus Tischen einander im Blick hatten.

Ernst berichtete den anderen vom jüngsten Gespräch mit Heiner Follath, Schneider teilte den Kollegen mit, dass er sich für die nächsten Tage in Kallental einquartiert hatte – was Rau mit einem fragenden Blick auf Ernst quittierte, der aber nur knapp zurücknickte. Schneider sah die Bewegung aus dem Augenwinkel und hatte den Eindruck, durchaus Respekt aus der Miene des Kollegen ablesen zu können.

»Im Moment«, fuhr Schneider fort, »läuft relativ viel auf diesen Heiner Follath hinaus, den wir ja heute Morgen noch einmal befragt haben. Herr Rau, Sie können übrigens im Garten der Familie loslegen – die sind zwar nicht begeistert, aber einverstanden.«

»Gut, danke«, sagte Rau.

»Vielleicht fasst Ihnen Herr Ernst mal kurz zusammen, was wir heute früh dazu in Erfahrung gebracht haben. Ich muss zugeben: Das Gespräch mit unserem Informanten fand in einer Sprache statt, die ich noch nicht so ganz durchschaue ...«

Leises Lachen in der Runde zeigte, dass auch die anderen allmählich mit dem SoKo-Chef warm wurden – und dass sie Verständnis für sein Dialektproblem hatten.

»Wir haben mit Kurt Mader gesprochen«, berichtete Ernst. »Der war früher mal Bürgermeister von Kallental, dann nach der Gemeindereform lange Ortsvorsteher – also für die Leute dort draußen praktisch immer noch so eine Art Bürgermeister. Seit ein paar Jahren gibt es einen neuen Ortsvorsteher, aber der alte Mader weiß immer noch alles und kümmert sich um vieles. Von Familie Follath wusste er, dass die Frau seit längerer Zeit gesundheitliche Probleme hat. Die Follaths waren überzeugt, dass die Krankheit durch ein Holzschutzmittel hervorgerufen worden war, mit dem Greininger regelmäßig seine Scheune einließ.«

»Linofidol«, stellte Rau fest.

»Genau: Linofidol, das Mittel, von dem du in Greiningers Scheune einen großen Vorrat gefunden hast.«

»Inzwischen wurde mir auch bestätigt, dass das Mittel schon vor Jahren aus dem Verkehr gezogen wurde und heute verboten ist.« Rau blätterte in den Notizen, die er mitgebracht hatte. »Moment ... genau, hier: Seit 1989 gelten Grenzwerte für den in Linofidol enthaltenen Stoff PCP, was für Pentachlorphenol steht und zur Gruppe der chlorierten Kohlenwasserstoffe gehört. Na gut, so genau wollt ihr das sicher nicht wissen. Wie auch immer: Die Produktion von Linofidol wurde damals eingestellt – andere Mittel dieser Kategorie gibt es noch heute, allerdings in anderer Zusammensetzung. Die Dosen in Greiningers Scheune müssen also um die zwanzig Jahre alt sein.«

»Dieses Linofidol kam mir während meines Studiums unter«, merkte Dr. Thomann an. »Ich hatte Ihnen gestern ja angedeutet, dass ich mich vage erinnere. Damals ging es um Grenzwerte für PCP und andere mutmaßlich krebserregende Stoffe, also in etwa um die Themen, die auch zu der gesetzlichen Regelung geführt haben, von der Herr Rau eben erzählte. Das ist alles in allem ziemlich fieses Zeug, das sich zum Beispiel in der Leber ablagert und nach Jahren ohne näher erkennbaren Grund plötzlich zu ganz unterschiedlichen Krankheitsbildern führt. Sie können das Gift mit der Luft einatmen oder mit Staub, und es kann zum Beispiel auch durch die Haut in Ihren Körper gelangen.«

»Haben Sie denn etwas in dieser Richtung gefunden?«, fragte ihn Schneider. »Sie haben ja noch ein bisschen weitergemacht mit Ihren Kollegen, ergab sich da noch etwas Neues?«

»Na ja«, begann Thomann, »da gab es keine Überraschungen mehr. Die Proben sind noch im Labor, aber alles sieht danach aus, dass Greininger dieses Holzschutzmittel zu sich genommen hat.«

»Kann ihm das einer heimlich in seinen Most gemischt haben?«

»Nein.«

»Nein? Wieso denn nicht?«

»Lassen Sie mich noch kurz erklären, wie das Mittel wirkt. In den 70ern, 80ern, als es um diese Holzschutzmittel so viel Aufregung gab, wurde zu Recht auf die Gefährlichkeit dieser Stoffe hingewiesen. Wenn aber alles stimmt, was damals und seit damals herausgefunden wurde, dann hätte sich Greininger nach seinem Giftschorle hinsetzen und fünf oder zehn Jahre warten müssen, bis ihn der Krebs oder eine andere Krankheit dahinrafft. In einer Nacht tut sich da noch nicht viel.«

»Aber das spricht doch nicht dagegen, dass es ihm trotzdem einer ins Glas gemischt hat. Derjenige muss ja nicht gewusst haben, dass das Gift nicht so schnell wirkt.«

»Richtig, aber haben Sie bitte noch einen Moment Geduld: Ich komme gleich zu Ihrem Einwand. Sie haben da Lindan drin, PCP und Dioxin, mit dem das PCP in der Produktionsphase verunreinigt wurde. Das jedenfalls habe ich in den Berichten aus den 80ern gefunden. So, das sind nun alles Dinge, die ich meinen Kindern nicht ins Müsli rühren würde – damit es Ihnen aber sofort etwas schlechter geht, müssen Sie schon ordentliche Mengen zu sich nehmen. Ich habe mit einem Kollegen telefoniert, der in Freiburg in der VIZ arbeitet, also in der Vergiftungsinformationszentrale – fürchterliches Wort. Der bestätigte mir die Menge, an die ich mich noch vage erinnert hatte: Es braucht drei Milliliter je Kilogramm Körpergewicht, damit Sie kurzfristig Beschwerden bekommen.«

»Oha«, machte Rau. »Das wären ja in Greiningers Fall grob geschätzt 90 Kilo mal 3 Milliliter – das ist etwas mehr, als in ein Viertelesglas passt.«

»Eben. Mit ›in den Most mischen‹ ist da schnell nicht mehr viel.«

»Das muss aber der Täter nicht unbedingt gewusst haben. Mir ist es ja auch neu.« Schneider blieb hartnäckig.

»Auch das stimmt. Aber selbst wenn der Täter das Mittel für sehr giftig hielt und selbst wenn er deshalb recht wenig in den Most gekippt hat: Das Zeug schmeckt furchtbar und der Geruch sticht Ihnen sofort in die Nase – das müsste selbst ein eiliger Trinker spätestens nach dem ersten Glas merken. Und genau das würde auch der Täter wissen, denn er bemerkt den stechenden Geruch ja auch – spätestens, wenn er den Cocktail mixt.«

»Sie sollten mal einen reinen Apfelmost probieren«, grinste Ernst. »Da verschwimmen schon mal die Grenzen zu ungesund schmeckenden Substanzen.«

Thomann lachte auf. »Okay, aber trotzdem: Das ergibt für mich irgendwie keinen Sinn. Greininger müsste mehr als einen Viertelliter reines Holzschutzmittel oder fast einen Liter von einem Most-Linofidol-Mix getrunken haben, damit das zum Erbrechen führt und auch zu den Werten passt, die wir an dem Toten feststellen konnten. Vor allem schmeckt wegen des Lösungsmittels Benzinaroma vor, das trinkt nicht einmal einer Ihrer Apfelmost-Fans so ohne Weiteres, Herr Ernst, ohne es zu bemerken.«

»Trotz allem hat er aber irgendwie die nötige Menge an Holzschutzmittel in sich hineingeschüttet. Was für Beschwerden dürfte er danach gehabt haben?«

»Da kann er dann schon innerhalb relativ kurzer Zeit eine Magenreizung spüren, vielleicht fühlt er sich müde, wird etwas taumelig, muss sich wahrscheinlich auch übergeben – so weit würde das schon passen.«

»Was wäre eine relativ kurze Zeit? Eine Stunde, eine halbe Stunde, 15 Minuten?«

»Na ja ... wenn es dumm läuft für ihn, kann es schon nach zwanzig, eher aber nach dreißig Minuten losgehen. Wie gesagt: eine Magenreizung, leichtes Unwohlsein, Mattheit – nicht wahnsinnig viel, aber doch genug, dass er merkt: Da stimmt was nicht.«

»Tja, mal sehen, was das noch ergibt. Haben wir sonst noch was?«

Die Kollegen berichteten von Gesprächen im Rudersberger Rathaus, die das Bild von Greininger als sturem Querkopf bestätigten. »Er war dort schon mit fast jedem Mitarbeiter mal zusammengerasselt«, erzählte Jutta Kerzlinger, »meistens natürlich mit den Leuten vom Bau- und vom Ordnungsamt, die wegen seiner teils ungenehmigten Bauten und nach Lärmbelästigungen außerhalb der erlaubten Zeiten recht oft mit ihm zu tun hatten. Sogar der jetzige Bürgermeister soll ihn nach Möglichkeit gemieden haben.«

Vom Verein Dorfgemeinschaft Kallental hatten sie noch niemanden sprechen können – das wäre eher etwas für die Zeit nach Feierabend, denn in der Dorfgemeinschaft waren ja alle nur ehrenamtlich tätig. »Eine Frau Wanner«, las Folker Hallmy den Namen von seinen Notizen ab, »ist da wohl ziemlich rührig. Eine alte Dame, die aber offenbar nur zum Schlafen heimkommt. Und Telefon hat sie nicht. Wir bleiben dran.«

»Ach ja«, meldete sich Rau noch einmal zu Wort. »Im Haus von Greininger haben wir Zigaretten gefunden, eine angefangene Schachtel und drei noch originalverpackte.«

»Fertige Zigaretten«, fragte Ernst dazwischen, »oder loser Tabak und so Röhrchen zum Selbstbefüllen?« Ihm waren sofort die Kippen von dem versteckten Platz im Wald einge-

fallen, die »Redfern's Blend«-Hülsen, die er noch aus Freiburg kannte.
»Nein, fertig gekaufte.«
»Schade«, dachte Ernst.
»Moment mal«, meldete sich Dr. Thomann zu Wort, »Sie haben Zigaretten im Haus von Greininger gefunden?« Rau nickte. »Seltsam. Für mich sah er nicht aus wie ein Raucher. Haut, Zahnbelag – also, meiner Meinung nach kann er zumindest nicht viel geraucht haben.«
»Aha«, machte Schneider. Eine kleine Pause entstand.
»Also, ich hätte da noch was«, meinte Rau schließlich. »Greininger hatte in Kallental einen ganzen Hängeschrank voll mit Schlüsseln, ein Kollege hat heute früh mal alle rausgesucht, die nicht zum Kallentaler Haus passten. Die meisten gehören wahrscheinlich zu den Schließanlagen der verschiedenen Mietshäuser, aber zwei, drei passen sicherlich zu dem Bauernhaus in Schlichten. Wir sind noch nicht raufgefahren, das können wir nachher gleich gemeinsam machen.«
»Wir brauchen nach der Besprechung hier noch zwanzig Minuten, aber Sie können ja schon hochfahren«, sagte Schneider. »Ach, und dann noch etwas: Wir sollten uns ab morgen lieber erst gegen elf Uhr treffen. Ernst und ich schauen, dass wir gleich morgens in Kallental draußen noch etwas erreichen – und damit wird es uns zeitlich zu knapp. In Ordnung?« Alle nickten, und Schneider hob die Versammlung auf.

Mittwoch, 10.30 Uhr

Mayer hatte das schöne Oktoberwetter an diesem Vormittag zu einem Spaziergang genutzt. Er war am Hohen Rain gewesen, hatte dann drunten im Tal die Landstraße und an einer Furt, die durch einige kleinere Felsbrocken im Wasser markiert war, die Wieslauf überquert. Über die Wiesen unterhalb vom Waldrand war er in einem Bogen zu seinem Elternhaus gelaufen und hatte dort ein wenig herumgekramt. Nun hatte er keine Lust mehr und freute sich auf eine kleine Pause in der »Krone«. Jägermeister-Zeit.

Als Mayer vom elterlichen Grundstück auf die Talstraße hinaustrat, stand ihm Heiner Follath gegenüber. Auf dem Weg zur Bäckerei hatte Follath ihn gesehen, wie er in dem alten Haus werkelte. Nun wartete Follath seit einigen Minuten auf ihn.

»Hallo, Herr Mayer«, begann Follath, und es klang nicht besonders freundlich. »Ich muss mit Ihnen reden.«

»Gar nix missat Sie, ond i au net.« Damit wollte Mayer weiter, aber Follath trat ihm in den Weg.

»Ihr Sohn Florian, das ist Ihr Ältester, nicht wahr?«

»Hm«, brummte Mayer und sah Follath forschend an.

»Heute früh waren bei uns einige Beete zertrampelt und der Mülleimer lag umgekippt vor der Haustür. Frau Rappert von gegenüber war sich sicher, dass sie das Auto ihres Sohnes heute in aller Herrgottsfrühe bei uns gesehen hatte. Er war ihr aufgefallen, weil er so überstürzt davonfuhr.«

»Ja, ond?«

»Und? Sie sind gut: Ihr Sohn treibt bei uns seine üblen Späße, und Ihnen ist das egal?«

»Ha, scho. Des isch koi Bäbi meh, der passt scho uff sich selber uff.«

»Schade, dass Sie das so sehen. Dann werde ich wohl die Polizei rufen müssen. Es ist ja leider nicht das erste Mal, dass der Florian bei uns draußen Mist baut. Ich weiß nicht, was er gegen uns hat, aber das muss aufhören.«

»Polizei? Sie?« Mayer lachte dröhnend. »Des isch gut. Aber i glaub, dass die net mein Flori mitnemmat, sondern eher glei Sie.«

»Mich? Warum das denn?« Follaths Blick wurde unruhig.

»Läsat Sie koi Zeitong net?«

»Doch, die Süddeutsche und die Stuttgarter, wieso?«

»Ach Gottle, bis die des brengat. Kommet Se mit«, damit stapfte Mayer dem verdutzten Follath voraus zur Bäckerei hinüber. Mayer stürmte in den Laden, ohne Frau Schwaderer zu grüßen, die gerade Brötchen und Brezeln in der Auslage aufbaute. Er schnappte sich eines der Boulevardblätter, die auf der Theke gestapelt lagen, öffnete sie und hielt Follath einen groß aufgemachten Artikel im Innenteil hin.

»Do schtoht's, bitte. Sie brauchat d'Polizei also gar net erscht rufa, die kommt glei von ganz alloi. Ond näbabei: Vom a Mördr muss i mein Bua net schlecht macha lassa. Ade!«

Damit marschierte Mayer zur Tür hinaus und zur »Krone« hinüber. Follath stand reglos im Laden, hielt die aufgeschlagene Zeitung mit zitternden Händen und starrte auf die fette Schlagzeile. Frau Schwaderer, die das Blatt schon gelesen hatte, hielt den Atem an.

»Bauernopfer – Mord als Spiel?«

Heiner Follath fühlte, wie seine Beine nachgaben.

Mittwoch, 11.45 Uhr

Schneider saß stumm auf dem Beifahrersitz und grübelte. Für das satte Grün des Waldes, durch den ihn Ernst bergauf chauffierte, hatte er im Moment keinen Blick. Bevor sie sich nach der SoKo-Besprechung auf den Weg zu Greiningers geheimnisvollem Häuschen in Schlichten gemacht hatten, waren sie kurz bei der Werkstatt vorbeigefahren, in der Schneiders Porsche zur Reparatur stand.

Der Meister hatte Schneider geduldig alles zu erklären versucht. Ja, es sei einfach nur der Anlasser kaputt. Nein, das sei keine bekannte Schwachstelle dieses Modells. Ja, das sei einfach nur Pech und könne eben mal passieren. Ja, das gelte auch für alle anderen Automarken. Nein, heute würden sie es nicht mehr schaffen, weil sie schon zu viele dringende Termine hätten. Ja, er könne ihn selbstverständlich morgen auf dem Handy anrufen, sobald der Wagen fertig sei zum Abholen.

Allerdings empfehle er ihm, auch den hinteren Stoßfänger reparieren zu lassen. Da sei er wohl irgendwo rückwärts gegen eine Wiesenböschung oder so etwas gefahren: keine Kratzer, nur ein paar Flecken, aber die Aufhängung der Stoßstange habe etwas abbekommen und das Kunststoffteil liege dadurch nun etwas näher am Auspuff. Ob ihm denn nicht in den letzten Tagen mal aufgefallen sei, dass sich der hintere Stoßfänger ungewöhnlich warm, vielleicht sogar heiß angefühlt habe? Ernst hatte an dieser Stelle überrascht aufgehorcht, doch ihn hatte niemand beachtet, der Meister war völlig in das Gespräch mit Schneider vertieft.

Genervt und irgendwie misstrauisch war Schneider um sein Auto herumgegangen und hatte vor allem den vorderen Spoiler genau inspiziert – aber da war kein Kratzer oder sonst ein Schaden zu sehen. Der Meister hatte ihn dabei beobachtet und ihn danach zufrieden angelächelt: »Da werden Sie nichts finden, Herr Schneider. Wir haben den Wagen natürlich selbst abgeholt – mit fremden Abschleppdiensten gibt es immer wieder mal Ärger, weil sie unterschätzen, wie dicht über dem Boden die Karosserie bei diesen Autos liegt. Sie haben da ja offenbar auch schon schlechte Erfahrungen gemacht.«

Wo die Landstraße die Hochebene des Schurwaldrückens erreichte, fand das Sonnenlicht immer häufiger Lücken im Blätterdach, und dann öffnete sich links der Blick auf den Waldrand, der hier in leichten Wellen nach Osten verlief. Zwischen den Büschen, die nun noch entlang der Fahrbahn wuchsen, konnte man immer wieder sonnenbeschienene Felder aufblitzen sehen, und nur wenige Meter neben der Straße erhob sich ein recht großes Haus. Gegenüber verbreiterte sich die Straße um eine geschotterte Parkfläche, kurz danach bremste Ernst ab und bog rechts zwischen Büschen und Bäumen in die Einfahrt eines kleineren Häuschens ein, das hier außerhalb des Ortes lag. Hinter dem Haus stand der weiße Transporter der Spurensicherung, Ernst stellte seinen Wagen daneben ab und sah sich in dem Hof um, den das Haus, eine Scheune, eine Garage und der Waldrand fast komplett umgrenzten und damit auch beinahe vollständig vor Blicken von außerhalb schützten.

Vor den Einfahrten zur Garage und zur Scheune hantierten zwei Mitarbeiter aus Raus Technikerteam und machten Abdrücke der Reifenspuren, die dort im Untergrund eingedrückt waren. Rau selbst machte Fotos und winkte, als er Ernst und Schneider aussteigen sah, mit einem kleinen Schlüsselbund.

»Es ist noch keiner von uns rein«, sagte er und ging voraus zur Eingangstür, die vom Hof ins Haus führte. »Ihr wollt ja sicher einen unverfälschten ersten Eindruck.«

»Danke«, sagte Schneider. »Haben Sie lange auf uns warten müssen?«

»Nein, nein«, beruhigte ihn Rau und reichte den beiden Einmalhandschuhe. »Außerdem: Gewartet haben wir ja eh nicht, wir haben uns halt zuerst um die Spuren außerhalb des Hauses gekümmert. Wir haben also keine Zeit verloren, wenn Sie das meinen.«

Das Wohnhaus wandte der Straße, die vom Gebäude aus hinter einigen Büschen und etwa zehn Meter entfernt lag, die östliche Giebelseite zu. Der Eingang duckte sich leicht links der Mitte unter der nördlichen Dachhälfte und wirkte ziemlich romantisch: Vor der Tür bildete ein in den Boden eingelassener und nach vielen Jahren rund ausgetretener Steinquader die Schwelle. Die Tür selbst war aus braun eingelassenem Holz, ein Name stand weder hier noch auf dem Schild der rechts daneben montierten Klingel. Auch ein Briefkasten oder eine Zeitungsröhre waren nicht zu sehen. Über und neben der Tür waren Holzsprossen angebracht, an denen entlang sich wilder Wein oder Efeu – Schneider kannte sich da nicht so gut aus – rankte, allerdings sahen die Pflanzen ziemlich braun und welk aus.

Die Tür öffnete mit leisem Knarren, die Angeln quietschten ein wenig, und den Polizisten schlug muffige Luft entgegen. Sie roch nicht unbedingt alt oder modrig, sondern einfach so, als wäre hier schon ein paar Tage oder ein, zwei Wochen lang nicht mehr gelüftet worden. Zwei Paar Hausschuhe standen links unter einer einfachen Garderobe, an einem Haken hing eine dünne Regenjacke aus rot-weiß-schwarzem Kunststoff, daneben stand ein Schirm in einem hölzernen Köcher.

Noch vor der Garderobe ging linker Hand eine Holztreppe hinauf ins Dachgeschoss, während sich der Flur zu einem kleinen Vorplatz in Form eines L öffnete, der vor ihnen ins Wohnzimmer führte, nach rechts in eine Wohnküche, eine Speisekammer, ein Schlafzimmer und eine Toilette – sie lag direkt neben der Haustür und schloss damit die Rundumansicht gewissermaßen ab. Ein großer runder Ofen ragte halbrund aus der Wand des Flurs – die Rückseite füllte je eine Ecke des Wohnzimmers und der Küche, schwarze Metallklappen mit Schlitzen konnten verschoben werden, um die Zufuhr von warmer Luft in den einzelnen Räumen zu regeln. Geschürt wurde er offenbar vom Flur aus: Hier war unter der Regelklappe eine zweiflügelige Metalltür angebracht, und davor stand ein grober Weidenkorb mit klein gehackten Holzscheiten.

Das Wohnzimmer war eher einfach, aber gemütlich eingerichtet: Ein Sofa, zwei Sessel und ein Couchtisch waren vor die Fenster Richtung Süden gerückt und wurden nun von der Sonne beschienen. Ein Holzregal enthielt einige Bücher – die Buchrücken waren mit Namen wie Isabel Allende, Rosamunde Pilcher und Donna Leon bedruckt, sehr unterschiedlich also, aber durchweg weibliche Autoren – sowie eine silbern glänzende HiFi-Anlage. Auf dem Boden daneben war ein schmaler Ständer mit CDs von Eros Ramazzotti, Tori Amos, Suzanne Vega und einigen anderen bestückt. Ein kleiner Fernsehapparat stand in einer Ecke auf einem hölzernen Rolltischchen. Links der Tür stand eine geschlossene Holztruhe, darüber verlief die Decke schräg unter der Treppe in die obere Etage.

Die Küche war geräumig und bot neben der ausladenden, etwas älter wirkenden Küchenzeile einem Esstisch mit Eckbank und drei Stühlen Platz. Die Speisekammer war gefüllt mit Vorräten, die in Dosen oder Gläsern lange haltbar waren, mit H-Milch, Toilettenpapier, Putzmittel – auf den ersten Blick war von allem genug da, um nicht gleich nach der Ankunft einkaufen zu müssen. Das Schlafzimmer wurde dominiert von zwei großen Fenstern und einem wuchtigen Kleiderschrank, das Doppelbett war in Beigetönen bezogen – das sah alles eher bieder aus. Die etwas enge Toilette schließlich war am Boden und raumhoch an den Wänden hellblau gefliest, das kleine Fenster war geschlossen, die Luft roch entsprechend unangenehm.

Schneider und Ernst gingen die Treppe nach oben, während Rau seine Kollegen hereinrief: Das Erdgeschoss konnten sie sich nun genauer ansehen. Die Stufen waren ausgetreten und knarrten vernehmlich, als die beiden Kommissare hinaufstiegen.

Oben wirkte alles ein wenig enger, aber der Flur war heller. Die Treppe führte unter einem Fenster an der Giebelseite durch, am anderen Ende des hier längeren Gangs war ebenfalls ein Fenster zu sehen, und schließlich ließ auch ein weiteres Fenster, auf das die Treppe direkt hinführte, Licht herein.

Auch oben war ein Wohnzimmer, das sich von der Treppe und dem Treppenvorplatz abgesehen über die ganze Hausbreite hinweg erstreckte. Dieses Wohnzimmer hatte drei Türen, um möglichst kurze Wege zur Treppe, zu einem Schlafzimmer am nordwestlichen Eck des Hauses und einer danebenliegenden Toilette zu bieten. An die Toilette schloss noch ein Raum an, vermutlich ursprünglich als Kinder- oder Gästezimmer gedacht, der sich bis über die untersten Stufen der Treppe schob und dort die Erdgeschossdecke bildete.

Ernst erkannte, wie das Haus ursprünglich genutzt worden war: Hier oben hatten offenbar die Großeltern ihr Wohn- und Schlafzimmer gehabt, dazu waren im Zimmer über der Treppe Kinder untergebracht. Unten im Erdgeschoss hatten einst die Eltern gewohnt und für die ganze Familie gekocht und gewirtschaftet.

Das hatte sich geändert. Das obere Wohnzimmer war karg und lieblos möbliert, es schien unbewohnt und ohne Atmosphäre. Das Kinderzimmer war ähnlich altmodisch und langweilig eingerichtet wie das Schlafzimmer im Erdgeschoss, allerdings war es mit zwei Einzelbetten eher als Gästeraum ausstaffiert. Auch hier gab es einen zentralen Ofen, der für das Wohnzimmer gedacht war und vom Flur aus bestückt werden konnte – allerdings stand hier kein Korb davor.

Während sie sich aufmerksam nach allen Seiten umsahen, gingen Ernst und Schneider langsam den Gang entlang, bis sie zwischen zwei Türen dessen Ende erreichten: Links war einer der drei Zugänge zum Wohnzimmer, und rechts öffneten sie schließlich die Tür, die in das Schlafzimmer führte.

Noch bevor sie das Zimmer betreten hatten, fiel ihnen der Geruch auf, der nicht recht zum Rest des Hauses passen wollte.

Mittwoch, 12.00 Uhr

»I nemm au en Wurschtsalat«, sagte Ruth Wanner, und Hanna Ebel ging schnell nach hinten, um in der Küche alles für ihre beiden Gäste vorzubereiten.

»Also dann, Ruth ...« Kurt Mader hob das Henkelglas und prostete ihr zu. Er hatte sie zu Viertele und Vesper in die »Krone« eingeladen – und weil Ruth Wanner vor ihm noch nie hatte verheimlichen können, dass sie mit ihrer kargen Rente nur mühsam über die Runden kam, hatte sie die Einladung gerne angenommen.

Kurt war einer, der ihr all die Jahre viel geholfen hatte. Vom Freund ihres Mannes war er nach dessen Tod zu ihrem verlässlichen Freund geworden. Vor allem ihm und Horst Müller hatte sie es zu verdanken, dass sie sich den für sie peinlichen Gang zum Sozialamt bisher hatte ersparen können.

»Jetzt woisch in etwa, was i so älles rauskriegt han«, sagte Mader. »Ond jetzt bisch du an der Roih.«

»Geschtern han i dir ja scho gsagt, dass mei Rondfahrt uff die Felder net viel eibrocht hot. Viel isch net drzu komma.«

»Ond was isch des wenige?«, bohrte Mader lächelnd.

»Mit'm Horscht han i gschwätzt, geschtern uff d'Nacht.«

»Aha«, machte Mader und sah sie weiterhin erwartungsvoll an.

»Der arme Bua isch zemlich durch dr Wend.«

»Na ja, Bua ... Dr Bua isch halt au scho a älters Mannsbild.«

»Ja, Kurt. Scho recht.« Ruth Wanner fiel das Reden schwer – denn was Horst Müller ihr gestern erzählt hatte, würde ihn für die Polizei sicher sehr verdächtig machen.

»Jetzt sag scho, Ruth!«

Kurt Mader kannte Ruths Problem im Prinzip: Horst Müller war ihr all die Jahre seit dem Tod ihres Mannes eine wichtige Stütze, mehr noch als er selbst. Und nicht nur einmal hatte er ihr auch finanziell aus der Patsche geholfen. Ein besonders schönes Beispiel fand Mader immer noch die Geschichte mit Ruths altem Traktor. Der war ihr eines Tages kaputtgegangen, und die Reparatur konnte sich die Frau natürlich nicht leisten. Daraufhin kaufte Horst Müller ihr den Traktor ab, ließ ihn reparieren und bat sie danach augenzwinkernd, den Schlepper doch bitte für ihn zu fahren – er roste ja ein, wenn er nicht bewegt werde.

So ging das zwischen den beiden schon, seit Horst Müller das Sägewerk betrieb und damit ein vernünftiges Auskommen hatte. Er ließ Ruth an der firmeneigenen Zapfsäule tanken – dafür »musste« sie ihm einmal die Woche ein Mittagessen kochen. Die Zutaten brachte er ihr am Abend vorher vorbei – und es waren meistens Fleischstücke oder Leckereien, die sie sich selbst sonst nie gegönnt hätte.

Mit Frauen in seinem Alter hatte Horst Müller keine besonders glückliche Hand. Um ehrlich zu sein: Er hatte, soweit Mader sich erinnerte, nicht einmal eine feste Freundin gehabt – und sein lahmes Bein hatte seine Chancen in dieser Hinsicht auch nicht verbessert. Und so gab es in Horst Müllers Leben seit Jahren nur zwei Frauen: seine »Tante« Ruth und sein Patenkind Sandra, die Tochter seines Vetters Fritz Müller. Sandra war ihm immer sehr am Herzen gelegen, und als er erfahren hatte, dass ihr damaliger Freund Florian Mayer sie für eine andere sitzen gelassen hatte, war das Florian nicht gut bekommen. Horst Müller konnte schon ordentlich zupacken, wenn er es für nötig hielt.

Hanna Ebel stellte zwei Glasschüsseln mit Wurstsalat vor Wanner und Mader auf den Tisch und einen Korb Brot dazu. »Guten Appetit«, wünschte sie und war schon wieder weg. Das riss Ruth Wanner aus ihren Gedanken und sie gab sich einen Ruck.

»Dr Horscht hat mir erzählt, dass er sich erscht vor kurzem mit dem Greininger gschtritta hot.«

»Wondert di des? Des isch z'letscht viele so ganga, oder?«

»Scho«, zögerte Ruth, »aber en dem Fall hot net dr Greininger den Schtreit vom Zau brocha: Dr Horscht hot agfanga. Ond, scheint's, net bloß oimol.«

»So? Ond worom?«

Ruth Wanner versank kurz in Schweigen, dann sah sie Mader fast flehend an: »Kurt, du musch mir vrschprecha, dass du do drmit net glei zur Polizei gohsch, ja? Erscht müssat mir rauskriega, ob des mit dem Greininger seim Tod zom do hot!«

»Om Hemmels Willa, Ruth: Jetzt sag endlich, was los isch. Do wird mr ja no ganz schärrig mit deim Dromromschwätza.«

»Der Horscht hot den Greininger beim Schpanna verwischt.«

»Bei was?« Mader saß auf der Leitung.

»Ha, der isch droba beim Bauwaga henter die Büsch ghockt ond hot ... zuguckt.«

Jetzt ging Mader ein Licht auf. »Ha, die Sau!«, schimpfte er.

»So muss des dr Horscht au gfonda han. Der hot en hocka seh, no hot er en hälenga am Gnick zrück en'd Büsch zoga ond dort ordentlich verdroscha. Emmer schö leis ...« – sie lachte in sich hinein – »damit die jonge Leut nix merkat.«

Mader musste grinsen. Jeder wusste von dem Reiz, den der Bauwagen für die jungen Leute vom Dorf hatte, und stillschweigend taten alle Älteren so, als hätten sie keine Ahnung. Schließlich hatten sie in ihrer Generation auch ähnlich verschwiegene Plätzchen gehabt. Nur sein Vetter Fritz, dem die Wiese und der Bauwagen gehörten, hatte etwas Mühe damit.

»Die sollat wenigschtens mein Bauwaga in Ruh lassa«, hatte er einmal zu Mader gesagt. »I mach dene a Vordach na, von mir aus – aber von meim Waga lasset se gfälligscht die Fenger.« Dort hatte er allerlei Kram gelagert, den er nicht so häufig brauchte. Und so hängte er ein Schloss an die Tür des Bauwagens und hängte – Hut ab: ohne jemals zu murren! – immer wieder ein neues hin, wenn einer im Übermut das bisherige aufgebrochen hatte.

»Dr Horscht war zemlich außer sich«, fuhr Ruth Wanner fort. »Ond er hot den Greininger emmer weiter in Wald neiprügelt. Irgendwann isch em der auskomma und hot em Fortrenna no gschria: ›Moinsch net, dass i dei Sandra net au mol gsäh hätt?‹ Aber dr Horscht hot ihn nemme eihola könna an dem Tag.«

»Hot er deshalb emmer wieder Schtreit agfanga mit dem Greininger?«

»Ja«, nickte Ruth Wanner. »Emmer wieder.«

»Au am Montag?«

»I hoff net ...«

Mittwoch, 12.15 Uhr

Das Schlafzimmer im Obergeschoss von Greiningers Schlichtener Häuschen war nun wirklich eine Überraschung.

Es war komplett ausgelegt mit flachen Matten – etwa so, wie man sie vom Judo- oder Turntraining kennt, nur in weinroter Farbe. Schneider notierte sich »Farbe Sondermodell?« und sah sich weiter um. Etwa in der Mitte des Raumes war zusätzlich Bettzeug ausgelegt, ebenfalls in einem von Rottönen beherrschten Muster gehalten. Zwei Wände waren fast komplett von Spiegeln bedeckt, und auch an der Decke war ein Spiegel angebracht, der leicht schräg montiert und offenbar auf einen Punkt in der Mitte des Zimmers ausgerichtet war.

An der Fensterseite war ein dreitüriger, raumhoher Wandschrank aufgebaut, ebenfalls verspiegelt. Das dritte Schrankelement umrahmte das Fenster und hatte keine Fachböden – aber die jetzt offene Schiebetür konnte vor das Fenster gezogen werden, um den Raum komplett abzudunkeln. Ernst schob die Türen auf: Im mittleren Schrankteil waren verschiedene HiFi-Geräte untergebracht – auf den ersten Blick schätzte er die Ausrüstung als ziemlich teures und komplett ausgestattetes Heimkino ein. Kabel verliefen aus der Rückwand des Schranks zu einem großen Flachbildschirm, der neben dem Möbelstück wie ein Bild an die Wand montiert war, allerdings schräg über die Zimmerecke hinweg und etwas nach vorne geneigt, also auch wieder zur Mitte des Raumes ausgerichtet.

Weitere Kabel verliefen in dem Spalt, den die Matten zu den Außenwänden frei ließen, und dann in jeder Zimmerecke nach oben zu Lautsprecherboxen, die unter der Decke aufgehängt waren. Ein fünfter, sehr großer Lautsprecher stand links des »Fensterschranks«, und ein sechster, flacherer, füllte darüber ein kleines Wandregal etwa zur Hälfte. Links dieser Boxen war ein dünner Vorhang zur Seite gerafft – wahrscheinlich konnte man die Boxen verdecken, wenn man ihn löste.

Der durchdringende Geruch stammte von zahlreichen kleinen Duftkerzen, die natürlich nicht angezündet waren, aber dennoch in dem geschlossenen Raum viel von ihrem

Aroma verströmt hatten. Die Kerzen waren auf einem Gebilde verteilt, das die Ecke hinter der Zimmertür beherrschte und eine Art offenes Holzregal darstellte, mit unterschiedlich tiefen und unterschiedlich breiten Regalbrettern. Dazwischen lag ein protzig wirkendes Feuerzeug und zwei Schachteln Zigaretten der Marke »Redfern's Blend«. Ernst stutzte: Gab es die jetzt auch schon fertig gedreht? Na ja, er war selbst Nichtraucher, da konnte man eine solche Neuheit schon mal verpassen. Zumal »Redfern's Blend« seines Wissens noch immer keine sehr verbreitete Marke war. Deshalb hatte er gestern das »RB« auf den Kippen im Wald oberhalb von Kallental ja auch so ungewöhnlich gefunden.

»Herr Ernst«, rief Schneider von einer der Spiegelwände herüber. »Überraschung ...«

Ernst ging zu ihm hinüber. Schneider hatte einen der Wandspiegel zur Seite gedreht wie eine Schranktür. Dahinter stapelten sich etwa zwei Dutzend DVD-Hüllen.

»Hm«, machte Schneider, als er eine davon herausnahm. Das Cover zeigte mehrere nackte Frauen und Männer. Darüber stand in knalligen Lettern der Titel des Films, der an Eindeutigkeit kaum zu überbieten war.

»Das ist alles solches Zeug«, brummte Ernst, nachdem er die Rückseiten der anderen Hüllen kurz überflogen hatte. »Na, danke schön ...«

»So, da hat sich unser allseits unbeliebter Bauer also hier in Schlichten für die fehlende Zuneigung schadlos gehalten«, meinte Schneider säuerlich und schüttelte den Kopf. »Da muss einer auch erst einmal drauf kommen.«

»Glauben Sie, dass der hier allein herkam?«, sinnierte Ernst. »Ich meine, dieses Zeug hätte er sich ja wohl auch zu Hause anschauen können – und was danach wahrscheinlich folgte, hätte wohl auch nicht unbedingt die Fahrt auf den Schurwald gebraucht.«

»Tja, nun müssten wir halt mal rausfinden, wer außer Greininger vielleicht noch hier war – falls er selbst überhaupt hier war. Aber das kann uns Herr Rau sicher bald sagen.«

»Kurz vor der Einfahrt von Greiningers ... Lustschlösschen war links noch ein Haus. Die müssten ihn eigentlich gesehen haben, wenn er mit dem Auto den Wald heraufgekommen ist. Fragen wir dort kurz nach?«

Schneider nickte und die beiden Kommissare gingen nach unten, wo Rau und seine Kollegen gerade auf Türklinken und auf dem Treppengeländer nach Fingerabdrücken suchten.

»Frieder«, grinste Ernst anzüglich, »oben im Schlafzimmer gibt es auch was zu sehen – und vielleicht ganz besondere Spuren zu sichern.« Rau seufzte und machte sich insgeheim schon auf das Schlimmste gefasst.

Mittwoch, 12.15 Uhr

»Nehmen Sie doch Platz«, sagte Kriminaldirektor Binnig zu seinem unverhofften Gast. Staatsanwalt Feulner dankte und nahm sich einen der Stühle. »Wie kann ich Ihnen helfen?«

»Nun, da bin ich mir nicht ganz sicher. Mal sehen ...«

Binnig beobachtete ihn gespannt und gab seiner Sekretärin, die durch die halb geöffnete Bürotür hereinlugte, ein knappes Zeichen – nun wusste sie: keine Störungen, keinen Kaffee. Lautlos schloss sie die Tür.

»Es geht um Ihren neuen Ersten Kriminalhauptkommissar, diesen Herrn Schneider.«

Binnig hob leicht eine Augenbraue und wartete darauf, dass Feulner weitersprach.

»Ich bin mir nicht sicher, ob er sich schon ausreichend in seine neue Rolle als Leiter Ihrer Kripo-Außenstelle eingefühlt hat.«

»Wie meinen Sie das?«

»Nun, er leitet ja auch die SoKo Wieslauf und macht das ja an sich nicht schlecht. Nur ...«

»Nur?«

»Nur habe ich das Gefühl, dass er noch zu sehr seiner Vergangenheit in Karlsruhe verhaftet ist.«

In Binnigs neugierigen Blick mischte sich Ungeduld. Er konnte dieses Gehabe, sich durch Andeutungen und Halbsätze wichtig zu machen, nicht ausstehen.

»In Karlsruhe«, fuhr Feulner fort, der Binnigs Laune nicht zu spüren schien, »war er ein einfacher Ermittler. Kein schlechter Ermittler, kein schlechter Teamplayer – aber eben ein ... na ja: ein Subalterner, einer, der Weisungen empfängt und über kaum mehr entscheiden muss als über die Art, wie er seinen engen Spielraum nutzen möchte.«

»Ich verstehe noch nicht ganz ...«, wurde Binning behutsam etwas deutlicher.

»Für meinen Geschmack ist sich Herr Schneider noch nicht in ausreichendem Umfang der Tatsache bewusst, dass er inzwischen eine Leitungsfunktion hat: die der Schorndorfer Kripo, und die der SoKo Wieslauf.«

»Macht er das denn schlecht – oder worum geht es?« Die Frage war höflich im Ton, aber nur noch bemüht höflich. Binnig ahnte, dass es ihm nicht gefallen würde, worauf Feulner hinaus wollte.

»Nun, sehen Sie«, dozierte Feulner weiter. »Er sollte die SoKo doch eigentlich *leiten*. Und was tut er stattdessen? Er treibt sich mit seinem Kollegen Ernst draußen herum und befragt Leute, ermittelt – anstatt dazu sein Team einzusetzen. Das scheint mir nicht ganz im Sinne derjenigen, die sich über die Hierarchien und Dienstabläufe der baden-württembergischen Kriminalpolizei kluge Gedanken gemacht haben.«

»Ich kann Ihnen versichern«, erwiderte Binnig nun in ziemlich kühlem Ton, »dass mir bisher keine Klagen über das Verhalten von Herrn Schneider zu Ohren gekommen sind. Im Gegenteil: Die Kommunikation mit den Mitarbeitern funktioniert bestens, er hat die SoKo effizient organisiert, und während er selbst ermittelt, bleibt im Innendienst nichts liegen – das sollten wir nicht kritisieren, finde ich.«

Feulner sah ihn erstaunt an.

»Hat er Ihnen die formale Leitung der Ermittlungen streitig gemacht?«, fragte Binnig.

»Nein, im Gegenteil. Im ersten SoKo-Briefing musste ich ihn sogar ...«

»Hat er einen überforderten Eindruck gemacht?«, schnitt ihm Binnig das Wort ab.

»Nein, er scheint durchaus Herr der ...«

»War die SoKo für Sie irgendwann einmal nicht ansprechbar?«

»Nein, das wollte ich ohnehin noch lobend erwähnen. Ihr Herr Berner hier in der Pressestelle hat mich heute früh kurz vor sieben auf dem Handy angerufen, um mich auf den Boulevard-Artikel zu unserem Fall vorzubereiten.«

»Sehen Sie – Schneider scheint bis hier in die Direktion hinein einen äußerst motivierenden Einfluss auszuüben. Das kann meines Erachtens durchaus daran liegen, dass sich Herr Schneider in seiner Arbeit auch vor dem normalen Tagesgeschäft nicht drückt. Leitung als Vorbild – das scheint mir nicht das schlechteste Konzept, Herr Feulner. Was meinen Sie?«

»Ja, nun, ich ... wenn Sie das so sehen ...«

Feulner brauchte drei Minuten, um sich halbwegs passabel aus Binnigs Büro herauszustottern. Danach stand der Kriminaldirektor eine Weile nachdenklich am Fenster.

Schließlich ging er an seinen Schreibtisch und rief per Knopfdruck seine Sekretärin herein.

»Ja, Chef?«

»Rufen Sie doch mal den SoKo-Innendienst in Schorndorf an und sagen Sie Schneider, er soll mich dringend zurückrufen. Klingen Sie streng – und stellen Sie ihn nicht durch, wenn er dann anruft. Stattdessen stecken Sie ihm die Info, dass sich Feulner bei mir über seine fehlende Leitungskompetenz beklagt hat – und dass ich wünsche, dass er sich nicht in direkten Ermittlungen verzettelt.«

Die Sekretärin lächelte wissend und machte sich Notizen.

»Dann rufen Sie Berner an, loben Sie ihn in meinem Namen dafür, dass er heute früh so viele Leute wegen des Sensationsartikels angerufen hat – Feulner dafür zu wecken, war eine klasse Idee. Und er soll möglichst noch heute Schneider gegenüber durchblicken lassen, dass ich ihn in Wirklichkeit darum beneide, weil er noch selbst ermitteln kann.«

Die Sekretärin drehte sich zur Tür um.

»Ach, und danken Sie Markus ... Herrn Berner im Voraus bitte ganz herzlich dafür, dass er diese Spielchen mitmacht.«

Mittwoch, 12.30 Uhr

Als ein Lastwagen und zwei gezwungenermaßen hinter ihm herzuckelnde Autos an den beiden vorbeigefahren waren, gingen Schneider und Ernst über die Straße. Vom Dorf her ratterte ein Traktor mit Anhänger auf sie zu, aber er war langsam und noch weit genug weg.

Die beiden Kommissare überquerten die Einfahrt und einen kleinen Vorplatz, Schneider klingelte. Niemand öffnete. Als sie erneut klingelten, hatte der Traktor das Haus erreicht. Der Fahrer schaute kurz zu ihnen herüber, dann lenkte er sein Gefährt in die Einfahrt und rief über das heisere Tuckern seines Traktors zu ihnen herüber: »Do isch koinr drhoim! Die sen em Urlaub, scho ewig. Vielleicht probiarat Se's am Samschtich nommol, lang gnug wärat d'Feria no älleweil gwäsa ...«

Damit gab er wieder Gas und kurvte auf die Landstraße zurück.

»Oh, Urlaub«, machte Ernst. »Na ja, ob wir bis Samstag warten können, wird sich zeigen.« Schneider schaute ihn fragend an. »Die Leute sind im Urlaub, hat der Mann uns gerade erzählt, und dass er glaubt, die könnten am Samstag wieder zurückkommen.«

»Aha. Schade, wäre schön gewesen.«

Mittwoch, 13.30 Uhr

Als Kurt Mader und Ruth Wanner die »Krone« verließen, satt, aber nicht ohne Sorgen, fuhr ein Wagen von Rudersberg her in den Ort und hielt in der Busbucht. Zwei Männer stiegen aus, einer in Zivil, einer in Uniform. Der Uniformierte grüßte zu Mader herüber, und beide Männer liefen über die Straße zu ihnen.

»Hallo, Herr Mader«, sagte Polizeioberkommissar Schif betont förmlich. »Meinen Kollegen, Herrn Brams, kennen Sie ja auch schon.«

»Ja, Sie waren vor Follaths Haus dabei. Haben Sie denn inzwischen mit ihm gesprochen?«

»Wir nicht«, antworte Brams, »aber unser Chef hat ihn heute früh zusammen mit einem Kollegen vernommen.«

»Und wen wollen Sie jetzt am liebsten sprechen?«

»Na ja, wir suchen die Vorsitzende der Dorfgemeinschaft Kallental e.V., eine gewisse ...«

»Ruth Wanner«, lachte Mader und deutete auf die Frau neben ihm.

»Grüß Gott«, sagte Ruth Wanner und streckte den beiden Polizisten ihre faltige rechte Hand hin. »Was wellat Se denn von mir wissa?«

»Wir haben gehört, dass der Greininger vor einiger Zeit aus Ihrem Verein ausgeschlossen wurde«, begann Brams, der gut Schwäbisch verstand, sich aber als gebürtiger Hannoveraner selbst lieber ans Hochdeutsche hielt. »Können Sie mir sagen, warum?«

»Ha, der hot's ons net leicht g'macht mit seiner poltriga und net sehr demokratischa Art.«

»Und was war der konkrete Anlass für seinen Ausschluss? Das ist ja immerhin keine Kleinigkeit, ein Mitglied aus dem Verein zu werfen.«

»Hano«, machte Ruth Wanner, »mir hen ons des lang überlegt, aber no isch's nemme andersch ganga. Dr Greininger hot überall oms Dorf rom Schtückla ond Felder, Wälder ond Wiesa. Net überall wahnsennig viel, aber doch oft an Plätz, wo mr den Grond braucha könnt. Vor allem für Projekte, die dem ganza Dorf Vorteil brenga könntat.«

»Und? Hat er den Verein irgendwie blockiert?«

»Er hot's versucht – so war er's ja au gwöhnt. Willsch mei Schtückle an dera Schtell, no musch an andrer Schtell boide Auga zudrücka. En der Art.«

»Und das wollten Sie nicht?«

»Noi, scho glei gar net! Erpressa hot er ons wella, ond des derf mr net eireissa lassa. Sonscht kommt morga dr nächschte. Wisset Se: Braucha kann emmer jeder äbbes, des nemmt koi End meh.«

»Waren denn alle für den Ausschluss?«

»Älle hen gsäh, dass des notwendig isch.«

»Also ein einstimmiger Beschluss.«

»Noi, net ganz. Mir hen oi Gegaschtimme ghet. Des hot no a paar von ons ens Grübla brocht.«

»Eine Gegenstimme? Von wem denn?«

»Vom Fritz Müller. Der Fritz isch bei ons em Vorschtand.«

»Der war dagegen, dass Greininger aus dem Verein ausgeschlossen wurde? Fritz Müller hatte doch selbst immer wieder Streit mit dem Greininger.«

»Schtemmt, ond trotzdem. Der isch so, dr Fritz. Sei Vetter, dr Horscht, isch onser Kassier – ond der hot uff den Greininger gschompfa wie en Rohrschpatz. Aber dr Fritz hot bloß gsagt: ›Onser Verei derf net von persönliche Schreitigkeita betroffa sei.‹ Des hot mi scho beeidruckt.«

»Nobel«, staunte Brams.

Mittwoch, 14.00 Uhr

Cherry Follath ging mit großen Schritten auf das Café zu, in dem es wegen des ungewöhnlich schönen Oktoberwetters sogar noch Eis gab. Auch heute schien die Sonne von einem strahlend blauen Himmel, und Cherrys Jacke baumelte von dem Rucksack, den sie als Schulranzen benutzte. Sie schaute sich um, aber ihr Bruder Chris, mit dem sie sich für den Heimweg verabredet hatte, war nirgends zu entdecken. »Typisch«, dachte sie, denn als besonders pünktlich war Chris nun wirklich nicht bekannt.

Sie holte sich eine Waffel mit einer Kugel Pistazie und Sahne und stellte sich an die Seite des kleinen Platzes vor dem Café. Sie schaute sich gemütlich um, entdeckte ein paar Leute, die sie vom Sehen kannte, grüßte zu einigen hinüber und leckte genüsslich an ihrem Eis.

Cherry war es gewohnt, dass Jungs sie verstohlen ansahen – sie war ja auch nicht gerade hässlich. Groß, schlank, die langen hellbraunen Haare zum Pferdeschwanz gebunden. Ihre Eltern hielten zwar wenig von Markenklamotten und wollten sich bei ihr durch plumpe Weisheiten einschmeicheln – »Schatz, du hast so viel natürliche Schönheit ...«, das nervte. Auch wenn sie in diesem Punkt nicht wirklich widersprechen wollte. Aber sie wusste schon auch, wie sie sich ohne teure In-Jeans oder Szene-Shirts sexy anziehen konnte – also lohnte es sich erst gar nicht, deswegen mit den Eltern zu streiten.

Ein aufgemotzter Zweisitzer röhrte ans Café heran und blieb direkt vor ihr stehen. Sie kannte das Auto, und sie kannte leider auch den Fahrer.

»Hi, Cherry«, rief Florian Mayer durch das offene Fenster heraus. »Na, soll ich dich mitnehmen?«

»Nein«, antwortete sie kühl. Dieser alte Typ war locker 30 oder drüber, und trotzdem baggerte er sie schon seit Wochen immer wieder an. Peinlich ...

»Na, komm«, drängte er. »Worauf wartest du denn noch? Auf deinen blöden Bruder? Der versetzt dich doch jedesmal.«

Cherry drehte sich weg und rollte mit den Augen, als ihr Blick dabei eine Freundin aus der Parallelklasse traf. Doch Florian war hartnäckig: Er stieg aus und stellte sich neben sie. Dabei hatte sie ihn erst vorgestern heftig abblitzen lassen – und er hatte sich scheinbar dafür revanchiert, indem er in ihrem Garten Beete zertrampelt hatte.

»Hey, du hast ja ein Eis«, schmeichelte er. »Vielleicht sollte ich mir auch eins holen?«

In Cherry brodelte es. Nicht genug, dass sie dieser Dorfstenz hier vor allen unmöglich machte: Der schwafelte sie auch noch auf einem Niveau voll, das nun wirklich nicht zu ertragen war. Cherry holte tief Luft, dann steckte sie ihm das Eis ins rechte Auge.

»Da hast du dein Eis«, zischte sie, während Florian die Sahne, die Eiskugel und die zerbrochene Waffel aus dem Gesicht über Hemd und Hose rutschten und schließlich vor seinen weißen Turnschuhen auf dem Boden liegen blieben.

»Spinnst du?«, herrschte er sie verblüfft an.

»Ich? Hier spinnt ja wohl nur einer«, gab Cherry zurück. »Du bist alt, du nervst und du bist peinlich. Ich will, dass du mich in Ruhe lässt. Fang dir doch woanders eine Tussi für den Beifahrersitz, die blöd genug ist für deine selten plumpe Anmache.«

Florian Mayer war platt – und schaute sich verstohlen um, wer die Szene jetzt gerade mitbekam. Es waren eindeutig zu viele.

»Sag mal, du prüde Zicke ...« Weiter kam er nicht: Cherry Follath knallte ihm eine und ging dann erhobenen Hauptes über den Platz vor dem Café. Ein paar Mädchen johlten bewundernd hinter ihr her, aber sie war nur froh, dass jetzt endlich ihr Bruder an der nächsten Ecke stand. Mit schnellen Schritten überspielte sie, dass ihre Knie leicht zitterten.

Mittwoch, 14.30 Uhr

»Hier habe ich die Kippen gefunden«, deutete Ernst auf den Boden des kleinen Plateaus, als sie seine gestrige Strecke abgelaufen und schließlich auf der Anhöhe angekommen waren. Schneider schaute durch die Büsche nach unten: Vor ihm lag der Bauwagen, dahinter war leicht nach links versetzt der Greiningerhof und das Haus der Familie Follath. Schneider hatte kein Fernglas dabei, aber das meiste konnte er auch so ganz gut erkennen und überblicken.

»Und was schließen Sie daraus, dass hier Zigaretten dieser wohl eher seltenen Marke herumlagen?«

»Bisher noch nichts«, gab Ernst zu. »Aber wir sollten überprüfen, wer diese Marke raucht. Vielleicht bringt uns diese Info weiter.«

»Also ... Fritz Müller raucht, ich habe einen Aschenbecher gesehen. Ich weiß allerdings nicht, ob er Zigaretten oder Zigarren raucht, und die Marke kenne ich schon gar nicht.«

»Frau Rappert, die Nachbarin von Greininger, raucht nicht. Und von Follath kann ich es mir beim besten Willen nicht vorstellen.«

»Bleibt fürs Erste also nur zu klären, was Fritz Müller raucht«, sagte Schneider. »Das machen wir nebenbei, wenn wir ihn das nächste Mal besuchen.«

Damit gingen sie wieder hinunter zum Wagen, den sie vor Greiningers Scheuer hatten stehen lassen.

»Könnten Sie mich an der ›Krone‹ rauslassen? Ich würde gerne in Ruhe die Akten durchsehen, die ich mir mitgenommen habe – das dauert, und vielleicht wirkt das angemessener für meine leitende Position.«

Schneider hatte Ernst von seinem Telefonat mit Binnigs Vorzimmer erzählt – die Beschwerde des Staatsanwalts war keine Überraschung für Ernst, der Feulner schon als Pedanten kannte. Er selbst würde sich heute Nachmittag in Schorndorf durch die gesammelten Fakten wühlen und einen neuen Ansatzpunkt suchen. Abends wollten sich Schneider und er wieder in Kallental treffen: Heute lief ein wichtiges Spiel des VfB, und die »Krone« zeigte die Live-Übertragung.

Mittwoch, 16.30 Uhr

Leise hatte Florian Mayer seinen Beobachtungsposten bezogen. Er stand nicht zum ersten Mal hier oben, und nicht zum ersten Mal musste er anderen bei dem zusehen, das er nur zu gerne mal wieder selbst getan hätte. Das hier war jahrelang der Lieblingsplatz von Greininger gewesen, diesem alten Bock. Der hatte hier richtige Fotosafaris veranstaltet. Na ja, nun war er tot, und es wäre schade gewesen um das schöne Plätzchen. Immerhin musste Florian nun nicht mehr, wie früher, ständig hinter sich schauen, um ja nicht erwischt zu werden – und er konnte sich ganz auf die heutige Bauwagen-Show konzentrieren.

Von seinem Zimmer aus hatte er gesehen, wie Kevin und Eileen die Talstraße entlang und aus dem Dorf hinaus spaziert waren. Mit dem Spazieren hatte es Kevin, der mit 23 der jüngste in Florians Kneipen-Clique war, für gewöhnlich nicht so. Also war schnell klar, wo er mit Eileen hinwollte. Die war nicht die Hellste, was er schon daran erkannte, dass sie ihn hatte abblitzen lassen – aber sie war, wie Florian nach zwei, drei Bier gerne sagte, sehenswert gebaut.

Also war er mit seinem Wagen Richtung Welzheim gefahren, kurz nach dem Waldrand den kleinen Schotterweg rein und immer weiter, bis das Gelände etwa 300 Meter vom Bauwagen entfernt und ein gutes Stück den Hang im Wald hinauf für sein Auto zu steil wurde. Der Rest war zu Fuß schnell geschafft, wobei Florian nur aufpassen musste, dass sich der Halsgurt seines Fernglases nicht in einem Ast verfing.

Kevin und Eileen waren schon ein Stück vorangekommen, und Florian zoomte Eileens zerwühlte Vorderansicht mit dem Fernglas heran.

»Scheiße«, ärgerte er sich, »das sollte ich jetzt sein, dort drunten. Und statt dessen ...«

Mittwoch, 20.00 Uhr

Der späte Nachmittag hatte wegen des ausgiebigen Sonnenscheins fast spätsommerlich gewirkt. Doch nun war die Sonne längst hinter den Hügeln im Westen untergegangen und ein empfindlich kühler Wind blies in unangenehmen Böen durch das Wieslauftal. Am Rand des Sägewerksgeländes parkten einige Autos. Auch auf dem Streifen zur Straße hin, der dem Greininger gehört hatte, standen zwei Wagen. Das Dorf hatte sich offenbar schnell daran gewöhnt, dass der streitsüchtige Nachbar seinen Flecken Wiesenrain nicht mehr freischimpfen konnte.

Ein alter Traktor tuckerte auf eine kleine Lücke rechts des Eingangs zur »Krone« zu und kam mit erstaunlicher Präzision zwischen der Hauswand und einem teuer aussehenden Geländewagen zum Stehen. Der Motor erstarb mit einem hustenden Geräusch, und aus dem mit einem ausgefransten, dünnen Kissen leidlich gepolsterten Metallsitz hievte sich der alte Pfleiderer. Er zupfte die hochgerutschten Beine seiner Cordhose etwas nach unten, schob die grobe Kappe ein wenig nach hinten und enterte mit breitbeinigen Schritten den Eingang zur Gastwirtschaft.

Als die Tür wieder hinter ihm ins Schloss gefallen war, atmete Ernst noch einmal tief durch und stieg aus. Im Fernsehen war heute Abend der VfB Stuttgart im Europapokal zu sehen, und die »Krone« wurde zum Treffpunkt der männlichen Dorfbewohner. Schneider, der sich ja ohnehin ein Zimmer im Gasthaus genommen hatte, und sein Kollege Ernst waren sich schnell einig gewesen, dass sie diese günstige Gelegenheit, die Stimmung im Dorf auszuloten und dabei auch nützliche Infos aufzuschnappen, nicht verpassen sollten. Die Gelegenheit war günstig. Das würde den Abend aber nicht angenehmer machen, denn Ernst hatte so seine Ahnung, wie die Stimmung im Dorf derzeit beschaffen war ...

Ein offensichtlich tiefergelegter Sportflitzer mit Spoilern und zusätzlichen Frontleuchten dröhnte durchs Dorf, dicht gefolgt von einem bunt lackierten Polo und einem alten, weißen Kombi, aus dem dröhnendes Gröhlen zu hören war. Die lautstarke Karawane pfiff an der »Krone« vorbei, als es Ernst gerade von der Fahrbahn auf die erste Stufe hinauf zum Eingang geschafft hatte. Kopfschüttelnd schaute er den Wagen nach, die bereits mit quietschenden Reifen nach links in die Althütter Straße einbogen – aus den Fenstern ragten Hände, die bunte Glasflaschen schwenkten. Dann drückte Ernst die Klinke und öffnete die Außentür – und obwohl er noch nicht im Gastraum stand, konnte er von den Geräuschen schon auf den Geruch schließen, der ihn im Inneren erwarten würde. Er öffnete die zweite Tür, trat vom Hausflur in die Gaststube und fand seine Ahnung bestätigt.

Die Luft war zum Schneiden dick. Alte Männer, frisch gezapftes Bier, Zigaretten und Zigarren, Schmalzbrot mit Zwiebeln – die Wucht der vertrauten Mischung traf ihn wie ein heißer Lappen, und sofort stiegen Bilder aus seiner Kindheit in ihm auf. Die Sonntagvormittage mit dem Vater, während die Mutter daheim den Mittagsbraten vorbereitete. Die aufregenden Minuten am späten Samstagnachmittag, in denen er in der Wirtschaft stand und auf sein mühsam zusammengespartes Wassereis wartete. Die Freitagabende, an denen er den Vater vom Binokel holen sollte und sich jedes Mal gerne von ihm überreden ließ, »noch kurz« in sein gutes Blatt zu spickeln – um dann bei Limonade und Salzbrezeln zuzuschauen, wie er dieses Blatt (und noch zwei, drei weitere) nur eben »noch kurz« ausspielte.

Schneider saß an einem Tisch mit vier Stühlen, der direkt neben dem Stammtisch aufgestellt war und einen recht ordentlichen Blick zu dem Fernseher bot, der oben am Gebälk montiert war, unter dem sich die Theke befand. Er winkte Ernst zu, als er ihn eintreten sah, und gestikulierte zu Hanna Ebel hinüber, um sie zu seinem Tisch zu holen. Ernst setzte sich mit dem Rücken zum Bildschirm auf den letzten freien Platz und ließ sich von der Wirtin eine Halbe bringen.

»Und, hatte das Labor schon Neuigkeiten für uns?«, fragte ihn Schneider.
»Nein«, meinte Ernst. »Das dauert mindestens bis morgen, hieß es.«
»Na ja, gar so schlimm kann ich das nicht finden. Wir haben ja schon eine recht vielversprechende Spur.«
Ernst legte schnell den Zeigefinger an seine Lippen und sah Schneider eindringlich an. Der stutzte kurz, schaute fragend – und Ernst rollte die Augen und bewegte seinen Kopf fast unmerklich. Als Schneider noch immer stutzte, raunte er halblaut zu seinem Vorgesetzten hinüber: »Das sollten wir hier nicht an die große Glocke hängen – zumal ich immer noch ein blödes Gefühl habe. Irgendetwas stimmt da nicht, wenn Sie mich fragen.«
Ernsts Nebensitzer hatte die ganze Zeit über den Monitor schräg über sich fixiert, wo ein Fernsehreporter vergeblich versuchte, dem Manager des VfB mehr als die routinierten Allgemeinplätze zu entlocken, mit denen niemand verprellt, aber auch niemand begeistert wird. Jetzt schaute er Ernst interessiert an, stieß dann seinen Nebenmann an und flüsterte ihm etwas ins Ohr. Nun blickte auch der zweite Mann zu Ernst herüber.
»Sen ihr von dr Polizei?«, fragte er.
Ernst nickte und wartete ab.
»Kripo Schorndorf«, fügte Schneider hinzu.
»No hen ihr den Follath scho mitgnomma?«
»Noi, wieso?«, fragte Ernst zurück.
»Ha ... wenn ihr Zeit hen zum Fußball gucka!«
»Des goht scho mol zwischadurch«, versetzte Ernst und nickte der Wirtin dankbar zu, die ihm einen Bierkrug hinstellte, randvoll und gekrönt von einer Blume wie aus dem Brauereiprospekt. »Außerdem wolltat mir ons nochher no mit a paar von euch onterhalta. Dr oine oder andere woiß vielleicht äbbas vom Greininger, des ons weiterhilft.«
»Vom Greininger net, aber vom Follath.«
»So, was denn?«

»Ha ... dass er's war, halt.«
»So, so. Ond woher wisset Sie des?«
»Weil er's halt gwäsa isch ond fertig. Des woiß doch jeder hier em Dorf.«
»Ond warom sen ihr euch do älle so sicher?«
»Der hot sein Hader ghet mit dem Greininger, ond jetzt isch er en los. No g'nauer müssat er's ja wohl net han, oder?«
»Ha doch, scho.«
»Des isch doch zom jonge Hond kriega ... aber ehrlich!« Damit trank er einen tiefen Schluck aus seinem Bierglas und wandte sich ohne weiteres Wort wieder dem Geschehen auf dem Bildschirm zu.

»Nett hier«, meinte Schneider und grinste säuerlich. Ernst zuckte mit den Schultern und wischte aus alter Gewohnheit mit der Daumenwurzel halbwegs unauffällig über den vorderen Rand seines Bierglases.

Auf dem Monitor wechselte nun die Stimmung. Die Kamera fing in einer gut inszenierten Fahrt das gegnerische Stadion ein, in dem der VfB heute sein Hinspiel hatte. Über die voll besetzten Ränge lief eine La Ola nach der anderen, und ein ansehnlicher Haufen Stuttgarter Fans reckte die rotweißen Insignien ihres Lieblingsclubs in den abendlichen Himmel.

Schneider und Ernst bestellten sich etwas zu essen und musterten die Gäste der »Krone« mehr oder weniger unauffällig. Während sie plauderten, aßen und tranken, ließen sie gemächlich ihre Blicke durch die Reihen wandern. Gelegentlich stießen sie auf einen Gast, der gerade zu ihnen herübergeschaut hatte – die meisten wichen ihren Blicken aus und fixierten schnell ganz besonders fasziniert das Fernsehgerät. Der alte Pfleiderer dagegen schaute Ernst auch dann noch unverwandt an, als der ihn schon genauer ins Visier genommen hatte. Pfleiderer legte blindlings ein Rädle Blutwurst auf ein Stück Brot und schob sich beides in aller Seelenruhe in den Mund. Er kaute langsam und erwiderte noch immer Ernsts Blick. Dann schimmerte allmählich ein leises

Lächeln in seinen Zügen durch, er hob sein Bierglas und prostete Ernst zu. Da konnte Ernst nicht mehr anders: Mit einem freundlichen Lachen prostete er zurück, und kurz darauf schauten beide zum Bildschirm hinauf.

Schneider hatte die kleine Szene beobachtet und grinste in sich hinein. Sein Kollege schien gar nicht so übel zu sein, ging es ihm durch den Kopf.

Mittwoch, 20.40 Uhr

»Bitte, Schatz, nur kurz.«

Follath seufzte, griff nach der Fernbedienung und regelte die Lautstärke des kleinen schwarzen TV-Geräts herunter, das in seinem Arbeitszimmer auf einem halbhohen Wandregal stand. Er drehte sich auf seinem Bürostuhl halb zu seiner Frau herum. Sie lehnte an einem der Türbalken und sah ihn nachdenklich an. Follath erkannte an ihren zusammengekniffenen Augen und an dem gelegentlichen Zucken, das über ihre Schläfen schauerte, dass es ihr alles andere als gut ging.

»Was ist denn?«, fragte er.

»Wir müssen reden.«

»Jetzt?« Lahm wies er mit der Fernbedienung zum Fernseher hinüber, auf den eine grüne Fläche zu sehen war. Einige rot und weiß gekleidete Sportler spielten sich einen Ball zu, und ein paar andere in andersfarbigen Trikots versuchten, sie dabei zu stören.

»Mir lässt die Geschichte mit dem Greininger keine Ruhe.«

»Das ist doch kein Wunder.« Follath stand auf, schob seiner Frau einen Lehnstuhl hin und setzte sich wieder, nun ganz auf sie konzentriert. »Schließlich wurde praktisch vor unserer Haustür jemand ermordet. Das schüttelt man nicht einfach so aus den Kleidern, schon klar.«

»Gestern Nacht habe ich deswegen kaum ein Auge zugemacht, und als ich heute Mittag draußen auf dem Feldweg

Richtung Oberndorf spazieren war, hatte ich den Eindruck, dass mich alle Leute, die mir begegneten, misstrauisch musterten. Das macht mich fertig, Heiner. Ich kann das nicht mehr lange ertragen, so unter Beobachtung und unter Verdacht zu stehen.«

»Das ist sicherlich noch eine Zeitlang nicht so leicht, aber danach haben wir es hier so friedlich wie nie zuvor. Endlich ist er tot, der Greininger – und damit müssten sich eigentlich auch unsere Probleme mit der Zeit in Luft auflösen.«

Frau Follath sah ihren Mann ruhig an und dachte nach. Ihm wurde es unbehaglich unter dem Blick seiner Frau, und er wandte sich wieder dem Geschehen auf dem Bildschirm zu. Es war offensichtlich ein Tor gefallen, und drei, vier Rotweiße rannten einem Mitspieler hinterher, als wollten sie ihn jubelnd zu Fall bringen. »1:0«, zuckte es kurz durch Follaths Bewusstsein, obwohl seine Gedanken gerade um etwas ganz anderes kreisten.

»Willst du das einfach aussitzen?«, fragte seine Frau.

»Aushalten«, gab er zurück. »Ein Weilchen wird das schon gehen, und dann beruhigt sich das Dorf auch wieder.«

Follath hörte die Schwelle zum Flur knarren. Er drehte sich um und sah seine Frau auf dem Weg zur Treppe.

»Den hat doch hier eigentlich keiner gemocht«, rief er ihr nach. Da klirrte unten Glas, und die Follaths erstarrten. Gerade wollte Follath aufspringen und unten nach dem Rechten sehen, da zersprang auch schon das Fenster in seinem Arbeitszimmer, und zusammen mit einigen Splittern und etwas Dreck purzelte ein Stein vor seine Füße. Follath huschte geduckt zu seiner Frau hinüber und drückte sie schützend an die Flurwand. Von außerhalb waren höhnische Rufe zu hören. Ein Mann offenbar, allerdings konnte Follath die Stimme nicht erkennen.

»Mörder«, schallte es von draußen herein. »Raus aus Kallatal!« Dann Schritte, die sich schnell zur Dorfmitte hin entfernten. Dann Stille.

Cherry und ihr Bruder Chris kamen aus ihren Zimmern gelaufen und sahen besorgt zu ihren Eltern. Vor allem Cherry wirkte blass und verstört. Follath hörte sein Herz pochen, sein Blut schien in wilden Stößen gegen seine Wangen, seine Schläfen und seine Schädeldecke zu pumpen. Ihm wurde heiß und seine Füße drohten nachzugeben. Mit offenem Mund starrte er noch auf das eingeworfene Fenster, als ihn ein dumpfer Laut direkt neben sich herumfahren ließ: Seine Frau war zu Boden gesunken und lag ohnmächtig zu seinen Füßen.

Mittwoch, 21.10 Uhr

»Was für en Teufelskerl!«, jubelte einer der Gäste über den VfB-Stürmer, der gerade mit einem sehenswerten Schuss ins linke obere Toreck getroffen hatte, und ein anderer wischte mit dem Ärmel seiner Jacke die Bierpfütze vom Tisch, die er im Eifer der Begeisterung aus seinem Glas hatte schwappen lassen.

»Ois-null – jetzt hemmer se!«, jubelte ein Dritter, und die ganze »Krone« war aus dem Häuschen. Hanna zapfte mehrere Gläser Bier und beeilte sich, sie auf den Tischen zu verteilen. Schnell bekamen einige Bierdeckel neue Striche, dann eilte sie schon zurück zum Tresen, und das Zapfen-Austeilen-Anstreichen begann von vorn.

Der Geräuschpegel in der Gaststube war nun ohrenbetäubend. Die Lautsprecher des Fernsehgeräts hielten dem Jubel und den dazwischengebrüllten Kommentaren der Zuschauer kaum mehr stand. Ein VfB-Spieler luchste den gegnerischen Angreifern den Ball schon kurz nach dem Anspiel wieder ab, und schnell schwärmten die Stuttgarter in die Hälfte der anderen Mannschaft aus, um den nächsten Angriff einzuleiten.

Die Tür zum Gastraum öffnete sich, und ein etwa dreißigjähriger Mann kam in den Raum. Er hatte ein gemein wirkendes Grinsen auf den Lippen und drängelte sich zum Tresen vor. Mit schmutzigen Händen griff er dort nach einem Bierglas und trank es fast in einem Zug aus. Dann rülpste er herzhaft – was Ernst in dem Trubel von seinem Platz aber nicht hören, sondern nur sehen konnte – und wischte sich mit dem Ärmel seines Pullovers Bierschaum aus dem Mundwinkel. Er redete auf einen Mann neben sich ein, der darauf in lautes Hallo ausbrach und bei Hanna ein weiteres Bier für seinen Nachbarn bestellte.

Ernst schaute noch ein, zwei Minuten zu dem Mann hinüber. Der aber grinste weiterhin und konzentrierte sich auf die Fußballübertragung, während ihm der eine oder andere der um ihn herum stehenden Männer auf die Schulter klopfte.

Der VfB stürmte wieder. Mit einem klugen Pass wurde der rechte Mittelfeldspieler hinter die gegnerische Abwehr geschickt, doch die Flanke schoss der Spieler aus vollem Lauf in den Abendhimmel. Ein kurzes Raunen ging durch den Raum, aber ernstlich böse war dem verhinderten Flankengott niemand: 1:0 auswärts, das war nach knapp zwanzig Minuten nun wirklich keine schlechte Sache.

Dass sich wieder die Tür öffnete, bekam Ernst erst mit, als ihn Schneider antippte und auf den Eingang deutete: Dort stand Heiner Follath, kreidebleich und schlotternd, auch außer Atem, als sei er die ganze Talstraße entlanggerannt, so schnell er konnte.

»Ein Arzt!«, schrie er, wobei ihm die Stimme mitten im Wort wegbrach. Alle im Raum drehten sich um. Hanna Ebel, die gerade Biergläser gespült hatte, wischte sich die Hände an der Schürze ab und machte Anstalten, zu Follath hinüberzugehen. Ernst und Schneider sprangen auf und schoben einige Gäste beiseite, um schneller zu Follath gelangen.

»Ein Arzt, schnell!«, wiederholte Follath und blickte panisch in die Runde. »Schnell!« Hanna Ebel nahm das Telefon und wählte die Notrufnummer.

Ernst und Schneider hatten Follath nun erreicht und bezogen auf beiden Seiten des Mannes Position – teils um ihn notfalls stützen zu können, teils um ihn an einer überstürzten Flucht zu hindern.

»Was ist denn passiert?«, fragte Schneider.

Follath sah ihn erst verständnislos an, dann murmelte er: »Es ging ganz schnell. Wir brauchen einen Arzt. Meine Frau ...«

Hanna Ebel legte auf und rief durch den Raum: »Der Notarzt ist unterwegs.« Follath wollte sich schon wieder umdrehen und hinaushetzen, da hielten ihn Schneider und Ernst zurück.

»Wir nehmen Sie im Auto mit, steht direkt vor der Tür«, sagte Ernst schnell. »Aber erzählen Sie uns doch bitte kurz, was überhaupt los ist. Was ist denn mit Ihrer Frau?«

Follath stierte mit flackerndem Blick in die Runde, dann begann er loszuschreien: »Einer von euch hat meine Frau auf dem Gewissen, wenn das nicht gut geht. Einer von euch ...«

Ernst schüttelte Follath vorsichtig und drehte ihn an den Schultern zu sich herum. »Was ist passiert?«, redete er mit fester Stimme auf ihn ein.

»Ich ... Wir ... Vor ein paar Minuten hat einer zwei Fenster bei uns eingeworfen, und als dann noch Gelächter von unten zu hören war, ist meine Frau zusammengebrochen. Nun liegt sie bewusstlos bei uns im Flur. Und anrufen konnte ich von uns aus nicht: Die Telefonleitung war tot.«

»Freilich, du Mörder«, kam es aus dem Pulk der Gäste. »I han's euch abklemmt, euch Verbrecher! Naus ghörat er aus em Dorf, die ganz Bagage – ond schnell. Des do isch d'Polizei, ond die kann euch glei mitnemma!«

Während Ernst und Schneider noch angestrengt versuchten, den Sprecher in dem Tumult, der nun losbrach, zu identifizieren, ging alles ganz schnell. Zwei dumpfe Rufe waren zu hören, die wie halb erstickte Schmerzensschreie klangen, dann teilte sich die Menge der Gäste vor Follath und den

Polizisten – und der alte Pfleiderer schleifte mit der rechten Hand einen jüngeren Mann am Kragen seiner Jacke zu ihnen hin. Es war der Mann, der während des Spiels kurz vor Follath in die Gaststube gekommen war.

»Do hen'r euern Knallkopf«, sagte Pfleiderer leichthin.

»He!«, wollte der Jüngere gerade protestieren, da packte der alte Pfleiderer mit der linken Hand, die eine empfindliche Stelle zwischen den Beinen des Mannes umfasste, etwas fester zu.

»Bürschle, mach no – von mir aus muss so a daube Nuss wie du koine Kender meh kriega.«

»Okay, okay ...«, meinte der Jüngere und hörte auf, sich zu wehren.

Pfleiderer ließ mit links los und stellte den Burschen mit seiner groben rechten Hand auf, als wäre er ein junger Kater, den seine Mutter zum Fressen trug.

»Des isch der jonge Mayer, der gröschte Bua vom Schweinemäschter – und sei dömmschter no dazu. Aber ob der oder en anderer: Von dene Hitzköpf hemmer jetzt grad a paar em Flecka.«

»Na ja«, meinte Schneider, »aber für alle Fälle müssen wir schon die Personalien aufnehmen. Wir wissen ja nicht, wie das Ganze für die Frau Follath ausgeht – und die Fenster muss ja auch einer ersetzen.«

»Müssat er net – dass der die Fenschter richtet und notfalls für älles, was dr Frau Follath passiert, zor Rechaschaft zoga wird, dafür sorg i scho.«

Ernst nickte Schneider kurz zu, dann lief er mit Follath hinaus und fuhr zu ihm nach Hause. Frau Follath lag noch oberhalb der Treppe. Herr Follath hatte sie seitlich gelegt und ihren Kopf auf ein flaches Sitzkissen gebettet, bevor er zur »Krone« gerannt war. Sie atmete flach und sah bleich aus. Unten fuhr bereits der Krankenwagen vor. Ernst rief den Helfern zu, die heraufgestürmt kamen und Frau Follath ein paar Handgriffe später auf einer Liege festgeschnallt nach unten trugen.

Als die Liege gerade in den Wagen geschoben wurde, kam der Wagen des Notarzts im spritzenden Kies der Hauseinfahrt zum Stehen. Der Arzt sprang heraus, kletterte sofort zu Frau Follath ins Innere des Krankenwagens und begann sie zu untersuchen. Kurz darauf gab er den Helfern knappe Anweisungen, die daraufhin mit Blaulicht und Sirene nach Schorndorf fuhren.

»Sind Sie der Ehemann?«, fragte der Arzt und trat auf Follath zu, der bis dahin sichtlich besorgt jede seiner Bewegungen verfolgt hatte.

»Was ... was hat sie denn?« Follath war ganz offenbar mit den Nerven am Ende.

»Aktuell nichts richtig Schlimmes. Sie ist bewusstlos, aber soweit stabil. Das ist mit ein paar Tagen Bettruhe wieder vergessen. Aber ihre Haut sieht nicht gut aus – hat sie Allergien oder so etwas?«

Follath lachte bitter auf. »Allergien ... ja ja ... Allergien.« Dann drehte er sich um, ging ins Haus zurück und schlug die Haustür hinter sich zu.

»Wie ist der denn drauf?«, fragte der Arzt den ebenfalls verwunderten Ernst, der auch nur die Schultern zucken konnte. »Na ja, von mir aus. Ich muss dann mal. Tschüs.«

Der Notarzt jagte seinen Wagen rückwärts zur Talstraße hinauf und war kurz darauf schon auf der Landstraße Richtung Rudersberg unterwegs. Ernst stand unschlüssig im Dunkeln. Im Haus der Follaths wurde ein Licht nach dem anderen eingeschaltet, er hörte Türenklappern und Schritte.

Die Tür war nicht abgeschlossen. Langsam ging Ernst immer weiter ins Haus hinein. Follath schien im Obergeschoss zu sein. Oben angekommen, sah er Follath zwei Koffer packen. Zwei Jugendliche sahen ihm sprachlos dabei zu – Follaths Kinder, kombinierte Ernst.

»Was wird das denn, Herr Follath?«

»Ich packe, das sehen Sie doch.«

»Wollen Sie verreisen?«

»Verreisen?« Follath schaute Ernst zornig an und fuhr dann mit ätzender Ironie fort: »Meine Frau ist ja schon verreist. Und bevor ich auch auf diese Weise von meinen lieben Nachbarn auf die Reise geschickt werde, schaue ich lieber in Schorndorf nach meiner Frau.«

»Wieso dann zwei Koffer? Wollen Sie sich in Schorndorf ein Zimmer nehmen?«

»Muss ich das denn? Haben Sie keine Zellen oder so etwas?«

»Wie bitte?«

»Ich gehe mit Ihnen. Ich gestehe. Alles. Sie haben Ihren Mörder. Gratuliere!«

Ernst sah ihn verdattert an. Hinter ihm kam Schneider die Treppe herauf, Schif und Römer im Schlepptau. Cherry und Chris Follath standen wie angewurzelt. Schif hatte das Ende des Gesprächs mitbekommen, zog einen Satz Handschellen aus seinem Gürtel und wollte einen Schritt auf Follath zugehen. Schneider hielt ihn zurück: »Das wird nicht nötig sein. Nicht wahr, Herr Follath?«

Mittwoch, 22.00 Uhr

Die Besprechung hatte länger gedauert als erwartet. Alle vier, fünf Wochen saßen sie in einem Lokal in Oberberken oder Backnang zusammen, auch in Winnenden, Oppenweiler und Schwäbisch Gmünd waren sie schon gewesen. Wenn es ging, setzten sie sich ins Nebenzimmer, immer aber fanden ihre Treffen außerhalb des Rudersberger Sprengels statt.

Das hatte seine Gründe: Alle Beteiligten hatten als jetzige oder ehemalige Bürgermeister, als Vereinsaktive, Geschäftsleute oder Pfarrer einigen Einfluss auf Entscheidungen, die das obere Wieslauftal betrafen. Und alle waren sie in ihren Heimatorten und in der direkten Umgebung bekannt wie bunte Hunde.

Ihre Treffen allerdings sollten nicht unbedingt publik werden: Ganz im Stillen wurden hier Themen besprochen, die in naher Zukunft für ihre Heimatorte von Bedeutung waren. Ganz ohne Zeitdruck wurde gemeinsam darüber nachgedacht, wie Probleme, die sich im Zusammenhang mit diesen Themen ergeben könnten, möglichst geräuschlos aus dem Weg geräumt werden konnten. Und weil sie niemand dabei beobachtete, forderte auch niemand von diesen Treffen greifbare Ergebnisse ein. Und ausgerechnet das brachte dann ab und zu die besten Resultate.

Die Runde bestand aus einem festen Kern, der praktisch immer mit am Tisch saß, und einigen weiteren Teilnehmern, die je nach Thema variieren konnten. Kurt Mader gehörte zum festen Kern, und er war es letztendlich auch, auf den diese Runde zurückging.

Vor einiger Zeit hatte es Streit gegeben wegen der Verlängerung der Wieslauftal-Eisenbahn »Wiesel« nach Oberndorf. Der Streit zog sich in die Länge, die Presse wurde aufmerksam, und schließlich musste der Petitionsausschuss des Landtags nach Rudersberg kommen, um zu schlichten. Schon die Tatsache, dass vor Ort keine Einigung ohne den Petitionsausschuss zustande kam, empfand Mader, der einstige Dorfschultes, als eine ungeheure Peinlichkeit. Obendrein war die Lösung, die der Petitionsausschuss vorschlug, auch noch so einfach, dass es sich die Lokalzeitung natürlich nicht nehmen ließ, hämisch darauf hinzuweisen, dass erst die auswärtigen Schlichter den gesunden Menschenverstand ins Spiel gebracht hätten.

Als wenig später wieder Ärger drohte, diesmal im Zusammenhang mit den verschiedenen heiß diskutierten Ortsumfahrungen im Wieslauftal, nahm sich Mader der Sache an. Er sprach mit den wichtigen Bürgerinitiativen, mit den betroffenen Gemeindeverwaltungen, mit Ämtern und Offiziellen auf Kreis- und Regionalebene und immer wieder mit den Leuten vor Ort. Schließlich hatte er mehr oder weniger alle, die sich für oder gegen die Ortsumfahrungen engagierten, an einen Tisch gebracht – und konnte so eine Lösung einfädeln, die für alle akzeptabel war: für die einen als kleinstes Übel, für die anderen als nützliche Minimallösung.

Damals waren nach dem entscheidenden Treffen – eine ziemlich groß angelegte Veranstaltung in der Rudersberger Gemeindehalle – einige aus dieser großen Runde noch mit auf ein Viertele ins nächste Gasthaus gegangen. Und an diesem Abend entstand die Idee: Wie wäre es, wenn man sich von Zeit zu Zeit treffen würde und in gemütlicher Runde ohne öffentliche Aufmerksamkeit bevorstehende Fragen ansprechen würde?

Heute hatte wieder ein solches Treffen stattgefunden, und es war eigentlich ganz gut gelaufen – nur der Termin hatte sich als etwas unglücklich für die Fußballfans unter den Teilnehmern herausgestellt: Der VfB im Europapokal, da horchte mancher »nebenbei« auf die Geräusche aus dem vorderen Gastraum, wo die Fernsehübertragung lief.

Nun wollte Mader wenigstens noch die letzten Minuten des Spiels in seiner Stammkneipe in Kallental miterleben. Er parkte seinen Wagen in der letzten Lücke, die an einer der beiden Bushaltestellen bei der »Krone« noch frei war, und stieg aus. Tief atmete er die frische Luft ein. »Zum Glück«, dachte Mader lächelnd, »wurde kein Regen vorhergesagt.« Sonst hätte sich Mayer, der Schweinemäster, sicher schon am frühen Abend mit seinem Güllewagen auf den Äckern um Kallental zu schaffen gemacht, um möglichst viel von der stinkenden Brühe auf den Feldern auszubringen – in der Hoffnung, der Regen werde alles zügig in den Boden waschen.

So aber wehte nur ein Hauch von feuchten Holzschnitzeln vom Sägewerk herüber. Es war kalt, und Mader schlug seinen Mantelkragen hoch. Obwohl um diese Zeit kaum ein Auto auf der Landstraße unterwegs war, schaute Mader am Straßenrand erst nach links, dann nach rechts – und entdeckte dabei Licht im Büro des Sägewerks.

Er zögerte kurz und überquerte dann die Talstraße in Richtung des beleuchteten Büros im ersten Stock. Aus der

»Krone« waren die Geräusche eines gut gelaunt klingenden Fußballpublikums zu hören, während das Sägewerk von Maders Position aus noch in Stille lag. Mit jedem Schritt, vorsichtig, um nicht in der Dunkelheit über ein Stück Holz oder eine Fahrrinne zu stolpern, wurde die Geräuschkulisse der »Krone« leiser. Und als Mader schließlich nur noch wenige Meter von der Treppe zum Büro hinauf entfernt im Dunkeln stand, konnte er die Stimmen von zwei Männern hören.

Einer der beiden war in der Silhouette als unscharfer Schatten zu sehen und ging im Büro auf und ab, der andere blieb Mader verborgen, saß also wohl am Schreibtisch von Horst Müller. Die Stimmen waren ihm bekannt, und der Tonfall ließ keinen Zweifel: Dort oben stritten sich die Vetter Horst und Fritz Müller – und zwar ziemlich heftig.

Einzelne Worte konnte Mader nicht verstehen, obwohl er immer wieder einmal den Atem anhielt, um besser lauschen zu können. Er horchte noch ein wenig, dann ging er doch noch zur »Krone« hinüber. Gerade, als er die Tür zum Gastraum öffnete, brandete Jubel auf: Der VfB hatte soeben in der Nachspielzeit das 3:1 erzielt.

Mittwoch, 23.00 Uhr

Der Kaffee in der großen Pumpkanne war bitter geworden, seit ihn die Sekretärin vor ein paar Stunden kurz vor ihrem Feierabend für die länger arbeitenden Kollegen aufgebrüht hatte. Ernst verrührte drei Stück Zucker in der kleinen Tasse, ohne die Brühe damit wirklich süß zu bekommen. Follath saß vor einem halb vollen Plastikbecher mit Wasser und erzählte, woher sein Hass auf den Greininger kam. Er war fotografiert worden und hatte sich danach die Farbe, mit der seine Fingerabdrücke genommen worden waren, mit einem weichen Lappen abgewischt. Hätten sie ihn in Waiblingen vernommen, wäre das noch eleganter gegangen: Dort hatten sie einen Scanner, der die Fingerabdrücke ohne diese leidige Schmiererei aufnehmen konnte.

»Wir waren damals von München nach Kallental gezogen, um unseren Traum vom Leben im Grünen zu verwirklichen«, begann Follath. »Mit meinem Beruf waren wir nicht an einen bestimmten Ort gebunden, und meine Frau war damals gerne bereit, sich für ein Leben auf dem Land einen neuen Teilzeitjob zu suchen. Also hat es uns hierher verschlagen. Das Häuschen war schön, das Renovieren hat viel Arbeit gemacht und beinahe auch etwas Spaß – und schließlich hatten wir für relativ wenig Geld ein Zuhause, wie wir es uns gewünscht hatten.«

Follath nahm einen Schluck aus dem Becher und sah sich kurz in dem kleinen Zimmer um, in dem er mit Schneider und Ernst saß.

»Diese Vernehmungsräume habe ich mir irgendwie immer größer vorgestellt«, meinte er dann.

»Wir uns auch«, platzte Schneider heraus, er und Ernst mussten grinsen.

»Sogar mit dem Greininger arrangierten wir uns leidlich«, fuhr Follath unvermittelt fort, ohne eine Miene zu verziehen. »Im Dorf hatten uns einige Leute vor seinem launischen Temperament gewarnt, aber wir sahen das Ganze eher gelassen und machten uns insgeheim immer wieder mal auch ein wenig lustig über diesen schrulligen und – wie sagt Ihr Schwaben ...?« Schneider zuckte mit den Schultern.

»Ach ja«, fiel es Follath wieder ein, »über diesen *schaffigen* Junggesellen. Netter Ausdruck, und ziemlich treffend. Er war auch meistens ziemlich laut, wenn er ›schaffte‹. Früh am Morgen schon und manchmal bis spät in die Nacht. Meistens ausgerechnet in der Scheune, die zu unserem Haus hin liegt. Na ja, wie gesagt: Wir haben uns arrangiert. Dann wurde meine Frau krank.«

Follath machte eine Pause. Er stand auf, ging zum Fenster hinüber und schaute hinaus auf die nördliche Schorndorfer

Vorstadt, die zu dieser Uhrzeit allmählich etwas zur Ruhe kam. Unter ihm lag ein langes, dunkles Ziegeldach quer zu seiner Aussicht gut ein Stockwerk tiefer. Dahinter bildeten hellere, neuer wirkende Dächer ein Rechteck mit langen Seitenflügeln nach links und rechts.

»Ist das eine Schule da hinten?«, fragte er.

Ernst ging nicht darauf ein: »Sie wollten uns gerade von der Krankheit Ihrer Frau erzählen.«

»Ach ja«, machte Follath, als sei ihm das gerade erst wieder eingefallen. Er ging zurück zu seinem Stuhl, setzte sich hin, als würde ihm etwas weh tun, und fuhr dann fort.

»Sie wurde krank. Wir gingen zum Arzt, doch der konnte nichts Bestimmtes finden. In der Zeit danach wurde die Krankheit schlimmer. In zeitlichen Abständen, die für uns keinen Sinn ergaben, schlief meine Frau schlecht. Sie fühlte sich nervös, kam nachts nicht mehr richtig zur Ruhe und hatte tagsüber entsprechend schlechte Laune. Jede Kleinigkeit brachte sie aus der Fassung, und immer wieder brach sie in Tränen aus, wenn sie glaubte, niemand würde sie dabei beobachten.«

Follath seufzte und machte sich an seinen Fingernägeln zu schaffen.

»Dann kamen die Entzündungen. Erst hatte sie an der linken Wade einen roten Fleck. Wir hielten das zuerst für einen Schnakenstich oder etwas in der Art, und meine Frau kratzte sich auch häufig dort – es muss ziemlich gejuckt haben. Durch das Kratzen wurde natürlich alles noch schlimmer, und schließlich hatte sie ein paar wunde Stellen. Wir sind also wieder zum Arzt, und der konnte wieder nichts feststellen. Trotzdem verschrieb er meiner Frau eine Salbe, die gegen das Jucken helfen sollte. Und es ging weiter. Irgendwann bekam meine Frau manchmal Atemnot – für sie war das doppelt schlimm, weil sie seit ihrer Kindheit panische Angst hat, keine Luft mehr zu bekommen. Damals hatten sie wohl ein paar Kinder im Freibad ziemlich lange unter Wasser gedrückt, na ja ... Nun schreckte sie also immer wieder mal nachts auf, weil sie das Gefühl hatte, sie habe im Schlaf aufgehört zu atmen. Dann saß sie stundenlang bei einem Glas Wasser in der Küche, um sich wieder zu beruhigen – und schlief oft erst im Morgengrauen wieder ein. Entsprechend gerädert wachte sie kurz danach wieder auf, um die Kinder für die Schule zu richten.«

Follath hatte sich inzwischen einen Fingernagel eingerissen bei dem Versuch, eine scharfe Kante an dessen Rand abzuziehen. Ernst fiel auf, dass der Riss bis ins Nagelbett reichte, ein kleiner Tropfen Blut schimmerte schon unter dem Nagel. Er stand auf, holte ein Pflaster aus einer Schreibtischschublade und hielt es Follath hin.

»Danke«, sagte Follath und verklebte die eingerissene Stelle nachlässig. »Immer wieder kamen neue Symptome hinzu, und wir gingen jedesmal zum Arzt – und jedesmal vergeblich. Wir achteten noch mehr als zuvor auf unsere Ernährung, wir gaben unsere Katzen weg. Wir notierten den Krankheitsverlauf meiner Frau und prüften, ob bestimmte Blütenpollen oder Mondphasen in irgendeinem Zusammenhang zu den jeweiligen Symptomen standen. Auch dabei kam nichts heraus.«

Follath rubbelte an dem schief sitzenden Pflaster und versuchte, eine lose Ecke an seinem Finger festzudrücken, was ihm nicht gelang.

»Irgendwann begann ich im Internet zu recherchieren, aber lange schien nichts zu den sehr unterschiedlichen Symptomen meiner Frau zu passen. Sie hatte inzwischen richtig offene Stellen an den Beinen, sie konnte an manchen Tagen wegen Schmerzen in den Füßen kaum auftreten, sie fühlte sich, als habe sie Rheuma oder so etwas. Sie hatte gelegentlich Bluthochdruck, spürte Magenschmerzen, hatte Probleme mit dem Kreislauf – und das wurde immer schlimmer. Nun wurden durch unseren Hausarzt und dann auch durch die Fachärzte, zu denen sie überwiesen wurde, tatsächlich Erkrankungen festgestellt, aber nichts schien zusammenzupassen – jedes Symptom schien wieder eine eigene Krankheit zu sein, die gesondert festgestellt und für sich allein mit Medikamenten behandelt wurde.«

Nun hingen zwei Enden des Pflasters lose, und Follath rupfte sich das Pflaster ungeduldig vom Finger und warf es in einen Papierkorb, der neben ihm auf dem Fußboden stand.

»Und eines Nachts stieß ich im Internet auf eine Krankheit, die erst vor wenigen Jahren in den USA definiert worden war: Multiple Chemical Sensitivity, oder abgekürzt MCS. Die Symptome, die dort beschrieben wurden, waren ebenso vielfältig und scheinbar zusammenhanglos wie bei meiner Frau – und es waren zum Teil dieselben Symptome.«

Follath sah die beiden Kommissare an, um abzuschätzen, wie realistisch sie seine Schilderung fanden – er hatte damit schließlich schon unter anderem bei Ärzten genügend schlechte Erfahrungen gemacht. Aber Ernst und Schneider sahen ihn einfach nur interessiert an.

»Als ich unserem Arzt von MCS erzählt habe, winkte der nur ab. Eine solche Krankheit, meinte er erst, kenne er nicht. Und wenn ich Informationen dazu aus Amerika aufgetrieben hätte, müsse das noch nicht viel heißen – man wisse ja, was so alles in den USA erforscht werde. So in der Art.«

Follath atmete tief durch. Die ganze Geschichte schien ihm noch während seiner Schilderung zuzusetzen.

»Also bin ich wieder ins Internet und habe nach einem Spezialisten für MCS gesucht, der auch meine Frau einmal untersuchen könnte. Zunächst stieß ich aber auf eine Fallbeschreibung eines Schreiners aus dem Westfälischen, der anscheinend ebenfalls MCS hatte. Seine ganze Existenz war durch die Krankheit ruiniert worden.«

»Wie das denn?«, fragte Ernst nun doch einmal dazwischen.

»Das Wesen von MCS ist im Prinzip die Fähigkeit Ihres Körpers, sich sehr schnell auf neue chemische Stoffe in Ihrer Umgebung einzustellen und neue Allergien genau gegen diese Stoffe zu entwickeln. Im Fall des Schreiners sah das so aus: Erst hatte er Beschwerden, während er Fensterrahmen mit einer Holzschutzfarbe bestrich. Danach hatte er Beschwerden, weil er stattdessen als Gehilfe in einer Gärtnerei arbeitete. Auch die nächsten Versuche – als Bauarbeiter, als Fernfahrer und im Büro – musste er wegen bald auftretender Beschwerden wieder aufgeben. Und MCS ließ seinen Körper in immer kürzeren Zeitabständen gegen neue Stoffe allergisch werden. Wir reden da von wirklich kurzen Zeitabständen – dieser ehemalige Schreiner etwa musste seine letzten Jobs schon nach jeweils ein, zwei Wochen wieder an den Nagel hängen.«

»Kann man dagegen nichts unternehmen?«

»Das wollte ich wissen. Deshalb versuchte ich zu dem Mann Kontakt aufzunehmen. Das war nicht ganz so einfach, denn seine Geschichte musste ich mir aus mehreren Internet-Foren zusammentragen, nur ein- oder zweimal erschienen Zeitungsartikel über seinen Fall. Vielleicht wollte sich an dem Thema niemand die Finger verbrennen. Schließlich fand ich doch noch einen Hinweis auf seinen jüngsten Wohnort, ich bekam eine Telefonnummer und rief an.«

»Und, was hat der Mann gegen seine Krankheit unternommen?«

»Er hat sich umgebracht.«

Mittwoch, 23.30 Uhr

Als Kurt Mader die feiernde Gesellschaft hinter sich ließ und aus der »Krone« hinaus in die kühle Oktobernacht trat, traf ihn die Wirkung der kalten, klaren Luft wie ein Hammerschlag. Einer der Schnäpse musste wohl zu viel gewesen sein, zum Glück war Mader durch jahrelange Sitzungs- oder eher Nachsitzungsroutine einiges gewohnt. Deshalb haute ihn der heutige Abend auch nicht um, aber er rührte ihm doch ordentlich Pudding in die Beine.

Verkehr war um diese Zeit keiner mehr auf der Hauptstraße. All die verrückten Jungen mit ihren aufgemotzten Billigautos waren längst daheim im Bett – oben am Bauwagen war es Mitte Oktober und so spät am Abend einfach schon zu kalt. Mader musste grinsen.

Er ging über die Fahrbahn hinüber zur Bushaltestelle, aber es schien ihm keine gute Idee, den Wagen jetzt noch und in diesem Zustand die paar hundert Meter zu seinem Haus zu steuern. Wie er noch grübelnd vor der verschlossenen Fahrertür stand, gewann wieder die altgewohnte Sicht der Dinge die Oberhand: Er war Vorbild, und wenn er auch weiterhin den jungen Rasern mit den satten Promillewerten die Leviten lesen wollte, durfte er jetzt nicht selbst gegen dieselben Regeln verstoßen.

Die Alternative – im schlimmsten Fall würde sein Wagen abgeschleppt, falls ihn der Fahrer des Morgenbusses anzeigen sollte – erschien ihm deutlich weniger schlimm.

Also drehte er sich nach links, um den Fußweg nach Hause anzutreten – da sah er jemanden auf einem der Holzstapel auf dem Sägewerksgelände sitzen. Nun, um ehrlich zu sein: Sehen war in dieser Neumondnacht trotz der Straßenlaternen nicht ganz die richtige Beschreibung – er fühlte Sandra Müller mehr, als er sie wirklich erkennen konnte.

Gemächlich überquerte er die Talstraße, ging über das Gelände des Sägewerks auf den Stapel mit Baumstämmen zu – und spätestens seit dem ersten Schritt auf dem Vorhof des Sägewerks wusste er, spürte er, dass sie ihn beobachtete.

Auch, als er die gestapelten Stämme erreichte, schaute er nicht zu Sandra hoch. Stattdessen kletterte er Stamm um Stamm nach oben, prüfte vor jedem Schritt vorsichtig, wie fest das nächste Holz saß, und hockte schließlich direkt neben der jungen Frau auf dem obersten Stamm des Stapels.

»Na?«, fragte Mader schließlich.

»Na«, antwortete Sandra.

Danach schauten die beiden wieder hinunter auf das Gelände des Sägewerks, auf dem knapp drei Meter unter ihnen die warm gelb leuchtenden Laternen ihr Licht abluden – oder Schatten, denn auf diesem Gelände lag dem Licht fast überall etwas im Weg.

»Stuttgart hat gewonna«, sagte Mader nach einer Weile. Und als Sandra Müller ihn verständnislos ansah, fügte er hinzu: »Fußball, der VfB. Die hatten heute ein Spiel im Europapokal.«

»Ah ...«, machte Sandra Müller.

»Fußball interessiert di net so wahnsinnig arg, oder?«

Mader hörte das »nein« schon, bevor Sandra es aussprach. Und zugleich suchte er nach einer Möglichkeit, dieses nächtliche Gespräch, müde wie er war, endlich halbwegs in Gang zu bringen.

»Was macht denn dei Kampfsport? Du bisch doch da in Esslinga ema Verei.«

»Ja, bin ich«, sagte Sandra Müller. »Aber ich bin inzwischen zu alt für die aktive Mannnschaft.«

»Bloß zu alt?«, stichelte Mader, und nahm zugleich seiner etwas bissigen Anmerkung mit einem gewinnenden Lächeln die Schärfe.

»Sehr witzig«, gab Sandra zurück und schnaufte. »Gut genug wäre ich schon noch, da müssen Sie sich keine Sorgen machen. Das bekommen die Aktiven im Training schon noch mal hin und wieder zu spüren.«

»Schtark gnug au?«

»Klar«, sie hielt ihm ihren rechten Oberarm hin, »hier, fühlen Sie's?«

»Und ob!« Die Muskeln waren bretthart und ziemlich ausgeprägt. »Aber gfallt des dene Buba au, wenn a Mädle so kräftig nalangen kann?«

»Jungs ... Pah.« Ihr Gesicht wirkte jetzt bockig und wütend.

»Ach, woisch«, wollte Mader sie besänftigen, »wär's jetzt net langsam mol Zeit, die Gschicht mit dem jonga Mayer abzuhoka? Des isch doch au scho a paar Johr her – ond du wirsch scho no an Bessera treffa als des Wendoi.«

Vor vielleicht zehn Jahren waren Florian Mayer und Sandra Müller ein Paar. Sahen gut aus zusammen, die beiden, und alles schien eine Zeitlang gut zu laufen. Irgendwann gab's Krach, weil der junge Mayer schnell das Interesse verlor an der hübschen Sandra, und er stellte anderen Mädchen nach. Der war heute noch ein ziemlicher Hallodri, der gerne mit seinem aufgemotzten Auto vor Berufsschulen oder an Eisdielen protzte, um sich Mädchen anzulachen, die auf sein Gockel-Gehabe hereinfielen.

Erst hatte Mader auch geglaubt, dass Sandra wegen Florian aus Kallental weggezogen war – aber dazu war die Geschichte dann doch zu lange her, fand er.

»Ich muss jetzt«, meinte Sandra Müller und machte Anstalten, den Holzstapel hinunterzuklettern.

»Hasch den Florian mol wieder gsäh?« Ein bisschen bohren wollte Mader schon noch, vielleicht kam etwas dabei heraus.

»Lassen Sie mich doch mit diesen alten Geschichten in Ruhe«, antwortete sie leichthin, während sie mit schnellen, sicheren Tritten nach unten stieg. »Glauben Sie, dass ich diesem Blödmann nach all den Jahren noch nachtraure? Das ist der doch gar nicht wert, aber ehrlich!«

»Was isch dann mit ihr los?«, dachte Mader, aber laut fragte er etwas anderes: »Wega was hen sich no vorher dein Vater und dein Onkel gstritta?«

Ein Ruck schien durch Sandra Müller zu gehen, und der letzte Schritt vom Stapel herunter ging ins Leere. Sie strauchelte, fing sich aber noch und blieb dann kurz stehen.

»Sandra?«, fragte Mader, der vor Schreck aufgesprungen war, »alles okay?«

»Ja ja«, murmelte sie und ging ein, zwei Schritte vorwärts.

»Ond: Was war jetzt mit dem Schtreit?«

Sandra Müller drehte sich langsam zu ihm um und fixierte ihn mit einem Blick, den Mader nicht so ganz deuten konnte – und das lag nicht nur an den schlechten Lichtverhältnissen, an die er sich inzwischen gewöhnt hatte.

»Herr Mader, das war privat. Das müssen Sie nicht wissen.«

»Des hot aber heftig klonga. I war zufällig do, weil i grad en d' ›Krone‹ nüber wella han.«

»Ich weiß«, murmelte Sandra Müller. Dann dachte sie kurz nach und sprach weiter. »Sehen Sie: Mein Vater hat es im Moment nicht leicht. Erst ist meine Mutter tot, und dann muss ausgerechnet er diesen Greininger finden. Da hat man nicht immer die besten Nerven. Und für meinen Onkel, so gern ich ihn habe, braucht man ab und zu schon mal Nerven wie breite Nudeln. Sie kennen ihn doch auch.«

»Immerhin könntsch du dir's ja nomal überlega, ob d' jetzt net doch wieder herzieha willsch. Platz wär ja gnug, und ihr boide, du und dein Vater, ihr verstandat euch doch auch prima.«

»Stimmt«, sagte sie. »Ich überlege noch. Gute Nacht, Herr Mader.«

Damit ging sie gemächlich in die Dunkelheit hinein, wo sie irgendwo ihr Auto abgestellt hatte. Sie ließ Mader einigermaßen verblüfft zurück: Sandra Müller dachte tatsächlich daran, vielleicht wieder nach Kallental zu ziehen?

Mittwoch, 23.45 Uhr

Betretene Stille füllte den kleinen Büroraum aus, nachdem Follath den beiden Kommissaren vom Selbstmord des MCS-Kranken erzählt hatte. Follath schob den Papierkorb mit einem Fuß vorsichtig zum nächsten Schreibtisch hinüber. Schneider musterte Follath noch ein wenig, dann stierte er nachdenklich zum Fenster hinaus. Ernst stand auf und stellte die kleine Tasse auf einen hüfthohen Wandschrank neben der Tür, ohne noch einmal von dem kalt gewordenen Kaffee zu trinken.

»Was hat das nun alles mit Ihrem Hass auf den Greininger zu tun?«, fasste sich Schneider schließlich ein Herz. Ernst hatte ihm von seinem Gespräch mit Mader erzählt, und er wusste vom Verdacht der Follaths, dass ein Holzschutzmittel Greiningers die Krankheit ausgelöst habe. Aber das musste ihm Follath schon selbst sagen.

»Greininger ist ein sparsamer, nein: ein geiziger Mensch. Und die Scheune zu unserem Haus hin besteht vor allem aus Holz. Also strich Greininger fast jedes Jahr die Balken und Bretter der Scheune mit einem Holzschutzmittel, um das morsche Zeug gegen Schädlinge zu schützen. Und weil sein Vater vor vielen Jahren einen Vorrat dieses Mittels angelegt hatte, wollte Greininger eben erst die übrige Farbe aufbrauchen, bevor er neue kaufte. Nur war das Mittel von Greiningers Vater inzwischen längst verboten.«

»Linofidol?«, fragte Ernst dazwischen.

»Ja, Linofidol. Fieses Zeug, sehr fieses Zeug – und verboten seit den späten 80ern. Ein paar Mittel von damals gibt es noch, wohl in veränderter Rezeptur – aber Linofidol wurde komplett vom Markt genommen. Es war übrigens ein Holzschutzmittel wie Linofidol, mit dem der vorhin erwähnte Schreiner jahrelang gearbeitet hatte – und das ihm wahrscheinlich sein MCS einbrockte.«

»Was ist denn das Problem mit diesem Mittel?«, schaltete sich Schneider ein – obwohl er die Antwort kannte, wollte er Follath zum Weiterreden bringen. Und tatsächlich beschrieb er medizinisch recht fundiert die giftigen Anteile von Linofidol und die verschiedenen Wege, wie man sich daran vergiften konnte.

»Wir waren uns«, fuhr Follath fort, »nach kurzem Nachdenken sicher: Die Ausgasungen des Holzschutzmittels geraten mit Windböen, die zur Wieslauf hin wehen, zu unserem Haus – und gelangen dort über die Atemluft in den Körper meiner Frau.«

»Dann müssten Sie und Ihre Kinder doch ebenfalls krank sein, oder?«

»Nicht unbedingt. Wie alles andere auch, verträgt jeder Mensch unterschiedlich viel PCP, bevor er Symptome zeigt.

Und unsere älteste Tochter hatte vor zwei Jahren tatsächlich erste Beschwerden mit einer Entzündung, die sich auf nichts sonst zurückführen ließ. Das ging vorüber, aber wir waren natürlich alarmiert. Wir haben dann auch noch unsere Notizen zu den zahlreichen Erkrankungen meiner Frau durchgearbeitet, und es sah tatsächlich so aus: Die Beschwerden waren immer recht kurze Zeit nach einem neuen Anstrich schlimmer – und an heißen Tagen, an denen ja solche Schutzmittel stärker erwärmt werden und also auch stärker ausgasen.«

»Warum haben Sie Greininger denn nicht angezeigt?«

»Das haben wir versucht. Das und vieles andere. Aber immer ist es daran gescheitert, dass keiner die Geschichte anpacken wollte: Dem Anwalt und den Ärzten erschien der Zusammenhang nicht zwingend genug, den diversen Ämtern, die wir um Hilfe gebeten haben, war die Sache vielleicht einfach zu heiß oder sie wollten sich nicht mit dem Greininger anlegen, der als unangenehmer Typ bekannt war.«

»Das sind jetzt aber zum Teil recht böswillige Unterstellungen, das wissen Sie schon?«, meinte Schneider.

»Meinetwegen«, zuckte Follath mit den Schultern. »Können wir dann?«

»Können wir dann – *was*?«

»Na ja, führen Sie mich jetzt in die Zelle, oder nicht?«

»Sie scheinen es ja richtig eilig damit zu haben, dass wir Sie wegsperren.«

»Ja, sind Sie denn nicht froh, Ihren Mörder zu haben? Ich habe fast den Eindruck, Sie wollen die Geschichte absichtlich in die Länge ziehen.«

»Schon wieder Unterstellungen, Herr Follath. Das ist eine richtig schlechte Angewohnheit von Ihnen.«

»Zunächst«, fragte Ernst dazwischen, »sollten Sie uns den Mord noch einmal schildern. Wie ging das zu in der Nacht von Montag auf Dienstag?«

»Tja, ich ging am sehr späten Abend rüber zu Greininger.«

»Wann war das ungefähr?«

»Gegen elf. Nein, es muss kurz nach halb elf gewesen sein. Ich hatte noch kurz überlegt, ob ich mir die Spätnachrichten ansehen sollte.«

»Ansehen?«, unterbrach ihn Ernst. »Ich habe in Ihrem Wohnzimmer aber kein Fernsehgerät gesehen.«

»Wir haben eigentlich auch keines und vermissen die Glotze auch wirklich nicht – nur bei mir oben im Arbeitszimmer steht ein kleines Gerät. Manchmal lasse ich mich etwas berieseln, wenn mir eine zündende Idee fehlt, und zappe mich durch die Programme, um mich zu neuen Spieledetails anregen zu lassen. Ich habe da wegen meines Berufs gewissermaßen Narrenfreiheit innerhalb unserer Familie.«

»Gut, und weiter?«

»Ich habe mich gegen die Nachrichten entschieden, bin über die Küchentür raus in den Garten und wollte ein wenig die Stille genießen. Da habe ich den Greininger schon gehört, wie er in seiner Scheune rumorte.«

»Dann sind Sie zu ihm rüber?«

»Nein, noch nicht gleich. Ich blieb im Garten. Nach einer kleinen Weile kam Greininger aus der Scheune und sah mich ziemlich schnell da stehen. Er rief ein paar Frechheiten zu mir herüber, und da hörte ich schon, dass er wieder mal einen über den Durst getrunken hatte. Ich drehte mich erst weg, damit der blöde Kerl Ruhe geben würde – aber der machte einfach weiter. Er war richtig in Fahrt. Also bin ich über die Wiese zu ihm hin und habe ihn angeschnauzt, dass er endlich still sein solle. Ich wollte nicht, dass er meine Frau und die Kinder mit seiner Schreierei weckte. Na ja, dann gab ein Wort das andere, und schließlich bin ich ihm an die Gurgel gegangen.«

»Sie meinen, Greininger wurde nach Ihrer Rangelei Opfer eines ... sagen wir: Unfalls?« fragte Schneider.

»Nein, so können wir es leider nicht nennen. Ich habe ihn erschlagen – wenn auch im Streit und gewissermaßen im Re-

flex. Mit einem Stück Holz von seinem Stapel an der Scheunenwand.«
»Und was passierte mit dem Holzscheit?«
Follath blickte überrascht hoch.
»Das ... das ... das habe ich hinterher weggeworfen.«
»Es lag direkt neben Greiningers Leiche«, bemerkte Schneider trocken.
Follath zuckte kurz zusammen. »Sehen Sie«, meinte er dann, »Ich war offenbar ganz durcheinander und habe sogar vergessen, meine Tatwaffe verschwinden zu lassen. Tatwaffe – nennt man das in diesem Fall so?«
Ernst und Schneider musterten Follath nachdenklich.
»Der Streit ging mir schon an die Nieren, wissen Sie? Ich hatte den Greininger zwar angegriffen, aber mit einer halben Portion wie mir wurde der sogar noch angetrunken leicht fertig. Mir blieb doch gar nichts anderes übrig, als ihn schließlich mit einem Stück Holz niederzuschlagen. Ich war selbst überrascht, dass er danach gleich liegen blieb und blutete. Danach bin ich abgehauen und rüber in mein Haus. Ich saß noch am Küchentisch, als meine Frau heute früh aufgestanden ist.«
Waren da Zweifel in den Blicken der Polizisten?
»Sie können sie gerne fragen, sie wird Ihnen das bestätigen, sobald sie wieder auf dem Damm ist.«
»Gut«, seufzte Schneider, erhob sich und sah auf seine Uhr: 0.20 Uhr und damit schon Donnerstag. Das brachte ihnen noch einen zusätzlichen Zeitgewinn: Ohne Haftbefehl durften sie Verdächtige nur bis zum Ablauf des auf die Verhaftung folgenden Tages in Gewahrsam halten. »Dann kommen Sie bitte mal mit. Wir haben unten eine Zelle im Revier, und morgen früh sehen wir weiter.«
Follath erhob sich und folgte Schneider. Ernst wurde das Gefühl nicht los, dass Follath irgendwie erleichtert wirkte.

Der dritte Tag

Donnerstag, 9.00 Uhr

»Hier rein«, deutete Schneider nach rechts und Ernst lenkte den Dienstwagen in den Hohen Rain. Fritz Müller, der jagende Förster, war heute ihr erster Gesprächspartner: Mit ihm wollten sie einige Details klären, die vielleicht Follaths Geständnis abrunden könnten – oder eben nicht. Ernst wurde ein flaues Gefühl in der Magengegend nicht los, und das lag nicht an der holprigen Zufahrt, über die der Dienstwagen jetzt die letzten Meter bis Müllers Haus knirschte. Follath war verdächtig, Follath hatte gestanden – aber er hatte Fehler gemacht. War er einfach nur mit den Nerven runter, oder war er nicht der Täter? Wollte er jemanden schützen? Da wäre vermutlich seine Frau ganz oben auf der Liste, aber konnte die es gewesen sein? Schneider sah seinem Kollegen die Zweifel förmlich in die Stirn gemeißelt – und auch er war sich noch nicht sicher, was es mit Follaths Geständnis denn nun wirklich auf sich hatte.

Ernst parkte auf der kleinen Plattform vor Müllers Haus. Schneider fiel auf, dass der Geländewagen fehlte, den er bei seinem letzten Besuch hier gesehen hatte – dafür stand ein kleiner roter Zweitürer schräg vor dem Haus, halb auf der geschotterten Parkfläche, halb im Gras der angrenzenden Wiese.

Die beiden Kommissare stiegen aus, Ernst klingelte, und nach kurzem Warten öffnete sich die Haustür. In der Öffnung stand eine junge Frau, etwa Ende 20, mit halblangen dunkelbraunen Haaren und einem hübschen, aber übernächtigt wirkenden Gesicht.

»Ja, bitte?«

Die junge Frau trug über Halbschuhen, die an den Spitzen etwas abgeschabt waren, weite Hosen aus einem khakifarbenen, bequem aussehenden Stoff. Als Oberteil hatte sie ein weit fallendes Hemd an, unter dem oben ein hellgraues Shirt hervorlugte.

»Hauptkommissar Schneider, Kripo Schorndorf«, stellte sich Schneider vor und deutete zu Ernst. »Mein Kollege, Hauptkommissar Ernst.«

»Mein Vater ist nicht da«, sagte die junge Frau kurz angebunden und machte Anstalten, die Tür wieder zu schließen.

»Dürfen wir trotzdem kurz reinkommen? Wir würden uns auch gerne mit Ihnen unterhalten – und vielleicht kommt ihr Vater ja bald wieder zurück und wir könnten so lange auf ihn warten? Wir haben noch ein paar Fragen an ihn. Er hat ja vorgestern früh den toten Greininger gefunden.«

Es war offensichtlich, dass sie nicht gerne von dem Mord hörte – vielleicht hatte sie Sorge um ihren Vater, allein wegen der Tatsache, dass er den Toten gefunden hatte.

»Äh, ja ...«, begann sie und gab den Weg ins Haus frei. »Kommen Sie, er müsste demnächst wieder hier sein.«

Schneider und Ernst gingen ihr voran, Schneider kannte den Weg ins Wohnzimmer ja schon. Im Flur fiel ihm auf, dass die Männerschuhe nun ordentlicher standen, auch schienen sie weniger schmutzig zu sein als am Dienstag.

»Aber ich bin Ihnen wahrscheinlich keine sehr große Hilfe«, meinte Müllers Tochter, als sie sich um den Couchtisch herum einen Platz auf einem Sessel und der ums Eck reichenden Couch suchten.

»Warum? Wohnen Sie denn nicht hier?« Schneider kannte die Antwort schon aus seinem ersten Gespräch mit Müller, aber ihm fiel gerade keine bessere Eröffnung für seine Fragen ein.

»Nein, schon länger nicht mehr«, antwortete sie. »Auch wenn mein Vater das gerne gehabt hätte.«

»Wieso eigentlich nicht? Gab es denn Probleme, Frau ...?«, fragte Ernst einfach mal ins Blaue hinein.

»Sandra Müller« – ihre Stimme wirkte nicht mehr so fest wie noch vor wenigen Augenblicken. »Nein, mit meinem

Vater hatte ich keine Probleme. Das ist eine Seele von Mensch, einen besseren Vater kann sich keiner wünschen. Auch keinen besseren Ehemann ...«

»Er hat mir schon von Ihrer Mutter erzählt«, setzte Schneider hinzu. »Und davon, dass er sie gepflegt hat bis zuletzt.«

»Kaum zu glauben, wenn man diesen Baum von einem Kerl sieht, nicht?« Sandra Müller lächelte ein wenig. »Das hätte nicht jeder gemacht, und ich hatte deswegen immer ein schlechtes Gewissen – schließlich habe ich ja im Grunde genommen meine Eltern im Stich gelassen, als sie mich am dringendsten gebraucht hätten.«

»Und warum sind Sie nun weggezogen?«

Sie strich sich die Hosenbeine glatt und fingerte einen winzigen Fussel vom Stoff.

»Mir ...«, begann sie und stockte wieder. »Mir wurde das hier irgendwie zu eng.«

»Kann ich verstehen«, gab sich Schneider zufrieden, aber Ernst beobachtete die junge Frau weiterhin aufmerksam. Als sie nicht weitersprach, fragte er: »Wahrscheinlich wollten Sie mit Ihrem Freund endlich einmal ein bisschen Privatleben, ohne dass Ihnen das ganze Dorf auf die Finger sieht.«

»Freund?«, schnappte Sandra Müller zurück, für Ernsts Geschmack eine Spur zu heftig. »Ich habe keinen Freund und hatte auch damals keinen.«

Schneider schaute kurz zu Ernst herüber. Auch ihm war offenbar der Tonfall von Sandra Müllers Antwort aufgefallen.

»Sie klingen gerade so, als wäre das eine böswillige Unterstellung«, merkte Ernst an. Notfalls würde er auch den begriffsstutzigen Macho spielen, wenn er dieser Frau dadurch Informationen entlocken könnte.

Sandra Müller sah ihn lange an, und schließlich schien sie zu einem für Ernst nicht sehr schmeichelhaften Urteil zu kommen.

»Typisch Mann«, klang sie ein wenig resignierend. »Wahrscheinlich halten Sie mich jetzt für eine frustrierte Lesbe oder so, nicht wahr?«

»Warum sollte ich?«

»Na ja: Schon fast dreißig und noch immer keinen Mann abbekommen – das geht doch für Sie sicherlich nicht mit rechten Dingen zu.«

»Sie scheinen mich ja nicht für sehr modern zu halten.«

»Nein, nicht gerade. Vielleicht sollten Sie mich mal im Frauenhaus in Esslingen besuchen.«

»Frauenhaus? Wohnen Sie da?«

Sandra Müller lachte. »Nein, tut mir leid für Ihr Klischee. Ich arbeite dort mit, kümmere mich um einige der Frauen.«

»Ihr Vater hatte erzählt, Sie seien selbstständig«, schaltete sich Schneider ein. »Weiß er nichts von Ihrem Job in Esslingen?«

»Doch, auch wenn er nicht viel davon hält. Ich bin auch tatsächlich selbstständig, als Ergotherapeutin für Kinder und Jugendliche. Aber das läuft noch nicht so gut, dass ich für nichts anderes mehr Zeit hätte. In Esslingen habe ich mich in einer Gemeinschaftspraxis eingemietet – da gab es bereits Fachfrauen für Logopädie und Psychotherapie und so. Das ergänzt sich ganz gut. Und wenn dann am frühen Abend, meist leider schon am späten Nachmittag der letzte Termin vorüber ist, gehe ich die paar Schritte zum Frauenhaus und helfe dort ein wenig mit. Das zahlt mir zwar keiner, aber meine Hilfe wird gebraucht. Kein schlechtes Gefühl.«

»Kann ich mir vorstellen.«

»Das glaube ich eher nicht. Wissen Sie, warum diese Frauen ins Frauenhaus kommen – und in welchem Zustand sie dort ankommen?«

Ernst und Schneider zuckten mit den Schultern.

»Verprügelt, verängstigt, ver...« Sie atmete tief durch. »Vergewaltigt. Die bekommen die Gesichter grün und blau geprügelt, können wegen der Gewalt, die ihnen der betrunkene Ehemann angetan hat, manchmal kaum noch sitzen.

Und dann fühlen sie sich noch schmutzig, selbst schuld, irgendwie als letzter Dreck, als Schlampe ...«

Sandra Müller hatte sich geradezu in Rage geredet, bis sie bemerkte, dass Ernst und Schneider sie mit wachsender Verwirrung fixierten.

»Entschuldigen Sie: Das geht immer wieder mit mir durch. So etwas lässt Sie nicht mehr los, wenn Sie sich damit mal etwas näher beschäftigt haben ...«

»Was heißt das in Ihrem Fall: näher beschäftigt?«

»Lassen Sie meine Tochter doch einfach in Ruhe«, donnerte von der Wohnzimmertür her die tiefe Stimme von Fritz Müller. »Sie kann Ihnen ohnehin nichts zum Mord am Greininger sagen.«

Müller stellte einen Kasten Bier unsanft auf dem Boden ab und setzte sich in den freien Sessel neben seiner Tochter.

»Deshalb wollten Sie doch sicher noch einmal zu mir, oder?«

Sandra Müller schaute ihn dankbar an, stand auf und trug den Bierkasten mit einer Hand in die Küche hinaus. Dort hörte man sie kurz darauf mit Geschirr und Töpfen werkeln.

»Ganz schön stark, Ihre Tochter«, meinte Schneider anerkennend, als er ihr nachgesehen hatte, wie sie mit dem Kasten aus dem Zimmer gegangen war.

»Sie macht Karate und Kendo. Da bleiben Muskeln nun mal nicht aus.«

»Kendo?«, fragte Ernst interessiert. »Ist das nicht so eine Art Selbstverteidigung mit Stöcken?«

»So ähnlich«, nickte Müller. »Die kämpfen mit Bambusstäben. Und Karate werden Sie ja kennen.«

»Kluge Entscheidung«, sagte Schneider. »Schließlich weiß man ja in Städten wie Esslingen auch nie, ob man sich nachts nicht doch einmal gegen jemanden wehren können muss.«

»Das macht die Sandra nicht erst, seit sie in der Stadt wohnt. Damit hat sie angefangen, als sie noch hier war, mit 15 oder 16. In Rudersberg wurde vom Sportverein mal Karate angeboten, danach ist sie dabeigeblieben. Und als ihr das in Rudersberg nicht mehr reichte, hat sie Kurse in Schorndorf besucht. Dort gehört sie, glaube ich, noch immer zum Verein. An Wettkämpfen nimmt sie aber schon seit ihrer Ausbildung nicht mehr teil. Schade, sie war sehr erfolgreich in ihrem Sport.«

»Das muss Sie doch einigermaßen beruhigen«, bohrte Schneider weiter. »Dass Ihre Tochter zwar in Esslingen lebt, Sie aber nicht fürchten müssen, dass sich jemand an ihr vergeht.«

Müller fuhr mit dem Kopf hoch und starrte Schneider mit aufkommenden Zorn an. Ernst fürchtete schon, sein Chef sei zu weit gegangen. Sofort machte er sich insgeheim bereit, aus dem Sofa zu springen und den wütenden Müller zurückzuhalten. Da fiel ihm auf, dass Schneider sein Gegenüber ganz ruhig im Blick behielt – und dass Müller weit davon entfernt war, auf den Kommissar loszugehen: Er rieb seine groben Hände an der Sessellehne und sah plötzlich eher verletzlich als gefährlich aus. Die seltsam aufgeladene Atmosphäre hielt ein, zwei Minuten an, dann schien sich Müller wieder etwas zu entspannen.

»Sie sind sicherlich nicht hier heraufgekommen, um mit mir über die sportlichen Talente meiner Tochter zu reden.«

»Nein«, sagte Schneider, ließ seinen Blick aber weiterhin hart auf Müller ruhen. »Können Sie mir noch einmal genau erzählen, wie Sie den toten Greininger vorgefunden haben?«

»Das ist jetzt nicht Ihr Ernst, oder?«

»Doch, schon.«

»Wie oft denn noch? Ich kann doch nicht ...«

»Bitte, Herr Müller!«

Der Mann seufzte. »Ich kam also am Dienstag zwischen sieben und acht Uhr morgens aus dem Gemeindewald. Ich hab zum Greininger rübergeschaut, als ich gerade vorbeifahren wollte – da sind mir die Stiefel im Gras aufgefallen. Also bin ich raus, habe nachgesehen und gleich mit dem Handy die 110 angerufen. Dann bin ich heim. Das war's.«

»Und was ist Ihnen aufgefallen, als Sie den Greininger gesehen haben?«

»Was soll mir aufgefallen sein?«

»Na ja, haben Sie zum Beispiel eine Fußspur im Gras gesehen? Sie wissen schon: umgetretene Halme, etwas in der Art.«

»Eine Spur? Hm ...«

»Denken Sie bitte ganz genau nach«, wiederholte Schneider noch einmal. »Sie hatten mir ja während unseres ersten Gesprächs erzählt, dass Sie« – er holte einen kleinen Notizblock aus der Innentasche seines Jacketts – »warten Sie, ich hab's mir extra notiert, weil ich es so beeindruckend fand: ›Ich bin gewohnt, genau hinzusehen – sonst würde ich als Jäger nicht viel reißen.‹ Und: Sie reißen doch als Jäger viel, oder?«

Müller verlagerte sein Gewicht ein wenig, und er sah nicht so aus, als würde er sich im Moment allzu behaglich fühlen.

»Die Spur zu Follaths hinüber haben Sie ja wahrscheinlich auch selbst noch sehen können«, meinte er dann lahm. »Und als ich mich von der Stelle aus, wo der Greininger lag, einmal rundum umgesehen habe, sah ich gerade noch eine Gardine im Haus der Follaths wackeln. Das müsste in der Küche gewesen sein. Nein, halt: In der Küche war alles ruhig – es war daneben, ich weiß aber nicht, welches Zimmer das ist. Und es hat sich jemand halb hinter dem Vorhang verborgen. Ich hab die Gestalt nicht ganz gesehen, sie war aber etwas kleiner als der Follath – seine Frau könnte es gewesen sein. Aber ich kann das nicht beschwören, und ich finde das auch nicht so bedeutend. Schließlich würden Sie auch einen Blick riskieren, wenn vor Ihrem Haus einer umgebracht worden wäre. Und wahrscheinlich würden Sie auch nicht wollen, dass Sie dabei einer sieht. Man weiß ja nie, wo die Polizei noch ihre Nase hineinsteckt.«

Schneider und Ernst konnten ihm seine Spitze nicht übelnehmen: Müller war genervt, und nach Lage der Dinge hatte er nicht mehr getan als einfach nur das Pech gehabt, den Toten als erster zu sehen.

»Außerdem fühle ich mich nicht besonders gut dabei, Frau Follath nun noch etwas Schlechtes nachzusagen – und wenn es auch nur der Verdacht auf etwas Schlechtes wäre.«

»Warum das denn?«, fragte Ernst.

»Tote soll man ruhen lassen, und der Follath ist ja nun auch als Witwer noch einmal und allemal genug geschlagen.«

»Als Witwer? Das haben Sie falsch mitbekommen: Frau Follath liegt im Krankenhaus und es wird ihr bald wieder besser gehen. Sie ist auf jeden Fall nicht tot und wird wegen ihres gestrigen Zusammenbruchs auch nicht sterben.«

»Gut«, sagte Müller, als er die Überraschung verdaut hatte. »Das hatte sich gestern Nacht noch viel dramatischer angehört.«

»Gestern Nacht? Mit wem haben Sie denn da gesprochen?«

»Ach, nur mit meinem Vetter. Der hat doch das Sägewerk gegenüber der ›Krone‹. Da hat er den ganzen Rummel natürlich mitbekommen.«

»Sie müssen ja ein rechtes enges Verhältnis zu Ihrem Vetter haben, wenn Sie ihn so spät abends noch besuchen.«

»Geht so«, blockte Müller die Frage kurzerhand ab. »Aber ich glaube, wir haben's dann, oder?«

Müller stand auf, und Ernst und Schneider folgten ihm hinaus durch den Flur. Müller öffnete die Haustür und ließ die beiden Kripo-Kommissare hinaus auf den Vorplatz. Ernst drehte sich noch einmal um und deutete auf den Aschenbecher, der vor der Tür stand.

»Was rauchen Sie denn?«

Müller sah ihn irritiert an. »Zigarren, aber nichts Teures«, sagte er dann. Er nickte ihnen zum Abschied noch kurz zu und ging dann zurück ins Haus.

Schneider und Ernst stiegen in den Wagen, und als Ernst über die Außenspiegel den Weg zurück zu einer kleinen Ausbuchtung des Vorplatzes abschätzte, auf der er wenden konnte, sah er am Spiegel vorbei die Gestalt von Müllers Tochter. Sie stand am Küchenfenster, halb verdeckt vom Fensterrahmen, und blickte den Polizisten nachdenklich hinterher.

Donnerstag, 9.45 Uhr

»Hano, Klaus«, machte Frau Schwaderer und deutete mit dem Kopf auf den Kripo-Beamten, der vor der Bäckerei darauf wartete, dass er die Straße überqueren konnte. »Musch jetzt scho Kippa hola für deine Chefs?«

»Schwätz net raus, Rose«, gab Klaus Schif genervt zurück. »I will wissa, ob ihr Zigaretta verkaufat, ond zwar ... Moment ... sollat die ›Redfern's Blend‹ hoißa.«

Die Bäckersfrau schüttelte mit dem Kopf, ohne nachzusehen.

»Freilich hen mir Zigaretta, obwohl die meischte drüba bei dr Hanna verkauft werdat. Aber die Marke, die du suchsch, kenn i net. Hen mir net.«

Schif seufzte, nickte kurz und ging dann wieder auf die Straße hinaus.

»Des isch abr schnell ganga«, wunderte sich Frau Schwaderer und sah wenig später, wie der Kripo-Mann aus der »Krone« kam und schon von der anderen Straßenseite aus kopfschüttelnd zu Schif herüber sah.

Donnerstag, 10.30 Uhr

Etwas außer Atem kam Schneider in der Kripo-Etage an, Ernst war dicht hinter ihm. Hinter der Eingangstür zur Abteilung war es lauter als sonst, und als sie die Tür öffneten, kam ihnen schon Jutta Kerzlinger entgegen.

»Sie sollten gleich mal zu Roeder ins Büro gehen«, sagte sie und lachte schallend. »Der arme Kollege muss gerade bei einem ziemlich harten Job seinen Mann stehen.« Damit ging sie raus und kicherte noch die ganze Treppe hinunter vor sich hin.

So, wie sie die einzelnen Worte betont hatte, war Ernst und Schneider klar, welchen Job der arme Stefan Roeder aufgehalst bekommen hatte. Als sie die Tür zu seinem Büro öffneten, drehte er sich um wie ertappt, und seine Ohrläppchen waren gerötet. Auf dem Bildschirm des kleinen Fernsehgeräts vor ihm zappelten Männer und Frauen im schnellen Vorlauf, und die Kamera wechselte von Nahaufnahmen in die Totale und wieder zurück.

»Na, Roeder«, grinste Ernst breit. »Schon Ideen gesammelt?«

»Ach, Mann«, maulte Roeder, »hör mir bloß auf damit. So ein Mist kann dir ja den schönsten Spaß verderben. Der Greininger muss ja wirklich massive Probleme gehabt haben, aber ehrlich!«

»Ja, schon gut, Roeder«, beruhigte ihn Ernst und legte ihm eine Hand auf die Schulter. »Wir wissen das alle zu schätzen, wie sehr du dich hier für uns aufopferst. Warum lässt du denn den ganzen Mist durchlaufen?«

»Routine. Immerhin könnte es ja sein, dass ein Teil der Pornos mit privaten Aufnahmen überspielt wurde, die uns weiterhelfen.«

»Ja, so haben wir es immer gemacht, als Videokassetten noch üblich waren. Aber DVDs ...? Geht das denn überhaupt mit denen?«

»Keine Ahnung«, zuckte Roeder mit den Schultern. »Unser Computercrack hat behauptet, es würde gehen. Und jetzt lasse ich das Zeug halt mal durchlaufen. Das geht auch vorbei.« Und damit drehte er sich wieder zum Bildschirm und seufzte.

Die Tür zum Büro von PC- und Internetspezialist Claus Nerdhaas war zu. Schneider klopfte zweimal kurz, dann traten er und Ernst ein und drückten die Tür wieder hinter sich zu.

»Tag, Herr Nerdhaas«, sagte Schneider und blickte streng drein. »Warum haben Sie denn dem Kollegen Roeder geraten, sich die DVDs aus Greiningers Haus in Schlichten anzusehen?«

Nerdhaas schaute kurz etwas verlegen, dann hatte er sich gefasst. »Ja, der Stefan soll halt mal nachsehen, ob Greininger womöglich einige dieser Pornos mit eigenen Aufnahmen überspielt hat. Das könnte uns weiterbringen.«

»Sie wissen schon, dass das Überspielen bei solchen DVDs nicht geht, oder?«, fixierte ihn Schneider.

»Äh ...«

»Hören Sie, Nerdhaas«, sagte Schneider in etwas versöhnlicherem Ton. »Es hat ja niemand etwas dagegen, wenn Sie mit dem einen oder anderen Kollegen mal einen Scherz machen. Ich vermute, ich stehe auch schon längst auf Ihrer Liste – und ich bin schon ganz gespannt. Aber Roeder dreißig oder vierzig Stunden von diesem Pornomaterial durchsehen zu lassen, scheint mir doch etwas übertrieben. Vielleicht gehen Sie in ein paar Minuten mal rüber und winden sich irgendwie da wieder raus. Wie, das überlasse ich Ihnen, okay?«

Nerdhaas wirkte zerknirscht und nickte. Schneider und Ernst gingen wieder auf den Flur hinaus und waren gerade auf dem Weg zu ihren jeweiligen Büros, da sahen sie Roeder aus seinem Zimmer kommen: »Herr Schneider, Rainer: Kommt ihr mal kurz? Ich habe was gefunden.«

Ernst und Schneider sahen sich verblüfft an, dann folgten sie Roeder in sein Büro.

»Sehen Sie sich das mal an.« Roeder deutete auf die Hülle einer Porno-DVD, die er gerade geöffnet hatte, um sie als nächstes in den DVD-Player zu stecken. In der Hülle befand sich kein offizielles Produkt, sondern eine offenbar selbstgebrannte Disc. Roeder öffnete nun auch die restlichen Hüllen und förderte insgesamt drei weitere selbstgebrannte DVDs zu Tage.

»Es wird reichen, wenn Sie nur noch diese vier Discs durchsehen«, sagte Schneider. »Verschaffen Sie sich zunächst mal einen ganz groben Überblick, damit Sie uns gleich nachher in der Besprechung darüber berichten können.«

Donnerstag, 10.50 Uhr

Der Supermarkt hatte seine Zigaretten an der Kasse in einem vergitterten Regal über dem Warenlaufband. Schif und Brams sahen das Regal durch und mussten dabei immer wieder nachdrängenden Kunden ausweichen, die zur Kasse wollten. Schließlich stellten sich auch die beiden Beamten an die Kasse und fragten die Frau, die sie erstaunt ansah, weil sie mit leeren Händen vor ihr standen.

»Haben Sie auch Zigaretten der Marke ›Redfern's Blend‹?«, fragte Brams.

»Nein«, schüttelte die Kassiererin den Kopf. »Ich kenne die Marke zwar, aber die hat hier noch keiner bei mir verlangt. Und bei den Kolleginnen wohl auch nicht, sonst hätten wir sie ja.«

»Ah«, machte Brams und sah sehr enttäuscht aus. Weder in Kallental noch in Oberndorf hatte es die Marke gegeben, und nun hatten sie mit dem Supermarkt als letzter Station auch die gängigen Stellen in Rudersberg selbst abgeklappert.

»Und jetzt?«, fragte Schif den Kollegen. »Welzheim?«

»Da brauchen Sie gar nicht hinzufahren«, warf die Kassiererin ein. »Ich wohne da und bin selbst Raucherin. Das wäre mir aufgefallen, wenn dort einer ›Redfern's‹ im Angebot hätte. Die Packung sieht ja doch recht markant aus.«

»Tja«, verabschiedete sich Brams und bedeutete Schif, ihm nach draußen zu folgen. Die Stimme der Kassiererin hielt die beiden aber zurück.

»In Schorndorf sollten Sie mal nachfragen. Da gibt es ein Tabakwarengeschäft in der Fußgängerzone. Wenn die es nicht haben, müssen Sie außerhalb von Stuttgart nicht mehr weitersuchen.«

Donnerstag, 11 Uhr

Diesmal war die SoKo-Runde noch etwas kleiner geworden: Auch Dr. Thomann war nun nicht mehr dabei, und so saßen nur noch Polizisten und Schreibkräfte an den Tischen im Schulungsraum. Zur Abwechslung hatte die aktuelle Boulevardzeitung für heitere Mienen im Schulungsraum gesorgt: Ein relativ kleiner Artikel fasste in dem Thema nach, wieder hatte sich der Reporter auf Follath eingeschossen – und provozierend fragte er, warum die Polizei diesen so offensichtlich Schuldigen noch immer nicht verhaftet habe. Follaths Geständnis war für den Redaktionsschluss gestern wohl zu spät gekommen. Und offenbar hatte dieser Hasselmann auch noch nichts von dem Häuschen in Schlichten erfahren.

Roeder saß recht unruhig auf seinem Stuhl, vor sich hatte er vier goldglänzende Scheiben liegen, die er aus den ursprünglichen Pornohüllen in neutrale Plastikschachteln umgepackt hatte.

»Herr Roeder«, begann Schneider, »wie weit sind Sie denn mit Ihrer Entdeckung gekommen?«

Kerzlinger feixte, aber Ernst ließ mit einem genervten Blick zu ihr hinüber ihre Miene wieder ernst werden.

»In Greiningers Sammlung waren ziemliche Sauereien zu finden, natürlich frei ab 18, aber ich würde das trotzdem niemandem hier in der Runde empfehlen wollen. Als ich mir die Sammlung näher ansah« – Nerdhaas grinste leicht zu Kerzlinger hinüber, die aber inzwischen betreten die Tischplatte fixierte – »stellte sich heraus, dass in vier der DVD-Hüllen keine gekauften, sondern selbstgebrannte DVDs steckten. Die Originaldiscs zu den Hüllen fehlten.« Roeder stockte.

»Und, was war drauf auf den selbstgebrannten Scheiben?«, fasste Nerdhaas nach einer kurzen Pause nach.

»Auch wieder Sauereien, aber diesmal offensichtlich privat gefilmt. Das geht, finde ich, noch mehr an die Nieren. Vielleicht liegt es an der schlechteren Bildqualität, an den schlechten Lichtverhältnissen und dem Umstand, dass Schnitte praktisch völlig fehlen – irgendwie kommen diese Szenen dadurch echter, dokumentarischer rüber.«

Ernst spürte, dass Roeder bisher nur um den heißen Brei herumgeredet hatte.

»Bisher habe ich nur in zwei dieser DVDs reingeschaut, aber jedesmal war der Greininger mit drauf. Manchmal allein, sonst mit immer derselben jungen Frau. Wahrscheinlich eine Prostituierte, ein Callgirl, etwas in der Art – denn so eine hübsche Freundin hätte der Greininger ohne Geld garantiert nie bekommen. Nur eines finde ich bisher seltsam für eine Prostituierte: Es sah aus, als wolle die Frau nicht so recht – dagegen habe ich eher die Vorstellung, dass ein Mädchen, das sein Geld mit Sex verdient, zumindest so tut, als würde es ihr Spaß machen. Das läuft doch sicher unter Kundenpflege oder so.«

»Vielleicht darf ich da mal kurz einhaken«, warf Rau dazwischen. »Wir waren ja in dem Häuschen in Schlichten, und dort ist ein Raum ziemlich aufwändig für ... intime Treffen hergerichtet worden. Ich vermute mal, dass die privaten Filme in diesem Raum entstanden sind: viele Spiegel, rote Matten auf dem Boden.« Roeder nickte. »Das klären wir natürlich noch genau, aber etwas anderes ist uns dort noch aufgefallen: Wir fanden keine Kondome, keine neuen, keine benutzten, keine leeren Verpackungen.«

»Und? Dann hat die Frau sie eben jeweils wieder mitgenommen, oder sie hat nicht auf Kondomen bestanden.«

»Hm«, machte Rau. »Ich weiß nicht. Spielen wir das mal durch: Eine Prostituierte kommt und bringt ihre eigenen Kondome mit – das klingt vernünftig, weil sie sich auf diese Weise eher darauf verlassen kann, dass ihr Kunde auch wirklich Kondome benutzt. Aber: Nimmt die Frau das benutzte Kondom danach tatsächlich wieder mit? Mir wäre das zu blöd. Und wozu denn? Greininger hat sich offenbar extra für diese Treffen das Haus eingerichtet, und er ließ wohl außer dieser Frau niemanden rein – warum also sollte er die Kondome verschwinden lassen oder sie nicht im Haus, im Mülleimer haben wollen?«

»Wenn die Frau jung war«, meinte Schneider, »könnte sie doch eine dieser Zwangsprostituierten aus Osteuropa sein.

Vielleicht verzichtete sie auf Kondome, unfreiwillig oder gegen Aufpreis. Das passt ja vielleicht auch ganz gut dazu, dass sie auf den Filmen wohl eher widerwillig wirkt, wie Herr Roeder vorhin beschrieben hat.«

»Könnte sein. Aber wenn es eines dieser armen Dinger wäre, würde ich eher nicht erwarten, dass er jedesmal dasselbe Mädchen im Haus hatte. Daran können die Leute, für die sie anschafft, eigentlich kein Interesse haben. Da scheint es eher darum zu gehen, gerade keine besonderen Beziehungen zwischen den möglichst austauschbaren Mädchen und ihren Kunden zu schaffen.«

Es entstand eine Pause. Das Thema war offenbar keinem in der Runde besonders angenehm.

»Herr Roeder«, fasste Schneider schließlich nach, »Sie hatten vorhin geklungen, als seien die Aufnahmen irgendwie ... unappetitlich. Warum das?«

»Na ja, die Sachen, die Greininger mit dieser Frau anstellt, wirken tatsächlich eher so, als würde er sie ... na ja: wirklich nur benutzen. Bei ein, zwei Szenen, die ich mal ein paar Minuten in normaler Geschwindigkeit laufen ließ, hatte ich auch den Eindruck, dass Greininger da auch zunehmend wütend zu Werke ging. Er schien auch auf sie einzuschimpfen, aber die Aufnahmen sind alle ohne Ton. Vielleicht war Greininger ja sauer, weil die Frau nicht so begeistert mitmachte, was weiß ich.«

»Aber wieso engagiert er dann immer wieder dieselbe Prostituierte?«, gab Ernst zu bedenken.

»Sie sagten auch«, fragte Schneider dazwischen, »dass er in manchen Szenen, auch allein zu sehen war. Hat der sich wirklich gefilmt, wie er ...«

»Ja«, antwortete Roeder, »hat er.« Etwas in Roeders Tonfall ließ auch Kerzlinger und Nerdhaas konzentriert zu ihm hinsehen. »Er hat aber keine Zeitschriften dazu angesehen, sondern Fotos, relativ groß abgezogene Schwarzweißfotos. Auch in diesen Szenen schwätzt und bruddelt Greininger scheinbar vor sich hin, na ja ...«

»Wer oder was ist denn auf den Fotos zu sehen?«, wollte Ernst wissen.

»Man sieht den Greininger auf den Filmen von vorn, also stehen die Fotos, die er sich dabei ansieht, auf dem Kopf. Das muss ich also noch genauer ansehen. Vielleicht kann mir Claus« – er sah zu Nerdhaas hinüber – »von einigen der Szenen brauchbare Standbilder auf den PC ziehen?« Nerdhaas nickte, und Roeder fuhr fort. »Trotzdem kann ich schon sagen, dass auf den Fotos Mädchen zu sehen sind, das Jüngste könnte eine Konfirmandin sein, in normaler Porträtansicht, Lächeln, Sonntagskleid – das volle Programm. Das Älteste wirkt dagegen schon ziemlich erwachsen – offenbar heimlich von einem Spanner mit einem jungen Mann geknipst. Und Greininger scheint in seinem Geschmack ziemlich festgelegt zu sein: dunkelbraune Haare, schlank – das ist so ungefähr sein ... wie sagt man? Beuteschema?«

»Gut, dann haben wir wieder einige Punkte, um die wir uns kümmern können. Wenn Herr Roeder und Herr Nerdhaas mit den Einzelfotos weiter sind, fassen wir da noch einmal nach. Noch etwas?«

»Ja«, sagte Ernst. »Wir sollten uns mal überlegen, wie die junge Frau zu den Treffen in Greiningers Häuschen kam. Auf der anderen Straßenseite wohnen ein Stück zum Wald hin ja auch Leute, die aber leider gerade im Urlaub sind. Aber wir müssten abklopfen, ob sonst jemand im Dorf etwas mitbekommen hat. Denn entweder kam sie mit Greininger, dann hätte der sie irgendwo zwischen Kallental und Schlichten aufgesammelt, vielleicht mit einem kleinen Umweg, wenn nötig. Oder sie kam selbst oder wurde gebracht – dann könnten wir vielleicht das Glück haben, dass irgendjemand mal ein oder zwei Autos an dem Haus gesehen hat und uns vielleicht eine Beschreibung ...«

Ernst hielt inne. An der Glastür, die vom anderen Ende des Gangs vor dem Schulungsraum aus auf den Hinterhof des Polizeigebäudes führte, klopfte es heftig. Jutta Kerzlinger und Folker Hallmy standen auf und gingen aus dem

Raum. Es klopfte noch heftiger, dann waren Stimmen zu hören, die ruhigen der beiden Beamten und eine erregte, fast hysterische Frauenstimme. Dann näherten sich Schritte, und in der Tür zum Schulungsraum stand Carina Follath: bleich, mit zerzausten Haaren, unter ihrem Mantel lugte noch das weiße Krankenhaus-Hemd hervor.

Donnerstag, 11.15 Uhr

Die Tür öffnete sich unter dem Gebimmel einer altmodischen Ladenglocke. Vor ihnen stand quer zur Tür eine schwere Verkaufstheke, auf der sich eine alte, verzierte Metallkasse befand – und daneben das hässliche moderne Gegenstück aus hellgrauem und schwarzem Plastik.

Links waren Pfeifen und kleine Bürsten, Zigarettenspitzen und Aschenbecher auf einem tiefen Regal verteilt, rechts standen beleuchtete Schränke mit Glastüren, zwischen denen sich ein schmaler Gang öffnete. Dahinter waren noch mehr dieser Schränke zu sehen.

»Guten Tag, die Herren«, krächzte ein älterer Mann zu ihnen herauf, der plötzlich vor der Verkaufstheke stand, etwas gebückt und sehr beflissen, und sie erwartungsvoll anstrahlte. »Wie kann ich Ihnen helfen?«

Der Mann folgte den Blicken der beiden Besucher, und ein warmes Lächeln huschte über sein faltiges Gesicht.

»Ah, Sie interessieren sich für unsere Zigarren?«

»Wie?« Brams schaute den Mann an. »Nein, tut mir leid, das können wir uns nicht leisten, fürchte ich.«

»Ach, so teuer sind Zigarren nicht, wissen Sie? Da bekommen Sie für den Wert einer guten Flasche Wein durchaus schon etwas, für das Sie sich nicht schämen müssen. Unsere Humidore sind voll mit feinen Tabaken in allen Preisklassen.«

»Ja, schön«, wechselte Brams das Thema. »Wir suchen einen Laden, der eine bestimmte Zigarettenmarke führt.«

Das Lächeln des Verkäufers bekam einen schmerzlichen Unterton.
»Führen Sie die Marke ›Redfern's Blend‹?«
»Ah, immerhin«, machte der Mann und ging hinter die Theke. Dort kramte er in einer Schublade und hielt schließlich eine Packung der gewünschten Marke in seiner Hand. »Bitte schön. Wird nicht oft nachgefragt, muss ich sagen.«
»Kennen Sie dann die Kunden, die diese Marke bei Ihnen kaufen?«
»Na ja, ganz so selten wird sie dann auch wieder nicht genommen. Außerdem kenne ich natürlich die meisten Kunden, aber die allerwenigsten auch mit Namen. Warum fragen Sie?«
»Wir sind von der Kriminalpolizei hier in Schorndorf. Und ein Fall von uns hat auch mit dieser Zigarettenmarke zu tun.«
»Oh, das tut mir leid. Aber wie gesagt: Mit Namen kann ich im Allgemeinen nicht dienen. Tja, was kann ich Ihnen zu den Redfern's sagen ... Diese Marke gab es früher nur als losen Tabak und dazu Hülsen mit Filter, in die Sie den Tabak stopfen konnten. Das war vor einigen Jahren durchaus in Mode, weil es billiger war als eine fertige Zigarette, und ziemlich viele hatten diese kleinen Stopfmaschinen in der Tasche. Heute führen wir nur noch die fertig produzierten – ich würde fast vermuten, dass es die Hülsen heute auch gar nicht mehr gibt. Müsste ich das für Sie herausfinden?«
»Nein, nein«, versicherte ihm Brams schnell, der schon ein schlechtes Gewissen bekam, weil der Mann ohne eigenen Nutzen so hilfsbereit war. »Uns geht es schon um diese Ausführung.«
»Ich würde sagen, das ist auch eher eine Marke für Frauen: eher fein im Duft, noch würzig, aber doch eine Spur leichter als viele vergleichbar aromatische Zigaretten.«
»Könnte nicht auch ein Mann mal welche bei Ihnen gekauft haben? So ein Typ »Landwirt«, normal groß, nicht zu schlank, etwas trampelnd im Auftreten.«

»Ich muss schon sagen: So würde ich keinen meiner Kunden beschreiben«, lächelte der Mann knitz. »Ich will ja auch künftig noch welche haben. Aber im Ernst: Bei mir kaufen natürlich nicht nur schlanke Manager im feinen Tuch ein – und ein Mann, wie Sie ihn beschrieben haben, findet sich sicherlich auch unter meiner Kundschaft. Das wäre dann aber kein Stammkunde – daran würde ich mich erinnern.«

»Hm«, machte Brams und dachte nach.

»Es gibt allerdings noch mehr Geschäfte, die diese Marke führen. Nicht hier in Schorndorf, aber in Stuttgart, Ludwigsburg und Böblingen. Und ich glaube, in Esslingen könnten Sie sie auch bekommen – da gibt es auch ein Geschäft etwa wie unseres.«

»Gut, danke.« Brams bemerkte die leicht hochgezogene Augenbraue des Verkäufers. »Was kostet das Päckchen?« Der Mann nannte den Preis und Brams kramte umständlich den passenden Betrag aus seinem Geldbeutel. Er steckte die »Redfern's Blend« in seine Jacke und verließ mit Schif im Schlepptau eilig den Laden.

»Rauchst du neuerdings?«, fragte ihn Schif draußen, als sie zum Auto gingen.

»Nein«, brummte Brams. »Aber hast du die Miene dieses Mannes gesehen?«

Schif schüttelte den Kopf. Brams war einfach ein zu guter Kerl.

Donnerstag, 11.30 Uhr

»Frau Follath«, sprang Schneider von seinem Stuhl auf. Sie hatte ein wenig zu schwanken begonnen, und Schneider war einem Reflex gefolgt. Doch Frau Follath fing sich wieder, und Folker Hallmy, der neben ihr stand, nahm seine Hand wieder von der Unterseite ihres Ellbogens.

»Hätte vielleicht jemand ...?«, begann sie und deutete fahrig nach draußen, »für mein Taxi ...?«

Ernst verstand als erster. Er erhob sich seufzend und ging auf den Hof hinaus, während er seine Brieftasche aus dem Jackett zog.

Kortz schob ihr einen Stuhl hin und Carina Follath setzte sich, auch Schneider ließ sich wieder auf seinen Platz fallen.

»Danke«, sagte sie und atmete tief durch.

Jemand schenkte ihr ein Glas Sprudel ein, sie nahm einen tiefen Zug, und schließlich fragte Schneider: »Was führt Sie denn zu uns?«

Sie trank ungerührt weiter, behielt Schneider dabei aber im Blick.

»Für einen so ... na ja: dramatischen Auftritt werden Sie triftige Gründe haben, nehme ich mal an.«

Sie setzte das Glas ab. »Sie waren doch gestern bei uns im Haus, mit Ihrem Kollegen zusammen. Leiten Sie die Ermittlungen?«

Schneider hatte jeweils genickt und sah Frau Follath etwas ungeduldig an.

»Ja, ich habe einen Grund, und das ist mein Mann.« Sie holte tief Luft und fragte mit etwas festerer Stimme: »Wie kann es sein, dass mein Mann von Ihnen geradezu verschleppt und dann eingesperrt wird, während ich im Krankenhaus bin?«

»Verschleppt ist da wohl kaum das richtige Wort«, antwortete Schneider. Ernst kam wieder in den Schulungsraum und setzte sich zurück auf seinen Platz.

»Ihr Mann«, fuhr Schneider fort, »hatte nach Ihrem Zusammenbruch um Hilfe gerufen. Wir gingen dann schnell zu Ihnen, auch der Notarzt wurde gerufen. Und als Sie wenig später auf dem Weg nach Schorndorf waren, hat sich Ihr Mann gestellt.«

»Wie, gestellt?«

»Er hat den Mord an Greininger gestanden. Er wollte, dass wir ihn sofort mitnehmen, und oben in unseren Büros hat er dann ausführlich beschrieben, warum er Greininger so sehr gehasst und wie er ihn erschlagen hat.«

Mit zitternden Händen schenkte sich Frau Follath noch etwas Sprudel nach und trank das Glas in einem Zug leer. Dann schaute sie wie geistesabwesend auf die Magnettafel hinüber, wo all die Fotos und Karten zum Mordfall Greininger hingen. Ein Stuhl knarrte, Dettwar räusperte sich, sonst war nichts zu hören.

»Mein Mann war es nicht«, sagte Frau Follath schließlich heiser in die Stille hinein.

Schneider wartete ab, und schließlich sah ihn Frau Follath direkt an.

»Nein, er war es nicht, das können Sie mir ruhig glauben.«

»Und warum sollte er die Tat dann auf sich nehmen?«

Ein trauriges Lächeln huschte über ihr Gesicht. »Um mich zu schützen.«

»Warum sollte Ihr Mann Sie schützen wollen?«, fragte Schneider, und alle Aufmerksamkeit in dem Schulungsraum richtete sich nach wie vor auf Carina Follath.

»Weil ich diesen Greininger umgebracht habe.«

Schneider war verblüfft. »Sie?«

»Ja, ich«, erklärte sie, und sie schien nun immer ruhiger zu werden. Sie schaute Ernst an: »Erinnern Sie sich noch an unser erstes Gespräch am Dienstag? Sie hatten sich gewundert, woher ich wusste, dass Greininger erschlagen wurde.« Sie zuckte die Schultern. »Nun wissen Sie es, woher ich es wusste: Ich bin es selbst gewesen.«

Schneider sah sie zweifelnd an. »Womit haben Sie ihn denn erschlagen?«

»Wie bitte?«

»Na ja, Sie haben schon richtig gehört: Womit haben Sie Greininger erschlagen?«

»Der hat da Holz an der Scheune gestapelt. Davon habe ich mir ein Stück genommen und habe zugeschlagen.«

»Von vorne oder von hinten?«

»Hören Sie mal, das weiß ich nun wirklich nicht mehr. Das ging alles so schnell, außerdem hatte ich gestern zusätzlich einen Schwächeanfall – das habe ich nicht mehr alles so ganz genau in Erinnerung.«

»Dann erzählen Sie uns doch von der Tat mal so, wie Sie sich noch erinnern«, forderte Schneider sie auf. Es war offensichtlich, dass er ihr kein Wort glaubte.

»Hat Ihnen mein Mann von meiner Krankheit erzählt?«
Schneider nickte.

»Und auch davon, dass der Greininger daran Schuld hat?«

»Ihr Mann beschrieb mir, wie Sie krank wurden und was Sie beide für die Ursache halten, ja.«

»Tja, offensichlich nur wir beide. Jedenfalls hat uns niemand gegen diesen Kerl geholfen. Da liegt es doch auf der Hand, dass ich das irgendwann nicht mehr einfach hinnehmen wollte, oder?«

»Ihr Mann erfindet Familienspiele, und Sie waren jahrelang im Büro tätig. Da würde ich eher einen Giftmord erwarten, ganz ehrlich.«

»Das kann man sich nun mal nicht immer aussuchen.«
Schneider hob eine Augenbraue.

»Was soll das eigentlich hier?«, schimpfte Frau Follath plötzlich los. »Ich gestehe den Mord an Greininger, und Sie sitzen nur da und halten Maulaffen feil! Hat vielleicht jemand mal die Güte, mich zu verhaften? Das ist ja unglaublich!«

»Ach, wissen Sie«, meinte Schneider nur, »Sie sind ja jetzt immerhin schon die zweite, die uns diesen Mord gesteht.«

Frau Follath sah aus, als würde sie gleich vor Wut platzen, da hob Schneider beschwichtigend die Hände. »Ich mache Ihnen einen Vorschlag: Zwei Kollegen bringen Sie jetzt zurück ins Krankenhaus, Sie sollten dort noch ein bisschen versorgt werden. Und wir werden Sie im Krankenhaus auf das Strengste bewachen – betrachten Sie sich bitte als verhaftet wegen Mordverdachts, ja?«

Auf eine Geste von Schneider erhoben sich Jutta Kerzlinger und Folker Hallmy und begleiteten Frau Follath hinaus.

Schneider blickte etwas ratlos in die Runde: »Sagen Sie mal ... läuft das in Schorndorf immer so seltsam?«

Ernst und Rau lachten leise auf.

Donnerstag, 13.00 Uhr

Der Bus kam erst in ein paar Minuten, und zu Cherrys Überraschung lief ihr Bruder schon auf sie zu.

»Hi, Chris!«

»Na, Kleine?«, neckte er sie.

»Pfff... dir werd ich helfen, alter Bruder!«

»Wenigstens nicht so alt wie dein Verehrer Florian, der Schwachkopf von der Schweineranch.«

»Hör mir bloß mit dem auf«, rollte sie mit den Augen. »Der hat ja total das Rad ab – und nun auch noch die Geschichte mit unseren Fenstern. Jetzt nervt er nicht nur mich, sondern jetzt ist er auch noch schuld daran, dass Mutti ins Krankenhaus kam. Arsch...«

»Ich hätte da schon eine Idee, wenn du Lust hättest, ihm das heimzuzahlen.«

»Quatsch«, wehrte sie ab, aber sie musterte ihren Bruder trotzdem interessiert. Chris wartete geduldig. Er kannte seine Schwester.

»Und, was schwebt dir vor?«, fragte sie schließlich, als der Linienbus vor dem Pulk der wartenden Kinder und Jugendlichen in die Haltebucht einfuhr. Chris grinste breit und wies mit einer angedeuteten Verbeugung zur Bustür hinauf: »Bitte schön, die Dame ... Ich erzähl's dir auf der Fahrt.«

Donnerstag, 14.30 Uhr

Brams und Schif waren während des Tumults um Frau Follath ins Polizeigebäude gekommen, sie hatten sich aber fürs Erste zurückgehalten: Die Kollegen kamen mit der Situation offensichtlich ganz gut zurecht, da wollten sie nicht stören.

Danach hatten sie den Kollegen, die gerade den Schulungsraum verlassen wollten, von ihren »Redfern's«-Recherchen berichtet. Darüber dachten Schneider und Ernst jetzt noch ein wenig nach. Sie saßen in Schneiders Büro und konnten sich nicht so recht einen Reim auf Greiningers seltsame Vorliebe machen.

»Ich versteh das nicht«, schüttelte Ernst zum wiederholten Mal den Kopf. »Da trinkt der Greininger herben Most in rauen Mengen, und dann kauft er sich ausgerechnet eine milde Frauenzigarette.«

»Ja, und raucht die außerdem auch nur gelegentlich.«

»Den könnte ich mir eher mit einem billigen Stumpen vorstellen.«

»Stumpen?«

»Mit einer Zigarre.«

»Tja, Zigarre raucht er aber nicht. Bleibt für uns die Frage: Warum ausgerechnet diese schwer erhältliche Frauenmarke? Daraus werde ich einfach nicht schlau.«

Das Telefon klingelte, und Schneider nahm ab.

»Hm?«, machte er ganz in Gedanken, dann fiel ihm ein, dass das Klingeln auf ein externes Gespräch hingedeutet hatte, und er beeilte sich, ein offiziell klingendes »Schneider?« hinterherzuschieben.

»Feulner hier.«

»Hallo, Herr Staatsanwalt. Was kann ich für Sie tun?«

»Gute Frage, das werde ich mir noch überlegen. Aber aktuell treibt mich eher um, was ich denn für Sie tun könnte?«

»Für mich?«

»Nun ja, ich würde eigentlich erwarten, dass Sie mich anrufen und mich um einen Haftbefehl für einen gewissen Heiner Follath bitten. Oder haben Sie den weggeschlossen und vergessen?«

»Nein, Herr Feulner, wo denken Sie hin?«, sagte Schneider mit gespielter Entrüstung. Ernst musste grinsen, blieb aber ganz still.

»Schauen Sie, Herr Schneider: Gestern Nacht verhaften Sie diesen Follath, alles deutet darauf hin, dass er der Täter ist – warum also wollen Sie bisher keinen Haftbefehl ausgestellt bekommen?«

»Wenn, dann müsste ich ja gleich um zwei Haftbefehle bitten.«

»Wie?«

»Na ja, heute Vormittag hat auch Frau Follath den Mord an Greininger gestanden. Damit hätten wir jetzt rein formal zwei Täter.«

»Sitzt die Frau denn auch im Gewahrsam?«

»Nicht direkt«, zögerte Schneider. »Ich war der Meinung, sie müsse nach ihrem Zusammenbruch gestern Nacht noch ein wenig im Krankenhaus bleiben. Zwei Kollegen bewachen sie dort.«

»Aha!« Feulner klang verwirrt. »Und was gedenken Sie nun zu tun?«

»Den wirklichen Mörder finden und verhaften.«

»Mann, Schneider, wie viele Mörder brauchen Sie denn noch?«

»Nur einen, den richtigen. Die Follaths waren es nicht. Das sagt mir mein Gefühl.«

»Ihr Gefühl? Ja dann ... Aber nehmen wir meinetwegen mal an, Sie liegen richtig: Warum lassen Sie die Follaths dann nicht frei?«

»Nein, das wäre – wie heißt es? – ermittlungstaktisch nicht klug.«

»Schneider, Sie bringen uns alle noch in Teufels Küche mit Ihren etwas seltsamen Methoden. Wenn die Follaths ihren Anwalt anrufen ...«

»Dann werden wir ihm das Protokoll von Heiner Follaths Verhaftung vorlegen – die übrigens ausdrücklich auf seinen eigenen Wunsch hin vorgenommen wurde.«

»Das tut nichts zur Sache für einen Anwalt, das wissen Sie!«

»Genau. Nur wurde Herr Follath um 0.20 Uhr heute Nacht verhaftet. Das heißt, dass wir ihn ohne Haftbefehl bis zum Ende des darauffolgenden Tages im Gewahrsam behalten dürfen – also bis kurz vor 24 Uhr am Freitag Abend. Wir haben also noch etwas Zeit.«

Am anderen Ende der Leitung war es still.

»Herr Feulner?«

Ein Seufzen, und dann: »Ich nehme an, Herr Schneider, es ist Ihnen eher egal, ob mir Ihr Vorgehen persönlich gefällt oder nicht.«

»Nun ...«

»Ein einfaches ›Ja‹ hätte es auch getan. Ich schau mir das jetzt einfach mal an und urteile erst hinterher über Ihre Art, diesen Fall zu handhaben. Sie wissen ja, dass Sie mit Nachsicht nicht rechnen dürfen – aber etwas Geduld will ich mit Ihnen durchaus haben. Auf Wiederhören.«

Donnerstag, 16 Uhr

Kortz, Dettwar und die anderen vom Innendienst hatten die SoKo kurzfristig für ein neues Treffen zusammengetrommelt, es ging um die vergrößerten Fotos aus den Pornos und um die Frau, die darauf ebenfalls zu sehen war. Schneider hatte es gerade noch geschafft, sich vorher von Ernst mit dem Dienstwagen zur Werkstatt fahren zu lassen: Sein Sportwagen war fertig und konnte abgeholt werden.

»Tut mir leid«, bedauerte Roeder, als alle im Schulungsraum versammelt waren. »Wir haben bei der Sitte rumgefragt, aber die Frau kennt da keiner. Wir haben Standbilder, auf denen ihr Gesicht besonders gut zu erkennen ist, zu allen Abteilungen gemailt, die mit Blick auf die Entfernung zu Schlichten auch nur halbwegs in Frage kommen – Fehlanzeige. Es scheint also doch eher eine Zwangsprostituierte zu sein, die bisher unter dem Radar bleiben konnte – oder ein etwas schickeres Callgirl, das den Kollegen noch nicht aufgefallen ist. Das würde aber darauf hindeuten, dass sie noch nicht so wahnsinnig lange im Geschäft sein kann.«

»Und jetzt?«, fragte Jutta Kerzlinger.

»Am besten wird es sein, dass jeder von uns Abzüge dieser Standbilder mitnimmt«, meinte Schneider. »Zufällig sehen werden wir sie wohl eher nicht, aber wir können in jedem Gespräch, das wir führen, nach ihr fragen. Außerdem sollten ein paar von uns mit dem Foto in Schlichten die Häuser abklappern – vielleicht bringt das was.«

Die Kollegen nickten und besprachen, in welchen Zweiergruppen sie vorgehen wollten.

»Herr Roeder«, fasste Schneider nach. »Sie haben doch die Bilddaten sicher gerade hier.« Roeder nickte und schaltete den Beamer ein. Das Gerät warf erst das vergrößerte Bild einer PC-Arbeitsfläche auf die Leinwand, dann wanderte die Maus zum Icon eines Bildbearbeitungsprogramms, das Roeder mit Doppelklick startete. Schließlich öffnete er nacheinander einige Bilddateien und zoomte jeweils das Gesicht der jungen Frau heran.

Er wollte gerade etwas dazu sagen, da fiel ihm auf, dass Schneider, Ernst und Schif mit offenem Mund auf die Leinwand starrten.

»Das ist Sandra Müller«, sagte Schneider schließlich, als er sich wieder gefasst hatte. »Die Tochter des Försters, der den toten Greininger gefunden hat.«

Dann wandte er sich an Roeder und Nerdhaas: »Drucken Sie uns bitte jetzt gleich diese Schwarzweißfotos aus, die Greininger auf den Videos in der Hand hält. Ernst und ich müssen sofort nach Kallental!«

Donnerstag, 16.15 Uhr

Vor der Bäckerei hatte sie zwischen den Häusern an der Straße ein Weilchen hinauf zum Wohnhaus von Florians Familie geschaut. Es lag ein paar Reihen nach hinten versetzt, aber wegen der Hanglage konnte man das Gebäude auch von hier unten aus sehen.

Sie wusste von Florians Angewohnheit, die Straße von seinem Zimmer unterm Dach aus zu beobachten, wann immer er zu Hause war. Und tatsächlich: Wie zufällig ging sein Fenster nach einer Weile auf und er schaute hinaus. Schüchtern winkte sie hinauf, sah dann auf ihre Armbanduhr und ging über die Straße zur Haltestelle in Richtung Rudersberg.

»Das klappt nie«, hatte sie zu ihrem Bruder gesagt. »Der lässt sich doch von mir nicht so runtermachen – und springt dann am nächsten Tag so mir nichts dir nichts gleich wieder auf mich an.«

»Probier's halt aus«, hatte er geantwortet. »Wenn's nicht klappt, hast du es wenigstens versucht.«

»Für Mutti«, sagte sie sich insgeheim und schaute Florian Mayer fest in die Augen, als er mit seinem Wagen langsam an ihr vorbei in Richtung Rudersberg fuhr.

»So, so«, dachte sie sich. »Spielt er ein wenig den Stolzen und lässt mich erst einmal stehen.« Bald darauf stieg sie in den Bus, und tatsächlich: Als sie in Rudersberg wieder ausstieg, sah sie seinen Wagen nicht weit entfernt von der Bushaltestelle am Straßenrand.

Sie schlenderte hinüber, ein bisschen lässiger als üblich, weil sie sich schon denken konnte, dass Florian sie durch den Außenspiegel beobachtete. An seiner Fahrertür blieb sie stehen und lehnte sich an den Wagen. Er sah trotzig zu ihr hoch.

»Hallo, Flori«, sagte sie.

»Hat sich was mit Flori«, schnauzte er zurück. »Du kannst mich mal. Machst mich gestern vor dem Café lächerlich, und jetzt kommst du wieder angekrochen.«

»Na ja«, sie lächelte. »War nicht so gemeint.«

Er schaute sie an, runzelte die Stirn.

»Ehrlich nicht«, schmeichelte sie und legte eine Hand auf den Ellbogen, den er über das heruntergedrehte Fenster gelegt hatte.

Donnerstag, 16.45 Uhr

Diesmal ließ Schneider seinen gelben Flitzer viel behutsamer zu Müllers Haus hinaufrollen. Es spritzte kein Schotter gegen den Unterboden des Wagens, und Schneider nahm sich fest vor, nach dem Besuch bei Fritz Müller und seiner Tochter sehr vorsichtig umzudrehen. Unabhängig von der Höhe der Reparaturrechnung fuchste ihn einfach die Tatsache, dass er sich hier oben die Stoßstange eingedrückt hatte.

Fritz Müller öffnete ihnen.

»Ist Ihre Tochter da? Wir müssten dringend mit ihr reden.«

»Da haben Sie Pech. Die ist gerade weggefahren. Wenn Sie über Rudersberg gefahren sind, müssten Sie ihr entgegengekommen sein.«

»Kommt sie zurück, oder ist sie nun wieder nach Esslingen gezogen?«

»Sie kommt wieder hierher. Das kann aber spät werden: Sie hilft heute Abend wieder im Frauenhaus in Esslingen. Da geht es manchmal ziemlich lange hoch her, leider. Na ja, und danach braucht sie sicher auch noch einmal eine gute halbe Stunde, bis sie hier draußen ist.«

Fritz Müller schaute die Männer an. Die beiden Kommissare machten keine Anstalten, nun wieder unverrichteter Dinge zu gehen.

»Was wollen Sie denn eigentlich von Sandra?«, fragte er schließlich.

»Das wollen wir sie lieber selbst fragen«, meinte Ernst. »Aber Sie können uns auch schon mal helfen.« Damit öffnete er einen Briefumschlag und zog einige Schwarzweißfotos heraus. Er wählte zuerst drei Motive aus, steckte die anderen wieder zurück in den Umschlag und zeigte Müller die drei Fotos.

»Ist das Ihre Tochter?«

Müller schaute sich die Fotos nur kurz an, dann nickte er. Zu sehen war ein etwas verschämt lächelndes Mädchen von etwa 14, 15 Jahren, sauber gescheitelt und auch sonst offensichtlich für ein Fest hergerichtet. Das nächste Foto zeigte ein etwa sechs Jahre altes Mädchen mit großen Augen, über dem die dunkelbraunen Haare in einem allzu gerade abgesäbelten Pony endeten, über der Schulter war der Ansatz eines Pferdeschwanzes zu sehen, das Kind hielt eine Schultüte im Arm. Und schließlich lachte ein etwa zehn- oder elfjähriges Mädchen herzlich von einem Fahrrad herunter, im Hintergrund waren eine Blumenwiese und voller Früchte hängende Kirschbäume zu sehen.

»Ja, das ist Sandra.« Er deutete nacheinander auf die Fotos: »Das war sie bei ihrer Konfirmation, dann hier die Einschulung und das hier«, er überlegte kurz, »das hier war, glaube ich, ein Radurlaub, den wir mal in Bayern gemacht haben. Da konnte meine Frau schon nicht mehr mitradeln.«

Er besah sich die Fotos noch etwas wehmütig, da schien ihm plötzlich ein Gedanke zu kommen und er fragte ruppig: »Moment mal, wo haben Sie diese Fotos denn her?«

Die Motive kannte Müller zwar, aber es waren keine Originalabzüge: Zu schlecht war die Körnung, die echten Bilder waren farbig gewesen – und irgendwie sah Sandra darauf auch in der Perspektive verzerrt aus, als habe jemand die Bilder abfotografiert, während sie vor ihm lagen.

»Und kennen Sie diesen Jungen hier?« Ernst hielt ihm schnell ein weiteres Bild hin: Nerdhaas hatte sich ziemlich lange abgemüht, aus den Spannerfotos das Gesicht des Jungen herauszuvergrößern, ohne Sandra Müller dabei mit abzubilden.

»Äh ...« Müller wirkte überrumpelt. »Das ist ...«

»Ja?«

»Das müsste Florian sein«, sagte Müller, und als er die fragenden Gesichter der Kommissare bemerkte, erklärte er: »Florian Mayer, der älteste Sohn unseres Schweinemästers hier am Ort. Wenn ich es richtig mitbekommen habe, müssten Sie ihn kennen: Er hat der Familie Follath gestern Abend

Steine durchs Fenster geworfen, und der alte Pfleiderer hat ihn Ihnen danach wohl ... vorgestellt.«

»Ah ja, ich erinnere mich«, machte Schneider.

»Aber jetzt raus damit: Wo haben Sie diese Fotos her?«

Ohne zu antworten, zog Ernst noch ein Foto aus dem Umschlag: Es zeigte dasselbe Gesichtsporträt von Florian Mayer, allerdings eingebettet in eine eindeutige Szene mit ihm und Sandra Müller.

Müller erschrak. »Das ...« Kurz starrte er auf das Foto, dann streckte er seine Hand danach aus. Ernst gab es ihm, und Müller besah sich einige Details im Hintergrund der Aufnahme.

»Das wurde oben beim alten Bauwagen fotografiert«, sagte er nach einer Weile. »Sie können im Hintergrund noch die Dachspitze vom Greiningerhof sehen.« Das Dach hatte Ernst zwar nicht erkannt, aber den Bauwagen hatte er ebenfalls identifiziert. Links oben ragte etwas ins Bild, das zu unscharf war, um es zu erkennen – Ernst tippte auf einen Zweig, der direkt vor dem Kameraobjektiv ins Blickfeld geraten war.

»Wer war dieser Spanner?«, fragte Müller und reichte Ernst das Foto zurück.

»Greininger«, sagte Schneider. »Zumindest sieht alles danach aus.«

»Das passt zu dem Schwein«, sagte Müller wie zu sich selbst.

»Wieso?«

Plötzlich hob Müller wieder den Kopf und fixierte Schneider: »Sagen Sie mir jetzt sofort, woher Sie diese Fotos haben! Da ist doch was faul! Und ich will wissen, was – es geht hier schließlich um meine Tochter!«

»Können wir reinkommen?« fragte Ernst daraufhin. »Das sollten wir nicht hier vor der Tür besprechen.«

Müller nickte und bat die Kommissare ins Haus.

Donnerstag, 17.30 Uhr

Florian Mayer hatte Mühe, seinem, wie er fand, coolen Image gerecht zu werden. Er flitzte durch den sonnigen Nachmittag aus Oberndorf heraus, trat ordentlich aufs Gaspedal und lächelte immer wieder kurz zu Cherry Follath hinüber, die neben ihm auf dem Beifahrersitz saß.

»Heiße Schnecke«, dachte er und grinste sie an. »Verdammt heiße Schnecke.«

Er bog mit quietschenden Reifen in die Talstraße ein und ließ sein Auto schließlich neben der Scheune ausrollen, an der man am Dienstag den toten Greininger gefunden hatte.

»Schon krass, das mit eurem Toten«, murmelte Florian, als er die Scheune ansah.

»Ja«, gab sich Cherry schüchtern. »Das ist nicht so leicht für uns alle, weißt du? Vor allem für mich nicht.«

Florian sah sie und legte einen Arm um sie. Cherrys leichtes Zittern schrieb er seiner männlichen Ausstrahlung zu.

»Na ja«, fuhr sie fort, »und jetzt ist keiner da, mit dem ich darüber reden könnte.«

»Was ist mit deinem Bruder?«

»Der ist noch in Schorndorf, hat was vor, was weiß ich«, log sie.

»Red doch mit mir.«

»Ach, das wird dich nicht interessieren. Mädchenkram, Trauer, Angst – das ist dir doch sicher viel zu blöd ...«

»Nein, gar nicht. Ich kann ja mit rein zu dir.« Damit stieg er aus und stellte sich vor die Motorhaube.

»Nein, ich kann jetzt nicht im Haus bleiben ... Da fällt mir nur die Decke auf den Kopf.«

»Gut, dann lass uns ein Stück gehen, und du sprichst dich aus, ja?«

Sie gingen zusammen den Feldweg Richtung Oberndorf entlang, bogen dann nach links auf einen Wiesenweg ab, der zum Wald hochführte. Und zehn Minuten später traten sie auf den kleinen Platz vor dem Bauwagen aus dem Wald.

Cherry hatte ihren Begleiter nicht allzu sehr dirigieren müssen, um hierher zu kommen – vermutlich hatte dieser schmierige Dorfpfau von Anfang an kein anderes Ziel im Sinn gehabt.

»Oh«, machte Cherry und tat noch schüchterner. »Hier sind wir ...« Sie lächelte Florian an, und der setzte sich mit ihr auf den Boden. Er nahm ihre Hände, aber schon nach ein paar Sekunden streichelte er linkisch einen Arm hinauf, nahm dann ihre Schulter und zog sie leicht an sich.

»Kein Wunder, dass der keine abkriegt«, dachte sich Cherry und schluckte ihren Ekel hinunter. Florian küsste sie, und sofort begann er an ihrem Oberteil herumzufummeln.

»Oh, Flori«, machte Cherry, während sie zunehmend ängstlich den Waldrand nach ihrem Bruder absuchte. Einen freudigen Gesichtsausdruck musste sie dabei nicht mehr spielen: Florian Mayer war an ihrem Gesicht längst nicht mehr interessiert.

Plötzlich schlüpfte ihr Bruder Chris durch eine Lücke im Waldrand, legte die Kamera zur Seite und stürzte auf das unfreiwillige Paar vor dem Bauwagen los. Er packte Florian bei den Schultern und warf ihn nach rückwärts auf den Boden. Der stutzte kurz, sah dann zwischen den beiden Geschwistern hin und her, und allmählich schien es ihm zu dämmern, dass er in eine Falle getappt war.

Wütend wollte er aufspringen, doch dabei waren ihm die enge Jeans und die hohen Stiefel keine große Hilfe. Mit ein paar gezielten Tritten beförderte Chris den Älteren ohne große Schwierigkeiten wieder zu Boden. Als ihm die Ironie der Szene auffiel, musste Chris Follath breit grinsen: Zum Kampfsport war er gekommen, weil er immer die sportlichen Erfolge von Sandra Müller bewundert hatte – genau jener Sandra, so hatte er mal erfahren, der dieser Florian vor vielen Jahren mal ziemlich übel den Laufpass gegeben hatte.

Einige Minuten lang schien sich Florian Mayer halbwegs standhaft gegen Chris' Tritte und Griffe zu wehren, doch dann landete ein Schuh von Chris krachend auf seinem linken Wangenknochen, und er taumelte den Hang hinunter und sah zu, dass er schnell sein Auto erreichte.

Cherry saß auf dem Boden und übergab sich.

»Hey, Schwester«, beruhigte er sie, »das war's schon fast. Jetzt drucke ich die Bilder aus und bringe sie zu Florians Vater. Ich schätze mal, danach hast du deine Ruhe.«

Donnerstag, 22.30 Uhr

Mit vereinten Kräften hatten sie den wütenden Mann vor die Tür geschoben, und den beiden Frauen war dabei zugutegekommen, dass Sandra Müller als erfahrene Kampfsportlerin wusste, wie und wo sie anpacken musste. Nun hatte sie den Burschen in einem sicheren Griff, während zwei Männer herbeieilten, um ihr zu helfen. Passanten, die nicht einfach wegschauen – dass ihr das als Besonderheit auffiel, sagte schon einiges über das Verhalten der meisten Leute.

Da kamen auch schon drei Polizeibeamte aus dem nahen Innenstadtrevier um die Ecke gerannt und nahmen Kurs auf den unerwünschten Besucher. Wüst schimpfend und drohend wurde der Mann wenig später in Handschellen abgeführt.

Ihre Kollegin reichte ihr eine Zigarette und gab ihr Feuer. Eigentlich rauchte Sandra Müller schon seit Jahren nicht mehr, aber ab und zu schnorrte sie eine von ihrer Kollegin – auch, weil sie dieselbe Marke rauchte, die Sandra Müller früher am liebsten kaufte. Ihre letzte »Redfern's Blend« für viele Jahre hatte sich Sandra Müller angesteckt, als sie noch mit Florian zusammen war. Und sein ziemlich unrühmlicher Abgang hatte sie damals für einige Zeit so aus der Bahn geworfen, dass sie sich danach ein paar Dinge abgewöhnte, um sich irgendwie neu und stärker zu fühlen. Auch mit dem Rauchen hatte sie damals aufgehört.

Aber dieser Abend war auch in anderer Hinsicht eine Ausnahme. Sie sog den Qualm vorsichtig ein und musste husten. Immer wieder hatten sie mit Ehemännern zu tun, die erst ihre Frauen verprügelten und sie dann mit hochgekrempelten Ärmeln aus dem Frauenhaus abholen wollten. Meistens war es damit getan, dass sie den Eingang verschlossen oder die Frau in einem Zimmer versteckten, bis die Polizei kam und dem Mann die Tür wies.

Diesmal aber war es heftiger gewesen. Die Frau war schon seit drei Tagen hier, ein blaues Auge sowie zahlreiche Prellungen und Blutergüsse am ganzen Körper hatte ein Arzt behandelt, den sie ins Frauenhaus bestellt hatten. Vorgestern und gestern – das ließ sich Sandra, die wegen des Anrufs ihres Vaters frei genommen hatte, von den anderen Helferinnen erzählen – war alles friedlich, und für die nächsten Tage war schon geplant, der Frau eine längerfristige Unterkunft zu besorgen. Plötzlich stand heute ihr Mann in der Tür: ein Baum von einem Kerl, fiese Visage und eine beachtliche Alkoholfahne. Er hatte getobt und gleich mal mit einem Stuhl geworfen: Wo seine Frau sei, was die Schlampe über ihn erzählt habe und so weiter. Schließlich war er handgreiflich geworden – dass das ein Fehler war, merkte er zu spät.

Die beiden Frauen schauten schweigend in die Nacht hinaus und rauchten. Als die Glut den gelblichen Filter erreichte, schnippten sie die Kippen auf den Boden und traten die Glut aus. Die Kollegin ging wieder zurück ins Haus, Sandra blieb noch kurz an der kühlen Luft. Sie zog ihr Handy aus der Tasche und schaltete es ein. Wenn im Frauenhaus viel zu tun war, machten alle ihre Telefone aus – in den Gesprächen mit den Frauen wirkte es unhöflich, wenn ein Klingeln sie unterbrach; und für Aktionen wie eben war ein Anruf ohnehin die am wenigsten erwünschte Störung.

Die Voicebox signalisierte einen Anruf, der schon gegen 17.15 Uhr eingegangen war. Es wurde keine Nummer angezeigt, aber die Stimme erkannte sie sofort: Es war ihr Vater, und er erzählte ihr vom heutigen Besuch der beiden Kommissare. Bleich steckte sie das Handy wieder zurück und ging ins Haus, um ihre Jacke und ihre Schlüssel zu holen.

Im Zickzack zwischen anderen Autos auf beiden Spuren hindurch flitzte Sandra Müller kurz darauf die B10 entlang, passierte den Plochinger Hafen und gab noch mehr Gas, als der Neckar und mit ihm die schnellste Verbindung zur Autobahn nach rechts abbogen: Sie selbst fuhr weiter auf der B10, die Fils entlang Richtung Osten, und der Verkehr war hier längst nicht mehr so dicht.

Schon in Reichenbach kurvte sie von der Bundesstraße herunter, fuhr eilig durch den Ort und danach wieder mit Vollgas die Schorndorfer Straße hinauf. Sie war so sehr in ihre Gedanken vertieft, dass sie in einem kurzen Waldstück fast die scharfe Kurve übersehen hatte, die sie doch eigentlich sonst gewissermaßen im Schlaf gefahren war. Der Schreck ließ sie nun stärker auf die Straße achten. Sie fuhr zügig durch die beiden Dörfer Hegenlohe und Thomashardt, kreuzte die Straße von Schnait nach Ebersbach, durchquerte noch ein Waldstück – und sah vor sich Schlichten liegen.

Sie nahm den Fuß vom Gas und rollte zunehmend langsamer auf den Ort zu. Am Ortsschild bremste sie noch etwas ab und folgte dem kurvigen Verlauf der Schurwaldstraße durch den Ort. Schließlich ging nach rechts nur noch die kurze Zufahrtsstraße für zwei, drei Wohnhäuser ab, und auch links markierte ein etwas von der Straße zurückgesetztes Häuschen das Ende von Schlichten. Danach kamen links nur noch eine mit Büschen bewachsene Wiese, dahinter der Wald. Und auf der Wiese rechts der Straße wuchsen erst weiter hinten einige Büsche, und danach breiteten sich Felder aus bis zum Wald hin.

Das alles konnte Sandra Müller in der dunklen Nacht nicht sehen, aber sie war die Strecke hier herauf oft genug gefahren, um die Bilder in ihrer Fantasie aufrufen zu können. Bevor die Landstraße vor ihr in einem weiten Rechtsschwung in den Wald hinein und dann nach Schorndorf hinunter führte, bremste sie den Wagen noch etwas mehr ab und rollte danach mit gelöschten Lichtern langsam auf den Hof von Greiningers Häuschen. Sogar der Griff zur Handbremse war ihr zur Routine geworden: Weder durch ihre Scheinwerfer noch durch das Bremslicht wollte sie sich den Leuten verraten, die nur ein kurzes Stück die Landstraße weiter ebenfalls außerhalb der Ortschaft wohnten.

Keine Zeugen, keine Scham. Na ja, zumindest: weniger Scham, das war jedesmal das Ziel gewesen.

Der Wagen rollte aus, doch Sandra Müller konnte nicht aussteigen. Ihre Beine zitterten, nur mühsam konnte sie den Blick zu dem Fenster rechts oben heben: Dahinter lag das Schlafzimmer. Ein einziges Mal war sie in den Hof gefahren, hatte sich nicht überwinden können und war wieder weggefahren, ohne ins Haus gegangen zu sein. Ein einziges Mal, für das sie teuer hatte bezahlen müssen. Seither hatte sie sich jedesmal irgendwie überwunden und war hinein und die Treppe hinauf, diese fürchterliche Stiege, hinter der er auf sie wartete. Jedesmal.

Aber heute wartete kein Greininger auf sie. Und er würde nie wieder auf sie warten. Ein Gefühl der Erleichterung fuhr ihr wie ein alter Schnaps in den Magen und wärmte sie – und die Angst, dass ihr der Falsche diese Last für immer genommen hatte, zerwühlte sofort danach ihr Innerstes wie billiger Fusel.

Ohne noch länger nachzudenken, drehte sie den Zündschlüssel, hämmerte den Rückwärtsgang hinein und schoss mit dem Geräusch aufgeschleuderter Schottersteine und Dreckbatzen auf die nächtliche Landstraße hinaus. Sandra Müller hatte nicht gesehen, dass von Schlichten her ein silberner Kombi herangefahren kam. Und sie hatte nun auch keinen Blick dafür, dass Charlie Riedl, der diesen Kombi mit Instrumenten und Verstärkern vollgepackt hatte und von einem Studiotermin in Reichenbach heimfuhr, ihr nur im letzten Moment ausweichen konnte. Ihm selbst half es wenig, dass er den Zusammenstoß mit dem überraschend vor ihm auftauchenden Wagen vermied: Sein Kombi schanzte über den Straßenrand und kam ein Stück die Wiese hinein ziemlich demoliert zum Stehen.

Da war Sandra Müller mit ihrem Wagen längst in den Wald hineingefahren. Wie von Sinnen raste sie die kurvige Landstraße nach Schorndorf hinunter. Sie wollte jetzt vor allem eines: schnell bei ihrem Vater sein. Schnell.
Viel zu schnell.

Donnerstag, 23.45 Uhr

»Hm?«

Schneider brummte mürrisch in sein Handy. Er hatte sich schon hingelegt und gerade die Stelle gesucht, an der ihm am vorigen Abend beim Einschlafen der Krimi mit dem schrulligen schwäbischen Ermittler aus der Hand gefallen war. Das Buch war spannend, und den erfundenen Stuttgarter Kollegen mochte er trotz aller Ungereimtheiten aus professioneller Sicht seit Jahren ganz besonders – aber er war, wenn er nur müde genug zu Bett ging, auch schon über Thrillern um einen mordenden Albino-Mönch oder um einen klugen schwedischen Kommissar in der privaten Dauerkrise eingeschlafen.

Nun aber war er schlagartig hellwach.

»Und, ist sie schwer verletzt?«, fragte er den Anrufer.

»Nein«, beruhigte ihn der Polizeibeamte. »Wir stehen mit unserem Streifenwagen noch hier am Unfallort. Aber Frau Müller ist schon im Krankenhaus, das liegt ja nur einen knappen Kilometer von hier. Der Notarzt hat praktisch schon hier vor Ort Entwarnung gegeben. Sie war angeschnallt, der Airbag hat ausgelöst, und auch sonst hat sie wohl alle Schutzengel mit im Wagen gehabt.«

Sandra Müller, berichtete der Beamte weiter, habe die letzte Kurve vor dem Waldrand Richtung Schorndorf nur mit Mühe bekommen, sei mit ihrem Wagen durch das Gegenlenken allerdings quer über die Gegenfahrbahn in eine freie Wiese geschossen, dann über einen Feldweg zwischen zwei großen Bäumen hindurch, und schließlich sei ihr Auto nach einer längeren Rutschpartie im Zaun eines Wochenendgrundstücks zum Stehen gekommen.

»Hauptkommissar Ernst habe ich auch gerade benachrichtigt. Er ist schon unterwegs und holt Sie in ein paar Minuten ab. Der behandelnde Arzt im Krankenhaus in Schorndorf sagte mir vor ein paar Minuten am Telefon, Sie könnten mit etwas Glück vielleicht schon in ein, zwei Stunden mit Frau Müller reden.«

»Gut, danke. Und würden Sie bitte den Vater von Frau Müller anrufen?«

»Klar«, antwortete der Beamte. »Mache ich, die Nummer müsste ich haben – ich wohne selbst in Althütte und kenne einige Leute in Kallental. Soll ich Sandras Patenonkel am besten auch gleich verständigen?«

»Patenonkel?«, fragte Schneider überrascht. »Wer ist denn der Patenonkel?«

»Der Vetter ihres Vaters, Horscht Müller, dem das Sägewerk in Kallental gehört.«

Nachdenklich klappte Schneider sein Handy zu und zog sich an.

Der vierte Tag

Freitag, 0.30 Uhr

Obwohl Mitternacht schon vorüber war, herrschte in der Abteilung des Schorndorfer Krankenhauses, durch die Ernst und Schneider gerade mit großen Schritten eilten, noch recht viel Betrieb. Eine Schwester versprach, den Arzt über ihre Ankunft zu informieren, und bat sie, so lange auf einer Sitzgruppe in einer Ecke des Flurs zu warten.

Nach einer Weile öffnete sich eine Tür, aber es war nicht der Arzt, der herauskam: Charlie Riedl, der Musiker, den Schneider am ersten Tag in Kallental vernommen hatte, humpelte heraus.

»Herr Riedl?«, staunte Schneider.

Der Musiker humpelte heran, und Ernst und er wurden einander vorgestellt.

»Was machen Sie denn hier?«, fragte Schneider ihn dann.

»Ich musste einem Auto ausweichen, und dabei bin ich selbst in der Botanik gelandet.«

»Und, hat sich der andere Fahrer schon bei Ihnen entschuldigt?«

»Von wegen: Abgehauen ist der, klarer Fall von Fahrerflucht!«

»Oh, das tut mir leid. Wissen Sie was? Ich notiere mir kurz die Details, und dann kann ich das gleich den Kollegen weitergeben. Wie ist es denn passiert, und wo?«

»Ich hatte in Reichenbach zu tun, drüben im Filstal. Und als ich gerade über den Schurwald fuhr, kam plötzlich ein Auto rückwärts aus einer Einfahrt raus – das war wirklich haarscharf, kann ich Ihnen sagen!«

»Von Reichenbach her?«, fragte Ernst dazwischen. »Sind Sie da nicht auch durch Schlichten gefahren?«

Schneider horchte auf.

»Ja, klar«, sagte Riedl. »Da ist es mir ja passiert.«

»Wo denn genau?«, hakte Ernst nach.

»Nach dem Ortsende, kurz bevor die Landstraße da in den Wald hineinführt. Da ist links, wenn ich mich recht erinnere, ein kleiner Bauernhof oder so etwas.«

»Tja, Herr Riedl«, meinte Schneider. »Dann wissen wir wahrscheinlich, wer Ihren Unfall verursacht hat.«

»Ja? Dann los, dann müssen wir ihn stellen. Womöglich ist der nur abgehauen, weil er zu viel getrunken hat und ...«

»Die junge Frau, der Sie ausgewichen sind, hat im Moment, glaube ich, ganz andere Probleme. Und sie kann uns auch nicht weglaufen: Sie liegt hier im Krankenhaus. Kurz nach Ihrem Unfall kam sie unten kurz vor Schorndorf von der Fahrbahn ab.«

Riedl stand im Flur wie ein Mensch gewordenes Fragezeichen. Aber im Augenblick hatte keiner der beiden Kommissare mehr einen Blick für seine Verwirrung.

»Warum«, fragte Ernst und sah Schneider dabei an, »warum ist sie denn da noch einmal hingefahren? Was, um Himmels willen, hat sie denn noch einmal dorthin locken können? Wenn wir die Filme inzwischen richtig deuten, war sie kaum besonders freiwillig dort oben.«

Riedl schüttelte den Kopf, als ihn niemand beachtete, und mühte sich mit seinen Krücken schließlich weiter den Gang entlang.

»Wir haben gestern am frühen Abend mit ihrem Vater gesprochen«, gab Schneider seinem Kollegen zu bedenken.

»Ja, aber das war gegen fünf, also eher am Nachmittag. Und dann braucht sie geschlagene fünf oder sechs Stunden, bis sie plötzlich ganz spontan und schnell wie eine Irre da hinauf- und später wieder hinunterrast? Selbst wenn sie sich oben eine Zeitlang im Haus aufgehalten haben sollte: Warum hätte sie erst viel Zeit gehabt – und sich dann so beeilt, dass sie aus der Kurve fliegt? Das nenne ich eine ziemlich lange Leitung!«

»Lange Leitung? Ja, genau ...« Schneider überlegte. »Was wäre, wenn ihr Vater sie mit der Nachricht, was wir alles über sie und Greininger wissen, nicht gleich erreicht hätte, sondern erst jetzt, am späten Abend?«

Weiter kamen sie in dieser Nacht nicht mehr: Der Arzt, der nun zu ihnen kam, vertröstete sie auf den nächsten Morgen. Dafür ließ er Fritz und Horst Müller, die gleichzeitig im Krankenhaus eintrafen, zu der jungen Frau ins Zimmer. Fritz Müller hielt seinem Vetter die Tür auf, während der durchhumpelte. Die beiden Kommissare hatten sie keines Blickes gewürdigt. Etwas betreten sahen sich Ernst und Schneider in dem nun leeren Flur um. Dann trollten sie sich enttäuscht.

Freitag, 8.30 Uhr

Normalerweise reichte Horst Müller morgens das Boulevardblatt allemal als Lektüre. Er war kein großer Freund des Lesens, und die kurzen, plakativen Artikel in dieser Zeitung passten da ganz gut. Heute aber war sein Schreibtisch komplett mit Tageszeitungen bedeckt: Neben dem Boulevardblatt lagen noch die Schorndorfer Nachrichten und die Stuttgarter Zeitung. Immer wieder nahm er eines der drei Blätter zur Hand und las noch einmal, was dort über den Mord an Greininger stand und über die Verhaftung von Heiner Follath.

Auch wenn die Artikel unterschiedlich seriös aufgemacht waren, es lief in allen drei Zeitungen auf dasselbe hinaus: In der Nacht zum Donnerstag hatte sich Follath der Polizei gestellt und war daraufhin wegen des Mordes an Greininger verhaftet worden. Frau Follath hatte demnach kurz zuvor einen Zusammenbruch erlitten und verbrachte die Nacht zum Donnerstag in Schorndorf im Krankenhaus. Dazu gab es noch einmal einen Rückblick auf die Ereignisse, seit der Tote am Dienstag früh gefunden worden war, und in zwei der Zeitungen wurde angedeutet, dass in Kallental die Wogen recht hoch gegangen waren – und dass die Polizei trotz des Geständnisses die Ermittlungen noch weiterführte, um letzte Details zu klären.

Nur im Boulevardblatt stand noch etwas mehr: Angeblich habe sich am Donnerstag auch Frau Follath der Polizei gestellt – zuvor sei sie im Krankenhaus ausgebüxt und ganz spektakulär mit wehendem Krankenhemd vor dem Polizeigebäude aus dem Taxi gestürmt. Das klang eher wie schlecht erfunden und war im Stil eines schnell gestrickten Krimis geschrieben – aber wenn es nun mal in der Zeitung stand ...

Horst Müller stand auf und ging ans Fenster. Draußen zogen zum ersten Mal seit Tagen Wolken auf. »Typisch«, dachte er, »pünktlich zum Wochenende.« Dann wanderte sein Blick zur Talstraße hin, den Greiningerhof und das Haus der Familie Follath konnte er von hier aus nicht sehen. Aber zwischen den Dächern des alten Mayerhofs konnte er zum Waldrand hinaufspähen. Und weil er wusste, wo er zu suchen hatte, konnte er zwischen den Baumkronen ein Stück vom Dach des alten Bauwagens sehen, der dort auf seiner Plattform stand.

»Verdammter Bauwagen«, schoss es ihm durch den Kopf. »Und verdammter Florian.« Für ihn war dieser blöde junge Kerl der Auslöser von allem, was seiner Sandra seither geschehen war. Bis hin zu dem Unfall gestern Nacht. Florian und dieser Greininger, aber Greininger war ja tot und würde Sandra nie wieder schaden können.

Ein paar Minuten stand Horst Müller einfach nur da und ließ seine Gedanken schweifen, dann schien ein Ruck durch ihn zu gehen. Er musste eine Entscheidung treffen, bald. Aber zuvor musste er sich das letzte Puzzleteil dieser ganzen tragischen Geschichte ansehen. Als er seine Jacke mit der Brieftasche und den Autoschlüsseln vom Garderobenhaken nahm, war er selbst verblüfft, dass er dort noch nie gewesen war.

Freitag, 9.00 Uhr

Rau stürmte in das Büro von Nerdhaas, in dem Schneider und Ernst gerade saßen, um mit dem Kollegen zu bereden, was vielleicht über das Internet noch herauszubekommen war. Außerdem hatten sie ein Luftbild auf dem Monitor, das Schlichten zeigte und die Straße von dort nach Schorndorf.

»Schmeißt alles weg, ich komme«, rief Rau fröhlich und wedelte mit einem Packen Papier. »Das Labor ist durch und hat uns die Ergebnisse geschickt. Und jetzt haltet euch fest: Die DNA-Spuren auf dem Holzscheit passen nicht zu Follath, es muss allerdings ein Mann sein. Herr und Frau Follath können also nach Hause.«

»Dachte ich mir's doch«, murmelte Schneider und fuhr dann lauter fort: »Aber die Follaths bleiben erst mal bei uns. Wir dürfen sie theoretisch noch bis heute Abend behalten, ohne Haftbefehl zu beantragen. Mir wäre es doppelt lieb, wenn sie noch nicht draußen herumspazieren würden. Erstens bin ich mir nicht sicher, ob die nicht womöglich irgendeinen Unsinn anstellen – und zweitens wird sich der tatsächliche Mörder etwas weniger vorsichtig verhalten, wenn er glaubt, wir hätten schon zu Ende ermittelt.«

»Aber wenn Feulner ...«

»Der mag mich eh nicht«, winkte Schneider ab. »Das nehme ich auf meine Kappe.«

Freitag, 9.30 Uhr

Horst Müller fuhr beim ersten Mal langsam an der Einfahrt zu Greiningers Zweithaus vorbei. Er machte sich ein Bild von der Lage des Bauernhofs und fuhr dann ein Stück weiter. Im Dorf bog er an der ersten Möglichkeit rechts ab, nahm dann die Vogelsangstraße, wie er dem Schild an der Ecke entnehmen konnte, und fuhr so wieder aus dem Ort heraus. Er kannte diese Strecke vage und wusste, dass die Straße nach Winterbach hinunterführte. In dem spitzen Dreieck, das die Vogelsang- und die Hauptstraße bildeten, lag der Bauernhof, zu dem er wollte. Ein Stück außerhalb von Schlichten parkte er seinen Wagen auf einem Wiesenstück und ging zu Fuß die rund 200 Meter bis zu Greiningers Häuschen am Waldrand entlang.

Der alte Bauernhof war verlassen, keine Bewegung störte das ruhige Bild. Nur vor der Eingangstür wehte das rotweiße Absperrband der Polizei im leichten Wind. Er riss es ungeduldig herunter, rüttelte an der Klinke und rammte die verschlossene Tür schließlich mit einem kräftigen Stoß seiner Schulter auf.

»Hier ist es also passiert«, dachte sich Müller, während er sich die Schulter rieb, und stapfte wütend durch die Räume im Erdgeschoss. Alles sah ordentlich aus, und nichts entsprach den wüsten Befürchtungen, die Müller die letzten paar Tage umgetrieben hatten. Er ging die Treppe hinauf und fand auch oben nichts, was er so erwartet hätte. Bis er die Tür zum Schlafzimmer öffnete ...

Er stand lange in der Tür, sah sich selbst im Spiegel des Wandschranks gegenüber. Und eine Träne nach der anderen lief seinem Spiegelbild über das knorrige Gesicht.

Freitag, 10.00 Uhr

Der dicht bepackte Kombi kam die Straße von Schorndorf her herauf, verlangsamte kurz vor dem Waldrand und rumpelte schließlich nach links in die Einfahrt.

»Wenn ich gewusst hätte, was für eine Absteige dieses letzte Hotel ist«, schimpfte der Mann, der auf der Fahrerseite ausgestiegen war, »hätten wir schon einen Tag eher heimfahren können.«

»Jetzt beruhige dich doch«, anwortete die Frau, die schon eine der Gummischnüre auf dem Dachhalter zu lösen begann. »Wir sind ja nur eine Nacht geblieben.«

»Ja, prima – und haben für drei bezahlt.«

»Na ja, du hast dich ja mit deinem spektakulären Abgang an der Rezeption doch einigermaßen schadlos gehalten«, lachte seine Frau. »Hat mir übrigens gefallen, Schatz.«

Er lächelte besänftigt und schleppte einen großen Koffer zum Haus hinüber. Die Tür ließ sich nur schwer aufschieben: Dahinter häufte sich auf dem Fliesenboden des Hausflurs die Post, die in den letzten Wochen durch den Schlitz gesteckt worden war.

Als er den Koffer abgestellt hatte, fiel ihm eine Visitenkarte mit dem Logo der Polizei auf, die ziemlich weit oben auf dem Haufen lag.

»Du, Schatz«, rief er und ging mit der Karte hinaus. »Da hat uns ein Kommissar ... Moment ... oh, ein Erster *Kriminalhaupt*kommissar Schneider seine Visitenkarte eingeworfen. Wir sollen ihn zurückrufen: ‚Es geht um das Haus gegenüber', steht hier. Mann, was für eine Klaue ...«

»Gut, ruf ihn an. Dann können wir ihm auch gleich von dem Mann erzählen.«

»Von welchem Mann?«

»Da ist gerade ein Mann aus der Einfahrt des Hauses gelaufen, um das es dem Kommissar geht. Ich glaube, er hat gehumpelt. Als er mich hier stehen sah, hat er sich schnell hinter einen Busch geduckt. Dann war er verschwunden. Er dachte wohl, ich hätte ihn nicht gesehen.«

Freitag, 11.00 Uhr

»Du bisch ja wirklich des Allerletschte«, herrschte Mayer seinen Sohn Florian zusammen, der vor ihm saß wie ein Häuflein Elend. »Koin Arsch en dr Hos für a rechte Frau, ond no machsch mit so Kender rom!«

»Aber i ...«, setzte Florian an, doch da klatschte schon eine Ohrfeige in sein Gesicht.

»Halt's Maul! Du bisch doch z'domm zom Güllefahra, du Soich!«

Schallend schlug Mayers Pranke auf den Tisch, auf die Fotos, die dort lagen: Der 32-jährige Florian, der möglichst bald der neue Chef von Mayers Schweinemastbetrieb werden sollte, fummelte vor dem Bauwagen an einem hübschen Teenager herum – das allein trieb seinem Vater schon die Zornesröte ins Gesicht. Aber dass er sich dabei auch noch hatte erwischen lassen! Dass er sich danach auch noch vom halbwüchsigen Bruder dieser Göre hatte verprügeln lassen! Mayer konnte es nicht fassen.

Wutschnaubend stampfte Mayer im Wohnzimmer auf und ab. Sein Nichtsnutz von einem Sohn hockte still auf dem Sofa und wartete offenbar, bis das väterliche Gewitter an ihm vorübergezogen war. Mayer blieb stehen und sah sich seinen ältesten Spross an. Er stand still und dachte nach.

»Schtand uff, du Haderlomp, du elender!«, schrie er dann plötzlich, und zerrte Florian zugleich auch aus dem Sofa hoch. »Pack de naus ond mach mir die Schtäll sauber. Älle! Ond wenn du no en Rescht Hirn em Schädel hosch, no gucksch zu, dass du mir für die nächschte Tag aus de Auga bleibsch!«

Florian duckte sich schon, aber seinem Vater war er nun nicht einmal mehr eine Ohrfeige wert. Mayer ging hinüber zur Terrassentür und sah nachdenklich auf das Tal hinaus. Leise schlich sich hinter ihm sein Sohn aus der Wohnung.

Freitag, 11.30 Uhr

»Warte mal, wie war die Beschreibung des Mannes?«, fragte Kortz noch einmal nach.

»Nichts Aufregendes«, las Ernst von seinen Notizen ab. »Derbe Kleidung, nicht zu groß, nicht zu klein, und er soll gehumpelt haben.«

»Tolle Beschreibung ... Wir haben oben in Greiningers Haus in Schlichten also eine eingeschlagene Haustür. Wer hat ein Interesse, dort einzubrechen? Einen Dieb schließen wir jetzt einfach mal aus.«

»Nachdem wir wissen, dass auf den Filmen, die Greininger in diesem Haus gedreht hat, Sandra Müller zu sehen ist, könnte es jemand sein, dem Sandra Müller am Herzen liegt.«

»Ihr Vater?«

»Der humpelt nicht. Außerdem kann ich mir nicht vorstellen, dass sich ein Jäger und Förster so plump anstellt, wie es diese Nachbarin beschrieben hat.«

»Schau doch mal die Akten durch, wer von den Leuten, die irgendwie mit diesem Fall zu tun haben, humpelt. Der müsste in letzter Zeit so etwas wie einen Beinbruch gehabt haben. Oder er hatte einen Unfall vor längerer Zeit, aus dem ihm ein steifes Bein blieb.«

Kortz nickte, und Ernst ging zu Schneider hinüber, um ihn zu informieren.

Freitag, 12.30 Uhr

Horst Müller stellte seinen Wagen hinter dem Sägewerk in einen alten Schuppen. Dann schloss er den Schuppen sorgfältig ab und steckte den Schlüssel in seine Jacke. Er schaute sich noch einmal gründlich um und ging dann langsam die Talstraße hinunter.

Hanna Ebel sah ihn, bevor er hinter der Kurve verschwand. »Gut«, dachte sie, »Horscht geht spazieren. Das wird ihm guttun.«

Müller hatte nach wenigen Minuten die Scheune von Greininger erreicht. Er sah sich kurz um, konnte aber niemanden entdecken. Also ging er in die Scheune hinein und besah sich das Regal mit dem Holzschutzmittel. Er überlegte ein wenig, dann zuckte er mit den Schultern.

»Muss sein«, murmelte er und nahm sich eine Dose Linofidol aus dem Regal. Ein Glas brauchte er nicht: Er schraubte einfach die Dose auf und nahm einen tiefen Schluck. Der starke Benzingeschmack ließ ihn schaudern, aber das half jetzt nichts: noch ein Schluck und, um sicherzugehen, noch ein dritter.

Dann setzte er sich auf die Deichsel des Hängers, der innerhalb des offenen Scheunentors stand, und zog einen Block und einen Stift aus seiner Jacke. Er schaute kurz zur Decke hinauf, dann begann er zu schreiben: »Liebe Sandra, wenn Du diese Zeilen liest, bin ich ...«

Während er schrieb und schrieb, hatte er das Gefühl, dass das Gift in seinem Magen schon zu wirken begann. So also hatte sich Greininger am späten Montag Abend gefühlt.

Freitag, 13.30 Uhr

»Müller könnte es sein!« Kortz war in Schneiders Büro gerannt. »Horscht Müller, der Patenonkel von Sandra Müller.«

Schneider und Ernst sahen sich an: »Klar«, Schneider klatschte sich mit der flachen Hand auf die Stirn, »den haben wir humpeln sehen, als er sein Patenkind im Krankenhaus besuchte.«

»Ich Idiot«, stammelte Ernst. »Wie konnte ich das nur vergessen?«

»Wenn Horscht Müller das obere Schlafzimmer gesehen hat und sein Vetter Fritz ihm wahrscheinlich gesagt hatte, was dort mit seinem Patenkind passiert ist ... Hoffentlich finden wir ihn vorher.«

Freitag, 15.00 Uhr

»Ja?« Schneider hörte kurz zu, was ihm die Schreibkraft sagte, die gerade für die SoKo Telefondienst machte. Dann lachte er bitter und meinte: »Nein, auf keinen Fall. Sagen Sie ihm einfach, die Kommissare sind schon ins Wochenende gegangen, wir ermitteln Montag weiter. Das glaubt der Ihnen sofort.«

Damit legte er auf. Ernst saß ihm gegenüber und schaute ihn fragend an.

»Dieser Reporter, dieser ... Hasselmann hat gerade angerufen und wollte Details wissen zu Follaths Verhaftung und dem Unfall von Sandra Müller. Der kann mich mal.«

Ernst lachte. Dieser neue Chef wurde ihm mit jedem Tag sympathischer. Und wenn er sich überlegte, dass Schneider auch schon von Binnig und Feulner Gegenwind bekommen hatte, fand er seinen alten Posten in der geschützteren zweiten Reihe gar nicht mehr so schlecht.

Seit eineinhalb Stunden lief nun schon die Fahndung nach Horst Müller. Alle Streifenwagen waren auf dem Schurwald unterwegs, suchten im Remstal und natürlich auch im Sägewerk in Kallental. Und Schneider und Ernst mussten hier auf ein Ergebnis warten, damit sie wussten, wo sie am nötigsten gebraucht wurden.

Das Telefon klingelte wieder. Diesmal war Berner dran.

»Ach, Herr Schneider – gut, ich dachte schon ...«

»... wir hätten wirklich Feierabend gemacht? Nein, ich wollte nur die Weltsicht unseres lieben Freundes vom Boulevard bedienen – und ihn mir zugleich ein bisschen vom Hals halten. Ist das ein Problem?«

Berners Lachen hörte sogar Ernst noch laut und deutlich – es schien kein Problem zu sein.

»Ich habe allerdings noch ein paar Fragen für die anderen Journalisten. Haben Sie kurz Zeit?«

»Ja, natürlich.«

»Also ... Wir wissen aus den Laborbefunden, dass weder Herr Follath noch seine Frau die Täter sein können – dürfen wir das auch nach außen hin wissen?«

»Ja, würde ich sagen. Wir haben gerade einen Kollegen geschickt, der uns die beiden nach oben bringen soll. Frau Follath ist vorhin aus dem Krankenhaus entlassen worden und sitzt jetzt bei ihrem Mann. Ich will sie nicht mehr länger im Glauben lassen, dass einer von ihnen der Mörder sein könnte. Ich werde sie bitten, dass sie freiwillig noch ein bisschen bei uns zu Gast bleiben – aber ich weiß natürlich nicht, ob sie sich darauf einlassen.«

»Mir geht es im Moment vor allem um die beiden Zeitungen, die außer dem Boulevardblatt noch berichten. Mit denen haben wir einen ganz ordentlichen Draht, den würde ich gerne behalten.«

»Die würden doch ihre Infos erst morgen abdrucken können, oder?«

»Na ja, Internet-Ausgaben haben die Zeitungen schon auch – aber ich glaube, sie würden sich auf eine, sagen wir: Sperrfrist bis zum Zeitungsdruck selbst einlassen. Reicht Ihnen das als Vorlauf?«

»Keine Ahnung. Aber wir gewinnen Zeit, das kann nicht verkehrt sein. Wir sind da gerade auf einer neuen Spur – darf ich Sie dazu jetzt erst mal ohne Infos lassen?«

»Klar. Geben Sie Bescheid, sobald Sie es für sinnvoll halten.« Schneider legte auf.

Als es knapp eine Stunde später – das Ehepaar Follath war zehn Minuten zuvor gegen Schneiders Bitte wutschnaubend aus dem Büro gestürmt, um nach Hause zu fahren – wieder klingelte, ging Ernst dran. Er hörte kurz konzentriert zu, dann legte er auf und griff nach seiner Jacke.

»Horscht Müllers Auto stand hinter dem Sägewerk in einem Schuppen. Sah versteckt aus – also wird er nicht weit von dort sein. Wir fahren, die Kollegen geben uns unterwegs aufs Handy Bescheid, wenn sie etwas finden.«

Freitag, 16.15 Uhr

Das Taxi hatte gerade Haubersbronn erreicht und fuhr nun weiter das Wieslauftal hinauf. Auf der Rückbank saßen Carina und Heiner Follath, bleich und mit feuchten Augen, und hielten sich an der Hand. Nachdem sie sich, umgeben von Polizisten, zuletzt immer beobachtet gefühlt hatten, konnten sie nun endlich reden.

»Aber Heiner«, fragte sie ihn schließlich, »warum hast du einen Mord gestanden, den du gar nicht begangen hast?«

»Weil ich dachte, du seist es gewesen.«

»Ich?« Frau Follath lachte bitter. »Das hatte ich der Polizei auch so gesagt – aber ich dachte, ich würde lügen ...«

»Als ich in der Küche saß und nach draußen schaute, sah ich im dichten Nebel, der zu dieser Zeit herrschte, jemanden von der Scheune wegschleichen, an der Greininger ermordet wurde. Erkennen konnte ich die Person nicht, aber sie ging auf dem Feldweg und die angrenzende Wiese westlich um unser Haus herum. Dann verlor ich sie im Nebel aus den Augen. Als du mir dann am Morgen nach Greiningers Tod erzählt hast, dass du ihn im Gras hast liegen sehen, hat mich das nicht mehr ruhen lassen. Also habe ich im Erdgeschoss aus jedem Fenster gesehen: Da war der Winkel zu flach, um die Leiche wirklich bemerken zu können. Ich selbst habe ja Greiningers Stiefel so gut wie gar nicht sehen können – und ich wusste genau, wonach ich suchen musste. Dann bin ich rauf in den ersten Stock – und dort stehen zwischen uns und der Scheune Bäume und man konnte von hier aus keine freie Sicht auf Greininger haben. Also habe ich das eine zum anderen gefügt – und war mir sicher, dass du ihn erschlagen hast. Tja, da wollte ich dir eben die Haft ersparen. Das hättest du mit deiner Krankheit sicher nicht so leicht durchgestanden.«

Carina Follath sah ihren Mann an, und ihr Blick spiegelte eine Mischung aus Fassungslosigkeit, Nachsicht und Dankbarkeit aus. Eine Weile saßen die beiden still nebeneinander, während sich das Taxi durch Rudersberg arbeitete.

»Und du?«, wollte Follath nun seinerseits wissen. »Warum hast du denn der Polizei gegenüber behauptet, du hättest den Greininger umgebracht? Ich hatte den Eindruck, das haben auch die Männer von der Kripo nicht so ganz verstanden.«

»Weil ich glaubte, du seist es gewesen«, antwortete sie. »Und da dachte ich eben: Krank wie ich bin, solltest du besser draußen bleiben bei den Kindern.«

Heiner Follath sah sie an und schluckte.

»Weißt du«, fuhr sie fort, »ich war wirklich überrascht, dass du ihn nicht erschlagen hattest.«

»Aber wie bist du denn auf die Idee gekommen, dass ich ihn umbringen könnte? Hast du etwa auch geglaubt, ich wolle mich an ihm rächen? Wegen deiner Krankheit? Wegen dieses verdammten Holzschutzmittels?« Er schüttelte den Kopf.

»Nein«, sagte sie, »das hätte ich dir nie zugetraut. Aber ich habe dich gesehen in dieser Nacht – und dann musste ich es wohl glauben, so absurd ich das Ganze auch fand.«

»Du hast mich gesehen?«

»Ja. Ich hatte dir ja am Dienstag Vormittag erzählt, dass ich nicht so gut geschlafen hatte – das hat gestimmt. Ich lag also wach und habe dann irgendwann so gegen elf Uhr lange zum Fenster hinausgeschaut. Nach einer Weile habe ich Stimmen gehört und habe das Fenster geöffnet. Da klang es für mich, als würdest du mit dem Greininger streiten. Du hast unten im Garten gestanden, und irgendwann bist du über die Wiese zu Greiningers Scheune hinübergegangen. Dort habe ich euch noch immer streiten hören, wenn auch nicht mehr so laut. Dann habe ich das Fenster wieder geschlossen. Einige Zeit später bist du unten vor dem Garten wieder aus dem Nebel aufgetaucht und bist ins Haus gegangen. Ich habe etwas gewartet, habe leise nach Cherry und Chris gesehen – aber die haben schon tief und fest geschlafen. Dann habe ich mir ein paar Sachen übergezogen und habe mich aus dem Haus geschlichen – dich habe ich am Küchentisch sitzen sehen. Im großen Bogen, damit du mich nicht siehst, bin ich über die Wiesen und den Feldweg zur Scheune gegangen und sah dort den Greininger liegen, mit blutverschmierten Haaren. Da konnte ich nicht mehr anders, als dich für den Mörder zu halten. Wie ich anschließend nach Hause gekommen bin, weiß ich nicht mehr.«

»Und wer hat ihn nun erschlagen?«, sinnierte Heiner Follath.

Das Taxi hatte Kallental erreicht, fuhr die Talstraße entlang und blieb schließlich an der Einfahrt zum Greiningerhof stehen. Als Carina und Heiner Follath den Weg zum Haus hinuntergingen, stand unten der Wagen ihrer ältesten Tochter, die gestern Abend schon aus Freiburg nach Hause gekommen war, um nach den Geschwistern zu sehen – und zu erfahren, wie es um die Eltern stand. Das Bild ihrer drei Kinder, die in diesem Moment aus dem Haus auf sie zugelaufen kamen, war sehr idyllisch. Heiner Follath war ganz gerührt, wandte sich lächelnd nach links zu seiner neben ihm gehenden Frau – und erstarrte.

»Hört das denn nie auf?«, murmelte er verzweifelt.

Seine Frau folgte seinem Blick: Neben dem Anhänger in Greiningers Scheune lag ein Mann auf dem Boden, sein Hinterkopf war mit Blut verschmiert, und überall waren Flecken von Erbrochenem.

Freitag, 17.00 Uhr

Fritz Müller hatte sie schon gesehen, als sie in seinen Zufahrtsweg eingebogen waren. Er stand mit Gummistiefeln neben seinem Haus und hatte die Axt vom Holzspalten noch in der Hand, als Schneider und Ernst aus dem gelben Sportwagen stiegen.

»Was ist denn jetzt schon wieder?«, brummte er, doch dann erschrak er: Die Blicke der beiden Kommissare wirkten unsicher, als müssten sie ihm etwas Unangenehmes mitteilen.

»Ist was mit Sandra?«, keuchte er, die Axt glitt aus seinen Fingern zu Boden.

»Nein, Herr Müller«, beruhigte Schneider ihn. »Ihrer Tochter geht es gut, sie kann wohl heute schon wieder aus dem Krankenhaus entlassen werden – vielleicht ist sie sogar schon auf dem Weg hierher.«

»Was ist dann los? Ich sehe Ihnen doch an, dass irgendwas nicht stimmt.«

»Ihr Vetter Horscht Müller hat heute versucht, sich das Leben zu nehmen«, sagte Ernst.

»Horscht?« Müller starrte ihn an. »Wieso das denn? Und wie ... Und ...« Er kramte in seiner Jacke nach den Autoschlüsseln: »Wo ist er? Ich muss sofort zu ihm!«

»Sie können jetzt noch nicht zu ihm, er wird gerade im Krankenhaus behandelt – vielleicht in zwei Stunden.«

»Wie geht es ihm?«

»Er hat eine mächtige Beule am Kopf« – Schneider hob sofort beschwichtigend die Hände, weil ihm erst jetzt klar wurde, wie das in diesen Tagen in Kallental klingen musste – »aber es ist nicht schlimm. Er wurde in der Scheune gefunden, vor der am Dienstag der tote Greininger lag. Offenbar hat er versucht, sich mit dem Holzschutzmittel, das dort herumstand, zu vergiften – aber das wirkt nicht so schnell, nur erbrechen musste er sich.«

»Und die Kopfwunde?«, hakte Müller nach.

»Das ist so kurios, das würde Ihnen in einem Fernsehkrimi keiner glauben. Ihr Vetter muss sich mehrmals erbrochen haben, dabei krümmte er sich am Boden und geriet, ohne es zu merken, unter einen kleinen Tisch, direkt neben den Regalen mit dem Holzschutzmittel. Na ja, und als er dann aufstehen wollte, hat er sich den Kopf an der Tischkante gestoßen und ist, müde wie er durch das Mittel wohl ohnehin schon war, für kurze Zeit weggetreten. So haben ihn die Follaths gefunden und gleich den Notruf verständigt.«

Erst jetzt hörte Ernst das Knirschen hinter sich und drehte sich um. Sandra Müller stand auf dem Kies des kleinen Vorplatzes und starrte die drei Männer fassungslos an. Unten fuhr ein Taxi den Hohen Rain entlang zur Landstraße vor.

»Was ist mit Onkel Horscht?«

Ihr Vater nahm sie beruhigend in den Arm, aber die junge Frau riss sich los.

»Wann ist das alles denn endlich vorbei?«, schrie sie. »Der Greininger ist doch tot, dann muss es doch auch mal gut sein!«

Sie zitterte am ganzen Körper und ließ sich nun doch von ihrem Vater in den Arm nehmen.

»Kommen Sie mit rein«, sagte Müller zu den beiden Kommissaren und ging voran ins Haus.

Als Fritz Müller seine Tochter auf das Sofa gebettet und ihr etwas zu Trinken gebracht hatte, kam er zur Eckbank herüber und setzte sich zu den beiden Kommissaren. Im Hintergrund war das leise Schluchzen von Sandra Müller zu hören.

»Ich bin schuld«, begann Müller. »Ich bin vermutlich schuld daran, dass sich mein Vetter umbringen wollte. Und ich bin wohl auch schuld am Unfall meiner Tochter. Sie haben mir ja gestern von den Filmen erzählt, die Greininger in seinem Schlichtener Häusle von sich und Sandra gemacht hat.«

Ernst sah etwas betreten zu Schneider herüber. Das war kein Ruhmesblatt für sie beide – darüber hätten sie zunächst mit Sandra Müller reden müssen.

»Ja«, sagte Schneider scheinbar ungerührt, »und Sie waren danach nicht mehr ansprechbar. Irgendwann haben wir Sie allein gelassen.«

Müller sah ihn an: »Das habe ich nicht so ganz mitbekommen. Aber so geschockt war ich nur von den Filmen – ich wusste nicht, dass Greininger das alles gefilmt hatte. Ich wusste aber, was er da droben in Schlichten meiner Tochter angetan hatte.«

Schneider und Ernst sahen ihn verblüfft an.

»Sie wussten ...?«

»Ja, aber noch nicht lange. Meine Frau ist vor gut drei Wochen gestorben – ich glaube, das habe ich Ihnen schon erzählt.« Schneider nickte. »Vergangene Woche hat mir Sandra dann die ganze Geschichte mit dem Greininger so schonend beigebracht, wie das eben ging.«

»Welche Geschichte?«

»Vor zehn Jahren – es kann auch ein Jahr mehr oder weniger her sein – war Sandra mit diesem Florian befreundet, dem Ältesten vom Schweinemäster Mayer. Ich habe das nicht gern gesehen, weil der Florian dumm ist wie Bohnenstroh und schon damals hinter jedem Rock her war. Aber machen Sie das mal Ihrer verliebten Tochter klar ...«

Er schaute liebevoll hinüber zum Sofa. Dort war Sandra Müller nun offenbar eingeschlafen.

»Es kam schließlich, wie ich es befürchtet hatte: Nachdem er mit Sandra ein paar Mal ... na ja, wahrscheinlich auch oben am Bauwagen, wo die jungen Leute halt gerne hingehen ... Jedenfalls verlor er bald das Interesse und stellte einer anderen nach. Das hat Sandra schwer getroffen, meine Frau und ich haben versucht, sie auf andere Gedanken zu bringen, so gut es ging – allerdings war meine Frau der Situation nervlich nicht gewachsen: Sie erlitt einen kleinen Schlaganfall, und der Arzt riet uns, ihr künftig Aufregungen zu ersparen, weil sie den nächsten Schlaganfall vielleicht nicht überleben würde.«

Müller seufzte. »Sandra ist damals viel im Tal spazieren gegangen, und das hat ihr auch gutgetan. Doch eines Tages ist sie die Talstraße entlang, aus dem Dorf hinaus und dann in den Wald hineingegangen. Es war am frühen Nachmittag, und der Greininger hat sie von seinem Hof aus beobachtet. Dann ist er ihr hinterher und hat sich im Wald an ihr ...«

Seine Stimme stockte und er starrte vor sich hin auf die Tischplatte. Ernst und Schneider warteten, doch Müller sprach nicht weiter.

»Haben Sie den Greininger daraufhin zur Rede gestellt?«, fragte Schneider nach einer Weile.

Müller sah auf. Es schien fast, als müsse er sich erst wieder erinnern, wo er war und mit wem er sprach.

»Nein«, schüttelte er schließlich den Kopf. »Ich wusste ja damals noch gar nichts davon. Sandra hatte uns nichts davon erzählt, weil sie Angst hatte, damit einen neuen, einen letzten Schlaganfall ihrer Mutter auszulösen. Wenn ich mir Sandra heute so ansehe, erkenne ich kaum mehr das Mädchen von damals in ihr – so selbstbewusst, wie sie heute wirkt ...

So zu sein, so aufzutreten – das hätte ihr sicher geholfen. Aber mit 18, 19 war Sandra ... na ja: verunsichert, scheu, hat sich immer alles sehr zu Herzen genommen und fühlte sich für alles Mögliche verantwortlich. Der Schlaganfall meiner Frau hat ihr sehr zugesetzt. Wissen Sie: Die beiden hingen sehr aneinander. Tja, durch den Dorftratsch muss auch Greininger vom Gesundheitszustand meiner Frau erfahren haben – und er besaß nach diesem Tag doch tatsächlich die Frechheit, meine Tochter damit zu erpressen, ihrer Mutter nichts von der Vergewaltigung zu erzählen. Das muss man sich mal vorstellen!«

»Aber wieso denn erpressen?«, fragte Schneider. »Sie hatte doch nichts Schlechtes getan – schließlich war sie das Opfer.«

»Sandra hat mir mal von einer Frau erzählt, mit der sie in Esslingen zu tun hatte. Die war auch vergewaltigt worden, nahm das aber vor allem sich selbst übel – und schämte sich dafür.«

Müller sah zu Sandra hinüber, die noch immer ruhig auf dem Sofa lag.

»Was er von ihr erpresste, wissen wir ja inzwischen«, merkte Schneider an.

»Ja«, sagte Müller tonlos und schüttelte wieder den Kopf. »Der hat sich das richtig eingerichtet – das ist doch krank, oder? Vergeht sich immer wieder an meiner Tocher, bis sie wegzieht. Kauft sich dann ein Haus auf halbem Weg zu ihrem neuen Wohnort, richtet es extra für seine Schweinereien ein und erpresst sie weiter. Ich vermute, irgendwann wird es meine Tochter halt einfach hingenommen haben, wie es war.«

»Warum hat sie denn nicht irgendwann einen Schlussstrich gezogen? Greininger war ihr doch schon längst nicht mehr gewachsen, selbstbewusst und durchtrainiert wie sie ist.«

»Das habe ich sie auch gefragt«, murmelte Müller und schaute Schneider mit feuchten Augen an. »Sie meinte, dass der Greininger noch immer die jüngere Sandra in ihr im Griff hatte – als könnte er damit hinter eine Maske blicken, die sie allen anderen gegenüber schützt. In Esslingen konnte sie allen möglichen Frauen helfen, nur sich selbst nicht.«

Er blickte zu Boden und schwieg. Schneider räusperte sich, und Müller fuhr fort. »Mich wundert nur, dass sie damals nicht wieder mit dem Rauchen angefangen hat – da hätte sie doch wirklich allen Grund gehabt.«

»Sie hat früher geraucht? Zigaretten?«

Müller nickte.

»Können Sie sich noch an die Marke erinnern?«

Müller schüttelte den Kopf. »Irgendetwas nicht so Gängiges, englischer Name – weiß nicht mehr.«

»Wahrscheinlich hieß die Marke ›Redfern's Blend‹ – die haben wir jedenfalls in Greiningers Haus in Schlichten gefunden.«

»Hm«, machte Müller. »Das ändert auch nichts mehr.«

»Immerhin zeigt es, dass Greininger wohl wirklich krank war – und krankhaft fixiert auf Ihre Tochter. Er rauchte sogar ihre Zigarettenmarke, während er sich Fotos von ihr ansah.«

Müller stand auf und ging rasch hinaus. Von der Toilette her hörten sie ihn würgen, dann rauschte die Wasserspülung.

»Warum sollten Sie schuld sein am Unfall Ihrer Tochter und am Selbstmordversuch Ihres Vetters?« fragte Ernst, als er wieder vor ihnen saß.

»Meine Tochter habe ich angerufen, gleich nachdem Sie gestern hier waren. Ich habe sie nicht erreicht und habe ihr ein paar Infos zu dem Gespräch auf den Anrufbeantworter ihres Handys gesprochen. Wahrscheinlich hat sie das erst spät abgehört und wollte dann schnell hierher fahren.«

»Und Ihr Vetter?«

»Mit dem habe ich mich am Mittwoch Abend gestritten, es war schon ziemlich spät. Einige Tage, nachdem mir Sandra die Geschichte mit dem Greininger erzählt hatte, brauchte ich jemanden zum Reden – also habe ich alles meinem Vetter weitererzählt. Das war am Sonntag. Am Mittwoch, als ja überall im Dorf wegen des Mordes herumgefragt und herumspekuliert wurde und auch der Zeitungsartikel für Aufregung gesorgt hatte, bin ich noch einmal zu ihm hin. In der ›Krone‹ war der Teufel los: Fußball im Fernsehen. Deshalb hatte wohl auch keiner bemerkt, dass wir uns in Horsts Büro gestritten haben. War ziemlich heftig.«

»Worum ging es denn?«

»Horscht wollte verhindern, dass Greininger auf unserem Friedhof begraben wird. ›Dieses Schwein darf doch nicht in derselben Erde liegen wie deine Frau!‹ – so ähnlich hat er rumgeschrien. Und dazu wollte er mit Sandras Geschichte zu Kurt, unserem Altbürgermeister, damit der ihm in dieser Sache hilft. Diese Schande wollte ich meiner Tochter ersparen, jetzt, wo doch der Greininger endlich tot war. Das ging eine Zeitlang hin und her zwischen uns. Als ich dann sagte, dass Kurt irgendwann vielleicht alles auch der Polizei erzählen müsse und die Geschichte dann auch ihn als Patenonkel und mich als Vater in Mordverdacht bringen würde, war er allerdings recht schnell überzeugt – das habe ich ihm hoch angerechnet. Ich hätte nicht gedacht, dass er sich so gut in meine Lage reinfühlen kann.«

»Und was hat das mit dem Selbstmordversuch zu tun?«

»Wie ich wusste auch Horscht nun von der Geschichte – aber erst durch Ihren Besuch erfuhr ich, dass Greininger das alles auch gefilmt hatte. Tja, heute Nacht im Krankenhaus, als wir beide Sandra besucht hatten, habe ich ihm von den Filmen erzählt. Er war ziemlich baff, wie Sie sich denken können. Das hat ihm wohl den Rest gegeben. Wissen Sie: Sandra ist sein Ein und Alles.«

Der fünfte Tag

Samstag, 11.30 Uhr

Es klopfte, und Heiner Follath ging zur Haustür. Draußen stand der Schweinemäster Mayer, die Haare glatt zur Seite gekämmt, in der einen Hand seinen Hut, in der anderen einen billig aussehenden Blumenstrauß.

»Ja?« Follath erinnerte sich noch gut an die Szene, die ihm Mayer am Mittwoch Vormittag im Dorf gemacht hatte.

»Herr ... Herr Follath«, stammelte Mayer, und jedes Wort schien ihn Überwindung zu kosten. »I wollt Ihne ond Ihrer Frau ...«

Follath drehte sich um und rief nach seiner Frau. Die beiden Männer warteten schweigend, bis sie neben Heiner Follath stand.

»Herr Mayer«, stellte Follath den Besucher knapp vor.

»Frau Follath, i ... äh ... mei Sohn möcht sich bei Ihne entschuldiga ... Für des Fenschter, für den Schrecka und au für die andere Lompereia in letschter Zeit.«

Unsicher hielt er ihr den Strauß hin und sah sie gespannt an.

»Und warum ist er dann nicht selbst gekommen?« Auch Carina Follath wollte es Mayer offenbar nicht allzu leicht machen.

»Der isch grad ... verhindert, möcht i saga ...«

Mayer sah in die fragenden Gesichter der Follaths, dann fügte er mit einem leichten Grinsen hinzu: »Sie könnat des au Buße nenna.«

»Aha!«, machte Follath und schaute Mayer weiter unverwandt an.

»Den Schada werd i Ihne natürlich komplett ersetza, ond des rondat mir au kräftig uff – da isch ja au viel Kloikruscht drbei gwesa, der mit neischlupft.«

»Danke, das finde ich anständig von Ihnen«, sagte Carina Follath.

»Ja? Des freut mi – mir isch des Ganze nämlich au furchtbar peinlich. Grad, weil ihr Mann mi scho druff agschprocha ghet hot – und i hab ihn grad abblitza lassa. Des war net recht.«

»Schon in Ordnung, Herr Mayer«, sagte Follath in versöhnlichem Ton. »Ich würde mich auch zuerst einmal vor meine Kinder stellen.«

Mayer nickte und wirkte erleichtert. Dann grüßte er mit dem Hut und wandte sich ab. Nach ein paar Schritten drehte er sich noch einmal um: »Ond natürlich könnat Sie von mir ommasonscht Schweinefleisch han, soviel Sie wellat. I werd's meim Sohn scho vom Geld abzieha.«

»Da kommen wir nicht ins Geschäft, Herr Mayer: Wir essen ganz wenig Fleisch, und keins vom Schwein.«

»Des isch Pech«, meinte Mayer und ging.

Im Haus der Follaths klingelte das Telefon.

Samstag, 13.00 Uhr

Die Fahrt vom Polizeigebäude zum Krankenhaus hatten sie einmal quer durch Schorndorf und schließlich ein Stück die Schlichtener Straße hinauf innerhalb von weniger als einer Viertelstunde hinter sich gebracht. Sie eilten durch die Station, in der sich Horst Müller von den Folgen seines Selbstmordversuchs erholte, und fragten sich zu seinem Zimmer durch.

Vorhin hatte Horst Müller das Schorndorfer Polizeirevier angerufen und hatte dem Leiter der Sonderkommission Wieslauf ausrichten lassen, er wolle gerne mit ihm reden – könne aber das Krankenhaus nicht verlassen. Ob nicht der Kommissar stattdessen bei ihm vobeikommen könne. Und ja, es sei wichtig.

Schneider und Ernst hatten Horst Müller heute ohnehin besuchen wollen und nur noch auf das Okay des Arztes gewartet – aber der hatte bisher wohl andere Prioritäten gesetzt, als sie wie versprochen zu informieren. Davon, was das Thema des Gesprächs mit Müller sein würde, hatten die beiden Kommissare schon eine recht präzise Vorstellung. Seit dem frühen Samstag hatten sie noch einmal mit den Kollegen Akten gewälzt, aber keine bedeutenden offenen Fragen mehr gefunden, von vielen Details abgesehen.

Als Schneider die Tür öffnete und Müllers Krankenzimmer dicht gefolgt von Ernst betrat, war er dennoch überrascht: Neben dem Bett stand Heiner Follath.

»Sie hier?«, staunte auch Ernst.

»Tja, Herr Müller hat mich ebenfalls gebeten, zu diesem Gespräch zu kommen. Ich bin so gespannt wie Sie.«

»So isch recht«, sagte Müller, und seine Miene wirkte irgendwie knitz und geknickt zugleich. Er sah etwas eingesunken aus zwischen seinem Bettzeug, aber die Schwester hatte ihm das Bettoberteil etwas aufgestellt, und im Sitzen schien der Sägewerksbesitzer aus Kallental auch im Schorndorfer Krankenhaus durchaus Herr der Lage.

»Sie wollen uns etwas erzählen, Herr Müller?«, wollte ihn Schneider aus der Reserve locken. »Etwas, das mit der Nacht von Montag auf Dienstag zu tun hat?«

»No net hudla«, bremste ihn Müller. »Z'erscht isch dr Herr Follath an der Roih.«

»Ich?«

»Ha, freilich! Wenn i mir überleg, dass Sie ond Ihr Frau gegaseitig gmoint hen, der ander hätt dr Greininger erschlaga ...« Er lachte trocken.

»Ich wüsste nicht, wieso ...«

»Jetzt hen Se sich net so. I woiß, wie's war. Ond demnächscht wisset au die boide Kommissar, wie's war. Sie könnet ruhig ihr'n Toil vrzähla – i mach no dr Rescht.«

Follath schaute den Mann im Bett noch einmal kurz irritiert an, Schneider beobachtete mal Müller und mal Ernst, der Müllers Rede zu verstehen schien. Dann begann Follath.

»Gut, meinetwegen. Der Polizei habe ich das meiste schon erzählt, wenn auch etwas ... angepasst. Also: Ich war abends draußen in unserem Garten, habe den Greininger rumoren gehört, und schließlich ist er aus der Scheune gekommen. Er hat mich gesehen, hat mich beschimpft und hat nicht damit aufgehört. Dann bin ich rüber und wollte ihm an die Gurgel. Ich habe ein paar Mal versucht zuzuschlagen, aber er hat mich, obwohl er schon ziemlich betrunken war, beinahe wie eine lästige Fliege weggewischt.«

So weit hatten Schneider und Ernst das bereits von ihm im Protokoll.

»Als er mich so lässig auf Abstand halten konnte, begann er mich auszulachen. Das machte mich wütend, aber noch immer kam ich nicht gegen ihn an. Schließlich meinte er, dass wir uns doch seit langer Zeit wegen dieses Holzschutzmittels aufregen würden – und dass wir uns das sparen könnten, weil es so wahnsinnig giftig gar nicht sei. Ich diskutierte mit ihm über dieses Linofidol, ein Wort gab das andere und schließlich verschwand Greininger kurz in der Scheune. Ich folgte ihm, und er sagte lallend, dass er jetzt das Mittel trinken werde, um mir zu beweisen, dass wir völlig ohne Grund hysterisch seien. Er trank ein Glas leer, und danach noch ein halbes hinterher – seiner Miene nach zu urteilen, schmeckte das Zeug scheußlich. Er lachte noch ein wenig über mich, dann ging ich über die Wiese zu unserem Haus hinüber. Auf halbem Weg rief er plötzlich meinen Namen, und irgendwie klang er verändert. Ich drehte mich um, sah ihn, wie er das Gesicht verzog und sich vor Schmerzen krümmte. Fast wäre ich wieder zu ihm hingelaufen, da fing er an, schallend zu lachen – der hatte mich nur veräppelt. Das war's, ich bin dann zum Garten rüber und ins Haus hinein. In der Küche machte ich ein Fenster auf, um zu lüften, und setzte mich im Dunkeln an den Tisch, damit er mich nicht sehen konnte. Den Greininger habe ich danach noch ein paar Mal meinen Namen rufen hören, nicht allzu laut, und er wurde dann auch noch ein bisschen leiser – ich hatte mir schon Sorgen gemacht, dass meine Frau oder die Kinder davon aufwachen könnten, aber ich hörte ihn ja selbst nur wegen des offenen

Fensters. Dann war es still. Gehört hat man dann nur noch das kleine Kind von Rapperts: Das schreit seit Wochen fast jede Nacht halb durch – die armen Leute ...«

»Und warum haben Sie uns Ihre Geschichte nicht genau so erzählt, wenn Sie den Greininger gar nicht erschlagen haben?«

»Hätten Sie sie mir denn geglaubt?«

Schneider und Ernst sahen sich an und schwiegen.

»Gut, no mach i amol weiter«, meldete sich Müller vom Krankenbett aus zu Wort. »Mei Vetter hot mir von dene Sacha erzählt ghet, die der Greininger mit meiner Sandra agschtellt hot« – Follath sah fragend zu Schneider und Ernst hinüber, aber die waren ganz auf Müller konzentriert – »ond seither han i nemme so gut schlofa könna. Au Mondich Nacht ben i durchs Dorf gschtromert, ond irgendwann ben i vor der Scheuer vom Greininger gschtanda. Ghört han i, wie dr Follath und dr Greininger gschtritta hen – soweit des Zuhöra jedafalls möglich war bei dem schreiende Kend vom Nochborhaus.«

Müller strich die Bettdecke glatt.

»I ben dann näher zur Scheuer gschlicha ond han oms Eck guckt. Des Nächschte, was i gsäh han, war, wie dr Follath uff dr Wies omdreht ond wie er no merkt, dass dem Greininger scheint's nix fehlt, sondern er bloß Faxa macht. I han gwartet, bis der Follath em Haus war, ond ben zom Greininger nüber. Der hot mi mit große Auga aguckt, hot aber sofort wieder's Markiera agfanga. Der Ranza tät em weh, schlecht sei's em ond überhaupt. I han em Schläg adroht, wenn er net uffhört mit dem billiga Theater. Do druff hot er kotza müssa. No hot er sich omdreht ond hot ›Herr Follath!‹ grufa ond ›Herr Follath, helfat Se mir!‹ ond so weiter.«

Müller machte eine kurze Pause und trank einen Schluck Wasser aus einer kleinen Flasche, die auf seinem Nachttisch stand.

»I han jo net gwisst, dass der wirklich was gschluckt ghet hot. Bald isch's mir z'bled gworda mit dem Bachel, ond weil er gar koi Ruh geba hot ond emmer weiter ›Hilfe!‹ grufa hot, allerdings mit der Zeit ällweil a weng leiser ond schwächer, no isch mr d'Sicherung naus. Fascht han i gmoint, i tät net ihn om Hilfe rufa höra, sondern mei Sandra. Plötzlich han i den Holzscheit en dr Hand ghet, ond plötzlich isch der Greininger uff'm Boda vor seiner Scheuer glega.«

Follath hing wie gebannt an seinen Lippen. Schneider erfasste trotz des Dialekts Müllers Aussage im Wesentlichen. Ernst sah traurig aus.

Müller atmete tief durch. »No war er schtill. Ganz schtill. Ond i hab gmacht, dass i wegkomm. En dem Nebel ond zu der Uhrzeit war des net arg schwer. Wie a Leichatuch isch der Nebel überm Tal glega, han i denkt. Wie a Leichatuch. Ond i han denkt: Endlich isch er tot. Aber komisch: Seither han i au net besser gschlofa.«

Müller sah sie nachdenklich der Reihe nach an, dann drehte er sich ohne einen weiteren Kommentar zur Wand hin.

Samstag, 15.30 Uhr

Die Totenglocke läutete etwas verloren, und der Zug, der dem Sarg zum Grab folgte, war kurz. Vorneweg gingen Ruth Wanner und Kurt Mader, die versucht hatten, wenigstens eine kleine Beerdigung für den ungeliebten Greininger zu organisieren. Von Greiningers Verwandtschaft – in alle Winde zerstreut, längst gestorben oder ohne jeden Kontakt zu dem Verblichenen – war niemand gekommen. Von den Nachbarn hatte Mader nur Charlie Riedl überreden können: Er ging mit Jeans und grauem Sweatshirt direkt hinter ihm.

Die Familien Follath und Rappert als weitere Nachbarn hatten sofort abgesagt – und er konnte sie ja auch verstehen. Sandra Müller hatte er erst gar nicht gefragt, sie musste sich das nun wirklich nicht antun. Außerdem hatten sich noch eine Handvoll andere Kallentaler eingefunden, darunter zu

Maders großem Erstaunen auch Schweinemäster Mayer, der mit ernster Miene beflissen Freundlichkeit demonstrierte.

Fritz Müller war in gewissem Sinne verhindert. Ab und zu wehte der Wind einen Schlag vom Abhang herüber. Dort zerlegte Sandras Vater seinen alten Bauwagen, er riss das Vordach ein und legte auch sonst den verschwiegenen Treffpunkt in Schutt und Asche.

»Wenn's ihm hilft«, dachte Mader.

Am Grab sprach der Pfarrer ein paar allgemein gehaltene Worte. Mader sah kurz zu Ruth Wanner hinüber, die direkt neben ihm vor der offenen Grube stand. Sie wirkte kraftlos und dachte sicher weniger an den toten Greininger als an ihren eigenen Verlust: Horst Müller, das hatten sie kurz vor der Beerdigung erfahren, hatte den Mord gestanden und würde ihr nun nicht mehr helfen können. Mader zögerte kurz, dann ergriff er ihre Hand. Ruth Wanner schaute auf, sah ihn mit undurchdringlicher Miene an, und er war sich nicht sicher, ob sie ein wenig lächelte. Ihre Hand aber zog sie nicht weg.

Samstag, 16.30 Uhr

»Ja, besser wäre es schon gewesen, wenn wir gleich auf die richtige Fährte gekommen wären. Aber letztendlich haben wir unseren Täter doch noch erwischt. Und das ist, Moment ...« – Schneider zog einen zerknitterten Zettel mit einer handschriftlichen Notiz aus der Tasche und las ab: »Des isch bessr als a Gosch voll Glufa.«

Ernst fiel fast vom Stuhl.

»Stimmt das so ungefähr?«, fragte ihn Schneider und strahlte. »Es soll so etwas Ähnliches heißen wie ›Das ist besser als ein Mund voller Stecknadeln‹ – kommt das so etwa hin?«

»Ja«, gab Ernst staunend zu, denn sogar die Aussprache war für einen badischen Kommissar durchaus akzeptabel. »Aber wo haben Sie das denn aufgeschnappt?«

»Na, ich habe Ihnen doch gesagt: Ich quartiere mich auch deshalb in der ›Krone‹ ein, weil ich hoffe, dort an brauchbare Informationen zu kommen. Und Frau Ebel war so freundlich, mir diesen Satz vorzusagen und Wort für Wort zu diktieren – in Lautschrift. Die tat mir richtig leid, weil ich das alles nicht so schnell begriffen habe.«

»Hut ab, Chef. Nun müssten Sie mir eigentlich noch einen badischen Satz beibringen. Was würde denn jetzt passen?«

Schneider sah auf seine Armbanduhr und meinte dann lachend: »Alla, trink mr ahner ... Wenn's auch nicht wirklich aus meinem schönen ›Kallsruh‹ stammt.«

»Ja, das kenn ich aus dem Radio. Gute Idee, eigentlich.«

»Wissen Sie was Passendes, wo wir jetzt hinkönnten?«

»Ja, schon. Ich nehme mal an, die ›Krone‹ in Kallental muss es nicht unbedingt sein, oder?«

»Nein, ich hatte schon Kallental genug für diese Woche – obwohl ich das Dorf und das Tal zum Schluss doch ganz hübsch fand. Ich werde mich wohl noch an Ihre Gegend gewöhnen.«

»Dann lassen Sie uns mal rauffahren auf den Schurwald. In Manolzweiler hätte ich einen Tipp für Sie. Das liegt zwar nicht weit von Schlichten – aber wir können auf einer anderen Straße hinfahren.«

Schneider beobachtete Ernst, und ihm fiel auf, dass der Kollege offenbar noch nicht alles gesagt hatte, was er loswerden wollte.

»Sie wollten noch etwas sagen?«, fragte er ins Blaue.

»Na ja, die haben da oben auch ganz guten Wein. Da wäre es doch praktisch für Sie, wenn Sie danach nicht mehr ans Steuer müssten.«

Schneider grinste. »Hätten Sie denn Lust, mal mit meinem Porsche zu fahren?«

»Würden Sie mich denn lassen? Ich meine: Das ist doch Ihr Steckenpferd, gewissermaßen.«

Statt einer Antwort warf Schneider seinen Autoschlüssel zu Ernst hinüber. »Dann wollen wir mal.«

Ein paar Minuten später rollte der Sportwagen langsam über den Hof, ganz vorsichtig hantierte Ernst mit Gaspedal und Kupplung. Schneider blickte noch einmal rechts hinaus auf das Polizeigebäude. Sie fuhren im Schritttempo am Eingang zum Revier vorbei. Schneider folgte mit den Augen dem Treppenhaus nach oben bis zum dritten Stock, in dem seine Kripo untergebracht war. Dann wieder hinunter zu der Außentreppe, die vom Hof zu den beiden Schulungsräumen führte. Im vorderen, kleineren, den man vom Hof aus sehen konnte, saßen fünf Kollegen vom Revier zu einer Besprechung zusammen. Im hinteren Raum, der verdeckt am anderen Ende des Flurs lag, räumten jetzt gerade Kortz, Dettwar und die anderen vom SoKo-Innendienst die letzten Geräte und Unterlagen weg.

Nachdem er nun hier sozusagen seine Feuertaufe überstanden hatte, fühlte sich jeder Blick auf das alte Gebäude, auf den Hof und all die Leute, die hier arbeiteten, ganz anders an als vorher. Und schon viel weniger fremd.

Der Sportwagen schnurrte die kurze Rampe hinauf, die unter einem Verbindungsflur im ersten Stock hindurch auf die Grabenstraße hinausführte. Ernst musste auf eine freie Lücke im Verkehr warten, und Schneider blickte solange auf den vor ihm liegenden Rand der Schorndorfer Innenstadt. Gleich hinter den Schienen des Bahnhofs reihten sich ein paar identische Häuser mit weißen Giebeln auf wie an einer Schnur, dahinter wurden die Gebäude bunter und älter. Im Hintergrund verdeckten zwei lange, rot gedeckte Dächer den weiteren Blick, nur der Kirchturm ragte noch heraus, in schmutzigem Beige und staubigem Grau, mit goldglänzenden römischen Ziffern auf den Uhrscheiben und einem schmalen obersten Rundgang, darüber nur noch das spitze Dach, das in den nun von Wolken verhangenen Himmel zeigte.

Gerupft sah der Turm irgendwie aus, gerupft und müde. Aber verlässlich. »Ein Kollege«, grinste Schneider und ließ sich von dem plötzlichen Druck in den Sitz pressen: Ernst hatte eine Lücke im Verkehr gefunden und beschleunigte. Sie passierten die Abzweigung zur Wilhelmstraße, wo sich die offizielle Einfahrt zum Polizeirevier befand, und Ernst drückte das Gaspedal ein Stück durch.

Der Motor knurrte kurz auf, Schneider lächelte, und plötzlich war der Innenraum des Sportwagens von einem grellen Blitz erleuchtet.

»Scheiße«, entfuhr es Schneider, aber Ernst hatte nur kurz in den Rückspiegel gesehen und sich dann wieder entspannt.

»Wie schnell waren Sie denn?«, fragte Schneider.

»Es ging noch. Ist aber kein Problem.«

Er kramte nebenbei sein Handy aus der Tasche, wählte aus dem Menü eine abgespeicherte Nummer und reichte es Schneider hinüber.

»Sie können ihn ja fragen«, schmunzelte Ernst. »Aber ich glaube nicht, dass sein extrastarker Fotoblitz tatsächlich auch Geschwindigkeiten messen kann.«

An der Ecke Wilhelmstraße/Grabenstraße steckte Claus Nerdhaas gerade ein schwarzes Gehäuse in seine Jackentasche und grinste breit. Da klingelte sein Handy.

»Ja?«

»Respekt, Herr Nerdhaas«, hörte er aus dem Lautsprecher die Stimme von Kriminalhauptkommissar Schneider. »Nun haben Sie mich doch tatsächlich auch erwischt. Bis Montag also. Schönes Wochenende.«

ENDE.

Dank

Danke an alle, die sich auch seltsame Fragen gefallen ließen und die diesem Buch informative, skurrile und unappetitliche Details bescherten – die Fehler, falls Sie welche finden, kreiden Sie einfach mir an. Danke auch an Renate, Jan und Tim, die mir für all das die Zeit schenkten.

Sollte sich jemand in diesem Buch wiedererkennen, danke ich für das (unverdiente) Lob: Wie in Krimis üblich, sind Handlung und Personen frei erfunden. Für Versuche, herauszufinden, was an den Schauplätzen real und was erfunden ist, wünsche ich viel Spaß.

Jürgen Seibold

Ein Taubertal-Krimi

In Ihrer Buchhandlung

Wolfgang Stahnke

Rotkäppchen mord

Ein Taubertal-Krimi

Als im größten Kaufhaus von Bad Mergentheim eine alte Dame tot aufgefunden wird, wittert Uli Faber, Lokalredakteur bei der Tauber-Post, die Story seines Lebens. Mit unkonventionellen Ermittlungsmanövern liefert er sich ein Wettrennen mit der etwas behäbigen örtlichen Polizei ...

240 Seiten. ISBN 978-3-87407-720-0

www.silberburg.de

Ein Oberschwaben-Krimi

In Ihrer Buchhandlung

Helene Wiedergrün

Apollonia Katzenmaier und der Tote in der Grube

Ein Oberschwaben-Krimi

Mit Scharfsinn und Hartnäckigkeit gelingt es der alten Dorfhebamme, den Hintergrund eines Verbrechens aufzuspüren. Doch bevor sie sich ihrer Nichte Apollonia anvertrauen kann, sackt sie bewusstlos zusammen ... Helene Wiedergrün fesselt den Leser im Spannungsfeld zwischen Glaube und Aberglaube, zwischen Wahrheit und Lügen vor der Kulisse des ländlichen Oberschwabens.
208 Seiten. ISBN 978-3-87407-721-7

www.silberburg.de

Ein Tübingen-Krimi

In Ihrer Buchhandlung

Michael Wanner

Totgeschrieben

Ein Tübingen-Krimi

Die kurdische Studentin Ayfer liegt tot in ihrem Zimmer, gestorben nur wenige Minuten, bevor sie von ihrer Professorin gefunden wird. Ein Schleier ist um ihr Haupt drapiert, in der Mülltonne finden sich Dessous, die nicht recht zum Inhalt des Kleiderschranks der Toten passen wollen. Hanna Kirschbaum, Professorin für Literaturwissenschaft, kann den Tod ihrer begabtesten Studentin nicht auf sich beruhen lassen ...

256 Seiten. ISBN 978-3-87407-773-6

www.silberburg.de